U0062695

蘇州文獻叢書第二輯

王衛平　主編

沈周集

下

【明】沈　周　著

張修齡　韓星嬰　點校

上海古籍出版社

石田詩選

目　錄

卷三 …………………………………………………………………… 603

石田詩選提要

臣等謹案:《石田詩選》十卷,明沈周撰。周有《石田雜記》,已著錄。此集不標體制,不譜年月,但分《天文》、《時令》等三十一類,蓋仿宋人分類杜詩之例。據慈谿張鈇《跋》,蓋其友光祿寺署丞華汝德所編也。顧元慶《夷白齋詩話》載,都穆學詩於周,嘗作《節婦詩》,有"青燈淚眼枯"句。周以《禮》"寡婦不夜哭",議"燈"字未穩,是周於詩律不為不細。然周以畫名一代,詩非其所留意。又晚年畫境彌高,頹然天放,方圓自造,惟意所如。詩亦揮灑淋漓,自寫天趣,蓋不以字句取工。徒以棲心丘壑,名利兩忘。風月往還,煙雲供養,其胸次本無塵累。故所作亦不琱不琢,自然拔俗,寄興於町畦之外,可以意會而不可加之以繩削。其於詩也,亦可謂教外別傳矣。都穆《南濠詩話》稱其《咏錢》、《咏門神》、《咏簾》、《咏混堂》、《咏楊花》、《咏落花》諸聯,皆未免索之於句下。蓋穆於詩所得不深,故所見止是也。集前有吳寬《序》,稱其詩餘發為圖繪,妙逼古人。核實而論,周固以畫之餘事溢而為詩,非以詩之餘事溢而為畫。寬序其詩,故主詩而賓畫耳。又有李東陽《後序》。東陽與周不相識,時已為大學士,與周勢分懸隔,以吳寬嘗以寫本示之,重其為人,故越三十年後又補為作之。然二《序》皆為全集而作,華汝德刊此選本時,仍而錄之,非序此本者也。乾隆四十六年十月恭校上。總纂官臣紀昀、臣陸錫熊、臣孫士毅、總校官臣陸費墀。

石田詩選卷一

天文

雪作二首

經春十日忽作雪,如此紛然門且關。瞥見豪華成白屋,錯加粉飾累青山。侵凌廣野容無地,零亂高空落自閒。兀坐搔頭何遣撥,梅花寒勒未開顔。

春雪公然沮春雨,莫能為潤祇漫漫。撒鹽差是殊無味,執玉徒觀不辟寒。滿地蕭條悲烏雀,何人徙倚愛闌干。凍皴手足鬚俱折,擁被微吟強自寬。

二月三十日雨中

此雨送殘月,陰雲隱有雷。草雖宜濕長,花亦要晴開。溝漫魚爭上,泥深馬忌來。春山只隔眼,應待我銜杯。

風雨中戲三郎園櫻盡落

風風雨雨未開晴,憂病憂田白髮生。聞道西園尤作惡,小僮歡喜拾殘櫻。

五月十五夜見月映樹有作

圓月出樹東,隔看被樹罣。群葉相蒙茂,光采還透射。玉盤雖隱映,其魄自整暇。脫樹漸自高,萬里大明奓。了了太極圈,誰向虛空畫。坐深已當頭,其樹勢斯下。小人蔽君子,暫爾何足訝。樹月亦偶當,微吟聊譬借。

中秋湖中翫月

愛是中秋月滿湖,儘貪佳賞亦須臾。固知萬古有此月,但恐百年無老夫。鴻鴈長波空眼眦,魚龍清影亂眉鬚。人間樂地因人得,莫少詩篇及酒壺。

冬　日

冬日晴可愛,温如君子人。即之不覺熱,默生懷抱春。執卷南榮下,吾自亦滋神。何嫌炙背徒,負以獻吾君。

中秋賞月與浦汝正諸君同賦

少時不辯中秋月,視與常時無各别。老來偏與月相戀,戀月還應戀佳節。老人能得幾中秋,信是流光不可留。古今换人不换月,舊月新人風馬牛。壺中有酒且為樂,盃巡到手莫推卻。月圓還似故人圓,故人散去如月落。眼中漸覺少故人,乘月夜遊誰我嗔。高歌太白問月句,自詫白髮欺青春。青春白髮固不及,豪捲酒波連月吸。老夫老及六十年,更問中秋賒四十。

對　春　雨

春雨父母情,惠物侔愛子。潤被發華妍,長養助欣喜。庭垂存腐蕉,土渥芽伊始。齋心臨散絲,清虚及窗几。自愴槁颯姿,均榮固無理。

中秋無月歌

老年於世百無與,待盡光陰而已耳。佳時令節或難忘,有酒還隨大家喜。一時過去少一時,打算百年能得幾。滿前童丱倏突弁,少者如斯老何恃。去年中秋月在城,白璧團團酒波裏。今年中秋月在家,買酒邀賓走兒子。雲漫天黑月失色,老子之興殊敗矣。老子非月能萬古,暫借一光何足鄙。中秋失月不中秋,人固無聊月當恥。常時有月我無酒,有酒呼月今不起。有無無有兩難謀,要是天公忌全美。世途茫茫寓萬事,顛之倒之亦如此。眼中屠販卻封侯,意外詩書多餓死。便從一月觀萬變,何敢容心必其理。感深坐久欲添衣,風急秋高月如水。

溧陽道中遇雨

浮雲接地日無光,足力衰遲道路長。都是小兒能疾走,這場風雨卻誰當?

有竹莊賞月

爛攤銀盤草屋東,白頭相賞兩三翁。青天不老人自老,明月正中秋亦中。怪底有娥因藥誤,謀諸無婦恐尊空。百年各願身強健,此夜年年此燕同。

八月十七夜待月

候月月不出,引醪兼話長。柳黄延返照,苧白應新涼。惡璧沉海氣,待珠開夜光。我罍猶未恥,願早賁林堂。

時令

元　日

今日之日一年始，三百六十年之終。雲物昭回天杲杲，風光澹蕩氣融融。商量柳色綠少許，爛漫梅花白大同。無事此杯椒栢酒，老夫不覺笑顏紅。

人日喜晴

今辰謂人生，風日佳可喜。七居陽之正，宜云造物始。占晴協陽吉，其兆比君子。霧雨忌為陰，小人象斯擬。君子履於祥，歲事無不舉。小人道用晦，顧有菑害倚。東皐動春風，強健供耒耜。持以告吾人，毋憂往時否。

【校記】

［題］《石田稿》黄淮本卷二作《人日喜晴寫溪嶼初春贈友》。

七日樹介

千松凜凜清霜戟，萬竹森森白玉殳。無數小兒相怪問，老夫搔首但郲婁。

元夕席上贈冷庵憲副二首

石湖樂事漫吳臺，茅屋今宵也一回。上客門前探節到，小兒城裡買燈來。生香竹葉迎春熟，活色蓮花映火開。妝點太平須要此，百年常覆掌中盃。

堂帶春星月滿臺，勸君且飲一千回。休言美酒消愁得，亦被華燈送老來。急管繁弦聲乍合，千門萬戶夜齊開。明年佳節依然在，分付春光駐此盃。

春晴出游

天宇及軒霽，品物各華研。清般約同儕，絡醑仍擊鮮。展酌臨芳樹，鳴琴參笑言。促羽酬良辰，迅光不長延。請看劉伶墳，酹之莫達泉。

閒居四時吟

白日可形指，青春蔑跡尋。不應有開花，還復有鳴禽。何物衰颯翁，樂意亦充襟。浩然不能遏，登臨動謠吟。謠吟侑杯酌，花鳥同山林。一暢太和氣，載鼓康衢音。捫心自有會，求知非在今。

赫暑薰永日，衆皆苦煩酷。林廬賴溪次，茅茨非廈屋。門前蔭重柳，簷後鬱深竹。無風氣蕭爽，汗瀋免浹肉。尚可加白葛，喜謝裸裎俗。晝靜茶瓜餘，攤書教孫讀。既倦還偃息，夢寐亦清淑。

秋涼我所愛，人情與時宜。因念康節言，還眷康樂嬉。杖屨足濟勝，出門隨所之。舉睇達遐邇，山水陳高卑。洞庭吹白波，落木不可持。我特覽明鏡，因之悲素絲。素絲不復玄，物變咸有時。亟欲學神仙，早憫氣血衰。羡彼南山色，青青無老期。

砉砉風木號，靡靡霜草白。敝褐氣不温，坐擁簷間日。大兒輸租還，升斗告既畢。區區氓庶勤，萬一答帝力。簷陽歷飛晷，倏忽燈火夕。光下目尚見，展茲編年册。其跡類歲功，乘除無紀極。非徒遣永漏，亦足知往昔。

上巳即興

春暘麗廣野，和風泛冠裳。庶物爭敷暢，蔥蔥媚時光。緣溪盥清流，俯見鬢眉蒼。假祓聊復耳，所適茲晨良。握蘭襲清芬，偶羽接飛觴。沂水不可即，道遠徒彷徨。

端午小酌

親朋滿座笑開眉，雲澹風輕節物宜。淺酌未忘非好酒，老懷聊樂為乘時。堂瓶爛漫葵枝倚，奴髻鬅鬙艾葉垂。見享太平身七十，餘年能補幾篇詩？

六月望夕作

十年六月十五望，昏時月出當巽向。初從地中已遭蝕，妖蟇大吞魄俱喪。輾空漸高已半露，黑氣輪光兩相盪。其色昏昏赤如血，熒惑紅芒近仍抗。老夫茫茫不識占，但稱怪事驚還悵。未聞官府行護典，太史豈遺還弗諒。不食而食天自愆，人未容知未容讓。不如買酒洗此月，一洗千年永無恙。

立秋夜坐

霜毛隨葉落，搔首心忽驚。節物其如我，乾坤聊且生。誰家無月色，何樹不秋聲。好在清哦地，戛然庭鶴鳴。

九日無菊

今日九月九，無菊且飲酒。明年九月九，有酒亦飲酒。有花還問酒有無，有酒不論花無有。好花難開好時節，好酒難逢好親友。一盃兩盃長在手，六印何消金握斗。三盃五盃不離口，萬事莫談瓶且守。瓶云罄矣我即休,載欲謀之已無婦。天應私我身獨在,天不全人花乃後。遲之明日興還存,紫蕋青苞得開否?倘看爛漫即重陽,借酒東墻惱鄰叟。

和吴匏庵續滿城風雨近重陽之作

滿城風雨近重陽,寂寂寥寥破草堂。彭澤花枝待晴把,雲安麯米帶生嘗。梳頭髮應吾年白,潤屋金從别姓黄。慚與潘郎續遺句,沈郎瘦不似潘郎。

丁巳除夜

數日匆匆歲告終,温存惟有此宵同。安知媚術先求竈,未信空文必送窮。詩卷可留還自壽,釣竿無恙任為翁。茅堂已與年俱舊,簾幙沈沈不動風。

與韓克贍蘇安道守歲

杪歲樂合并,留戀甫及除。不可負奇遇,請勿歌歸與。天地一逆旅,所在皆吾廬。各念年歲改,忽忽不我儲。相守戒毋寐,徹夜亦須臾。四序流且既,其程惟僅餘。丑雞苦無情,督曙聲喔如。隔鄰促沽酒,一一圍地壚。傳盃相彼此,廵此不可虚。林静風滅響,雨跡良漸疏。俯仰百年内,幾人今夕俱。人情與節物,攬筆吾當書。

守　　歲

歲行殊碌碌,來往類瓜期。越日成新舊,關情有仳離。畫儺俱散後,白叟不眠時。孤注一年計,同人此夜私。五窮無術遣,百拙信天為。舉酒雞鳴際,聊申繾綣辭。

送　歲　詞

白粉作白糰,今夜送歲用。千年萬年例,千家萬家共。歲去還自來,送者徒鄭重。初謂人送歲,終反被歲送。人於一歲間,過眼幾悲痛。送歲人不知,處歲如處夢。我有同室人,今年室已空。

病餘待旦

衾鐵凌衰颯,無眠展轉頻。雞餘千慮枕,霜下五更人。夢緒不可續,窗光渾未真。兩童牀腳底,齁睡怕教晨。

除夜留客

客會合時須有酒,歲乘除際可無詩。乾坤假我為逆旅,日月玩人猶小兒。黃屢相尋奈新歷,白都不剩笑殘髭。浮生蹤跡任流止,見面儘強空爾思。

留客守歲歌

請君勿思家,相將守除歲。誰家守歲同故人,惟我與君開此例。作詩送歲君有篇,買酒餞歲我有錢。莫嫌苦與歲留連,惜是明朝已隔年。本戀歲華還戀客,亦惜明年又南北。歲來歲去自無窮,客去客來頭漸白。白頭無春風,且映燈花紅。燈花落處天拂曙,君起云歸歲亦去。歸家馬蹄急如飛,家人闌門誶不歸。

【校記】

見《石田先生集》七言古。

元日四首

物華初焕發，鄙抱亦生春。開歲始今日，杖鄉無幾人。蟻醅浮甕冽，雞彩暎門新。笑進三分盞，聊娱八十親。

賀旦亦隨俗，筋衰拜莫便。鬢毛闚燕次，歷紀曠生年。地氣通荄早，晴光入戶姸。小孫看滿抱，不待衆人憐。

野俗誇占候，年芳比昨強。值人春立早，加閏歲行長。話緒及農切，盃巡次客忙。援時從少飲，獨後感流光。

頻頻逢獻歲，健日憶兒童。有母敢稱老，無年不願豐。堂光靜宜北，風氣暖知東。萬擾來吾慮，悠悠致靜忠。

元日用長字韻

年來隱計自為長，簪笏何如書滿堂。入眼晴雲占歲氣，照門春日動江光。傳椒老子騰騰醉，騎竹兒童故故狂。車馬東華雖富貴，貧窮吾亦愛吾鄉。

燈夕

燈火長街閧小兒，龍鍾老子亦隨嬉。小兒作閧渾無度，老子貪嬉固有時。滿眼杯盤人盡醉，大家簫鼓夜何其。金吾不禁銷金事，莫為春城算酒資。

廿五夜戀歲

與歲别在邇，五日即告終。三百六十日，漫過已匆匆。餘此知莫留，頃忽迅飄風。譬若盃酒闌，客散堂欲空。強爾拉老兵，徘徊乏歡悰。把筆搆短篇，燈前擁衰翁。衰翁類歲事，微吟搔鬢蓬。

石田詩選卷二

山川（園池附）

雪中登虎山

月色風光知幾到，好奇今補雪中緣。急排岩樹開高閣，生怕溪山又少年。城郭萬家群玉府，塔簷千溜半空泉。杏茶美酒殊酬酢，似此登臨亦可傳。

【校記】

［題］《石田先生集》七言律二、《石田稿》黄淮本卷一作《雪中登虎丘》。

天平山

天平合在名山志，山下祠堂更有名。何地定藏司馬史，此胸誰負范公兵。高屏落日雲霞亂，褋樹交花鳥雀爭。要上龍門發長嘯，世人無耳著鸞聲。

和張碧溪登寶峰韻二首

樂事春來要不空，直登峰頂路方窮。青山始爾三人酒，白髮泠然萬里風。城郭週遭江勢轉，鶯花爛漫物華同。太平無象今成象，好在詩篇杖履中。

新醅拍拍玉光浮，挈榼提壺判醉游。高帽特尋芳樹掛，清歌緩共晚雲流。頻來信我何拘忌，大勝為官待告休。日日乘春知未足，翠微還補菊花秋。

三宿虎丘松巢

夕陽繫纜有餘輝，入寺登登曲徑微。孤塔白雲平鳥背，疏林黄葉映僧衣。臨池弔劍寒泉在，捫石尋題古刻稀。便欲留詩補三過，三次有圖于此。眼花燈影不成揮。

與沈工侍時暘登大潮山絕頂

侍郎不到十年餘，拉我松行喜并輿。客子初疑穿虎豹，僧伽高住自鐘魚。龍蛇起陸香山近，鵬鶚摩天震澤虛。把酒直從峰絕處，眼空錯認是匡廬。

岳麓秋清為西涯李閣老題

蕩摩雲漢覺喬然，形勢雄看岳勢連。赤帝奠靈天立極，紫陽宏道地生賢。人凌灝氣攀珠斗，峰落清湘見玉蓮。上相舊游今不忘，寫懷還復事圖傳。

天柱晴雲 同前

一柱巍巍萬象超，切台接斗見岧嶢。命惟説用金為礪，天許姚擎玉作標。森列宸楓均湛露，貪緣野竹上青霄。文章變化成何似，更倚雲霞看寫描。

黃山游卷為篁墪程宮詹題

黃山巍峨四萬尺，摩天戛日高莫敵。天下之人皆識名，土著之人游未極。篁墪先生二十年，亦自今茲方決策。沈沈冬雨作泥淖，日日需晴蠟雙屐。天將試人故作沮，拂面猶嫌雪飄白。先生一意牢不破，十客追隨三不逸。到山浮雲為開路，石立偉夫厓左逆。梁飛危甃虹不收，樹翳古湫龍所宅。湯泉鬵沸幽广下，熱酒不須敲火石。境深漸覺與世遠，下界便從風雨隔。諸峰六六互出沒，目抉雲蹤寄高歷。容成浮丘合居此，呼之不出聞笙笛。祥符小憩僅四詩，天待先生儘蒼壁。不應止此便返駕，請啓一行多後役。作圖何事到野人，耳聽安能當目擊。長安在西但西笑，是邪非邪聊水墨。更是高篇不容和，苟能掛一還漏百。宛陵妙語括嵩勝，亦與歐公曠游席。歐公不有宛陵無，紙尾但留三嘆息。

暮春登虎丘

獨信微吟人不知，山花滿地悔來遲。久揹綠樹陰中杖，仰辨丹崖缺處詩。日有閒緣游始勝，老無健步出非宜。一廻到此一廻少，怕近清泉見鬢絲。

史明古曾約同遊今已化去

髯翁久憶金焦勝，感慨來登獨老身。生死隔塵空舊約，江山如此欠斯人。強留詩酒聊三日，愁送鶯花又一春。浩蕩煙波莽回首，漫將行樂與誰論？

和西厓李閣老韻留題金山

儘有風波怯往還，又因名勝使人攀。天將白玉浮諸水，誰以黃金姓此山。欲就一竿漁浩蕩,更憑雙足弄潺湲。老僧莫作誰何問,只借中泠洗醉顔。

妙高臺望江

一源萬里勢成三,截地分明限北南。長塹悠悠天所設,奔流浩浩海相函。獨憐擊楫存遺誓,可笑投鞭是漫談。頭白妙高方縱目,落霞孤鶩晚猶貪。

飲中冷泉

此山有此泉,他山無此泉。泉名與山名,并為天下傳。山泉兩合德,珠璧輝江天。宛在水中央,天使塵土懸。山本一江石,泉井從石穿。非鬼不可鑿,人莫知其源。黟深貫龍窟,不溢亦不騫。我久負渴心,始修一啜緣。憑闌引小勺,冰雪流荒咽。載灌肝與肺,化作清泠淵。沁沁若沆瀣,逐逐空腥膻。至味謝茗荈,亦不從烹煎。謬哉康王谷,欲勝宜未然。未伺鴻漸知,但飲必推先。由我口舌譬,亦獲參其玄。世多未沾者,茫茫尚垂涎。滿注兩大罌,載歸下江船。摇光蕩江月,泛影雲亦鮮。分潤及鄉人,七碗同通仙。

光禄汝德

發舟自東川,行行渺西鶩。返照變湖色,四浸映浮樹。輕風泛廣水,低昂浪相互。亦復疏雨零,頃耳遂澄霽。延盃引叢語,殊莫省修路。遙睇君子居,聊賦停雲句。欲擷汀洲芳,悵然無所遇。

和吳匏庵姚氏園池四絕

宮庶才名天下知,舊題留在此園池。墨痕蠹盡重翻稿,二十年來似夢時。

蚤起治園晚始歸，黄昏蝙蝠滿堂飛。人家夜例開門睡，甚矣先生併去扉。

雨後春池漫石磯，櫻桃梅子兩爭肥。東風試暖諸生假，間就滄浪浣舊衣。

小小園池儘自清，不曾誇大命新名。看花看竹多佳客，竹與追陪花送迎。

和匏庵觀治園和韻

散直樂清燕，緩帶行園中。闢荒自伊始，有力適我傭。群礫一何多，瑣屑錯蒿蓬。漸理塍與溝，脈脈見泉踪。作者苟不劃，奚憂植難豐。況喜臨皇畿，春早氣自葱。好鳥鳴樹顛，東方至和風。勿去觀小道，治國將無同。

【校記】

［題］《石田先生集》五言古一、《石田稿》黄淮本卷一作《吳宮諭觀治園和韻》。

謝顧天祥送將樂石

一拳奇骨勝仇池，落眼真看玉雪姿。急埽秋軒容突兀，更栽野竹與扶持。已藏東海從深袖，便捲滄波答小詩。莫道空言尚加拜，此懷還託米顛知。

雨後經西園

小園西百步，五畝未為慳。得雨草皆滿，無風花自閒。儘清全賴水，論足尚虧山。樹藝有餘養，其如丁者頑。

登牛頭峰和陳永之韻

秋坐無所適，牛峰期峻攀。攜手相魚貫，極力凌孱顏。東來望城郭，北指鬱江關。涼風振木末，葉飄巾屨間。俯見行旅人，役役往復還。如我二三子，逍遙意自閒。其中有達德，高誼薄雲山。

因楊君謙見和復和一首

狹逕穿山腹，盤盤雄歷此。吳王三千劍，意以是為砥。鐵髓積廣面，歲久色尚紫。石概奇嶔嶔，此以平為美。坐閱今古人，當不知千幾。集坐畢一時，僔僔嫌如市。況乃實不及，千名何以始。凖彼釋氏誕，萬億未為恥。俗驚少攝多，走觀信而喜。我登紀夜吟，其面月如水。楊子時莫偕，清篇觸倡起。歷歷到以意，不游與游比。語語盡括石，石舉在詩矣。使石尚化玉，倏忽鬼入耳。玩之靈光生，戛之雅音倚。氣復蒸春雲，詩又在石裏。瑟縮愧我辭，荆棘礙布履。自笑邯鄲人，胡為強追擬。

君謙又和復答

子才五色石，補天曾以此。餘才散為詩，或突或如砥。今賦千人坐，秀句尚紅紫。誰謂丈人醜，貴有幼婦美。一篇似難又，連篇不覺幾。謂即事深刻，打搨滿城市。先時漫無文，增重信伊始。我如呼風鴟，悲鳴自堪恥。子如稀有鳥，九萬借風喜。上掣層霄雲，下掠滄溟水。餘力播此石，久靜當磞起。點頭有公案，悟詩與禪比。不然只冥頑，一石而已矣。我言子無答，一言而已耳。尚容答千人，琅玕雜然倚。還招舊時月，總照新象裏。我復就盤陀，箕踞脫雙履，咏言證千人，使石無妄擬。

載和答諸友

我閱丘中石，奧賨特見此。天不生廉隅，蕩矣若加砥。但嫌色相在，雨洗常出紫。坦坦宜坐人，喻千溢其美。未如清涼達，所容不拘幾。可拔豈萬年①，菱谿笑穿市。夫差墓其側，恃固乃經始。小類莫試劍，脆裂傍可恥。夜夜曬明月，玩弄少客喜。我來發豪吟，鶴磵應流水。初憑石乘興，亦半因月起。百年擇一勝，頗與赤壁比。有石無此月，其游亦漫矣。有月更有石，有詩兼稱耳。下里和者多，聲韻妙依倚。胸中各磊隗，爭出言句裏。何當拉諸君，我亦補芒履。明年待中秋，石游更堪擬。

【校記】

［題］《石田先生集》五言古一作《載和楊君謙韻》、《石田稿》黄淮本卷三作《載和》。① 萬年：《石田先生集》作"萬牛"。

寄題金山

金山名天下，名大山則小。我在童丱時，其名已自曉。願登蓋有待，待待首空皓。屨扣土著人，掛漏奄可道。所亘百畝石，江心泊浮島。山中無空處，皆以殿閣繞。及參能賦者，語莫盡其巧。我托耳為登，聊且厭悵懊。譬如山墮夢，其境皆夢造。夢覺費追隨，所得未了了。有路縣不遠，有身無大擾。從地借健步，從天借不老。便須游一年，寫此平生抱。

病中懷西山

兀兀安衰疾，重簾竹下房。日因忙者短，夜為老人長。薦粥脩蔬品，抄書類藥方。西山行樂地，螯酒付誰狂？

過湖村

幾家成聚落,雞犬夕陽時。人影臨流揖,帆梢拂樹移。積禾高屋脊,落葉厚茆茨。鄰并尤醇厚,常通無有私。

城中夜歸

塵累茫茫有鬱襟,思鄉就晚發城陰。潮來頓長溝渠量,船過平穿市井心。僕子促程雙奮櫓,人家臨水亂鳴砧。柴門高想慈親倚,新月疏星恐夜深。

崔氏水南小隱

一家縣水嬾通橋,寂寂寥寥遠市朝。寸地有生耕子姓,索居無類晝漁樵。晚波垂柳供魚貫,春雨高梧養鳳條。莫謂温生同住此,不因車馬趁人招。

江山勝覽

滿地桑蓬屬少年,出門自賦遠遊篇。匡廬真面開屏玉,嵩華僊蹤倚嶽連。野市誰家濯春酒,鄰船何處訪秋弦。老予牖下今頭白,司馬山川是夢緣。

雲山

雲是青山舊鉛粉,一翻妝點一翻新。鬢邊白髮偏無賴,點著都成老醜人。

湖 上 雜 言

縱目極遐曠,水嬉湖中央。青山載白波,上下相低昂。俯首愛雲霞,淩亂隨蘭槳。悠悠遡空冥,忽忽超景光。宛宛漢皐女,落雁懸微茫。可望不可即,相思如水長。

再至虎丘松巢主僧索畫用空谷山居韻

世諦紛紛擾擾間,松巢來詰老僧閒。愛山已結峰頂屋,借畫仍看屋裏山。池影心空和月見,巖扉客去倩雲關。新茶新笋都叨卻,香積誰云染指還。

夜行村路中用程篁墩虎丘韻

躑躅經墟復歷丘,晝時不走夜時游。泥塗我有多歧嘆,江海誰閒野渡舟。著力自家須杖烏,發明何許借膏油。從知世路不易涉,只好歸眠舊草樓。

石田詩選卷三

居室(亭館附)

移榻西軒

舊榻處幽暗,耽睡固有因。移之置西軒,軒製煥以新。其地不函丈,虚明易知晨。東方動初陽,流光先枕茵。破我黑甜境,夙興自然勤。盥櫛能及時,亦足勸奴人。尚有清夜景,月出簷之唇。照書僅可讀,老眼自不真。茲軒所助我,遲暮生精神。享此一息佳,嗒然遺我身。

流波館為史德徵賦

瞿湖南汊分兩濼,翠阜浸波雙朵落。沙鷗渚鷺雪點鏡,楊柳芙蓉錦開幕。水心有屋駕虚明,柱插玻瓈高借脚。上留客榻枕秋眠,下許漁舟帶煙泊。不須擇勝日移亭,何數倚晴偏快閣。無地樓臺笑語凉,倒天星斗魚龍躍。門前萬頃不入税,寸金寸土卑城郭。紅闌我擬一臨流,但怯鬢眉老非昨。

湖南草堂為慈溪張廷儀賦

清勝之居不可當,詩書亦許帶農桑。近家湖似君王賜,買宅貲非録事將。山有一屏華翡翠，人無半唾辱滄浪。開門儘得臨流興，何待蘭亭始可觴。

齋居燕坐

齋居過雨淨，燕坐意良愜。習習風吹襟，引酒獨淺歃。勸飲何所有？蕉袖舞長葉。悦目何所有？梔靨笑素頬。妒幃了無禁，得得自姬妾。妄境一粲破，真樂從酒攝。真妄俱茫然，且作莊生嗒。

題楊君謙南峰行窩

遠結游窩怕近城，雲峰窈窕阻人行。草堂一力資誰送？榿木三年樹自成。地吉不妨分佛界，山空亦好發書聲。無心富貴知楊素，還恐驊騮入谷鳴。

竹　居

宦跡殊汗漫，有止必有竹。作屋仍竹間，篚庇卻易足。便似黄州樓，明年恐南北。君子固類聚，離之便云俗。凡人有此好，其人亦如玉。書來儌我圖，漫筆寫秋緑。恐無清氣骨，顧為此君辱。

補屋篇

先人有遺搆，宇我逾百年。壞久莫除雨，沾濕牀頭編。欲葺今頗喜，賣菜得羡錢。搆者良似易，葺艱方惻然。仍感寒薄士，卓錐莫奮緣。內省既自幸，見獲受一廛。且免歌中露，得魚敢忘筌。守成固在人，成人尚在天。天成人弗脩，得之復自捐。老馬強為駒，威後終怯鞭。梯危自苴補，惴惴求瓦全。曝濕保後讀，子孫惟勉旃。

乾坤一草亭為狄天章賦

少陵老子舊茨茅，小著乾坤氣自豪。作者有程吾耳耳，視之如傳世勞勞。圖書可托斯文在，風雨無驚地位高。坐此笑歌三百歲，江山屏障一週遭。

杏林書舍為戚宗式賦 父設教、子行醫

設教開醫沸一堂，君家父子為仁忙。松梢露碧臨窗硯，杏樹華紅隔水莊。買藥僮歸門夜月，挾書生散路斜陽。成才起死心相等，用世誰如此計長。

浦東白詩樓

只把清哦換白頭，騷情選思入冥搜。樓居疑與仙人借，詩卷當從天地留。東海倚濤孤枕夜，西山開雨斷髭秋。最憐老子興不淺，崔顥時時接夢遊。

成趣亭

舊聞淮上尚書府，別作陶翁成趣園。三匝菊松迂引逕，兩交梧竹暗通門。亭分啼鳥邊頭座，人倒飛華裏許尊。莫信平原誇富貴，只憑幽雅繼兒孫。

澤居偶書

比鄰星散絕經過，四壁寒光渺渺波。私畜牛羊芻牧少，官倉鼠雀稻粱多。西風布被眈朝卧，殘月松窗衎夜哦。不是老夫能遣撥，出門一望奈愁何。

【校記】

［題］《石田先生集》七言律二作《溪居偶書》。

寰翠堂為韓鎮撫作

韓侯京口高作堂，堂後萬石山低昂。復有瀦水方鑿塘，堂中動搖山水光。金焦乃是天富貴，巧手移入家中藏。簾掀曉日見翡翠，笙吹夜月來鸞皇。芙蓉夾座酒滿觴，宛如美人羅四傍。韓侯闢門醉十日，只恐金焦復去江中央。

過友人澤居

獨據澤中勝，遶家金壁堆。豁虚水照屋，花近樹平臺。倚杖鳥飛過，開門月入來。無鄰惱鵝鴨，漁亦莫爭隈。

喜桑氏兩通判致政為題杏花書屋圖

舊有讀書處，杏花深雨中。人歸髮未白，春好樹仍紅。富貴浮生外，弟兄吾道同。門前千謝令，屋下兩陶翁。

散木高居圖贈吴元璧

舊有茅堂依散木，掛冠於此寄高風。鹿柴山水新圖裏，蟻國功名昨夢中。閉戶著書今日始，挐舟問字遠人通。黄州到了休重説，桑梓斜陽看醉翁。

春水船 軒名

我愛君家春水船，江湖已賦卜居篇。不憑寸地可作屋，儘住清谿無稅錢。涼月蕩人簷影下，晚波跳夢枕屏前。便從畫舫齋中看，鸂鶒鸕鷀相對眠。

望洋亭為李知州賦

海上高城壓廣洋,新亭東眺眼蒼茫。白滔萬里登臨近,青并三山指顧長。歲久魚龍扶地軸,秋清鵰鶚送天光。邦侯戻止威明肅,約束陽侯不敢狂。

道 傍 酒 館

酒香觸路酒旗青,去馬來車到此停。信是利糟名粕釀,行人醉煞不曾醒。

題王理之草心齋

青青墳上草,墳下母不起。根祇母處生,其心發子所。子心所以發,在母非黄土。母德如陽春,恩大無可補。永懷天地間,不共草榮腐。

寺觀(庵院附)

托嘉本初上人寄題靈谷寺

帝闕東來靈谷寺,箇中但少一尋師。千行松下當容杖,八德泉頭尚欠詩。今日林慙應屬我,舊時墩姓又從誰?輕縑淡墨追空影,白髮真游未是遲。

太倉興福寺觀劉鸞塑觀音像

古寺陰陰古佛棲,壁中波浪海高低。花因觸喜偏饒笑,鳥解尋聲亦亂啼。化境慈悲千種相,人間影響一鏝泥。老僧香火如如地,時眼來觀祗欲迷。

宿吉公永安堂夜靜懷澄復留一首

清酣散江風,展火對不寐。澄懷入禪觀,真若超世諦。自顧衰颯境,掛住亦良計。江山不厭客,詩壁無曠地。州人亦可脩,舟楫日容易。笑我雪鴻跡,天地暫為寓。

趙民部夢麟王廷信符用愚諸公攜酒會飲涵虛樓民部索詩遂有此作

白髮蕭蕭始此來,高樓正倚夕陽臺。闌憑南面山都出,梯到上頭江大開。自媿衰翁落遲局,未容民部不深盃。若教卻飲天應笑,豪傑眼前安在哉。

支 遁 庵

千載支郎此說經,寒泉幽澗尚縱橫。鶯花浪示春聲色,水月猶通佛性情。嵌石半龕苔寄跡,空庭一箇鶴留名。許詢同化無同調,只有溪山照眼青。

【校記】

見《石田先生集》七言律二。

買得城東廢尼地

空閒佛地許儒居,敢謂行窩且貯書。老子不妨歌十畝,小兒還可就三餘。西鄰機杼勤堪勸,東圃耰鋤拙未疎。更喜五溪環合處,閉門花柳似村墟。

放生池上晚坐

風來水面細細，月下城角徐徐。怪是放生池上，有人臨晚罾魚。

過簡書記故寮

一寮峰絶處，一衲一吟身。忽爾有生内，寂然無此人。風翻破經卷，雲護舊牀茵。只有青山在，如如似佛真。

游妙明庵

早霧未消迷過湖，妙明春日步堪迂。門懸斷岸谿橋接，水限比鄰野寺孤。侍者鳴琴動春鳥，長年引席候風烏。偶然此集真鴻跡，乘興還留水墨圖。

保叔傅公得余詩畫失去重補

花宫寶塔映湖光，題墨游蹤久已忘。屈指豈勝年契闊，感人何在畫存亡。頭衰要雪消難得，山缺教雲補不妨。舊夢又將新夢接，幾時風雨話松堂。

祠廟（墳墓附）

留侯廟和韻

博浪還非擊鹿秋，先生空作聶生流。天將小挫宏開業，事到丕成細論讎。羽翼四人歸妙算，神仙一著是高游。千年遺廟蘋花在，日暮相思楚水頭。

謁退庵陳僉憲祠堂

少從杖屨記遊行，今拜祠堂慨死生。忽見丹青開慘澹，尚憐忠毅鬱崢嶸。犯顏切切先知禍，載籍堂堂後有名。真與吾鄉植標榜，繼聲誰作鳳凰鳴。

杜東原先生入鄉賢祠

節孝公然當祀典，千年香火見斯人。莫由貴子能為地，卻信窮儒自致身。標榜令名賢者位，追陪諸老德之鄰。奉歌斐語林堂靖，再拜祗迎颯有神。

郭 璞 墓

氣散風衝豈可居，先生埋骨理何如。日中數莫逃兵解，世上人猶信葬書。漂石龍涎春霧後，交沙鳥跡晚潮餘。祗憐玉立三峰好，浮弄江心月色虛。

黄黄墳上草

黄黄墳上草，青青復回春。草死有生日，土中無起人。人心期百年，誰存百年身。有酒且為樂，我愛劉伯倫。伯倫亦已矣，無酒澆其墳。

祖墳栽樹

德丘松柏舊陰陰，斤斧丁丁不滿林。樹盡重栽亦容易，不能栽得子孫心。

為錢世行副憲寫虞山先隴圖

監憲臨行尚倚舟,隴雲阡月要圖收。一時縮地便行李,千里忘家愜宦游。不待移書問封樹,即教開卷見松楸。清明官舍梨花酒,水墨微蹤散遠憂。

復劉龍洲墓

龍洲先生非腐儒,胸中義氣存壯圖。重華請過補缺典,一疏抗天肝膽麄。中原喪失國破碎,終日憤懣夜起呼。往籌恢復詣公衮,論矛聽盾事大殊。芒鞋破襪世途澀,蒯緱短劍秋風孤。登高聊且賦感慨,江山故在英雄無。權門欲招脚板硬,顧逐詩朋兼酒徒。尋常一飲空百壺,賣文贖券黄公罏。酒豪欲便蹈東海,故人留崑亦須臾。玉山固是埋玉地,歲惟三百骨已枯。三朝封樹載起廢,人重風節非人驅。嗚呼！人重風節非人驅,龍洲龍洲真丈夫。

崖山大忠祠

落日荒荒下大洋,樓船載國此時亡。君臣入海仍相合,天地移風已失常。黑霧不能迷死所,白雲依舊是仙鄉。二忠合作三忠祀,添設文山一瓣香。

二公至此不能為,力盡堂堂是死時。一塊肉同今日喪,孤兒事屬老天知。弱流萬里難容楫,清酤三行欲動旗。一殉毅然酬所養,厓山堪壯不堪悲。

曹廷儀哭其師陳味芝墓

方寸千里心,三年存義喪。淮陽一掬淚,不顧吳雲長。此淚久不落,自子忽浪浪。嗟哉彎弓輩,掩面在道旁。

【校記】

［題］《石田先生集》五言古一、《石田稿》黄淮本卷三作《曹廷儀自淮陽來哭其師陳味芝墓》。

題孔太守高州生祠碑 有序

孔公昭文，孔子之後。讀書有大節。初知高州，時西廣賊擁衆萬餘，近城而寨。城嘗遭三掠。已精壯皆從賊，惟存老弱。食且盡，水又被賊窒其源不給。民遑遑日待斃耳。公度不可為，告天曰："某死城中，不若死賊所。苟一言可革其心，則死而生也。"乃單騎往喻賊。賊駐城北山上，望一騎至，兵皆蜂集，横殳露劍，夾于路旁。公獨行鋒刃間，更無一從。及抵賊寨，以利害曉之。賊皆感激，仍具燕燕公。不食，遂以所掠校官生徒，洎僧道男婦千餘人，俾從而還。約明日皆來歸。果得七千人，餘皆散去。公復率兵邀其歸路，既而亦納款，盡以恩信給之。公兩廣之勳，多所助焉。

民羸食闕官初到，壁破城殘勢莫全。獨馬蕭蕭戈戟裏，片言落落死生前。身何我恤愁何賊，事在人為幸在天。衆叛盡歸非卻敵，功名不許子儀專。

謁夏忠靖周文襄新祠

水利克脩財賦舉，二公戮力惠吴民。祀行今日欣成典，愛寓斯邦合妥神。肖貌堂堂快星鳳，功名在在認麒麟。山川悠久貴同德，蕉荔殷勤系後人。

石田詩選卷四

宗族

憶弟妹

五人弟妹一胞親，白髮于今剩兩人。半夜雁聲孤枕月，起來愁坐不訾身。

德輼弟禁酒有作兼呰鴻兒

此病都因痛飲中，自憑斷飲作醫功。便須真止從陶令，也莫無多學次公。醒坐煖宜東閣火，酣眠煞忌北窗風。重君猛省吾深喜，安得聰明及阿鴻。

喜芇奎二侄延師教子

俗習務淺鄙，養子多昧教。且云粗識姓，便是學之要。學豈止識字，要在知人道。人道重綱常，文藝稍加膏。愛子若不教，護病不醫療。往往歲月後，歷歷見狠傲。孝悌莽無知，禮義蔑循蹈。辱父辱門第，至此徒悔懊。此過不在子，在父長其暴。能教始為愛，教成自有效。不可吝鞭撻，不可恕幼少。今年賀美事，二侄改俗調。令子從師儒，詩書發蒙冒。此舉足高尚，先緒喜可紹。譬穀既歷春，白粲脫黄糙，又譬金溷沙，披汏金乃耀。願言勿中畫，進進有遠到。

徐甥子修童贅

吳人多男效秦贅，贅男與人如接樹。抱他根本作春色，為榮為枯信天賦。小兒拜我下堂行，雙丱垂疏繡襦袴。恢恢何省傍人門，離家苦動爺娘慮。老夫為渠且莞爾，兒儥眼前寬一步。

抱　　孫

幹且豐隆骨更奇，白頭喜抱此孫兒。十分事足惟些欠，不及婆婆眼見時。

人日訪徐氏妹

曠時思覿面，引棹不多程。未似鍾離遠，便從人日行。提攜惟一榼，迎拜有諸甥。白髮團圞話，春風繾綣情。

正月四日喜許氏女得甥

汝寡無丁男，托命惟一女。活世真廢人，盲瘖無乃是。今年女有育，正月利弧矢。乃是四日生，六日方聞喜。得報訝其遲，閡縣本非邇。老夫笑滿面，賀汝似得子。他人視則甥，在汝則子比。緣情遂亡分，慰眼併遺氏。在我固稱彌，因汝喜切已。婦人曷持家，嫠煢寵有恃。身後饗粢盛，其氣尚有以。汝夫在地下，不為敖氏鬼。譬如委霜草，今為春風起。復如涸溝魚，一夜漫春水。只憂不曾生，既生長易矣。便須買書本，教自孩提始。成人無他圖，讀書而已耳。

悼　内

結縭四十二星霜，貧賤來歸貧賤亡。衹剩辛勤在麻枲，儘知慚愧累糟糠。騣騣馬齒偕誰老，耿耿鰥睛覺夜長。淺土不安緣借殯，青山愁絕幾時藏？

哭　母

都房笑語處，腸斷忽然空。昨日今朝事，天翻地覆中。痛將雙眼血，願染九泉紅。我母知相憶，時時魂夢通。

哭　親

不見堂上親，遺我堂下身。有身如枯桑，不復知青春。人皆依父母，我是無依人。感恩等天地，徒然抱涓塵。報養已不殆，此身何用存。欲死顧有托，欲活無精神。杲杲白日下，冥冥與死鄰。痛撫心肝腸，崩裂不可紉。

示 復 兒

言語不可苟，謹之應免尤。使聽人不厭，容察實無浮。當識寡為吉，勿令輕起羞。此聲心所發，心要與聲酬。

十二月一日亡兒附主于祠

悲傷未輟淚，又及免喪期。碌碌有窮日，冥冥無盡時。破家揞老力，瘦骨裹空皮。以汝附祖食，幽魂安可知？

雜流

雅　士　吟

雅士居鄉黨,平易以為德。口惟無妄語,貌有和樂色。温恭一座上,四隅皆敬飭。他日偶虛位,囂囂衆狂忒。如冠在人首,寒煖初何益。便去若無妨,但覺儀觀失。君子無異人,無之無以式。

貧　女　吟

貧女勿多怨,怨多亂心思。慕富不知分,厭貧不知時。折荆聊約髮,金釵同一施。練布與錦段,適煖同一宜。貧者豈長貧,時至會有期。在時不在貧,嫁德不嫁姿。請看白頭女,終為王者妃。

溪　　翁

參差榆柳逼門前,不剪茅茨不斲椽。歲晏雞豚鄰社鼓,秋深蝦蟹水鄉船。會羞蓴菜量加糝,嗔拗荷花誤結蓮。昨日逢渠溪漲後,别無言語只憂田。

從　軍　詞

前闕屋資無告故人散,草中五畝愁荒煙。面盧骨立牙齒脱,短褐曼胡菅屨穿。逢人欲歌豪或在,聲吞苦淚秋漣漣。老人勿悲此世態,富貴貧賤本相縣。薄徒勉強狃勢物,聚散茫茫雲雺然。但願老人有錢復,年少此輩明朝還。拍肩 下闕

地　理　師

洛卜鑒瀍澗,虛望知以楚。地術有由來,世好則往古。之子悉心久,自視曾楊侶。登臨啟顧瞻,富貴隨許與。山水若呈秀,目力無違忤。苟有禍福存,願言無妄取。

白雲山樵歌

白雲山,在何處?太和峰下紫翠堆邊是。山中道人玉作斧,慣向雲根斫琪樹。束之三萬束,凡火不能爇。卻使火龍水虎相鍛煉,黄婆鼎中七七始成齊。小服百年飽,大服飽千歲。長生之藥元酒味,永不飢兮永不醉。神仙洞裏觀棋去,斧柯爛盡不歸來,人間甲子須臾事。

贈接花叟

打得旁枝手有神,接他生氣一番新。自家無限真消息,錯借春風與别人。

贈　隱　叟

比比人稱馬少游,此生鄉里信沈浮。東平格語善最樂,□老家風貧不憂。白戰雪中詩敵手,黑甜夢外酒扶頭。子孫富貴曾無望,只囑吾書仔細收。

僧道

老　僧

精舍沿街似離城，一爐柏子送經聲。閒因累少身俱嬾，老覺心空死亦輕。蕉葉大宜秋雨淨，竹梢底愛晚雲橫。尋常見客先稱病，只坐匡牀無送迎。

丹　僧

深目流光口帶髭，梵書真訣鎮相隨。茅山道士燒丹伴，天竺先生授記師。毛製氍袍寒日著，纇裝金碗食時持。遊蹤又逐閒雲去，滄海重來未有期。

【校記】

《石田稿》有同題詩二首，一首即此詩，另一首為五言律“丹鼎隨金錫”。

和僎公韻

詩僧隨分住，市搆且三間。比屋地俱俗，隔簾人自閒。道同潭性徹，法化石頭頑。吟思充行脚，時時出世寰。

和嘉本初夜泊楓橋韻

風流張繼憶當年，一夜留題百世傳。橋帶人家斜倚寺，月籠沙水淡生煙。火知漁子仍村外，舟載詩僧又客邊。我愧不能同此宿，卻因新韻偶聯篇。

全真道人

碧色襴衫雪色鬚,山林城市跡何拘。標清自認身如鶴,步捷人疑爲是鳧。掛搭煙霞詩夾袋,浮游雲水藥葫蘆。長生唇舌誇能事,不敢輕傳恐涉誣。

還俗尼

婆夷本欠佛姻緣,無奈心香起業煙。衆散珠林還火宅,官收寶地作民廛。菩提舊念慈雲滅,歡喜佳期好月圓。清淨池中生愛水,從今都長并頭蓮。

黄道士醉死

汝師緣醉死,汝死亦師如。墳借糟丘筑,碑將酒德書。足跳趺後跛,面漲疸時虚。化去不留影,吾詩真寫渠。

寄金白庵

白草茨庵白葛衣,白頭嬾剃雪根稀。子孫登録俱天上,獨掃青山待客歸。

一箇蒲團一老身,蓮心清淨不知塵。更將蓮舌話生滅,點斷冥冥過世人。

題僧化緣疏

忙忙展枕逐鶴棲,洗面忙忙雞又啼。傀儡不知提處假,髑髏方信活時迷。身如革鞠無多氣,墳認饅頭卻是泥。儘積萬金難買命,依然一箇死闍黎。

雨中訪白庵金公

雨戶無人應客撾，自遮明眼把楞伽。歲年漫度不知臘，天地無方何問家。鴨脚樹高生茗果，虎鬚蒲久發仙花。一番相見一難得，莫怪趙州頻喚茶。

尋僧不遇

幽溪漫石水縱横，遠見孤雲與塔平。特抱琴來僧已出，欲因山竚鶴先行。交鳴野鳥嘲風暖，亂發林花趁雨晴。牆壁淋漓題墨遍，詩成嬾得更留名。

燒丹道人

真不能全道強名，東鉛西汞詫煎烹。癡人夢被黄金惑，浮世忙因白日生。敝屨市塵雙草健，破冠塵土一瓜横。欺心玩弄神仙術，欺到死時心始平。

石田詩選卷五

古跡

和張光弼歌風臺韻

大風起兮云飛揚,遊子歸來尋故鄉。鄉中父老認天子,會酒擊筑歌慨慷。載歌載舞未為央,留之十日未為長。暢然草木尚有感,滿眼故舊情何當。丈夫志已酬咸陽,壯心何用泣數行。四海一家何論沛,猛德何法守四方。千秋萬歲邈在後,魂兮不歸天地荒。高臺已夷煙草黄,樵童牧豎談漢王。

滄浪亭故址為僧所居

一池風月十亭多,費價其如四萬何,今日滄浪休問主,百年興廢本同波。煎茶又勺吳僧缽,濯足空傳孺子歌。只在城南自清澈,車塵馬足有誰過?

鄭公釣臺

徽之歙縣富登渡有巨石,巍然臨湖,鄭師山子美釣游於此。余忠宣廷心篆"鄭公釣臺"四字刻于石。石上仍作亭,扁"仰止",以重二公之高風峻節,因賦。

忠宣義死堂堂節，死到師山義亦明。家國兩人均患難，干戈滿地正縱横。聊因心畫通相感，未必漁竿果可旌。何處江湖無此碣，幾人標榜有高名。龍跳舊刻還堪搨，燕賀新亭又喜成。岳勢不迷人仰德，石痕固在字含貞。蕭蕭風雨鬼神泣，洶洶波濤魚鱉驚。一個聘君孤搆耳，乾坤今許作雙清。

清 風 嶺

干戈國之禍，使妾骨肉殘。翁姑與夫男，狼虎併一飡。妾恨不同死，有身何用完。有身色所累，有色辱之端。固知一死萬事畢，死雖容易就死難。長軍癡兒徒好色，不知妾命死自棄。言挑兵脇不足動，俘婦雜守嚴如犴。清風嶺，白日寒，陡崖深江，妾命所安。齧指出血寫石壁，字字入石深若刊。五十六字瑪瑙瘢，丹丘怨血淚泛瀾，千古萬古願不漫。詩成一投死萬仞，凡筮無計留青鸞。區區眇婦人，烈烈男子肝。綱常一婦強千男，偷生忍死皆達官。偷生忍死皆達官，血詩仰面不敢看。

登妙高臺

登臺見青草，默默感今昔。江山本舊觀，形勝我新識。江山不因臺，流峙天自闢。臺固為江山，亦當為游客。往來相無窮，有得與不得。坡老莫可呼，舉酒酹江色。

登姑蘇臺

把酒弔往跡，茫茫幾鹿游。興亡兩國夢，感慨一臺秋。戰葉風仍亂，爭流江未休。傾城美人事，殘堞暮雲愁。

韓克瞻宿五國城因賦

金根濡滯是何年，寂寞荒城尚宛然。來者無窮還逐鹿，歸心不死定為鵑。黄沙夜冷霜連草，青海天低月墮煙。孤客此時思往事，一和錯盡自澶淵。

讀荆公爭墩詩

荒墩落日草蕭蕭，公我相爭已異朝。黄土不知今古姓，亦無百姓種青苗。

經趙松雪鷗波亭故址

茫茫遺業海桑邊，感慨因歌溪上篇。公子不歸鷗自白，庶人來往鳥仍玄。蘼蕪細雨山連郭，翡翠斜陽水滿川。珍重圖書獨無恙，淡煙踈蓋自千年。

經　舊　遊

最無根柢是豪華，陌暖風晴又别家。種種傷心秋雨裏，芙蓉只好不看花。

經 陳 永 之

分明經委巷，不是昔來時。賢者留相憶，空家住又誰？草蛩悲語在，樹鵲故巢移。仁義一如此，令人心未夷。

【校記】

［題］《石田先生集》五言律二、《石田稿》黄淮本卷二作《經陳永之故居》。

宿南潯詢丘大祐張子静故居尚遠因作

不見二豪誰與游，髯張入地伴長丘。湖山洵美人何許，生死難忘夢在舟。詩塚莫尋青草宿，釣磯依舊白蘋秋。清苕百里將雙淚，老眼西風獨横流。

重修醉翁亭

丘亭兀兀倚殘碑,風雨漫漫刻已夷。天地無窮翁尚醉,文章不朽石如斯。滁山終古當增價,太守而今復謂誰?振靡扶衰論作者,未應韓子獨稱師。

登鳳凰臺

江上秋風吹鬢絲,古臺又落我游時。六朝往事青山見,四海閒人白鳥知。詩卷也充行李貨,布袍不直酒家資。彈無長鋏懷無刺,浩蕩高歌歸去兮。

懷古

讀漁父辭飲酒詩有感

展書聊就紙窗明,楚晉亡機出一衡。大廈隳頹何力起,厲階層沓幾時平?靈均耿耿獨醒死,陶令沈沈爛醉生。千載文章共肝膽,令人長嘆莫收聲。

讀吳越春秋

春日寥寥雨又風,小窗開卷兀衰翁。斯文斧鉞興亡後,故國醯雞語話中。臺越還聞走麋鹿,墟吳真見有梧桐。更憐胥種皆從劍,敵破謀亡一禍同。

鴻 門 宴

莊劍擊,伯劍翼,一家兩人自相賊。天當與賢勝人力,劍生豈是屠龍客。忙忙勞人三舉玦,座上謀臣面無色。謀臣計失失敵國,敵縣虎口虎不食。盃酒之間天解厄,此機老增亦何識,徒為豎兒滋嘆息。豎兒豎兒策不長,富貴先思歸故鄉。兇暴為德兇暴亡,至死不知仁義王。

灌夫使酒

任俠復尚氣,平生無俛顏。貴戚相引重,聲名概世間。醉酒屢罵座,陷胸若無難。挺身執父仇,匹馬突圍還。豪猾傾潁中,納貨相結歡。終然使狂藥,禍發致生殘。不戒惡旨說,無術良可嘆。

韓安世墮車蹇足

弘略濟忠厚,智亦當世務。片辭釋國嫌,至誼靄如故。相階屬甫陟,奉引蹶而步。何足以蹇人,造物偶其數。

鍾離意不拜賜張恢贓珠

清川弗納濁,方枘不納圓。簡珠雖云寶,穢得名莫全。臨恩所不拜,戒飲懲盜泉。志士無苟取,炳然昭性天。

感張宏範逼文丞相招張世傑降

螢爝安知日月光,叛降可教正人當。萬生萬死不忘宋,一賊一仁何諱張。大事未亡膏血在,老夫堪哭淚洟長。敵人那識文丞相,鐵鑄南冠金玉相。

元祐黨人碑

熙豐小人用，壞政始介甫。類從一何衆，三朝養禍柢。元祐用君子，四海賀馬吕。豁然破積晦，有若日當午。一日十二時，午位僅一數。十一非其位，乃在小人所。天意未厭禍，善類終遭侮。在睽同而異，川朔失為忤。其輩隨以動，在咸象于股。奸京柄崇寧，首以故案舉。深虞道復長，籍黨表天下。一鐫亦莫服，鑿石竟何補。邪正均一罰，株連示淆蠱。今於歲月後，是非目誰瞽？譬瞻星與宿，經緯森天紀。不妨紊彗孛，各自粲堪指。君子猶元氣，不能絕其緒。但含消長機，小人昧其旨。雖云詐力大，欲絕亦繆矣。十步有芳草，十室有賢士。若使朝廷無，曷以維國是。不以溷小人，同事信難處。其勢莫兩立，傷夷至於此。小人務鬬釁，君子務必沮。奈何君子少，莫勝小人侈。恃勝初無人，習惡後無主。丁秦及賈韓，馴至國遭擄。一旦中原失，小人實為估。乃鑑殷之亡，先聞九侯脯。碑者本悲也，我來手重撫。

馮道二首

能臣五姓亦多忙，旦暮朝廷傀儡場。儘有癡頑塞羞恥，了無恩怨涉興亡。送迎數數真郵督，侍從番番老楯郎。莫怪不能知大義，兔園册上祇農桑。

相公惟舊帝惟新，歷享台垣富貴春。竟莫識為何老子，終當書作某朝臣。厓房戀戀輸蜂義，梁壘依依愧燕仁。功業不知何所有，一編青竹漫遺塵。

讀漢高紀

書燒禮樂隨之熄，長者還生傲慢風。四海未嫌驕仲氏，一羹還欲共而翁。獨輪留皓鴻矰外，莫怪韓彭狗鼎中。天統特推三尺定，敢於嬴項説英雄。

淵明采菊

典午江山醉不支，先生歸去自嫌遲。寄奴蔓草無容地，慳剩黄花一雨籬。

子陵垂釣

一出聊全故舊私，急歸自信海鷗姿。中間亦有君臣誼，買菜侯生豈得知。

和陳惟賁先生姑蘇錢塘懷古韻

開國樂湖山，流觀起高臺。因有獻椙人，木眚自茲來。侈泰遂亡國，捲地驚風埃。

孫勝有奇占，揚風骨亦無，他日秦餘杭，三匝不可呼。令人追往夢，鳥雀悲煙蕪。

伯業不可久，闔閭行復墓。世換悲樹葉，人滅驚草露。吳越互興亡，無足笑百步。右姑蘇

襄鄧固宜國，李相言莫行。偷安昧遠圖，彈丸荆棘生。北來勢受敵，大江顧南横。

海氣薄宫闕，燕幙傷故都。正如當道蛇，延頸待人屠。一枝難苟安，展轉南飛烏。

和計適召敵，風塵入松關。六龍一逋播，王氣去不還。惟餘岳墳樹，枝葉無人攀。右錢塘

讀出師表

兩篇忠告慷慨辭，字字中間有涕洟。天下二歸心屬舌，隆中三顧道存伊。老臣虛已六未解，瞞子輸才十倍之。謹論堂堂誠激烈，孤忠瘏瘏力驅馳。轉征南北思何遠，愴及桓靈語更危。開濟莫酬徒有策，英雄先死卻無時。天荒大野星俄隕，水嚙空江石不移。不朽文章千載事，後人能鑒乃能悲。

子陵獨釣圖二首

霜落江清木葉空，丹青有像是非中。羊皮不恥見天子，鳳德何曾屬畫工。千古超然此翁跡，一裘聊耳故人風。能來能去形骸外，私莫容窺道自公。

一宵展足便江湖，能去能容兩不孤。天子教人知友道，先生立節為貪夫。釣絲裊裊其風在，物色寥寥此貌無。附義懷仁言已盡，萊乎使者亦何愚！

和桑通判弔文文山六歌失火

兩宮萬里塞雲黃，三閩四廣天子忙。孤忠老臣老不死，膏血幾時湔國恥。天高欲訴衍六歌，手把怨筆濡天河。天河不乾怨長在，朝廷淩遲家破碎。老臣已死稿苴存，金玉輝生舊墨痕。鬱攸小兒那解事，紙影雖空有文字。傳人流世自千年，擊劍重歌雙淚前。

【校記】

[題]《石田先生集》七言古作《和桑通判弔文文山歌》。

時事

丁未九月聞哀詔

樂青安生今二紀，號弓莫盡白頭悲。帝鄉雲氣神仙遠，地道春恩草木知。裳繡不曾通藻跡，野飡空自切芹私。江山無改千秋物，明命維新又一時。

聞　邸　報

白髮窮簷憂老農，邊塵日日有驚烽。諸公謀事誰房相，今上籌邊似太宗。萬里長城須法守，一丸函谷豈泥封。勞來逸待無餘說，堅壁何妨數十重。

聞劉兵侍稱疾竟歸

即枕初章便買船，要歸竟自有歸緣。誰知原憲曾無病，我信張良豈在仙。長往莫維駒皎皎，冥飛不下鳳翽翽。先生此去江湖大，真與鱸魚長價錢。

【校記】

［題］《石田稿》黄淮本卷二作《聞劉工侍稱疾竟歸》。

觀　補　官

冠冕耀通衢，羅綺照芳春。珂馬等列侯，洋洋意氣新。觀者嘆且信，黄金能貴人。黄金本假借，觀人自失真。窮閻處約子，讀書苦長勤。書聲振悲風，莫次甑中塵。敝褐三十年，一紱難貢身。問子何事此，好義已忘貧。

揀瓜詞時提學公黜諸生貌寢者

累累黄臺瓜，種者欲求售。碌碌買食人，擇美棄其陋。大小各隨形，偏正亦隨生。滋味在其中，包藏那得明。君不見賢妃白頭女，又不見賢相跛足子。嗚呼貌取豈盡瓜外陋，安知中自美。願華一欒請君嘗滋味，分明為君死。

喜李貞庵致仕

九鼎忙忙作人餌，頭白眼花朝鼓裏。先生有才足補衮，有俸未足充妻子。未衰告歸急於矢，不謀朋友斷諸己。先生自是不羈人，健鶻凌雲秋萬里。君子難進退則易，禮義堂堂盡終始。太湖可釣亦君魚，陽羨堪畊亦君米。出兮處兮樂天私，更有文章賁山水。

聞余司馬子俊罷撫邊

干戈堆裏許抽身，回首功名剩角巾。北敵西羌無外顧，青天白日有閒人。尋猿棧道家鄉蜀，走馬邊墻夢寐秦。公筑邊墻於榆林，為功最著者。歸興在詩詩在酒，杜鵑啼破萬花春。

洪 城 奇 遇

林秋官待用、張府歷兼素俱因言事被謫，既而賜環。先後同集張內翰元禎宅，因而有作。

先後萍蓬跡，洪城此夜盃。星因賢者聚，朋自遠方來。返駕白駒谷，集靈丹鳳臺。文章留健羨，千載識奇材。

盗　發

小竊雖饑寒，巨猾實扇起。十百相黨群，刀殳弄兇技。前鄰遭砟關，逼貨炙妻子。後鄰發重隄，進舟當門艤。擔負亦公然，罄室乃云止。稍或有牴牾，人戮廬亦燬。無何鬨西村，旋復嘯東里。通川及要路，宵征絕行李。檢刮空腰纏，體至衣裘褫。天寒冰載路，溝壑何不委。家家夜結束，老少泣以俟。一夕苟奠安，天明各相喜。正念一井閒，搔動乃如此。江東連江湖，固是盗所倚。禁弛氣則張，類滋勢難弭。有官示以仁，得錄不之罪。恕實長之道，無乃延小美。有聲自此輩，識者謂辱已。況彼有後言，時哉好生理。教虎不咥人，所性安可使。使譽出賢者，天下知善士。民以靜為樂，貿貿安生死。雖然廢賙恤，糠覈自甘旨。去蠹木欣榮，除蛾禾茂薿。苟以刑不仁，誅卯亦非是。刑以齊亂民，用之不得已。如何輸租人，米駮斃于箠。

海　警　行

海東衡沙浮半洋，夾亘頗與崇明長。魚鹽蘆葦貨攸聚，利起爭奪循為常。中有兼併兩豪族，施恃其勇董恃強。強之無厭勇乃襲，燔廬刮產威靡亢。強銜所衂思報償，舞波接戰成劉戕。縣官移寇悚上吏，林侯未然籌且量。首先號召命不方，老豪來歸訴讐敵，不敢犯法畏有章。區區螻蟻尚顧命，拒死不免蹺螳螂。雖云餘類擁其子，跼蹐秪為讎家防。傳訛乃煩兩重憲，地隘豈足鵬軒昂。魏公善鎮殊不忙，陳公善料殊不揚。臺按臬監來頡頏，所在草木知風霜，群僚從事亦濟蹌。如雲翕翕星煌煌，于時曜武勢大張。海日照雪明殳斨，五牙艨艟具三百，艤岸只待令乃翔。諸公在撫不在剿，不教而殺謂不祥。緣情究跡有可恤，馳文往喻開倀倀。開誠佈公明而光，援其所溺存其亡。小大感泣皆奔降，納兵納船恐弗遑。纖颸不動海帖帖，游氣一捲天蒼蒼。坑之則肆未免禍，拯之且暇曾無傷。天王盛名宰臣正，今日詎曰無姚房。

吴 俗 火 葬

火葬壞吴俗，沿愚罔知教。體魄輕父母，死即畀野燎。何異炎人朽，亦類儀渠燒。古斂以週身，致慮防臭暴。復棺益之槨，厚土事窆燾。區區人子敬，鄭重寓私孝。燕師慘掘焚，齊人愾敵效。子豈忍父母，炮烙曾無覺。曹侯憫其弊，古訓不可弔。闢園號漏澤，叢瘞周四墺。士庶尚有言，地局寧盡窖。其言聞之公，擊節嘆且笑。吴愚不聰明，耳目塗泥淖。譬諸黔婁衾，不足我奚校。我為名教惜，擿埴聊盲導。虐死苟無親，逆生馴亦要。勿謂一爝微，大惡由茲造。

述懷

思 理 衣

七十餘年一老翁，心情鶻突腦冬烘。寒衣無婦無人補，日日關窗怕北風。

七十餘年一老翁，衣穿絮破不堪縫。清霜滿地無區畫，掃得蘆花莫禦冬。

脫 齒 行

我齒食所繫，食以繫我生。齒脫寧不憂？其繫本非輕。近來漸脱二，脱者盡之萌。既脱不復留，留者亦難撑。留如泛虚槎，脱如鑿深坑。編生如相輔，豁一傍須崩。生食原相資，今作水火爭。妨食生必妨，死理端可明。完業譬大族，恃子在守成。其子無錮心，先蕩黄金籯。屋售繼失居，田鬻還絶耕。溝瘠諒在眼，身家同一傾。觸類有攸感，我賦脱齒行。

病懷二首

衰遲宜靜不宜譁，事莫堪懷動嘆嗟。病遣稗書還藉眼，老使錫粥又妨牙。栽花賃地春無主，斫竹開門月過家。任是客來難強酒，小陪清話一燒茶。其一

朱顔與白髮，掩鏡兩茫茫。天地大夢宅，煙花一戲場。算忙閑固少，併夜日還長。吾酒吾詩在，桑榆弄末光。其二

【校記】

其一為《石田先生詩鈔》卷八《病懷二首》之第一首，亦為《石田先生集》《病懷二首》七言律二之第一首。其二為《石田先生集》五言律一之《病懷》。

病　中

白木匡牀草薦柔，坐深無寐獨搔頭。明河轉影天低樹，清夜分更月過樓。病骨瘦生先覺露，老懷虚甚易驚秋。七情莫與微軀妒，生已知浮死識休。

寫懷一首寄張碧溪

喪亡火盜歲相兼，鬢髮髡然瘦骨尖。有命窮通天自定，無憑禍福事難占。閭閻苟活隨黄槁，衾枕媮安且黑甜。海上故人來慰藉，

不妨一月酒杯拈。

閒懷用郭天錫韻

落魄青衫隨草色，蕭條白髮遣年華。徒勞夢寐費憂國，錯認詩書能起家。愚去刻舟忙覓劍，饑來索飯誤炊沙。人間亦自有樂地，酒繞山巔與水涯。

田　家　咏

久矣居畎畝，邈如遺世人。地靜習雖陋，野意還自真。怡怡晨夕間，言笑諧四鄰。有作相告誡，鳥鳴知及春。犁鋤假筋力，竭勞供有身。身在勞何息，顧莫養精神。服氣能代粒，希仙渺無津。家業信難易，樂以充堯民。

我畝蕪且瘠，我隴磽不平。發歲奮乃功，東作覬西成。搰搰低白頭，秉耒日經營。稅傭及時畢，辛苦勤王程。但餘秫一斛，酒熱歡已盈。醉引耕田歌，不復忌高聲。願隨天風吹，吹達九重城。劉璋啟此調，千載遺令名。

感　　興

世路多屈曲，拙夫從直行。勉欲就此軌，未忍枉平生。不如且裹足，靜坐群慮清。莫顧蠻與觸，了不知紛爭。莫辯夔與蚿，多少亦自平。持盃洗浮雲，太虛極高明。

寫　　懷

荼毒何堪此老身，哭兒哭母白頭人。海枯兩眼惟乾血，天喪一家俱至親。多病所需常乏藥，殘生未了尚憂貧。勞勞筋骨仍婚嫁，獨對梅花愧世塵。

鄰火幸不及殃

城門失火夜深時,萬幸先生不姓池。舊屋尚存還納客,殘書不燼可教兒。行藏在我焉無過,善惡惟天自有知。今日一盃須爛醉,白頭俱是老便宜。

撥雨悶 時海盜竊發

久雨我亦厭,涔涔落不公。下田何太濫,東海更群兇。道路霑濡際,干戈蹋茸中。樓臺虚蜃氣,波浪假鯨風。老者見不忍,高天訴曷通。掌盃雖撥悶,抑鬱尚填胸。

林居病懷

老去不信老,自然筋力疎。忙緣一嬾送,病髮十朝梳。掃地風還葉,開窗月曬書。秋蟲不解靜,干聒夜涼初。

石田詩選卷六

忠孝（節義附）

唐　琦

琦，紹興衛士也，高宗南渡海，金琶八追至紹興，李鄴為守，以城降。方與琶八並馬行，琦從後持一大甓，祝曰：願天一擊殺兩賊。甓中馬，不利被執，罵賊不絶口。琶八謂曰：汝欲何以死？曰：我願以布裹，灌油焚燒三日，示媿降賊之臣也。卒焚之。其意恐琶八追及高宗，欲以緩其程也。鄉人異而立廟長簷街，國朝贈將軍祀之。越人能言其事，因賦此。

一甓真如博浪鎚，事機不偶亦空施。降城未分身無用，罵賊猶知舌可為。膏火願延三日死，海天能信六龍之。長簷街上春秋祀，李鄴魂應媿此祠。

孝詩六章為顔季栗賦

歸　骨

季栗函母骨，歸自鳳翔，負而陸行，懷而江行，卒全首丘之義，作歸骨操。

荷之跋之，函歷阻脩；懷之涉之，函經横流。生死肉骨兮，天既罔求；俾我首丘兮，豈天固酬！其一

惟山有狐，惟水有龍；實能侮骨，其割為朋。雖朋其割，終不我離；微母之靈，兒曷能為！其二

迎　　養

季栗既迎父歸養，至視溺清濁以度飲食，而慮致疾也，作迎養操。

父還兒迎叶，越彼西疆；既達我宇，其喜洋洋。亦酌我酒，其樂融融；惟天之德，維家之慶叶。其三

惟溲之濁，我心惟惕；惟溲之湜，我心惟懌。彼胡然哉，孔系于疾；爰度爰徵，爰修飲食。以夕以日，我心弗忒。其四

哀　　殞

季栗以父疾卒，哀慟五日夜，遂亦不起，蓋孝之過厚者也，作哀殞操。

嗟嗟違和，考實遘痾；嗟嗟痾沈，蠱傷我心。鬼神其知兮，祈以身代；惟考生兮，我亦奚愛。其五

考無辠兮愸卬，實延顧兮致歿，愴卬特全；茫茫昧昧，而理胡然。嗚呼恫瘝兮，五内分裂；匪欲自傷兮，哀至莫節。魂漂漂兮上升，氣溘溘兮隨絶。其六

崔　孝　婦

孝婦視姑疾，轉革心徬徨。潛以肉代藥，誓為續命湯。存姑若無已，剸刀若無傷。臠落痛不入，人知云未嘗。皇天助肉神，一啖姑下牀。子澂哭其創，掩口使勿揚。汝揚義則過，違教理非當。肢

體具父母,克全孝之常。此蓋迫不忍,事出倉卒腸。復有窆親地,既為豪所攘。歸璧須大力,婦人本何遑。拔我金雀釵,脱我明珠璫。别壤吉可買,抱骨改其藏。憤懣終莫釋,悒悒致殂亡。豹斃尚還文,麝死可留香。孝婦雖已矣,令名身後光。

顔烈婦俞氏義事

顔春,吴庠生,娶俞氏,頗涉獵書史,有婦道。春患瘵不起,呼囑好事舅姑,養子女,言切而再。婦曰:一言當終身服行,何俟再四。乃潛握剪,以利鋒剚于左目,流血滿地,絶而復甦。春責曰:何乃如此?曰:示君信也。春遂卒。因咏其事一首。

翦鋒刔落玉精神,要使亡夫識念真。判死不教留好眼,示生無復見他人。波翻銀海傷珠顆,血迸金支破月輪。表向胥門舊懸處,配成忠義激風塵。

蜀國宋承奉好義歌

君不見簪折尚有憾,缶破還失聲。可棄復何惜,奈有不忍情。蜀之内相宋公者,儒服聊借貂璫榮。翻編展卷日不輟,談仁説義口似天河傾。前年搆江橋,長虹跨彩成雙清。今年結净居,樂哉斯丘手自營。費金萬餘極宏麗,空壙一箇身長生。國初宋學士,華國文之精。蠶叢生流死且寓,山水嚙塚見者驚。今之内相古王叵,感此惻怛思遷更。撤我□□□□居,為彼佳城萬金之重忍。一擲折簪破缶無,其輕割愛以酬義,千人萬人無此能。割財以徇義,千里萬里流其名。來者有濟,行人讚嘆橋上行。逝者有恵,枯骨負荷於冥冥。何公慷慨乃如此,其德好藉詩書成。可笑士良以書禁人讀,欲使耳目塗聰明。嗚呼以公視仇仇乃詐,以仇視公公乃誠。

義商行

商程無山川，逐利是所征。商車無歲月，徇義豈其情。程君倜儻懷，久矣客遼城。前年聘少房，鎰金酬娉婷。娉婷來歸際，掩面淚縱横。謂翁坐逮財，鬻夫未能盈。失身馴及妾，包羞履君庭。彦寬未畢説，毅遣誡亟行。人妻我可奪，人急我可乘。酬金弗汝責，毁券迹亦平。既以贖伉儷，復以贖笞搒。父子與夫婦，載造遂歡迎。義利在天地，有若水火爭。達人識所嚮，遐邇騰芳聲。我聞詰彦寬，輾爾無答譍。徐云勿多揚，我初不為名。我即低頭拜，古誼重光榮。讚言欲勸薄，拙斐惟勉成。

常熟張修譔孫女許人為妾楊大尹明父改妻先賢言氏之子因賦

芳蘭阽糞壤，貞女議少房。為計墮媒舌，父母惑如簧。女子何所知，衷心不分明。令尹廉非偶，喟為先德傷。割俸資返聘，乃幣乃篚筐。改求大賢後，言氏得秀郎。貞女與秀郎，既婚復有將。此事若天斡，鬼神與之襄。令尹通神明，義氣扶綱常。摘珠出泥塗，炯然開夜光。拭璧從埃壒，焕爾昭天章。富鄭自范擇，言子思激昂。結草報治命，翰譔當不忘。我特歌尹德，詞短意則長。

烈婦殺虎圖

誰謂繞指柔，能化百鍊鋼。誰謂婦女柔，殺虎如刲羊。有女如鼠恐其虎，況能殺虎非不祥。脱夫之命豈例此，當熊之勇同肝腸。尋常鍼線倦紫鳳，卒與虎力争其強。虎時顧得不顧失，婦心顧存不顧亡。手中有刀愛作刀，以義淬之無敢當。天寒月黑星有光，虎血塗地葮蒼蒼，人生有行無棗陽。

楊氏義塾

老重諸孫教,還推與衆同。就於家有塾,顧自我求蒙。買讀書金白,供炊廩粟紅。四方皆競利,此地有文翁。

鎮南世節行為黔國公賦

黔公坐鎮封内清,黔公卧治封外平。碧雞金馬作門戟,復有滇池供洗兵。黄牛平把寶刀换,春山來勸諸夷耕。諸夷愛戴非一日,子孫孫子知生成。雕題花脚最難服,今日推公無孔明。憶昔先公遇高帝,鼾睡龍懷天不驚。印如金斗酬百伐,帯誓黄河申載盟。桓桓祖武看公繩,天南别隱一長城。金湯雖固尚在法,恩信相孚何待征。古稱僕射如弟兄,軍中笑歌髀肉生。國公自進瑪瑙觥,醉後還賡出塞行。

費元詩

義事久不見,將謂民風漓。有此費元者,秦人何可欺。嗟嗟逆旅鄰,平昔昧所知。瘐死憐頃暫,給饘活其饑。傍窺妄譏議,將利室中姿。鄰後願奴報,夫婦自同來。元曰非奴利,苟利非我為。掉頭詈不顧,天地知吾私。至此嫌猜盡,君子未嘗移。所薄既云厚,厚者宜過之。兄氏没永平,訃達肝腸摧。哀痛出天性,殞絶豈自期。或謂不可訓,若撻鬩牆兒。斯人今已矣,其骨當為芝。其魄當為雲,祥瑞昭明時。況是有賢嗣,天報信不差。尚有千載後,名從青竹垂。

二姬

晚色、寒香,二姬名也,吾友張芳洲無子未聘之者。方洲過世，服除，其長女劉夫人俾諸妾，尚絲麻結心，獨署二姬，曰：汝少年歲月悠長，當有別處。二姬曰：蒙先主公取憐日久，雖死不足報，況有他意哉！遂焚香告天，大慟。二人互相落髮，以表其志。因賦此以旌之。

色香寒晚總非宜，豈是蟠桃結子時。種樹園林春寂寂，惜花窗户雨絲絲。鬢雲截誓生同落，心石存恩死不移。兩結青青百年信，九京當與主人知。

荆花春意為彭昉寅之賦

我寫彭家荆，不寫田家樹。彭家兄弟無異言，不似田家初有異。兄弟原從一氣生，荆亦同根復同柢。花不亂，開則聚，枝不亂，大小附。葉不亂，上下蔽，風吹枝葉動，月出形影具。有兄弟應求之義，次第之序。人謂彭家有此兄弟和，我謂非此而能致。老夫見其祖子孫，和順孝友迨三世。無乃氣體之孚，以和召和曾不戾。彭家此樹未必有，我今寫此尚與存勸勵。嘗見他家真有荆，樹下鬩牆兼紾臂。饒他漫有好荆樹，不如好兄弟。有好兄弟荆亦貴，無好兄弟賤與凡木類。我寫不寫樹，寫其兄弟心之懿。兄弟和在心，音聲容色愉而憙，不和名不祥，家不利。我雖為君寫萬樹，不若自栽一樹方寸地。

閒適

晚　步

西林聊獨步，樹樹已棲鴉。童笈歸村校，漁船聚酒家。玉痕雲映月,紅纈水明霞。此景偏留戀,衰年類日斜。

早　興

清霜被羣葉,青黄紛委地。病肌粟朝寒,烘背俟陽氣。深坐聊展卷,眊矂怯細字。歲月遞吾老,不謂易以至。盛衰理自然,微吟不成嘅。

晏　起

水漫湖田雨漫村,家貧只好不開門。詩書衣食外無德,天地君親中是恩。馬失未須論得失,楚存何可卜亡存。百千世故都休問,且把心耕教子孫。

紀　夢

隱居遠住海邊州,山水清標接夢遊。酒醉又移花下席,書多别起竹間樓。兒郎習字陟釐紙,童子供茶秘色甌。起擁黄紬尋幻境,一痕斜月小窗秋。

貧富吟

貧富限世分,高下莫均一。富者詫潤屋,餘潤及銘筆。貧非止赤身,龣死至無堲。苟云可操致,智士豈無術。冥然觀無物,二者何得失。

閒　居

殘書滿屋迹堪埋,俯仰寧求與世諧。貧賤自安愚者分,毁譽何撓老年懷。小篇鉛槧時時課,糲飯蘸羹日日齋。外慕素空塵夢絶,庭前似厭有高槐。

慶壽(生辰附)

玉洞仙桃壽傳宮詹曰川

傳説本是天上星,攝行相事奉青駕。老成端諒帝所選,韋賢李勣德不亞。譬為舟楫濟川用,譬為繩墨梓乃架。表儀鶴苑統仙班,祇講麟經曠清假。左氏文章費紙傳,温公肖貌令人畫。洞天開府住有家,度索蟠桃覓無價。記栽日月降甫申,看到雲霞接嵩華。三千結實歲何長,萬核裹泥生不罷。其人如玉壽如桃,八百老彭何足詫。

趙惟章壽詩

葛天之世此心藏,萬事熙熙不著忙。鄉認當時非姓鄭,人疑叔度誤呼黄。詩供賓客三千竹,衣蔭兒孫八百桑。宅相愛談吾耳熟,固知賢者壽能長。

壽表兄金懷用七十

筋骸可與少年争,七十長鬚白未成。鄉裏燕毛多讓席,族中雁行盡呼兄。魚蝦細水烟蒲瀼,鳥雀深叢雪竹浜。樂此閒居儘資壽,燒丹辟穀見誰生。

六十一自壽

重逢丁未開新甲,過六十年增一年。壽是倘來那必得,人於末節要求全。占鳩挾婦傷今日，亡室同月日生。羡鶴添孫欠此緣。時未得孫。萬事莫論吾母健，進將春酒北堂前。

寫菊壽王學士濟之尊翁八十

我寫東籬第一枝，長生豈止紙為期。年年上壽百年計，日日看花九日時。還喜帶金同晚色，不妨鬢玉照寒姿。莫釐亦是登高處，未必齊山許有詩。

生　朝

茲辰始度世，眇然留我形。良荷生育德，允含天地靈。寓品幸稱男，耘耔充園丁。衣裳賁其裸，歲月假以齡。駸駸及朽腐，草木自林坰。隙光感多閱，傾水莫返瓶。承流且云邁，數止我自寧。

生日小酌

今晨感我生，襁褓迨衰老。歲月倏往來，七十何草草。譬初同此日，天下生不少。善惡與昏智，貴賤及壽夭。各各不可齊，鵬鷃皆自好。但恥老醜人，多為後生藐。我母自愛我，諭事且訖了。兒女自愛我，勸我飯加飽。朋友自愛我，把酒頌且禱。我生已萬幸，際茲世有道。拙廢固無用，農圃亦可保。盃酌雖寡嗜，些少慰懷抱。偃息間行游，隨意弄花鳥。樂哉天地間，偷生亦為巧。

分得清白遺後壽曹時中憲副

東家歸人買田地，西家歸人買歌妓。先生亦是歸來人，完名怕著黄金累。教兒但守舊茅堂，鬼瞰不能低可住。先生高壽卻瞰人，東田不存西妓去。

七十喜言五首

萬萬人中數我零,為農亦是一微星。衣裳無補吾明主,天地徒存此老丁。闊水游魚尾不赤,絕雲高鳥影俱青。笑看拜極癡兒女,已到希年尚乞靈。其二

七十稀年又九零,敢憑虛妄更推星。身軀薄劣無壬甲,詩草蘩蕪合丙丁。饌品久空魚白白,葷柈尚詫韭青青。因多歷世多知事,非為谿翁性有靈。其五

【校記】

此題第一首、第三首、第四首見《石田先生詩鈔》卷八,分別爲第一首、第二首、第三首。

生　　辰

野叟堂堂七十一,乾坤坐閱老頑身。美人座上笑白髮,白髮鏡中催美人。且就月庚尋活子,莫憑年甲筭生辰。丹丘好在吾家裏,滿眼生涯滿抱春。

壽萱為邵國賢賦

誰家無萱草,誰家無老母。堂前無孝子,萱草亦空有。邵家碧玉根,孝感生不苟。開花作婉容,順葉承左右。愁非備養具,不足充體口。邵子所以種,涉孝豈敢後。聊寓盆缶春,志自超盆缶。干祿以代養,早已登州守。官大功名大,封榮日加厚。腰帶映金葩,首翟照春酒。如何母不樂,樂則自宜壽。人生養至此,孝果在萱否?

壽趙與哲七十

隱德堪尊齒亦尊,一家風物自桃源。鞠躬禮度强筋力,隨口詩書善話言。郡裏歌鐘大賓席,人間玉雪舊王孫。七旬黑髮期黄髮,兀兀靈光看獨存。

壽張黄門靜之

千篇詩是紀年籌,小算方經六十秋。舊接夔龍侍香案,新移雞犬别方洲。大觀滄海難為水,老望瑤京更起樓。壽祝如岡錯璋字,寄君一笑海東頭。

雙壽為錢時用賦

嚴算方周甲,慈籌稍一先。歲年成上下,天地與因緣。春酒百花下,南山雙闥前。兒郎新舉子,父母老神仙。

題松壽崔望宗

高松環翠堂前物,材比楩楠壽比椿。雲蓋今看樹成日,雪頭還在手栽人。新苞擘玉收蒼子,靈柢蒸霞驗伏神。我祝長生寫生去,墨花吹雨硯池春。

壽華光禄七十

壽躋七十古云希,七十生男更曰奇。天自安排還有數,仁能昭報豈無時。蟠桃仙種遲宜子,椿樹靈根老又枝。八袠山翁把春酒,當筵兼咏弄璋詩。

紫芝白石壽韓户書

地貞知石賦,天瑞信芝生。大補媧五色,駢開漢九莖。鮮霞擁華蓋,龐氣結元精。磨軋存金礦,晶和象紫瓊。商顔歌燁爛,砥柱看崢嶸。敢比魏公德,還期壽作朋。

壽張碧漢六十

先生雪鬍面如玉,公輔隱然觀器局。丈夫出處自有數,功名未在三千牘。奈何駿骨老兀硉,相者茫茫惟舉肉。先生掀髯發大笑,晢弗回頭顧場屋。江湖滿地氣豪傑,浮雲萬里空雙目。本色風流賀季真,著家詞賦張平叔。吳山越水行有窩,爛醉何妨倚絲竹。只今仕路成市道,黄金不多不推轂。先生此夢已脱枕,蹇驢破帽曾不辱。有時讀書至無逸,何乃咄咄憂不足。此心自許天地知,萬事奚憑鬼神卜。今年换甲迨六十,教我畫松須屈曲。靈根久世非脆物,抑鬱風雲見畸獨。我知造化有深意,信與之壽吝之祿。一千斯年抱貞固,犧尊青黄彼菑木。

會晤

無錫沈宗貴存耕翁之仲子自弱冠侍翁至余家余年十三見先父以詩畫贈存耕經四十九年尚存宗貴所觀感而賦此

少别老逢情更真,中經四十九年春。青山昨日先君迹,白髮而今我輩人。世數交遊詩作證,話生感慨酒淹廵。旁觀莫怪多留戀,求舊原非一面新。

與 客 夜 坐

兩年方始一相逢，偶集飛鴻雪後踪。清話更添新繾綣，老身全比舊龍鍾。弱雲弄月微分影，細草闢春暗轉容。不復事盃成兀對，薰爐頻喚小奚供。

與客夜酌次韻

高臺添燭漏初長，一握歡聲哄夜堂。入座明河斜轉影，隔雲殘月淡容光。如詩不就君當罰，願酒無多我恐狂。非但同年更同道，白頭生長尚同鄉。

史 明 古 見 訪

春來開門見新燕，故人春來亦相見。燕子不肯嫌貧家，破屋還勞故人睠。燒燈屋下照白鬚，高談雄辨如壯夫。且言老境知己少，感慨滿懷人事殊。常當有酒開口笑，君來我往亦須要。願從君言不敢違，肯作西飛伯勞東飛燕。

勸性甫飲用韻

喜君飲酒量不慳，百壺五斗曾無艱。鬢毛苦短日月老，人生自忙天地閒。紅花的皪雨脚後，白鷗浩蕩江光間。明朝又擬常熟去，典盡春衫方始還。

會施知州焕伯

河洛頻年勞宦迹，歸雲倦鳥是休時。行藏有道無違易，康濟存心更事醫。青草耰鋤問農圃，白頭盃酒話親知。何妨日日相追逐，百歲人生會有期。

謁謙齋少師

潭潭府第倚山城，故舊何須俟价行。閽吏未知窮措大，相公自識老門生。飡柈夾供叢談久，鈴閣添香燕坐清。頭白歸來濟時了，義田還復課兒耕。

李司成至

詩書禮樂賢關長，貧賤農桑老境人。久荷清篇留卷軸，又驚高誼動車輪。梅花歡喜當簷笑，柳色殷勤滿眼春。雞黍不嫌隨草具，斯文一味覺情真。

喜蘇文輝見過

杪歲風日寒，臨門訝高駕。晦迹久不出，詣舍此云乍。稜層見詩骨，孤瘦立秋華。筋力駕年紀，手策不少借。升堂載拜健，歡靚饒言話。性真具淳樸，慮靜得閒暇。安然丘壑姿，可使觀者化。盃酒亦畧飲，深坐且清夜。人生屬長離，大半付悲詫。雖獲少聚首，未足為慰藉。我生尚碌碌，世諦未由謝。何能傳隱訣，低頭事耕稼。

花朝雨中與王汝和小聚

與君將短髮，慚媿柳條春。白日急換歲，黃金忙殺人。漸憐知已少，獨覺老懷真。把酒不在醉，看花聊此晨。

喜張碧溪至

重子杖藜非厭貧，秋林紅葉頗如春。交游未必在盃酒，正是老年無故人。

喜許國用探疾至

藥爐烟暝膈生痰，怪是新春百不堪。樂事惜從多病誤，老懷喜與舊人談。臨牀細酌更延五，繫岸孤舟日轉三。雪裏梅花殊未發，此情亦似為君含。

國用持前作至復用韻

坐深頻滌唾壺痰，老態人前覺不堪。靜觀欲從僧去學，新聞還待客來談。雲涼桐肄高尋墨，雨沃蕉苗長四三。今夕喜君申舊好，小窗燈影酒中含。

碧溪見和亦答一首

髯翁能飲老無痰，風度詞華種種堪。青紫盡推儕輩拾，桑麻聊就野農談。濁醪累舉觴成十，拙韻連篇和及三。此卷一時千載事，後人重展笑應含。

過華光祿適出乃返後遇途半叙話夜深余以丹毒思歸遂解纜而東留此以謝失告之過

風雨登臺值兩山，相逢復喜半途間。得追笑語非虛約，更攬髭髯訝老顏。水宿極憐舟並住，宵征無那病思還。圖書有日酬清賞，莫謂浮生無一間。

題山家壁

舊過山家今莫記，屋頭高蔭發新楠。三年眼見樹如此，雙鬢情知老不堪。欵有盃盤及奴輩，話因門户恤丁男。病餘未似前能酒，亦為殷勤入半酣。

次匏庵雨中留宿

野水浮雲蕩夕光，仙舟兩宿古溪傍。清篇感舊頻翻韻，濁酒謀隣載過牆。燭跋不知春夜久，雨聲如為故人長。衛家剪韭今傳美，他日寧無有竹莊。

夜酌與浦三正姚一丞沈二璞沈三觀大聯句

親朋坐多違，偶合歡拍塞。正。詩懲夙盟寒，夜感衆誼息。丞。修辭擬藻摛，操毫學蓍扐。周。求應尚同聲，擇知貴合德。璞。遞簡戒羞承，記燭期短刻。觀大。錙銖罔乞鄰，纖芥必出臆。正。聯成準纆糾，句拆肖瓜副。丞。例在賞速成，罰難恕遲得。周。口吐畧腐陳，意命隨曲直。璞。或逞覺軒軒，或屈耻默默。觀大。爭奇驗所豪，角勝見乃力。正。不絶亘韓師，若畫創孟織。丞。何高不欲躋，無古弗祈即。周。從容三達尊，娟媚兩絶色。璞。淡誇揖讓潛，贍要排拶軾。觀大。蓬閬萬水縣，崤函一丸敕。正。穿鑿惜混沌，惝怳覯鬼魆。丞。浩蕩掀鵬天，奰屭壓鼇極。周。幽脩盼谿梅，蹇澁歷蹊棘。璞。窮抽無餘思，瑣拾有遺憶。觀大。點指互咄吁，支頤相梟兀。正。設醴初假鈎，流盃反因勒。丞。大都飲文字，政不在酒食。周。尚雅兕何吺，辭淫完太嗇。璞。留連鵲番枝，展轉雞振翼。觀大。爨慢罏熸消，埶困研漿踣。正。衣絮凍逼薄，漏水風咽濇。丞。污筵墮衰燼，躪地響殘核。周。啟户霜月正，掛樹河漢仄。璞。會晤亦尋常，風流惟此特。觀大。

留蘇安道

東湖雨晴春水生，美人載酒湖中行。茅堂剪我三夜燭，論文説劍言縱横。桃花楊柳渥春雨，今朝撥棹東湖去。呼兒釃酒緩歸心，春亦未歸君且住。

與史西村相值途次遂同載

寒雲連雁古長洲，萍梗微踪此水頭。幸爾相逢風雨裏，他人無限往來舟。遠遊不盡江湖話，多病還驚霜露秋。一見一迴成一笑，老懷離思總悠悠。

【校記】

［題］《石田稿》黄淮本卷三作《史西村候余病予適入郭相值途次遂同載》。

載會浦東白

八年初得載經過，喜滿雲蘿入笑歌。老盡鬚顔畧相似，記來年歲久應訛，西風蔀屋蕭蕭葉，落日蘋江渺渺波。雖是病懷須强酒，人生良會苦無多。

與狄天章夜話

短棘長荆古道荒，時風霎雨世情凉。酒盃對面常肝膽，緩急從人卒在亡。腐鼠與他鴟醜得，癡蟬招彼黠徒忙。約君且卧茆簷下，九仞高雲看鳳凰。

雨中會子暘李太常仍同赴謝氏席

萍逢吴越水，偶耳合清緣。發興欺沾雨，因逢數曠年。木蘭同小泛，櫻筍轉高筵。去倦不告别，歸程殊怏然。

會吴獻臣兵備兼謝惠詩

野老本孤陋，於公荷特憐。出門今偶耳，傾蓋昨同然。風雨酬一話，詩書當十年。永懷非日月，高誼薄雲天。俯仰少知己，遭逢誠勝緣。枉推慚極口，泛愛悚高篇。貌瘠道腴内，官廉德儉先。鵬圖協公薦，馬走願私鞭。文武無愆用，崇卑各適權。東吴卿月轉，南徼使星躔。道路瞻風節，山川照雪鋋。府尊嚴武位，幕集杜陵賢。懷遠人何邇，均仁俗不偏。明良愜盛遇，衰颯舞林泉。

石田詩選卷七

投贈(寄答附)

贈徐遵誨和劉邦彦韻四首

祖宗原自有高勳,少小豪雄藐冠軍。竹裏行廚青玉案,酒邊官妓茜紅裙。洛陽紙貴三都出,夔府沙平八陣分。頭白歸來惟感慨,卻漸多病負明君。其一

不徒説劍與談兵,況是文章動兩京。欲屢上書勤漢室,時教捫舌易齊城。帆檣遠雁江開楚,衾枕清猿路入荆。落落長遊半天下,不知歸計幾時成。其二

細雨春帆破曉開,更添新酒事深盃。他鄉夢寐鴻于陸,故國詩篇鳳有臺。白髮不歸花亦笑,青山急去鳥仍催。公侯復始君須記,李廣原非是死灰。其三

斷蓬逐逐未能休,搔首西風又莫秋。曲折舊袍存蜀纈,蕭條空室去吳鉤。虚名落枕邯鄲夢,濁酒澆胸磊磈愁。莫謂尋常種瓜者,東陵曾是舊封侯。其四

【校記】

《石田稿》亦存此題詩,本集較《石田稿》多其三,其餘文字亦有異同。

因病不預纂修之徵用呈館中諸公

纂局冠裳濟濟然，白頭多病後諸賢。聖功大滿先皇紀，庶政分參列國編。老穎何能出毛遂，後堂今合讓彭宣。夜來夢秉江淹筆，猶在鷺停鵠峙邊。

寄沈工侍時暘

烏沙兀兀鬢蒼浪，物表逍遙歲月長。林壑清虚流笑語，雲霞縹渺入衣裳。新開元圃長春地，舊是丹丘不死鄉。還卻朝廷有餘祿，閒憑詩酒傲人忙。

董良富舟溺有贈

君從古潤來，飄風簸舟楫。長年易波浪，船底翻落葉。君時至濡首，衣裳亦厭浥。故人多附遺，種種寓沉篋。拆書欲尋讀，紙麋悶膠摺。瓶罌作顛倒，餘瀝水相浹。州潤名不祥，於君有沾濕叶。三日始獲見，驚定語尚讋。呼酒澆惡懷，累觴迫稠疊。出門多畏途，後進宜慎涉。

謝李宗淵見訪中路有阻

斯文久矣熟芳名，書到還知鄭重情。風雨妒人三日惡，江湖負子一舟橫。聞來無見新翻案，興盡而回古有行。筋力未衰扶可拜，荊溪展報已非生。

喜施知州煥伯致政

乞身章上笑顏開，未信吳人果自獃。孫晁怕教差致事，陶潛真要賦歸來。松杉野寺藤藤杖，蔬果鄰家草草杯。山水常年舊遊伴，高吟清嘯有追陪。

和沈文甫儀賓所寄清虚堂韻詩

湖南有洲金作沙,國賓翼翼開新衙。草堂疊嶂都尉書,名園爛錦楊妃花。不矜富貴念貧賤,珠唾遠落寒翁家。白頭老拙後生鄙,語言可惡還如鴉。如何泛愛使我悚,其意過借其辭葩。知因宗誼漫好好,痛癢豈藉他搔爬。我家豚犬皆碌碌,懲彼不學胸徒撾。尊翁有是子有是,健羨不足還成嗟。天南引睇數千里,飛鳥滅沒空雲霞。

寄夏大理季爵

鐘鼎白髪外,山林遂遲暮。任懷道屈伸,玩世雲去住。久視天地間,百歲在跬步。文章亦壽物,垂後永無度。明州山水佳,逍遥得真寓。清川入漁釣,高屋蔭嘉樹。可望不可即,瞻戀存寐寤。

寄 祝 惟 楨

容德久契濶,南雲如遠人。每懷依孝友,獨恨失比隣。子弟詩書澤,桑麻門户春。樂哉無一慮,健在有雙親。恐禄未充養,歸來耕有莘。

薛堯卿場中卷短策長莫録被枉黜

崢嶸老氣軼長虹,傲睨三千鵠士中。豈爾門監知李廣,憑誰榜帖為司空。徘徊鵬鳳風斯下,漫衍魚龍紙易窮。把鏡時時照鬚鬢,怕教愁雪點青銅。

【校記】

[題]《石田稿》黄淮本卷二作《薛堯卿場中五策卷短盡録不及被監者枉黜》。

寄別李知州

走幣飛箋百里情，白頭扶病亦須行。江湖借石安鴻漸，鐘鼓當筵愧鹿鳴。薄海春風動韋布，滿堂華月照簪纓。扁舟莫怪從宵邁，念在庭闈告不成。

宿城西懷冷庵

水宿其如夜思何，霜風拂鬢影皤皤。語喧盃酒商船近，人映樓臺市火多。川上微波摇缺月，城頭高樹掛明河。新篇在稿思君教，無那無眠只漫哦。

九日小酌席上贈張碧溪

人生重相知，正在氣誼同。蹤跡苦遼邈，千里念奇逢。今日登高日，有酒無菊叢。有無不在物，斯人吾眼中。撫杯叙綢繆，攬鬚感霜蓬。嗟哉南海濶，息老垂天鵬叶。亢志墮迂遠，末路迷英雄。兩耳醉發熱，浩蕩傾心胸。懷策六十年，不肯委無庸。憂時切空言，嫉邪改欣容。不平首民政，次第及兵戎。萬理酌得失，萬事區私公。四座寂不譁，但聽聲鳴鐘。白衣照山林，竊比廊廟功。誰能述成編，藏於山之空。後人知子雲，其道亦不窮。勸君再飲酒，長嘯延天風。

寄桑通判

驅馳一倅厭為州，歸就高閒未白頭。竹篋理詩春草亂，槽牀聽酒夜泉流。農桑舊課今家事，山水清談昔宦遊。因愛兩湖風月好，近時知買木蘭舟。

奉寄大冢宰三原王公

喜見温公載相時,衷心如日鬢如絲。謙辭高爵身稱老,優免常朝帝曰私。瞰鬼樓臺無地起,質神章疏有天知。酌量氣化人瞻斗,平準安危國倚蓍。富貴焜煌看玉帶,功名登載託金彝。超賢拔俊休遺力,扶植昇平此是基。

戲人短視

朱子阿堵中,光晦視昏沈。衹坐醉翁短,初非五色淫。只消理肝木,未須刮篦金。睇遠野常霧,瞻晴天久陰。逢人昧真面,而從言語尋。欲比亢倉子,誤名觀世音。其疾止眊焉,豈廢聾與瘖。體具聊乖用,譬如不調琴。一向甘懵懂,青白非所任。把卷睫著字,具服倒捉衿。對酒妄告止,既灩徒拒斟。出門皆通衢,長迷蒼耳林。平生絶騎馬,惴惴在臨深。尚有能為者,千首日細吟。我知子不晦,其明在諸心。

懷張允成表弟

歉歲逋租力莫償,一家十口趁流亡。小兒膽大輕官事,老者年衰重故鄉。落葉西風何處迹,啼螿寒雨幾迴腸。封書欲寄愁難達,空倚江干數雁行。

【校記】

[題]《石田先生集》七言律二作《懷張元成表弟》。

文宗儒在告

功名大慾淵,取之無一足。朝廷曷忌吝,賢達豈盡祿。投林先機鳥,清晝託昏宿。親知唁早計,風雨顧茆屋。闔門待白髮,歲月在松竹。逍遥風塵表,昨夢破榮辱。尚有舊藏書,坐課諸子讀。

賀劉德賢冠帶

富貴侵人五十三,烏紗頭上忽巖巖。館甥上壽裝新帶,鄉友通書署散銜。諠竹滿堂鶯宛宛,飛花撲酒燕喃喃。嗟予白髮巾都折,燕賀深盃到老饞。

贈范希敏

膂力衰來背槖駝,只於隣並嬾經過。算年已覺同生少,畏死頻嗟去日多。蜾蠃螟蛉假親戚,烏鳶螻蟻後干戈。于今丁役都無累,輭飽三盃或自歌。

贈都良玉

鄉里同生壽及耆,少年筆硯復同師。丹山碧水行歌地,春煖秋涼醉飽時。樂在太平須要饗,事於分外莫求知。放舟今日西谿上,不問衰强比白髭。

慰人受侮

先生無喜亦無嗔,默默熙熙滿抱春。已辦恕心何忤物,儘能虚已自容人。卧憑高枕欺江雨,醉把深盃納世塵。向晚不知花在地,開門一笑墮頭巾。

謝庭新秀咏芝祝西厓先生生子

南岳昭奇産,明時迹亦超。地成靈宿孕,天與福何僥。名重簃蕘識,貞非草木妖。文敷華蓋殿,柄用紫宸朝。衍玉家承慶,高霞代作標。仁支看禪續,和氣屬薰陶。徵桂思燕竇,如蓂應帝堯。按圖他日事,祝願且歌謡。

奉寄王家宰

萬事浮雲在目前,先生拂袖似神仙。餘留後禄宜諸子,分付高年屬老天。亦有邵窩容説講,公退歸設講西園。曾無范契盡還田。公以子買田千畝,盡令贖去。滿腔樂地春如海,元愷中間第一賢。

寄王尚文大參

逢人每每問康寧,地遠何由一寄聲。仕已無心聊翫世,棲遲有宅尚依京。柳邊細水閒臨鶴,花下深盃獨送鶯。似此逍遥知不老,百年詩酒是長生。

喜吳吉甫及第

吉甫吉甫羇孤子,乾坤浮生漫無止。丱髻饑渴誰與謀,黄金陵前哭親死。破褐猶知褱父書,借讀空山月中字。江邊古寺夜摸碑,心記舌翻朝若水。聰明過人道豈窮,天將與泰先之否。甲子高科談笑間,亦有神人開夢語。當今天子聖且明,賢俊乘時思崛起。摶風希鳥天九萬,試足神駒日千里。老翁患難窮苟活,且頓煩憂為君喜。君不見人間貧賤富貴基,范相蘇卿乃如此。

慰吳水部德徵喪子

水部先生哭仲兒,深情未盡六篇詩。涕洟苦苦成何益,魂氣茫茫無不之。滄海沉珠家失寶,崐山借玉手書碑。蘭芽在眼春仍好,老力栽培發有時。

和徐伯仁抱膝偶成韻

皂弄仙居未易尋,惟聞抱膝有長吟。人遐杜曲天仍近,徑捷終南地不深。閒漫安排種瓜事,老徒激切佩蘭心。秋涼春暖悠然處,風滿高懷月滿襟。

羊亡已後不須尋,妙語時時對酒吟。江海浮沉鷗迹遠,山林漂渺鳳巢深。天違功用金誰礪,道合行藏玉汝心。千里相思各南北,一春風雨入離襟。

題號

耕　樂

良家無外慕,躬耕修隱德。庚庚東西畝,宜禾更宜麥。迹勞不自悔,志靜乃云適。茨茅荆溪滸,清幽多水石。西挹銅官秀,右滙太湖碧。林春鳥雀鳴,鄰並戒作息。和風拂田稺,蕊蕊行復粒。兒孫候歸來,竹户燈火夕。引觴漫沾醉,偃息就北壁。所得還自賀,不敢忘帝力。

宜　閒

丘壑年來寄隱踪,安眠飽食養龍鍾。日由僮僕知生事,家信兒孫理户傭。題句園林選脩竹,盼柯庭院愛孤松。白頭多少忘歸客,雪佩霜珂老未慵。

【校記】

[題]《石田稿》黄淮本卷二作《宜閒卷》。

靜　處

坐對南山日自長,且將一靜掃浮忙。身安嬾出誰能遣,門設常關亦不妨。秋水止潭心共靜,寒梅隔屋鼻參香。未知乍暖初涼候,可有閒踪下草堂。

鈍　齋

高懷已足見平生,利器如何假鈍名。事不争先讓人做,心無著急信天成。夔憐躑躅寧忘步,鼈跛蹣跚亦有程。如此遲遲吾自得,青松看取雪中榮。

遺　齋

風雲已外違高翮,草莽之中寄賤名。江海固非長往地,乾坤聊寄不訾生。烏羅禮廢人將老,白醴恭衰我自平。菜本瓜苗雖瑣瑣,栽培於物尚多情。

蝸殼為史廷直題

不知小隱計如何,蠻觸無争所樂多。身外乾坤等虛殼,窟中風月是行窩。長牋舊稿詩黏壁,癡筆新圖墨滿螺。想得盤旋似盤谷,白雲春夢有仙婆。廷直有姬號白雲道人。

自　寬

縛齋如斗白茅茨,安僅容身小不卑。瞰鬼樓臺隣舍得,藏蝸天地自家宜。門前塵海一簾隔,座上山圖萬里思。居漏老夫求不媿,與君談道有來期。

【校記】

《石田稿》黄淮本同題下有注文“陸性元齋名”。

守　　莊

十角黄牛五母雞，知君舊業在雙溪。寄人詩簡秋栽竹，教子書燈夜照藜。四畔無争田井井，百夫戮力黍萋萋。却憐杜甫頻移宅，才住東村又瀼西。

拙　　齋

静者齋居惟抱拙，機心機事笑人忙。讓他好手誇修鳳，顧世多岐敢問羊。逕草不除門自僻，林巢可掇鳥相忘。老予亦是無能者，築圃何妨住隔牆。

竹　　窗

有竹之家亦有窗，無人領竹竹難降。涼欞却暑風千挺，碧扇推秋月一雙。夢入籟聲方倚枕，酒參葉色漫開缸。知君神觀清於玉，獨自翛然詩滿腔。

聽　　竹

城市豈堪聞，瀟湘寄耳根。此君如有語，静者在高軒。靈玉自成韻，清風不是諠。心通正如洗，明月滿秋園。

可　　菊

東籬不可桃與李，只可秋來有菊枝。要我將詩收爛漫，勸君澆酒放淋漓。平生金玉期成汝，滿把芳香欲寄誰。九日簪華白頭上，風流何減少年時。

愛　　鶴

平生結好惟鷗鳥，彼此能閒兩不猜。白日一沙秋夢穩，碧江千里雪痕開。憑誰作色因高舉，信我忘機復下來。人欲相尋舊盟處，釣竿新水夕陽臺。

【校記】

［題］《石田先生集》七言律二、《石田稿》黄淮本卷三作《愛鷗》。

夢　　鶴

聽鶴仙人騎鶴去，後人思鶴已冥冥。九皋音響尚在夢，百世子孫還姓丁。露枕觸心秋欲警，月軒滋淚夜初醒。周公誰謂吾不復，瘦影依稀風滿庭。

聽　　玉

竹謂青琅玕，其體本虚静。風來假之鳴，因聲乃生聽。琮琤復琳琅，環佩滿三徑。冥心齋中士，聲耳兩相競。緣聲知風端，緣風知竹病。要知竹有音，不待風命令。簫竽發天和，中律雅而正。

【校記】

［題］《石田先生集》五言古二、《石田稿》黄淮本卷一作《聽玉為程元道賦》。

心　　耕

問心何可耕，其地方寸耳。何足展東作，所劚當何似。我試忖度之，固非沮溺比。曾莫事於鐵，秉兹靈虚耜。搰搰駕仁義，役役闢詩禮。多讓豈失段,不舍亦猶仕。積久驗其成。孝悌是糜芑。象賢各穎秀,無復有糠粃。生生世所業,子孫孫而子。奢哉讓田者,所得安敢擬!

【校記】

[題]《石田先生集》五言古一、《石田稿》黄淮本卷三作《心耕為陸宗博賦》。

醉雲

長醉無醒日,有似雲冥迷。正賴無心公,爛倒同如泥。雲醉兩相忘,渾渾抱天倪。世上不飲者,不能與物齊。只可自怡悦,勿論劉伶妻。

湖南

湖南盡是君家物,今代風流賀季真。青草扁舟落吾手,白鷗萬里屬何人。玻瓈倒見波心月,翡翠平開雨裏春。我唱竹枝三十首,明朝相約伴垂綸。

聽泉

若人居城市,以耳求聽泉。泉不在城中,山中乃涓涓。終日未忘聽,豈在耳根邊。若以實境求,此泉隔天淵。要知泉在心,心遠地則偏。所謂希聲者,無聽亦泠然。

守溪

愛是雙溪故居好,百年遺澤與人俱。保雌大覺聃翁勝,改姓直嫌柳子愚。舊有一限魚十頃,新招六逸竹千株。買書教子非無益,菱角雞頭總入租。

月　谿

月為大家物,何獨此谿有。千谿一谿月,同光無薄厚。惟是谿上人,雅與月相偶。君於此谿外,他月能識否。逍遥見在境,此月隨所取。叶低頭弄清華,白璧落吾手。尚呼酒酹之,谿月我三友。

清谿小隱

結廬城郭遠,靜勝此谿邊。鷗鷺分家住,烟波入簟眠。釣魚償酒券,賣藕補傭錢。只隔斜陽岸,經遊須倩船。

春　江

愛殺春江日夜流,有人結屋住江頭。門前釣石臨黄鶴,牀下魚波洗白鷗。未識何年變春酒,且將吾道付滄洲。天光月色溶溶地,更好憑虚著小樓。

松　谷

幽尋仙地漫托隱,飽啖神苓差勝葷。樹老與人千歲得,山空無物兩崖分。靜知夜半傳清籟,虚愛春深納白雲。掃却鳴騶不容迹,日長惟有鶴為羣。

【校記】

［題］《石田稿》黄淮本卷三作《松谷為沈宗泰賦》。

竹鶴為道士作

道人種竹復養鶴,鶴可看家竹護壇。仙驥往來天上下,玉枝消息日平安。風前掃葉碧雲亂,月下鳴秋白露寒。物外閒緣消不盡,墮毛裁氅籜裁冠。

野鶴為地師作

野鶴自得相,白衣玄作裳。竦身週宇宙,舉首見圓方。赤縣非凡地,丹丘不死鄉。人間好山水,歲月與誰長?

茶坡為劉長憲世熙作

使君嗜茶如嗜酒,渴肺沃須斛二斗。官清無錢致團鳳,有力自栽春五畝。輕雷震地抽緑芽,行歌試采香盈手。世間口腹多累人,日給時需喜家有。還道通靈可入仙,非惟却病仍資壽。籠烟紗帽躬執爨,活火何堪托輿走。題詩戲問滋味餘,得似王濛及人否?

香　谷

惟蘭生谷中,谷香自蘭生。如鄉處君子,遂稱君子鄉。經云香界者,因香界亦香。願言固根柢,雨露發天芳。勿隨茅所化,歲久安其常①。

【校記】

[題]《石田先生集》五言古二、《石田稿》黄淮本卷一作《香谷為蘭公賦》。

① 安其常:《石田先生集》作"持其常"。

尚　古

此心何慕慕先賢，不與時流作世緣。天地忘機推華子，詩書有道閱堯年。深衣大帶人如玉，喬樹高雲宅似仙。聞說虚堂閒素壁，一圖太極日長懸。

題吴子潤育齋卷

落地為男子，思以成厥德。蒙象古有訓，作善固可則。念生敢忘養，務學必求益。詩書在長勤，仁義服無斁。欲造君子地，涵濡匪朝夕。雨至無槁苗，藥至無留疾。舉措先所存，終身蔑差忒。

古　山

人事有動静，青山無古今。高秋落手板，雅調合吾琴。風雨付外物，煙霞凝道心。茫茫天壤内，仁者是知音。

雪樵題金山僧惠鎧

大江一箇黄金山，大雪漫山變白玉。山中琪樹斫作薪，塞破寒寮十萬束。屋中凍衲四大縮，燒之不能温手足。却燒十日化為水，開門一笑春江緑。

竹庵為毛太守題

卓立曾知抱節君，百年根柢渭川分。羣居族屬不易地，美質子孫皆有文。移榻清臨冰簟月，積書凉護玉籤雲。摇環振珮琳琅處，未許人間俗耳聞。

空舟為寶林寺僧題

齋舫曾聞六一翁，僧居臨水與舟同。指舟為屋身浮世，假屋名舟心太空。就地掃雲天影上，開門見月浪痕中。我來把筆閒題壁，白髮泠然兩鬢風。

曉窗為明上人賦

一個山窗漏幻塵，槅槅白映紙痕新。豈無夜半聞鐘者，猶有天明做夢人。自闇闇中勞摸索，到堂堂處弄精神。我今更與作轉語，推去闢來總任真。

菜　庵

嗜淡原非食肉侯，圃翁種此托珍羞。霜根下筯兼糜爛，雨葉堆盤薦齒柔。買去固多求益者，拔來應少為人謀。世間至味君何識，三九常充日不憂。

梅庵僧號

老僧開箇歲寒坊，百樹梅花萬玉行。色落空門空是色，香成妙果妙聞香。人無入處雲遮路，夜不開窗月到牀。他日大方參了義，碎中求核也須忙。

南洲為華中天題

湖水中央地可農，鼉蒙遊處有遺踪。沙坪接畛田千畝，玉溆通橋路幾重。凭雨闌干鬧荷葉，跨波亭館夾芙蓉。開門便有陽光入，曝背觀書好過冬。

東　滄

卜居東住鳳麟洲,四面玻璃覺屋浮。日出不知天在水,海空還借地為州。鯨風拂釣珊瑚檻,蜃月開簾翡翠樓。聞與尊翁紀年歲,石堂曾下幾莛籌。

謝答

謝項郎中文祥寄筍脯

浙雨溢山藪,竹萌密無地。土人饕頓頓,腸胃當厭飫。吾蘇少其祖,數竿破俗藝。有茁重兒孫,豈敢屑盤筯。知味聊耳耳,僅免煮簀茹。愛我愛日翁,脯腊富裹寄。蒸爚得火候,法熟野衲治。新鮮色莫黯,纂纂玉縷脆。烘日不過熯,著鹽未多漬。甞之清可珍,喫棒元脩避。余生本骨立,滋瘦忘所忌。客佳稍出供,薦茗聊三四。還笑湖州饞,不管傷幼稚。聞君苦痰疾,日食不妨嗜。醫氏曾有說,性可消膈滯。能分固知羨,推食感念至。

謝程篁墩贈龍尾硯

篁墩品硯歙居右,雅稱先生翰墨手。先生與硯俱歙産,眉子羅紋誇富有。櫝中種種自懷玉,能割一愛到石叟。自嫌隅處小有病,臨出摩挲要難授。我云先生豈無藥,庸貢一銘如砭灸。驩然捉筆從背書,石上煌煌麗星斗。頭巾折角與人傳,此硯因銘名亦久。尚憐龍尾是奇材,東坡何以嘲牛後?

謝宋承奉惠壽木

鄙夫今年逾七旬,無一用世人嫌嗔。讀書不成愚固在,耕田無收家益貧。小兒造化苦翫弄,浩蕩自謂無懷民。何愁白髮不相放,生死已譬晝夜循。花前笑口幾迴酒。松下無言終古塵。也憐狗馬有帷蓋,安少一木藏吾身。堂堂七尺我自玉,烏鳶螻螘誰敢親。青城古杉一千歲,天將為我留輪囷。宋公借力翦寄遠,鯨波萬里來猶神。質如金石堅可珍,其文糾紐膩且勻。霞肪暈紫香觸手,舁入草堂驚四隣。自公好施發天性,豈以菲薄當其仁。鹿皮蒼璧殊未稱,短篇聊訴吾為人。

葛惟善嘗托人求虎跑泉詩附贈潘谷墨銅雀硯墨既不至硯亦云碎因謝此

慚愧高懷記項斯,開緘空感十年私。墨亡潘谷烟澌外,硯破銅臺瓦裂時。馬德未忘千里惠,虎泉終補一篇詩。何當握手吴門笑,共付浮沈與不知。

謝友人定正小詩數字

手拆朱批笑滿腮,看加簣土即崔巍。妙辭信自我傳去,後日安知子定來。王儉云:後世誰知子定吾文。秋樹暎星疎采出,夜江容月遠波開。古人高誼相成處,風字千年重釣臺。

和計常熟惟中虞山雅集

縣事頗清暇,山椒成雅遊。羣彦畢追隨,君子信徽猷。林搆級石登,沿澗俯清流。燕賞屬邦君,名勝況古州。連峯横秀野,重湖映清秋。環列周郭郛,棊錯衍田疇。騁目念遠人,鴻迹限南陬。貴賤何忘分，華篇承遠投。宛宛粲白雪，高妙誠寡酬。想當豪吟際，鮮颼激岑樓。繼火延落景，憑欄攀斗牛。興懷恥不及，烟浪空長洲。

雨中過野翁莊訪彦清施先生不遇書此以寄

野翁新築此山莊，石子迴階引石梁。滿地濕雲封壽塢，隔牆高樹比僧坊。掃苔容我來題壁，刻竹煩君補和章。信與輞川風致合，老須裴迪共壺觴。

與施北野小叙僧寓

分曠屢年歲，造次臨客途。驀然對面疑，熟視各驚呼。招邀叙僧寓，草具聊市沽。伸情發謬語，紀興復小圖。人生類雪鴻，踪跡不可拘。惜會仍惜别，蕭然俱白鬚。

謝計桃源惠孔雀甃于途以尾至

珍禽籠萬里，未見意先叨。飲啄違塵目，文章剩俊毫。重須論馬首，輕敢喻鵞毛。餘采賢郎得，留形上繡袍。

答汪竹坡暑中問疾

跬步蓬門出未能，秋來病骨轉崚嶒。儘多年紀壽自足，無好兒孫福不應。藥物殘生隨楚老，菜饘終日類齋僧。惡懷酷暑何排遣，遠水孤舟藉友朋。

送歲歌謝宗道士鼓板

打漁鼓，唱道情，説生説死説功名。唱道情，打漁鼓，説神説仙説今古。仙家自有山中樂,凡家自有世間憂。年頭年尾憂不休,今夜又當年尾頭。唱要高,鼓要急,主勸賓酬忘拜揖。蠟花爍爍白璧光,酒波濯濯青袍濕。客莫言辭主須醉,多情送年恐不及。年送去,還復來,漁鼓聲中白髮催。白髮不可變,莫放掌中盃。鼓砰逄,盃絡繹,不知東方之既白。舊年已盡客亦散,門前又接新年客。新年別唱賀新郎,送舊迎新漁鼓忙。

送别

别　友

青天一明月,白髮兩扁舟。各舟載一月,遂生離别愁。明月解隨人,人去月不留。豈月管送行,今古長悠悠。道路東復西,行人幾時休。一月亦多忙,千方相應酬。舉手謝明月,浩歌過吳洲。

送程少詹赴召

奉玦當春雨,春風又賜環。行藏吾道重,寵辱此心閒。六月鶱鵬息,三年去鳳還。宫詹循故秩,陛棘認先班。求舊從人望,相懽動聖顔。拜知髯拂地,舞應口呼山。撫已文章在,重修衮闕間。

送都元敬赴史西村家塾

黄溪雪後爛生光,童冠迎船青佩長。客子能行秘書監,東家好是鄭公鄉。春帷開講禽魚動,夜觀鳴絃水月蒼。賓主閒時還倡和,吳江滿地緑新章。

和文太僕宗儒留別韻

人生一離合,中奈歲月邁。青春與白髮,祇好增咤喟。君子務久要,迹曠心匪懈。請喻江中水,澹泊味長在。兹辰風雨横,來鷁鈍莫快。童子認舊德,殷勤潔塵廨。雨亦通人情,收脚漸微洒。顧我有老母,將筐復加拜。展燭話夙昔,勝與生客對。佐酒無兼味,情留日須載。雲天看君遠,林壑信我晦。清懽滿在眼,萬事不須嘅。

别　李　昭

秋深四日江村雨,阻得行舟不得行。燒燭添多夜窗語,似天教雨作人情。

送都元敬赴試

新科拔隱淪,蓬藋不勝春。經術必用世,山林還有人。九苞看舉鳳,三浪促潛鱗。仙桂凡千樹,扳花要認真。

送　張　廷　儀

楊梅墮地連日雨,江上喚舟舟不來。黄帽唱歌今撥棹,青天白日眼俱開。

送蘇安道赴祝冬官惟貞館

江程何悠悠,泛泛江上舟。載彼圖與書,言往海上遊。東海有君子,孝友天德優。好爵弗久縻,屺岵重遠遊。歸來壽春酒,酒影照白頭。怡怡家庭間,和氣聞遠州。之子固愾從,芝蘭味相投。匪特自假益,尚應童蒙求。春風動花柳,絃誦溪堂幽。可睇不可即,含情渺長洲。

【校記】

[題]《石田先生集》五言古一作《送蘇安道赴祝冬官惟真館》。

送吳朝陽都閫之任㴝司

桃花春水古城濠,僧寓遙煩降節旄。雙鬢相逢慚我老,十年不見覺官高。新篇爛漫牛腰卷,舊酒淋漓獅子袍。南國諠呼迎閫制,千兵夾道擁弓刀。

送錢士弘會試

春闈指日忙忙去,躡凍開途歲尚餘。拂面風塵寒送酒,臨闕霜月曉催車。牓頭要著渴睡漢,闕下當知行秘書。五十功名休謂晚,老成還聽首傳臚。

送朱性甫遊西湖

西湖我先遊,君去落我後。落後為生人,先遊託故舊。從君未到時,説與亦疑謬。當以湖洗眼,口亦要湖嗽。不嗽詩不清,一洗目不瞀。此湖有大量,先後皆納受。固不為君薄,亦不為我厚。有客有船載,有酒有歌侑。雨晴無不好,濃淡兩争秀。落日映四山,清波照紅袖。此特衆樂耳,君宜出其右。尋我舊題處,佳句多脱漏。正自要君拾,一一不可宥。想見南屏秋,倚爾兩肩瘦。人多詩亦多,各各備妍陋。湖在詩亦在,各各千萬壽。日日人去來,詩能作將候。如敔止柷始,禪續而迭奏。君吟未必盡,山水詩苑囿。君行報山水,我老尚堪又。

送朱武選調常德别駕次李西崖學士韻

恩華浩蕩縱長遊，一牒南從楚國投。世事未能容我料，風波不足使人愁。漫消惠飯須佳句，先説潮陽尚遠舟。廊廟江湖俱宦達，天涯持酒看雲流。

送夏德樹告疾歸台州

尊翁舊著堂堂節，令子連章倔彊名。欲激宰公言過直，因忘富貴去偏輕。素知眼淚撰不出，豈是髭鬚拂得成。擬古數篇看反覆，極於所學見平生。

和林郡侯送王敬止赴任瓊州韻

休云寵辱遞相催，信自先生直不回。怖鱷莫憑瀧吏説，蒸羊好待相公來。乾坤是處皆容物，小大無官不適才。早晚春風即吹到，海瓊花發必先梅。

送王敬止謫瓊州

流行坎止世途中，萬事由天天自公。失馬未能知禍福，辨烏何必在雌雄。賜環擬望厓山月，用楫當歸漲海風。白髮一杯分袂酒，相迎還許送時翁。

送山陰秦復正謁華光禄

瞰莊賢主得佳賓，百里清川映緑蘋。酒榼詩囊塵外物，山光水色眼中人。石池俯雨魚苗暖，畫閣開簾燕子春。此地持盃如見憶，高篇擬寄蠟封新。

送梁道夫還瓊州

瓊島迢迢候老翁，深懷袛博兩宵同。片帆南浦草仍雨，斗酒長亭花又風。話俗燈前南海近，思親夢裏北堂空。情知此別難書問，止到衡陽已斷鴻。

傷悼（送葬附）

悼　隣　叟

八旬筋力在，舉止後生然。灌稻畦煙裏，撥蔬園雪邊。生無息肩日，死有到頭年。尚囑諸孫輩，成家莫嬾田。

挽　范　老

雙目冥冥與氣沉，有何牽掛子孫心。解驂誰補無從淚，就布聊為不足衾。破屋秋風茅把盡，孤墳落日水聲深。老奴封土辭歸後，安得松楸作樹林。

悼張靜之黄門

先皇深寵死難忘，魂識還依玉案傍。滄海莫知歸有鳥，白雲誰謂去無鄉。念終在子天終吝，世自存詩人自亡。憶得西湖觴咏地，豈勝清淚月微茫。

挽嘉定翟孝子允高

烈火見者畏，不謀天下同。伊人燔廬薗，負母走焰中。臨難切至情，全愛出至窮。天人斯通昭，尋熄從返風。金軀茲銷化，孝聞不可終。可耻及泉誓，尚爾歌融融。

挽沈明德二首

青袍落魄衆堪憐，每每科場讓少年。原憲長貧還有病，淵明一火竟無廛。小篇絶筆留孤邸，半紙虚名付冷氈。魂憶西湖是歸路，梅花月色尚依然。

貧圖斗禄老仍驅，以醉為生以醉殂。地下酒壚那復有，人間詩鬼不能無。千年未信歸遼鳥，三匝空憐繞樹雛。寄我詩篇成故物，每因開讀便長吁。

哭文温州宗儒

向來作郡夢非祥，遠大功名壽未遑。造化小兒俄柳肘，乾坤遺愛有桐鄉。丈夫氣節存人表，老友肝腸剩淚行。還信天公著餘福，當家分付寡辭郎。

挽 程 宫 詹

高官博學何辭諠，頃疾長殂可悼嗟。君子不知蠅有惡，惡，矢也。蠅惡，出《昌邑王傳》。小人安信玉無瑕。聖明浩浩湯除網，睽極茫茫鬼載車。歸把遺文殉深葬，看從地下發光華。

登小雅堂哭史明古

築臺高住似神仙，恰好堂成及已年。歌哭於斯人忽耳，死生無度事茫然。青山底處尋遺史，白雪從今付絶絃。此夜獨登惟見月，清光依舊石闌前。

哭劉邦彦二首

五十年來托故知，祇酬兩會便長辭。湖山好在無人物，風雨空令有涕洟。松下骨埋宗長鍤，梅邊魂和老逋詩。瓣香在手身違病，月落斜窗起坐時。

天教行樂住杭州，今日湖船似舊不？桃怪劉郎來不再，詩憐杜甫死方休。風流山水仍紅拂，富貴壺觴到白頭。最是竹東聽雨夜，而今空有夢追遊。

挽方道士用東坡清虛堂韻

學仙不就如炊沙，紫府著爾無閒衙。長生苦苦累唇舌，六十瞥眼風中花。江湖漂萍本無蔕，一囊書畫東西家。虛談火龍配水虎，豈見白蝠如烏雅。惟於飲酒詫真趣，終身落魄猶蘇葩。醉魔作祟病已劇，酒莫下咽惟需茶。長途昨夜忽觀化，訃至空使吾胷撾。皮囊敗壞秋草裏，青山劍穴從誰爬。碧雲黃鶴渺何許，矯首西睇令人嗟。我今隨生亦隨死，努力加飯辭飡霞。

蕭蕭東海竹挽吳汝輝

蕭蕭東海竹，鬱鬱西山松。壤地兩隔越，生植莫能同。顏色各相昧，音聲或通風。精神自冥合，宛宛無西東。青松一朝催，此竹抱孤窮。以竹書感慨，寄去淚亦從。

聞陳白沙先生訃

生知祇藉兩詩酬，死惜曾無半面由。坦坦德從周道往，冥冥心與葛天遊。講論語托門人録，封禪書違使者求。萬里白沙何處是，獨臨殘月水西樓。

堯夫情性林宗行，薄世之師天吝之。此老不亡名自在，斯文欲鑄我何為。天長嶺海無從涕，地老臺山有道碑。擬把瓣香身莫達，紼前空寄助勞辭。

挽　如　公

如老身無著，將來典醉鄉。號他酒布袋，是箇臭皮囊。積禍必自發，為生安可量。長眠當不醒，殊莫悟存亡。

挽周原已醫判

扁舟只近問棲遲，玉樹驚非舊見時。別後正憂如許瘦，訃來已盡此生期。世多不學番膺壽，天莫容官定有兒。頭白老親雖健在，封榮那塞喪明悲。

哭金懷用表兄

奔波那覺病，但見吐車茵。一頓可缺食，百年無到人。何膏起其死，有淚出於親。聽雨秋堂夜，煢煢剩老身。

近哭孟光死，傷多病有因。不堪衰族裏，頓失老成人。生氣不借穀，冥羞空薦蘋。橋頭思健步，已負野梅春。

處世多存厚，眼前誰似君。老年兄弟行，一淚死生分。故宅迷秋水，新阡擁暮雲。勒碑吾自任，未敢謝無文。

南畝墊秋水，憂懷縈老窮。勞生百不足，到死一成空。身脆如殘葉，病來加朔風。昨宵談笑是，暫落夢魂中。

柳孺人夫坐事身家俱籍入後放歸

再造男兒事，區區屬婦人。時當初涉難，產入亦俱身。心絶寒灰後，恩回朽木春。嗣禋牲豆潔，復奪鵲巢新。豈謂□無政，猶聞與亂臣。柳門存一脈,蔗境脱千辛。今已不可作,潛光在翠珉。

哭表兄金以賓追及伯氏懷用

秋日哭兄猶涕洟,窮冬哭弟又漣洏。年時大小皆于邁,我輩存亡豈可期。昨者笑談今屬夢,門人編録幸存詩。吟踪最憶東橋路,青布長巾短杖藜。

挽吴元玉

去年憔悴見京城,猶自題詩送我行。多酒未能無疾病,一郎何竟了功名。衹今孝義存人口,更後聲光重墓銘。走拜無因致雙淚,千峯落日大江横。

挽屈處誠善寫竹

可庵不可作,崑山為之荒。將謂青琅玕,一夜遭折傷。其影落屏障,千家留墨光。墨以託竹命,人短竹自長。魂當附竹存,未分人琴亡。我來弔風雨,秋盡堂空涼。含情賦清篇,因之招鳳凰。

挽虎丘簡書記

詩折病中身,苦吟終損神。青山見在世,白髮過頭人。花落三泉雨,雲荒萬頃春。惟餘石上竹,消瘦似清真。

哭明古回雪中過鶯湖有感

不復見安道,歸哉空雪湖。低雲接清淚,遠浪激長吁。骯骯老博士,崢崢偉丈夫。朝廷虛購玉,滄海實遺珠。雄辯常翻口,衰痕未滿鬚。斯人竟微疾,我輩强孱軀。一邑人皆愕,三年夢已殊。其子夢人謂:汝父六十少二當死。妙篇留膾炙,還與不亡俱。

和哭母詩

淚以洩心液，中亦寓邪正。媚婦及讒臣，霑巾禍斯興。錢子痛慈親，崩衷血隨迸。哀極衍餘音，悠悠偶成咏。仍須血為書，留之示子姓。

經故人墓

故人於此墓，石亂水潺潺。忙盡剩白骨，閒來投碧山。雨崩封未厚，地瘠樹猶慳。可奈牛羊篴，聞之淚一潸。

挽韋大年

孝義更文章，山林隱德光。青春賢者短，白髮鄙夫長。無後心不死，有琴人併亡。潤州如少潤，玉樹殞新霜。

挽黄節婦

守節難，保孤難，守節要節完，保孤要孤安。完節堅心肝，保孤慎饑寒。啼饑號寒白屋破，死心灰肝清淚酸。黄家之婦李家姜，鳳鸞之偶天團圞。鳳一死，鸞乃單，鳳有鸞，養于鸞。鸞今有文成五色，鸞今瞑目已蓋棺。地下見鳳不愧亦不怍，手呈高節十丈青琅玕。

石田詩選卷八

圖像

屈原像

逐迹遑遑楚水長,重華雖遠未能忘。魯無君子斯當取,殷有仁人莫救亡。魚腹何勝載憂怨,鳳筊終不蔽文章。忠貞那得消磨盡,蘭芷千年只自芳。

題嚴子陵像

聞道先生裹足時,曾無一語答相知。後來亦有同衾者,再四能歌抱蔓詩。

題李太白像

風骨神仙品,文章浩宕人。世間金鸑鷟,天上玉麒麟。江月狂歌夜,宫花醉眼春。獨輸蕭潁士,不見永王璘。

題杜子美像

滿地干戈草木秋,漫將白髮染窮愁。英雄感慨言空在,家國艱難盜未收。老淚邊頭哭堯舜,此心裏許夢伊周。草堂依舊成都是,日暮門前江水流。

貧莫容身道自尊,先生肝膽照乾坤。淚因感事時時有,詩不忘君首首存。孔雀豈知牛有角,杜鵑還識帝遺魂。千年珍重丹青在,大雅何從著讚言。

拜岳武穆像

松嶺離離草露多,碧山高廟獨嵳峩。天如未喪無三字,國自甘亡有一和。宛宛丹青尚生氣,潸潸哭泣付悲歌。伍胥不合錢塘歿,又見前朝起後波。

觀李貞伯小像

浮生百年内,誰能畢其期。感彼先露人,遺影及兹披。浩浩儻宕懷,炯炯玉雪姿。宛宛若啟齒,黯黯蔑言辭。存殁各如夢,卷之吁以悲。

圖畫

題趙松雪畫馬

隅目晶熒耳竹批,江南流落乘黄姿。千金千里無人識,笑看胡兒買去騎。

題　畫

青竹長竿白石磯,江風吹雪鬢毛稀。秋來尚怪鱸魚瘦,若比吳民太較肥。

題　　畫

人尋靜處深住,屋向林中小營。窗下數枚雛燕,門前一箇流鶯。

題畫二首

扶藜衍風日,一路且看山。黄鳥緑陰處,白羊青草間。闢幽凝小步,會喜破微顔。怪被林僧見,誰何能爾閒。

山家自煙火,杳杳離人羣。岩樹落紅雨,石窗生白雲。朋從因偶過,世事得新聞。逐逐班樵牧,幽踪不欲分。

題畫卷寄華光禄

尚古老仙心浩然,他人溝渠我巨川。積義積德非一日,積書積金非一年。奇編翻刻惠貧讀,更製藥物疲癃痊。高雲茂木鬱望族,數仞之牆千頃田。毵毵白髮披兩肩,鳳雛抱送荷自天。功名染指知薄味,山水載酒脩閒緣。老夫相住縣百里,蔑面未見惟通箋。越繭十丈翻相聯,索我放筆開風烟。谷容山重頗有喻,大山長谷惟其賢。登堂一笑尚有日,還對此卷鳴高絃。

題　　畫

茆山看過又天平,箇箇芙蓉插眼青。雨骨雲臕無不好,為誰邊畫得真成。

消暑桐陰宜野服,倚雲山脚洗清泉。一雙白鶴可為驥,直借上天還下天。

樊節推十二馬歌

樊侯卷子尺一慳,誰能卷裏開天閑。應閑有駿數十二,生氣流溢鮫綃間。首尾一疋魏公倡,子雍一疋未敢望。子明十疋汗且奔,總不能超魏之上。騂騮騄駬世豈無,鹽車轣轆嗟已瘏。我今自是相牛夫,空倚精神來按圖。圖中舉肥傳乾肉,骨格全無臕擁玉。尾絲不動委長雲,飽腹日撐三斗粟。圉人持控莫敢騎,奉養知為驂乘姿。嗚呼地用須真馬,千里當教試蹄下。

感麟作經圖為彭撫公作

嗚呼王迹熄兮伯烜爀,名分不正禮義忒。孔子憂道徒慽慽,感麟不時出乃獲。因假魯史尊周德,書王紀元重人極。撥亂反正筆任責,筆筆削削區淑慝。王道以之作繩墨,君君臣臣父子得。三綱九法一暴白,天下懍然畏亂賊。匪曰無位政斯繹,匪曰空言用斯覈。千秋萬古垂世則,由麟而作復麟畫。言雖畫絶道載籍,令人口誦心亦格。為經為常國命脈,安成大彭代是職。兩賢以奏第一策,調元補化奉明辟。惟麟有趾仍有定,子姓振振永厥澤。

題吳少宰題許道寧秋山晴靄圖

匏公題句真成畫,説到江山妙有聲。一箇道寧消不得,老夫只作輞川平。

古中靜學寫菊舊號鐵梅改為菊堂次張碧溪韻

近因寫菊更新號,所寓何妨扁菊堂。水墨津梁初問道,風霜蹊徑晚尋芳。梅邊短杖都無夢,紙上東籬亦可觴。有酒有花皆樂事,人間無日不重陽。

題畫用東坡休字詩韻

野人心幽迹亦幽,短髮白照湖波秋。賢才固不在散地,吾道已付于滄洲。手中自保一竿玉,世上萬事如浮漚。江湖既遠不足問,歲月云往誰能留。君不見長安得意者,朝腰金,暮圍玉,名位豈肯卑微休。

題　畫

高春暝色動,北垞返輕舟。古木辭羣葉,微波映遠洲。涼雲號一雁,夕榜拂雙鷗。酒散襟裾爽,琴清徽玉秋。因之寫高致,得似晉風流。

為匏庵臨秋山晴靄卷

匏繫庵中春晡晡,拂几試展秋山圖。烟霏慘淡墨痕裡,遠瀨百折沙縈紆。巒容江色開浩蕩,扁舟雁鶩人驚呼。長安藥叟造此觀,氣味自是營丘徒。其人已化其跡在,流世直欲千金沽。絶無粉黛假顏色,俗眼曾不留須臾。庵中主翁誰賞識,對我但道今難摹。不應莞爾領翁意,儗筆遠甚成嗟吁。古人妙地學始見,已信邯鄲非易趨。朱繇道子固有説,妄意自笑西家愚。

題　畫

高躡千仞岡,身超傲卑迹。下俯見城郭,雲霞乘履舃。欲拉浮丘公,相與話疇昔。東南有飛鶴,目眦入秋白。

題釣圖和韻

白髮今吾即故吾,此身滿地是江湖。只饒酒債從人舉,敢倚漁竿待價沽。流水之間心自得,浮雲以外夢俱無。緑陰高樹成箕踞,此意憑誰作畫圖?

友人索雪圖誤寫蕉石

故人書來索寫雪，兩足楚瘡卧如折。蕉陰小簟竹颸涼，即事便圖忘所説。旁人笑我妄且迷，我自于時乖更戾。勸君索驥莫按圖，長可度兮大可絜。世間萬事多是非，未必覆羹吾手捩。

題振衣千仞岡

陽岡振新浴，爽氣與秋通。鶴氅照片雪，鳳翎開太空。乾坤兩長袖，塵土一泠風。熱惱下方路，何人高蹈同。

梅花道人臨東坡風篠

東坡先生好遊戲，壁上寫竹如寫字。三竿兩竿裊風翠，却有渭川千畝勢。題詩執燭倩官奴，白髮紅粧兩無忌。不應誣我抱節君，何嘗解舞腰肢媚。先生調笑皆文章，顧與節君生賁光。千年故事白石在，梅庵載翻新墨香。捕風捉影老手健，鳳駭鸞驚秋月涼。我今拭目艮會堂，沈氏堂名。尚疑耘老亭中央。今人古人不相見，遺跡宛然人未亡。

【校記】

見《石田先生集》七言古。

題　　畫

草房仍著薜蘿遮，地拗林深獨一家。只道春風吹不到，門前依舊有梅花。

碧樹清溪春日長，棋枰酒案好商量。東風似與人争座，早送飛花占石牀。

綠陰如水逼人清，隔葉黄鸝坐久鳴。一箇樹根非八座，白頭箕踞有誰争？

文湖州竹枝

笑笑先生有遺竹，翛然畫法妙兼書。千竿水石秋容合，一卷風雲墨色虚。剪伐已逃漁具外，收藏今保礎材餘。他人敢奪王家物，舊好重脩君子居。

題　畫

黄鶴磯頭秋水落，故人驀地相逢著。十年短鬢話吴霜，是非不假論城郭。楚江萍實待誰嘗，老矣吾儂思故鄉。

題　畫

嫩黄楊柳未藏鴉，隔岸紅桃半著花。開眼闌干接平楚，夾洲亭館跂長沙。悠悠魚泳知人樂，故故鷗飛照鬢華。如此風光真入畫，自然吾亦愛吾家。

吴都闉幛

帥府潭潭堂壁上，白間少我一松幛。寄將雪繭照眼光，筆未成揮意先放。徂徠縮地落此間，古意蕭森立青仗。清宵明月待開門，白日風雲與摩蕩。將軍仰面揮羽扇，思靜神閑兀相向。老夫更活三百年，歲歲逢人問無恙。

【校記】

[題]《石田先生集》七言古、《石田稿》黄淮本卷一作《吴都闉松幛》。

題　畫

層岑交亂雲,歷歷映羣樹。雲山互相依,青白媚朝暮。下有土著者,靜居氣鬱聚。脩松蔭高宇,細草被紆路。幽深疑世違,時復通杖履。鳴禽值客來,語歇客還去。天機發所樂,漠然非人故。

夏圭山水為華尚古題

罱魚罱魚復罱魚,聊開聊闔魚逃逋。江湖滿地事數罟,老魚為計與利殊。此圖此野親捲送,因人而投知不虚。況聞圭筆是名手,其價要論千金沽。於漁忘漁價何有,於人忘物畫可無。華君尚古真丈夫,以義為利空錙銖。堂中看畫且酌酒,坐對慘淡消金壺。左圖右史存鑑戒,此堂不宜無此圖。

松陰清夢圖

既醉二百盃,坐蔭兩松樹。神凝睫自交,心冥氣斯聚。超彼世網外,悠悠尋太素。生寓大夢宅,何嘗限寐寤。黑甜本無迹,怪自我筆露。傳之一千年,亦可示夢具。

題　畫

高山矗萬仞,野木隨上天。眇眇古招提,更出羣木顛。觚稜概星漢,窗闥雲霞鮮。鐘魚有遺音,下自泠風傳。神仙詫拔宅,方兹未茫然。我但怪飛磴,尚與世賁緣。

寫　雨　景

四年坐雨厄,今兹愁暵乾。相將事春作,田稗綠已漫。耨草助其長,纂纂沃以攢。金房雖未實,粒粒想在槃。晚歸茅檐下,返照尚闌干。捉筆寫舊雨,思痛乃轉歡。羣木覺翠濕,對之成暮寒。

畫　松

老夫慣與松傳神,夾山倚磵將逼真。青雲軋天見高蓋,蒼鱗裹烟呈古身。我亦不知松在紙,松亦不知吾戲耳。吹燈照影蛟起舞,直欲排空掉長尾。待松千丈歲須干,老夫何壽與作緣。不如筆栽墨培出一笑,何問人間大小年。

題邊笳十八拍圖

蘆葉傳聲拍拍鳴,畫圖傳拍態如生。琰從三姓邕從卓,自是人間父子情。

題　釣　圖

誰寄扁舟號隱淪,平沙淺瀨入秋蘋。釣竿却是功名具,渭水桐江古有人。

題　畫

虚亭不碍秋,落葉直入座。可人招不來,幽事如何作?

題　畫

落日江光淡不流,平頭舫子貼天遊。瘿尊酒盡三百斛,大醉來題黄鶴樓。

我本前身鶴上仙,人間罰住一千年。玉笙塵夢頭如雪,待得醒來海又田。

莊仲威家山圖

圖固不盡意,莫寄家山清。家山在具區,湖波如玉明。兩峯合書屋,芙蓉照檐楹。笑語水月涼,濯足魚龍驚。盈盈隔浦人,宛宛望蓬瀛。久居不知勝,借視子墨盲。山水有真趣,持歸心始平。

楊起東出觀陳氏舊藏張長史春草帖韓幹馬圖

千年健在憑誰抹,神骨依然肉尚多。此馬于今不須問,傷哉其奈主人何。

紙影依微墨色明,顛翁氣骨尚峥嶸。家家門户春風到,此草從來不世情。

寫畫贈陳惟孝

我昨尋虞山,君出不在家。我歸君來尋,迹類鴻鴈差。把酒牡丹後,園林浄無花。緑陰亦可愛,茗碗浮新芽。遲留越信宿,談笑補嘆嗟。莫易判風袂,後會未可涯。

為越公重題舊作山水圖

此畫寄松院,墨澀筆潦草。別來三十年,衲子尚能保。開卷漫發笑,可感仍交抱。正如故友明,卒見含惏悼。人生非金石,年華豈常好。白髮不奈事,先此青山老。當更三十年,與物論壽考。題詩報青山,彼此託玄造。

學雲林小景

燈下秋山影零亂,况兼老眼鎮模糊。筆踪要是存蒼潤,墨法還須入有無。自我開簾看翡翠,憑誰作釣拔珊瑚。倪迂標致令人想,步託邯鄲轉謬迂。

騎　牛　圖

老夫自是騎牛漢,一蓑一笠清江岸。白髮生來六十年,落日青山牛背看。酷憐牛背穩如車,社酒陶陶夜到家。村中無虎豚犬鬧,平圯小逕饒桑麻。也無漢書掛牛角,聊掛一壺村醑薄。南山白石不必歌,功名富貴如予何!

倪　雲　林　畫

愛此倪翁小筆奇,淡烟疎墨百年姿。中郎已矣虎賁在,我自低頭人不知。

王理之臨鳳頭驄

宋家王孫趙仲穆,畫馬盡形神亦足。東崑王郎搨其本,筆精殊覺驚人目。紙間突兀擁肉山,俗工紛紛手當縮。此疋傳是鳳頭驄,五花滿身雲簇簇。請郎別圖唐舞馬,逆胡教舞不肯服。逆胡教舞不肯服,大勝汚臣食其祿。

潤色舊臨倪雲林小景

迂倪戲於畫,簡到更清臞。名家百餘禩,所惜繼者無。況有沖淡篇,數語弁小圖。吳人助清玩,重價争沽諸。後雖有學人,紛紛隨繁蕪。崔子彊我能,依樣求胡盧。墨澀不成運,林慚澗與俱。何敢希典刑,虎賁實區區。醜惡正欲裂,捲去不須臾。今夕秋燭下,載見眼模糊。妄意加潤色,泥塗還附塗。崔子豈不鑒,愛及屋上烏。

題　畫

雪裏一樓高萬竹，樓中人與竹俱清。默然天地凭闌處，人不能言假鶴鳴。

題雜花卷子

芳園爛漫百花枝，白白紅紅各有時。冶葉娼條均造化，和風甘雨入華滋。老夫觀物逍遙地，小筆分春竊弄私。日日不妨偷展卷，擾人蜂蝶竟何知。

題畫三首

詩思凝懷未易裁，平臺一半夕陽開。桃花小間松枝發，碧嶂中分緑水來。

清暑茂林風日好，兩翁談屑落高閒。白雲故故没行徑，還絶世人來此山①。

山徑蕭蕭落木疎②，小橋流水限林廬。秋風黄葉少人迹，鷄犬不聞惟讀書。

【校記】

［題］本題第三首《石田先生詩鈔》卷七作《倣雲林小景贈宿田翁》。按：本題第一首亦見《石田先生詩鈔》卷六，第三首亦見《石田先生詩鈔》卷七。第一、第二、第三首均見《石田先生集》七言絕。　① 還絶：《石田先生集》作"要絶"。② 山徑：《石田先生詩鈔》作"石徑"。

雪景山水

眼中飛雪作奇觀，江山一夜皆玉換。前岡坡陀帶複嶺，小約凌兢連斷岸。水邊疎柳似華髮,忽有微風與飄散。紺宫幾簇林影分,白鷗一箇江光亂。老漁蓑笠祗自苦,冰拂凍鬚莖欲斷。江空天遠迴幽踪,只有一竿聊作伴。此時此景此誰領,亦笑此漁從我玩。圖成一嘯寒戰腕,萬里江山在吾案。

五十疋馬圖

沙樹歷歷沙草荒,江上誰開芻牧場。馬羣所聚凡五十,飲秣而俯嘶而昂。寐訛浴涉踶且驤,或乳或駐或軋瘡。三縱五横不成行,若騮若騏青紫黄。烏騅赤兔照夜白,連錢桃花鬬文章。牝兮牡兮未可辯,亦莫可識駑與良。相骨相肉俱已矣,老夫兩眼徒茫茫。但愛各各無羈繮,自縱自得肥而駹。肥哉肥哉空老死,未試何以知爾長。我知馬亦待駕御,人馬兩得氣始揚。請看溝汗流血漿,争前欲逐左賢王。追風掣電一般走,五十之中當有彊。

畫玉臺山圖答白沙先生陳公甫

玉臺萬仞先生住,出語直教天上驚。還有遺音滿天下,兒童箇箇解稱名。

題　畫

高霞散雨發秋晴,放目開懷臺上行①。一隊白鷗閒不過,也隨人去作逢迎。

【校記】

① 開懷:《石田先生集》七言絶作"放懷"。

題畫二首

眺遠累登頓,林梢拂雙舄。江長要天接,雲嬾欲風扶。落日在谿山,秀色浮眉鬚。臺高興亦超,空歌徹清都。

流泉無停跡,靜者臨其旁。跳珠石觸起,霏花衣滲涼。傾聽入希聲,載漱空膏粱。嗒然與心契,豈復嗟望洋。

山水圖寄趙民部孟麟

縈縈石磴渺林巒,百折緣泉草蔓漫。穿窈窕來憑拄杖,可盤桓處藉闌干。洗開山色雲生浪,錬出秋容樹轉丹。我約金焦遊未得,先圖一紙寄人看。

清谿散步圖為徐文序作

老去山翁空世情,偶因谿好獨閒行。高歌激物鳥忽語,樂事會心人不争。露氣溢花沾濕好,風瀾當日動摇明。臨流愛濯無塵濯,青布披巾況没纓。

題畫

我愛碧江浄,輕舟點破秋。西風捎鬢脚,直得不梳頭。

桃源圖

君不見姬周寬仁天下歸,又不見嬴秦猛德天下離。秦人避秦秦不知,人既移家秦亦移。移家去,桃源住,萬樹桃花塞行路。楚人吹起咸陽炬,何曾燒着桃源樹。老翁尚記未焚書,諸孫儘種無租地。自衣自食自年年,擾無官府似神仙。一時落賺漁郎眼,猶怪為圖與世傳。

【校記】

此詩與《石田稿》同題詩“君不見深仁厚德天下歸”一首詩句有異同。

題夏景

地靜林居無日影，紫薇花落暑闌珊。兩翁白髮棋爭後，一箇黃鸝茶話間。雨氣欲來泉脈動，風颸署過樹陰閒。隔溪草閣尤涼净，更擬呼盃看鶴還。

題畫册後

八十流年老態多，目昏衹好卧雲蘿。墨消古研能閒在，紙映明窗奈暖何。觸物便須隨點染，觀生還復費吟哦。這般醜拙難拈出，聊自家中遣睡魔。

寫畫寄仇東之

茫茫湖海傳知次，落落文章健羨間。骯髒功名何物忌，畸零天地一夫閒。人遐尚想梁間月，地隔聊移紙上山。欲問相逢老無日，碧雲黃鶴自相關。

題馬圖和驄馬行韻

玄雲漲體非花驄，復知西産匪産東。突圍破陣奔死命，將軍假此誇奇功。橫行絶塞何由致，千金始為燕昭至。房星不落冀北羣，地用全收天下利。奮迅時時迸銜鐵，仰空長嘶紫繮裂。朔風吹鬣尾梢雲，曼纓拂地垂猩血。羌奴手控不敢騎，天生神物彼亦知。今無伯樂空自老，末路英雄向誰道。

題　畫

秋山骨崚嶒,秋樹枝槎牙。尚有霜餘葉,點綴如春花。緩騎亦足賞,何須坐停車。行行日將夕,微吟酬物華。

青山本自媚,天猶假裝飾。白雲為鉛粉,林嶺弄顔色。西湖比西子,坡語作戲劇。老夫愛莫助,圖畫開幻域。

墨跡

黄應龍失去思陵勅岳飛殺賊手詔

東崑人來言,有盜發子帑。意非摸金手,必是探裌黨。不然尺一紙,何足厭貪掌。思陵灑此翰,破朮㓜飛往。當時君臣際,天地相俯仰。知任觀哲明,眷注加温獎。功寵致忌殺,忠義果足仗。君心在遺墨,一讀自炳朗。矯害證逆檜,滔天信欺罔。此紙後不傳,何以暴所枉。錮子秘密藏,何為世標榜。天意流無方,假盜理可想。留吝恐違天,水火事或倘。物豈久戀人,物亦有精爽。使之一人傳,所見目惟兩。盜去轉相售,售售萬目賞。存未為子欣,失未為子惝。慰子不平懷,詩與發浩蕩。

録余青陽廷心與鄭山子美手札

國難倉惶細語箋,危城落日大江邊。干戈一膽公公,同也。生死,涕淚千年尚簡篇。家裡識緣如如,奈也。有婦,波心抱印若無淵。燒香洗手重新録,颯覺英靈筆研前。

題華光禄汝德石延年古松詩

曼卿號詩豪,發奇索幽秘。對語禽關樂,生香花交樹。翕然伊洛間,妙絶稱者亟。清放挾滑稽,其風如晉靡。馬逸遭躓墜,云賴石學士。狂調烟花館,弗愧街司箠。落考褫華袍,坐嘯傲羣耻。作詩喻罷進,遺韻寓謔旨。排闥就錢愚,博飲詈汝爾。卒與劉潛醉,囚巢鼈自擬。止酒迫遵戒,枯渴遂及死。蒼筆留松篇,心畫森規矩。古以畫觀人,無乃倒非是。躐顔復涉柳,廉隅攝神鬼。獸柙怒虎兕,武庫耀戟棨。當時朱夫子,不學九淵體。道德百代師,朱紫曷足詆。曼卿賁在外,紫陽衷則匪。我今罔異同,口舌吾過矣。拙肘嘆莫學,聊以指運几。緣辭更高諷,謏謏松風起。其人當不亡,或在蓉城裏。

題楊鐵厓先生遺墨

鐵厓山,鐵道人,戴鐵冠,吹鐵篴。鐵色一尺面,鐵衣七尺身。元精育此老鐵漢,鐵肝鐵膽窮為義士達藎臣。百剉不得折,突兀而輪囷。文章奇倔似生鐵,戛然有聲驚鬼神。小語補兩漢,大語追先秦。時流高價購鐵語,貴鐵不貴金與銀。不從嵇鍛搰搰累俗好,不學許耕屑屑稱齊民。天河借水洗鐵冠,笑吹鐵篴騎玉麟。而今觀化不在世,好在天上參星辰。惟餘此篇在故紙,鐵筆不爛二千春。

文詞

題史西村遊杭詩稿

珠貝連篇一卷間,只疑捆載古杭還。候潮路遠肩輿重,酹月歌長酒量慳。自惜舊遊妨老病,且從新句見湖山。問天賒取明年健,何必因人有厚顔。

題朱性甫詩稿

四十精思成此稿,吳鄉吟輩未堪儕。揠苗豈是時能長,啖蔗應知老漸佳。雖止百篇諸體備,不拘一律大方諧。野航秋水空塵迹,細履春風有好懷。公道未應無賞識,文章安可使沈埋。冠端感慨儀曹筆,跋尾吹噓借舫齋。已藉二君高論在,贅辭慚愧老夫偕。

讀盛仲規遺詩

飯盤苜蓿漫闌干,自信書生骨相寒。遠落荒州悲燕幕,老收微禄笑鮎竿。一梳墜雪方歸國,萬事浮雲又蓋棺。燈下遺詩不堪讀,讀來句句與風酸。

題狄秋林詩稿後

久别殊驚各老蒼,宦遊落得此詩囊。風情逸朗駸駸晉,辭氣清平啪啪唐。秋雨晴邊挹巒秀,春江潤處弄天光。德人言在真堪羡,鮑老郎當愧末場。

謝吳匏庵序拙稿

且本荒荒語冗陳,品題何足動朝紳。光堪繼燭垂垂跋,覆可從甕漠漠塵。牽比及桓寧作我,借推于謚信因人。咏歌聊耳存閭巷,自記堯民與舜民。

讀陶詩二首

采菊見南山,賦詩臨清流。偶耳與物會,微言適相疇。浩蕩思惟表,其心共天遊。江不阻水逝,天不礙雲浮。後人涉雕斲,七竅混沌愁。掩卷三太息,至山莫容丘。

元氣本無聲,宣和偶宮徵。渢渢合自然,其音無惉懘。流之天地間,六代激綺靡。遡觀刪餘什,雅豈不在是。後來庶有知,韋柳實興起。更後邈無人,斯文止于此。

石田詩選卷九

花竹(草木附)

九日無菊賞芙蓉

芙蓉九日爛尊前,籬脚黄花苦未全。素謂及時番落後,本開遲者却當先。紅粧風露秋無價,白髮年光醉有緣。今許滿頭還亂插,齊山笑口不須偏。

新栽牡丹開遲有作

爛漫東隣醉牡丹,也持盃酒待花看。却疑有為偏教慢,亦料終開底作難。貴介莫遊知地僻,美人初聘怯家寒。我無羯鼓相催發,祇撚吟髭日凭闌。

賞玉樓春牡丹

白頭盃酒重臨軒,喜見名花又一番。春粉膩霞微著暈,露紅漸玉淡生痕。酷憐似醉還饒笑,儘是多情尚欠言。老者相看聊見在,遠謀何暇為兒孫。

瓶梅

銅瓶倚玉枝，髹几獨看時。折柳多何惜，臨窗少不宜。斷根聊活計，勺水小恩私。省得溪橋外，追尋老步遲。

題牡丹圖

東家牡丹不論葉，西家桑柘不論花。花前把酒酹紅玉，一滴誰沾桑葉緑。隔墻羯鼓春逢逢，人散酒闌花亦空。采桑養蠶百筐滿，子子孫孫衣著暖。明年賃地過東墻，拔却牡丹多種桑。

看花吟勸陳世則酒

花下一壺酒，人與花酬酢。樹上百枝花，花對人婥妁。昨日顔色正新鮮，今朝少覺不如昨。人若無花人不樂，花若無人花寂寞。看花不是久遠事，人生如花亦難託。去年花下看花人，今年已漸隨花落。花且開，酒且酌，催花鼓板撾芍藥。醉他三萬六千觴，我與花神作要約。

梅花二首

莫嫌踪迹發寒窮，南國生涯論首功。道體不彰存白賁，心仁有造屬黄中。隔烟如夢微微月，臨水無言脉脉風。高尚難招我難遠，為君頻過小橋東。

寂寂疎林滿地苔，自知溪逕不容媒。沈郎太瘦亦復耳，范叔一寒如此哉。漫有心腸竟何與，本無顔色不須猜。老夫氣味頗同致，歲晚相逢笑口開。

東闌牡丹為好事者掘去

荒庭粗整石闌干，始買花栽得牡丹。富貴同心有人愛，繁華移手別家看。烟根已撥苔猶破，雨坎空存土未漫。笑撫老懷無所惜，固知留到子孫難。

西園栽花

西圃栽花愧老人，花枝不似老人身。老身雖被花枝笑，自有兒孫看好春。

二十日見菊

刺眼新黄見曉枝，衆皆争早獨何遲。晚成霜下真能奈，静寄籬根不自卑。聊補一年秋淡薄，追嫌九日事参差。老夫謝酒緣多病，醒咏還如落帽時。

玉蘭

貞藹無妖艶，白賁幽除前。杪枝愛兀贅，叢玉天匠鐫。清馥揚遠風，標度逸於仙。我生具素懷，眼謝桃李妍。指酒通微辭，願言修净緣。

栽玉蘭

玉蓮小朵天香樹，紫石闌前帶雨栽。自笑老人無料量，要將年紀待花開。

客遺山柿給為玉蘭戲而賦此

有遺玉蘭栽，云花備清馥。戒僮植深土，殷勤養根玉。秋霜已脱葉,挺挺條肆禿。識者曰山柿,盗名餌公慾。舉世好相欺,牖耳多塗目。余性易信人,指馬不知鹿。憑闌祇發笑,罪遺亦何足。謂信止豚魚,未始及草木。

庭前有疎竹

庭前有疎竹,楚楚青玉株。長身何森竦,貫直無曲迂。雅净合吾志,還愛格清癯。不似松與栝,蓬鬱多髯鬚。風起月作影,心耳為之虚。十年存保護,遠意託笙竽。物脆時莫待,蒼黟根葉殊。老朽不足截,何以承吹嘘。

薙草行

除草本難盡,根子互生成。請觀耰鋤後,私得雨露情。庭除日夕間,衆緑復交盈。蘭蕙皆滅迹,蕭艾欣得朋。中為蚊蚋居,蛇蟒亦横行。濕積地道敏,氣惡暑熱蒸。陷足罥衣裾,賓階苦趨迎。每被客嘲誚,愛物實沽名。不察僮奴嬾,亦奈易發生。朝來奮一薙,頓令心目清。聊快頃蹔間,未保終絶萌。因以悟小人,難去類相縈。匪特去云難,尚有怨誹并。從兹謝庭草,甡甡漫爾榮。

青草吟

青草年年多,白髪日日少。青草催白髪,似恐人不老。髪落白有盡,草生青不了。我是樂天人,梳頭對青草。

憫禾

薄禾今兹計,狼狽尚栖畝。借問胡為爾,先時已罹咎。五月風雨大,潢潦卑莫受。田穉俯就沒,濁浪扼其首。排濯潏蕩間,性命存亦苟。天日赫赫出,水熱烹羣醜。一日色已變,三日蘁在臼。我時往撈觀，覸活從中剖。心存根已撥，欲棄難僻手。欲拯卒何及，愴食内若疚。掘土窒滲塍，倩車仰隣佑。督戽靡日夜，救死豈容久。併力役老少，足緄筋亦糾。水面青鍼芒，稍出九死後。氣力與生意，委頓類産婦。一一補傷爛，行行十八九。過時强經營，安望如常茂。事多於悔禍，始畸終變偶。七月尋遭風，弱本被抝揉。折處氣當沮，虚房但含滫。間或見成穗，禿稭卧敗箒。何能畢公租，亦莫彀饑口。對此發長咨，細雨浹昏酉。枵腹不堪鼓，併欲歌止酒。

杏　　花

半抱春寒薄染煙，一梢斜露曲墻邊。東家小女貪粧裹，聽買新花破曉眠。

病起咏菊

試步庭中雨迹晴，籬花黄白似相迎。病腰徙倚秋分瘦，老眼朦朧晚借明。南國金夫空倚富，東家玉女自含貞。一年一度期追慰，今怪山盃欠此情。

咏齋中黄菊

宛宛黄金盃，虚器莫挹酒。造化為鼓鑄，賦色應西睺。漙漙朝露浥，宛宛秋苞剖。深翫不盡愛，欲折還惜手。氣屬蕭颯中，遲暮以為候。病夫蕭颯人，意味相昵厚。顧非兒女花，貞固知所負。吾齋空四座，命作歲寒友。

草堂前梅桃今春相續試花

春色今年賁古臺，東風續續見桃梅。穠華莫惜三盃賞，寂寞原非一日培。我有好懷隨物遣,花於老眼盡情開。人生最似紅芳迹,白鬢蕭然感緑苔。

生色海棠

粉合臙脂作曉粧,富於顔色吝於香。東風不肯全分付,相對梅華各斷腸。

畫梧竹

畫了梧枝又竹枝,緑陰如水墨淋漓。信人捲去糊窗壁,雨雨風風總不如。

落花五十首

富逞穠華滿樹春,香飄瓣落樹還貧。紅芳既蜕僊成道,緑葉初陰子養仁。偶補燕巢泥薦寵,别修蜂蜜水資神。年年為爾添惆悵,獨是娥眉未嫁人。

飄飄蕩蕩復悠悠,樹底追尋到樹頭。趙武泥塗知辱雨,秦宫脂粉惜隨流。癡情戀酒粘紅袖,急意穿簾泊玉鈎。欲拾殘芳擣為藥,傷春難療箇中愁。

玉勒銀罌已倦遊,東飛西落使人愁。急攙春去先辭樹,嬾被風扶强上樓。魚沫欲恩殘粉在,蛛絲牽愛小紅留。色香久在沈迷界,懺悔誰能倩比丘。

是誰揉碎錦雲堆,著地難扶氣力頹。懊惱夜生聽雨枕,沈浮朝入送春盃。梢傍小剩鶯還掠,風背差遲鳩又催。瞥眼興亡供一笑,竟因何落竟何開。

十二街頭散冶遊,滿街紅紫亂春愁。知時去去留難得,誤色空空念罷休。朝掃尚嫌奴作賤,晚歸還有馬堪憂。何人早起讎憐惜,孤負新粧倚翠樓。

夕陽無賴小橋西,春事闌珊意亦迷。錦里門前谿好浣,黄陵廟裏鳥還啼。焚追螺甲教香史,煎帶牛酥囑膳媖。萬寶千鈿直可惜,歸來直欲滿筐攜。

一園桃李只須臾,白白朱朱徹樹無。亭怪草玄加舊白,牕嫌點易亂新朱。無方漂泊關遊子,如此衰殘類老夫。來歲重開還自好,小篇聊復記榮枯。

供送春愁上客眉,亂紛紛地竚多時。擬招緑妾難成些,戲比紅兒煞要詩。臨水東風撩短鬢,惹空晴日共遊絲。還隨蛺蝶追尋去,墻角公然隱半枝。

昨日繁華焕眼新,今朝瞥眼又成陳。深關羊户無來客,漫藉周亭有醉人。露涕烟洟傷故物,蝸涎蟻迹弔殘春。門墻蹊逕俱寥落,丞相知時却不嗔。

賣叟籃空雨滿城,鏖芳戰艷共縱横。挽留不住春無力,送去還來風有情。莫論漫山便陸續,仍憐點地亦輕盈。白頭花吏閒頻埽,紅粉佳人緊著驚。

斷送韶光入雨聲,羣芳何力與愁争。鹿銜御苑非佳兆,馬進天閑借美名。時不可為傷薄命,事因無賴到輕生。堪憐堪笑知多少,直得吟翁老費情。

東園重過悵徘徊,白亂紅紛似剪裁。昨日不知今日異,開時便有落時催。留連空樹渾無賴,牽惹閒愁却悔來。固蔕長生信三朵,又非仙頂莫栽培。

再四追尋何處邊,石闌干外竹簾前。青蟲夾墮容相賴,黄鳥兼飛得可憐。移昨夜燈修故事,剩今朝雨泣餘妍。摧殘悵感年年慣,將謂今年劇去年。

馬追紅雨倦遊回,春事闌珊意已灰。生怕漸多頻掃地,酷憐將盡數銜盃。莽無留戀墻頭過,私有徘徊扇底來。老去罣牽宜絶物,白頭自笑此心孩。

抛叢脱當亂如摯，總借鸞膠不可黏。梨雪沍碏人病酒，絮風撩面妾窺簾。千林如約垂垂盡，一片相先漸漸添。欲託丹青著遺愛，頓無情思筆難拈。

處處春光花滿烟，忽隨春去使凄然。風前敗興休當立，窗下關愁且背眠。放怨出宫誰戀主，抱香投井死同緣。夕陽寂寞江南北，吹滿西興舊渡船。

樂遊園裏覓芳菲，朶莫能全作片飛。開日未閒如已謝，見時無幾惜多違。香猶鬱土亡妻葬，淚不成粧棄婦歸。正是使人追憶地，況來惹鬢復沾衣。

花欲延春奈子規，聲聲催到緑陰時。遲來杜牧惟逢葉，深信秋娘空折枝。悲濺淚邊何忽忽，悶低頭處共垂垂。淹留墻脚蔫黄甚，蝶已無情蝗有私。

分香人散只空臺，紅粉三千首不回。惡劫信於今日盡，癡心疑有别家開。節推繫樹馬知過，工部移舟燕蹴來。忍見愁悰敗塗地，閉門無語只書灰。

風誅雨刮太傷神，徙倚詩篇咏斬新。紅淚洩寃啼短命，黄金希術鑄長春。空虚村落今烏有，嘆惜山林迨赤貧。準擬明年大家酒，重看還醉舊遊人。

千樹何曾剩半株，芳魂惆悵與時殂。層層疊疊根頭有，寂寂寥寥葉底無。騷亂又當春結局，流亡真要我為圖。超空獨讓沾泥句，著想留懷自覺輸。

泊紫漂紅没住生，傷心那止洛陽城。美人天遠無家别，逐客春深盡旅行。汝去安能不思汝，卿輕還復可憐卿。要申遣撥須憑酒，醉裏忘愁且一程。

朝來桃李只空園，作麽傷殘問不言。漁楫再尋非舊路，酒家難認是空村。悲歌夜帳虞兮淚，醉侮烟江白也魂。知道下場如此惡，

早先立取厭風旛。

繁華消息寄芳叢，翫弄遊人轉眼空。萬物死生寧離土，一場恩怨本同風。株連曉樹成愁緑，波及烟江有倖紅。我問老僧求點斷，數聲啼鳥夕陽中。

�枝來效小温存，片片猶沾宿雨痕。路不分明愁喚夢，酒無聊賴怕臨軒。風萍靡靡餘流水，烟草萋萋感故園。尚有斷香殘粉在，何人剪紙一招魂。

供送春愁上客眉，暖風晴日黨遊絲。擬招緑妾還成些，戲比紅兒煞要詩。鈿盒檢粧餘故靨，膽瓶和水棄殘枝。紛争亂競須臾静，似了東窗一局棋。

閙亂東風又一場，出墻桃李苦顛狂。不堪小大從于邁，無奈郎當舞更長。紐綴莫容鍼線巧，糞除徒費帚箕忙。倦遊尚作尋芳夢，酒欠敲門惱漫郎。

嬋娟殂落不須悲，李妹桃娘已有兒。人散酒闌春亦去，紅銷緑長物無私。文章土苴遭衰刧，錦繡閭閻惜賤時。空記少年簪舞處，飄零今已鬢如絲。

盛時忽忽到衰時，一一芳枝變醜枝。感舊最關前度客，愴亡休唱後庭詞。春如不謝春無度，天使長開天亦私。莫怪流連三十咏，老夫傷處少人知。

憔悴黎明出漢宫，新愁都向别離叢。青山有地埋香質，紅淚何心泣曉風。絃管不堪歌舞盡，繁華真較綺羅空。天涯春色悲公子，玉勒金丸幾處同。

百五光陰瞬息中，夜來無樹不驚風。踏歌女子思楊白，進酒才人賦雨紅。金水送香波共渺，玉堦看影月俱空。當時深院還重鎖，今出墻頭西復東。

陣陣紛飛看不真，霎時芳樹減精神。黄金莫鑄長生蔕，紅淚空啼短命春。草土苟存流寓迹，陌頭終化冶遊塵。大家準備明年酒，慚愧重看是老人。

擾擾紛紛縱復横,那堪薄薄更輕輕。沾泥寥老無狂相,留物坡翁有過名。東坡三咏落梅云留連一物吾過矣。送雨送春長壽寺,飛來飛去洛陽城。莫將風雨埋冤殺,造化從來要忌盈。

似雨紛然落處晴,飄紅泊紫莫聊生。美人天遠無家别,逐客春深盡族行。去是何因趁忙蝶,問難為説假啼鶯。悶思遣撥容酣枕,短夢茫茫又不明。

春歸莫怪嬾開門,及至開門緑滿園。漁楫再尋非舊路,酒家難問是空村。悲歌夜帳虞兮淚,醉侮烟江白也魂。委地於今却惆悵,早無人立厭風旛。

芳華别我漫匆匆,已信難留留亦空。萬物死生寧離土,一場恩怨本同風。株連曉樹成愁緑,波及烟江有倖紅。漠漠香魂無點斷,數聲啼鳥夕陽中。

筇枝侵曉啄芳痕,借爾庭階亦暫存。路不分明愁唤夢,酒無聊賴怕臨軒。隨風肯去從新嫁,棄樹難留絶故恩。惆悵斷香餘粉在,何人翦紙一招魂。

賣叟籃空雨滿城,鏖芳戰豔寂無聲。白頭苑吏閒陪掃,紅粉閨人驀著驚。莫論漫山便麄俗,還憐點地亦輕盈。亂紛紛處無憑據,一局殘碁不算赢。

十分顔色儘堪誇,只奈風情不戀家。慣把無常玩成敗,别因容易惜繁華。兩姬先殞傷吳隊,孫武斬吳王二隊長。千艷叢埋怨漢斜。消遣一枝閒柱杖,小池新錦看跳蛙。

香車寶馬少追陪,紅白紛紛又一廻。昨日不知今日異,開時便有落時催。只從箇裏觀生滅,再轉年頭證去來。老子與渠忘未得,殘紅收入掌中盃。

玉蕋霞苞六附全,一時分散合無緣。風前敗興休當立,窗下關愁且背眠。田氏義亡同五百,田横死,五百義士皆投海而死。唐宫怨放及三千。無人相喚江南北,吹滿西興舊渡船。

落柄開權既屬春,少容遲緩亦誰嗔。酷憎好事敗塗地,若被閒愁殢殺人。細數只堪滋眼纈,仰吹時欲墮頭巾。不應捫虱窮簷者,薦坐公然有錦茵。

錦粧林館綉池臺,徹底從頭今在哉。斷酒不堪詩並廢,嬾遊祇把病相推。節推繫樹馬驚去,工部移舟燕蹴來。爛漫愁踪何地著,謝承惟有一庭苔。

打失園林富與榮,羣芳力莫與時争。將春託命春何在,恃色傾城色早傾。物不可長知墮幻,勢因無賴到輕生,閒窗戲把丹青筆,描寫人間懊惱情。

千林紅褪已如摯,一片初飛漸漸添。梨雪沍堦人病酒,絮風撩面妾窺簾。併傷鳥起餘芳盡,泛愛鰷争晚浪粘。可奈去年生滅相,今年公案又重拈。

昨日才聞叫子規,又看青子緑陰時。秋娘勸早今方信,杜牧來時已較遲。脱當不歸魂冉冉,濺枝空有淚垂垂。淹留墻角嫣黄甚,暴殄芳菲罪阿誰?

芳樹清尊興已闌,拋堦滚地又成團。帶烟窗扇穤斜透,夾雨簷溝瓦半漫。老衲目皮閒作觀,小娃裙衩戲承歡。無端打破繁華夢,擁被傷春卧不安。

樂遊園裏眼俱空,只在今朝事不同。錯道海棠依舊日,生憎楝子下稍風。圬人鏝上泥柔粉,桑婦筐中緑映紅。便認未開如已謝,一般情況寂寥中。

為爾徘徊何處邊,赤闌干外碧簷前。亂飛萬點紅無度,閒過一鶯黄可憐。觀裏又來劉禹錫,江南重見李龜年。送春把酒追無及,留取銀燈補後緣。

東風刮刮劇情吹,萬玉園林孑不遺。席捲横收西楚貨,國亡空愴後庭詞。拂紅回去思前度,搔白看來惜少時。莫怪留連五十咏,老夫傷處少人知。

【校記】

此組詩與《石田先生詩鈔》卷八《咏得落花詩十首》、《再答徵明昌穀見和落花之作》、《三答太嘗吕公見和落花之作》相同,次序稍有錯落,詩句亦有異同。

岳王墳上樹

岳王墳上樹,武侯廟前柏。在墳生南枝,在廟根如石。不訶無翦伐,不朽非培殖。冥冥草木者,何以通人德。二公鬱忠義,天地為拍塞。天地無發付,一夜化兩植。風雲發長噫,雷雨作怒擊。一不忘北兵,一不忘曹賊。英靈尚凜凜,死有幹生力。其生雖不辰,其死有遺直。嗟哉背逆徒,未死氣先息。諳諳蔑蘖餘,苟有亦荆棘。

掛蘭

厚土賦草木,去土曷恃生。貞叢縣孤荄,由天匪培成。願學無根槎,不作糞壤英。令人仰高潔,絶地自欣榮。矯矯淩空仙,碧帶侑紫瓊。誰能褻佩纕,靈纍空復情。德馨不可挹,敻含風露清。君子務超世,淺俗訕釣名。區區荆棘輩,下視莽縱横。

牆下野菊

墻根野菊自爛漫,新黄瑣碎無人憐。幽芳不揚抱隱德,僻地蕭條宜養賢。聊因盃酒少慰藉,三嗅三嘆秋風前。

道上春草

春草本無愁,有愁因我生。千里隨我遠,始自出門行。一步長一苗,根從心上縈。酒澆根不爛,詩遣苗復榮。何如閉門坐,愁草兩忘情。

南山有高樹

南山有高樹，衆鳥投其枝。樹莫有號召，鳥集各如期。密雨謝沾濕，赫日與蔽虧。搆架亦宜巢，哺育久于玆。一旦疾風作，根柢不能持。衆鳥蔑依恃，分飛更他之。他之復高樹，罔念舊息時。老夫感樹鳥，再三歌附離。

王理之君子林

王子愛竹迺祖風，个个對屋居城中。居然便號君子林，以多為稱少未通。方其樹藝心廣大，十个便與千个同。小人固多君子少，聚此十輩道足充。願言取直取虛已，取節不改固爾窮。王子復能手寫竹，筆下夭矯看游龍。洛陽家家貌司馬，片紙未見容荆公。請常事此勿改業，桃李何足塗春紅。

山茶辭

惟玆古株，以孤立兮。垕土敏樹，根器固謐兮。煒如渥若，枝葉孔翕兮。奕緑團欒，朱榮爛兮。歲寒雪霰，芳斯發兮。衆植摇落，倮孑孑兮。顧彼華滋，裒然襲衣兮。君子有常，小人中非兮。外縝内貞，羌有此淑行兮。材倨不振，知受命兮。物曲尚利，工弗然兮。繇棄而完，遂生樂天兮。敬以為圖，賢足友予兮。山空無人，聊與爾居兮。

雪蕉

王維偶寫雪中蕉，一種清寒尚未消。前度風流思舊觀，後人影響見新標。殘黄潦倒漫詩跡，破緑離披折扇杓。今日蒙翁同鹿夢，曉窗呵筆費辭招。

咏庭前桂

庭前有芳桂，聳立自孤生。時當風露凄，顧發黄金榮。翹處羣植閙，悠悠揚德馨。衆穢豈不忌，氣禀莫相能。

鳥獸

感燕

爾燕何巧黠，作巢違故常。懸贅兩桷間，憑虚絶依傍。何啻幕上危，不託枅與杗。他壘皆有據，負固恃安藏。爾尚務速成，致敗無忖量。銜泥互雌雄，一日千廻翔。塗塗苦相附，疏漬易剥瓤。頃暫二墮落，力勞業荒唐。觜吻苦啄唼，累日不成亡。衆壘既舉雛，飛鳴能頡頏。見善不悛改，愚瞀故倀倀。大拙類螗蜋，小智逞蜣螂。恤爾殆有為，示險在堂皇。凡是肯構者，鑒求道則昌。拓之平易基，衛之仁義墻。順之勿改作，緩之勿率忙。允作堅久計，子孫有餘慶。物異理則協，情激申燕章。

新燕

今年見新燕，猶似去年見。主人頭髮白轉多，只有烏衣不曾變。年去年來來不差，分明記得主人家。柴門大開風滿屋，飛出飛入隨楊花。君不見相國門前車馬塞，一朝去相車馬寂。車馬寂草萋萋，燕子還來梁上栖。

縱　禽

秦雲越樹路悠悠,鎖掣金籠百怨休。中有能言緑衣鳥,還呼萬歲一回頭。

鬬　雞

兩勢當場備縱擒,自家勇敢果誰臨。勝時固有昂然氣,挫者都無礪乃心。毛錦紛披泥迹汚,冠英潦倒血痕深。老夫罷與人争席,戲倚閒窗看鬬禽。

【校記】

[題]《石田稿》黄淮本卷一作《鬬雞圖》。

對鷺與薛堯卿聯句

鵖鵖來前除,兀立照日影,舒翼髀明翎,周。引吭延修頸。唼喋類啑藻,睥睨憶窺杏。先生嘗為賀氏作杏花鷺故云。章憲。馴蔑比隣惱,逸靡淮堧警。定額高贅疣,周。頦領低垂癭。廣掌跱何壯,寬胑食莫哽。章憲。蹣跚步徐徐,蹀躞舞挺挺。慙羲面發熱,周。笑毅齒欲冷。持遺意彌厚,出哇志亦併。章憲。容貌甚閒暇,標格極秀整。皛肩羞腯肥,周。鶴骨輸瘦瘠。老饕思屬厭,大嚼知雋永。章憲。汙邪歲苦墊,豢汝媿千頃。周。

杏花燕子

杏花初破處,新燕正來時。紅雨裡飛去,烏衣濕不知。

送歸燕

送歸燕,送歸燕,秋社今年又一遍。明年春社是來時,隔不半年仍復見。送歸燕,送歸燕,似把人家作郵傳。來時不是慕富貴,去日曾非棄貧賤。口喃喃,尾涎涎,意與主人相眷戀。對語殷勤楊柳樓,雙飛再四梧桐院。樓中院中有賓客,主人日日開高宴。酒杯去手易肺肝,酒杯在手革顔面。若將燕子比人情,燕子年年情不變。

絡　緯

絡緯復絡緯,辛勤鳴露蟲。音聲作能事,終久不成功。

題　鳳　圖

真鳳眼未見,丹青徒假威。千年希世出,九仞自天飛。堂上忽屏障,人間空是非。良工勿輕易,五色慎毛衣。

器用

製騣披巾一首

苦暑欲露頂,不謹見客恧。輕巾思緝騣,求工適良俶。沈慮揆之久,載難遜未熟。豈以庶帽擬,角屋繫有幅。重謂高士飭,方作手三沐。引縷鍼肖梭,轉指往來續。一轉一成締,玲瓏萬目矚。勻勻布烟華,眇眇絢霧縠。工云費心思,微酒不能贖。積功月尚半,使我百鴟覆。著之若無巾,了了頂顱禿。塵漏風颸入,涼得敬亦足。珍收戒童奴,常畏爪瀋觸。未效郭漫墊,敢就陶褻漉。傍詑長仙標,孤坐暎修竹。

陸翁贈簫杖

一笻紫竹歲寒條，十節中通亦當簫。使我弄秋唇有賴，累翁歸夜手無聊。星含古竅聲猶滑，霞漬長莖色未消。老甚出遊今得力，坐吹明月廣陵橋。

石田詩選卷十

咏物

喻　席

組織文章七尺身，庚庚烟縷碧菅新。放開儘自有安地，卷動如何又信人。舍者相争昧容德，管生因割墮偏塵。只隨野老高眠穩，紙帳藜牀且任貧。

雕牙杖頭歌

象齒截玉三寸强，刻劃老彭精不爽。垂手傴背顱頂光，笑顏半破脣吻張。墜胸有乳長兩囊，握之久矣溜而黄。杖頭兀置類竿戲，較彼井觀殊失常。蔣生贈我意則良，假其久視祝壽昌。一步一舉無敢忘，與鏗相生八百霜，登山臨水吾何妨。

燈　花

小草引炎莖，來依三尺檠。芳菲媚長夜，煨燼剩孤榮。煤在容占喜，書臨借發明。自家膏馥在，渾不藉春生。

綿　花

繭含紫附簇，雪蘊碧鈴深。小草存衣被，長人誰此心。

混　堂

混堂鳴板日初紅，懷垢人人向此中。君子欲修除祓事，小夫翻習裸裎風。未能潔己嗟先亂，亦復隨波惜衆同。慚德應多汗難濯，不容便論水無功。

魚　簄

經烟緯雨碧玲瓏，碌碌微軀逐釣翁。蝦蟹有緘容括納，鯤鯨無計可牢籠。初心未許蔑心得，不佞何慚祝姓同。骨格自知君子器，一時落賺小為功。

石　鼎

惟爾宜烹我服從，渾然玉斲謝金鎔。廣唇呿哆寧無合，枵腹彭亨自有容。味在何妨人染指，餗存還媿母尸饔。老夫飽飯需茶次，笑看其間水火攻。

【校記】

［題］《石田稿》黄淮本卷二作《得石鼎》。

白燕和袁海潛韻

素姿驚眼舊全非，百姓尋常識者稀。向月似看雙練去，開簾疑放一鷴歸。知飡雪液通僊骨，解剪霓綃作舞衣。定是阿嬌釵上玉，卻來金屋化雙飛。

【校記】

[題]《石田稿》黄淮本卷二作《和袁海潛白燕韻》。

破　焦

翻手青青覆手黄,也隨人事作炎涼。臨闌默默低頭月,滿眼蕭蕭敗興霜。舞袖郎當官妓老,田衣顛倒醉僧狂。明年看受春風寵,醉墨重題展賀章。

【校記】

[題]《石田先生集》七言律三作《破蕉》、《石田稿》黄淮本卷三作《咏破蕉》。

咏　磨

盤盤軋軋更重重,功用宜人天下從。兩象合來分動静,一心存處得中庸。兼收瑣屑才無棄,不擇麄粱德有容。莫道頑身老難運,運時還解饗千鍾。

咏苧頭餅

緤萌方長折,作餌糈相仍。香劑圓從範,青膏軟出蒸。女工虚鄭縞,士宴奪唐綾。我有傷生感,臨餐獨不勝。

【校記】

[題]《石田稿》黄淮本卷三作《咏苧頭餅》。

大　樗

材氣俱偏性亦偏,偶乘雨露覺喬然。參天無象鸞凰遠,借日為陰燕雀便。只好沉溝終作斷,不應當路久妨賢。蹶之可宥曾非楮,且把功名付爨煙。

盆水映日圓影上簷可愛而賦

盆漪陽采合晶熒,圓見簷牙倒影明。剛就一圈包太極,類從六觀究無生。照來虛室心光現,印入空梁月相成。且信茅茨藏白璧,尚期知者論連城。

雜咏

書 牀 屏

譬筭一百年,三萬六千日。人莫筭其夜,數亦與日一。日夜循大環,吾身處環中。日作夜以息,補作在息功。致息乃有牀,有牀息有位。休休一奠枕,夢見無懷氏。

長安桃李花

長安桃李花,下有萬人行。人人各有役,一人牽一情。孜孜彼因利,汲汲此為名。相逢不相通,飛塵暗春城。白日夜還曉,青春歇復榮。黑髮倏皓首,絶迹追無生。

少 年 吟

氣血駕少年,作事躁鮮謀。任情每敗度,惘惘無省修。歲月自推移,礱世若一磨。與人礱氣血,和平始寡過。人智發多歷,禽性馴久籠。甫及造就時,乃知歲月功。

風吹枝上花

風吹枝上花,嫣然發春紅。吹落忽在地,利害同一風。妾初託君愛,謂妾如花容。容在愛先弛,不能保其終。妾願化為金,亦願化為石。堅久保君心,貞固保君德。百年在恩愛,莫以妾顔色。

昭君怨和沈工侍韻

分入深宫無出時,單于今日見蛾眉。干戈信仗蛾眉息,甘讓他人買畫師。

棄 婦 吟

白頭吟後我重吟,海水何如我恨深。外面笙歌裹邊淚,一家恩怨兩人心。雙鴛沙暖春全透,孤雁霜寒月半沈。毁却鸞釵休認火,不知長舌解銷金。

鄉有富子費盡至行乞賦此以戒暴殄不守先業者

蒼毛盧面走趑趑,破練秋風裹凍鶉。今日泥塗眼前事,少年歌舞夢中人。口餐未卜墦無祭,户税猶存柘已薪。寄與富兒休暴殄,儉如良藥可醫貧。

【校記】

[題]《石田稿》黄淮本卷三作《鄉有富子紈綺玉食朝歌暮舞不數年行乞于市夜寢牛衣中賦此以戒暴殄不守先業者》。

王 明 妃

妾顔美如花,正可事和親。宫中勝花者,留為君側人。君王欲偃武,賤妾豈惜身。揚揚雙蛾眉,萬里掃胡塵。將軍嘆白髮,翹首空麒麟。功當賞畫師,重在畫不真。

樹下獨坐

梳嬾只被髪,逍遙惟任真。清朝坐茂樹,好鳥鳴芳春。樂意偶關物,天機難語人。將詩欲描寫,腐爛不能神。

自慰辭 有序

余躋於老境,涉憂歷患,日弗能堪,乃為辭歌以自慰,命為自慰辭,復繪清逸之圖,系書之揭壁間。對之則悠然之懷頓然而生,不自知其溺世慮中也。

念曜輪之迅邁,若駕余而同馳。省孩提之猶昨,尋衰醜之旮斯。憫微生之有限,樂何少而多悲。喪亡疢疾,沓憂虞之蘩已,奚氣血之堪持。世汶汶而曷超,時冉冉而莫追。事往往而革變不常,理瞢瞢而吉凶難必。吉自吝而變凶,凶自悔而化吉。禍福循環,得得失失。惟吾人者,迨老無少,迨死無還。不如草木之有消息,獨優得於一氣之間。凖亭毒之無私,何偏頗於義而錮頑。紛不齊之不可以度絜,又玩壽夭而倒跖顔。無乃匿智窅冥,使人不得窺其姦。已乎哉!撟廣可以開隘,發笑可以破患。引壺觴以杼懷,寄嘯咏於高閒。或跂石而孤坐,或振策以清般。鳥飛鳴而媵余,盼芳條之可攀。悠然臨水,暢然登山。信造物之逆順,更惘惘而長嘆。

人　影

愛欲揮杯勸,其情有倡隨。無違起居地,尚保死生期。明月成三處,清波化百時。冥然通契誼,曾莫假言辭。

咏醉翁牀

酒後要息嬾,假牀其製新。安排醉鄉具,康濟老夫身。兼坐尚似倚,半眠尤可人。山公不解此,倒載馬蹄塵。

石田詩選跋

夫詩，志之形於聲者也，志與辭兼至，而後可以言詩矣。志未至焉，則不足以駕御其言辭；辭未至焉，則不足以抒寫其志意。楚騷尚矣，唐杜子美所以淩駕百氏者，其志則愛君，其辭則忠告，志與辭俱至也。後世詩人學杜者不少，不立其志而徒攻其辭，吾未見其能杜也。石田先生，逸民也，古之逸民，如《易》所謂“不事王侯，高尚其志”，而先生則不然，身在田野，乃心罔不在廟堂。雖曰遯世無悶，而憂時憫俗之志，未嘗去諸方寸也。耳之所聞，目之所見，凡有感於中，則必動於志而形於辭，故其為杜不必篇倣句假，而杜固在也。以是先生之詩一出，而騷人詞客袖手拱服矣。光祿署丞華公汝德，尚古而右文，暇日取先生之詩，拔其尤者，門分類別，合古今諸作，得若干首，共為十卷，題曰《石田詩選》。繡梓以傳，以鈇嘗辱知於先生，俾贅言於卷尾。嗟夫！先生之詩、辭、志兼得，固無可去取焉者，殆若製裘，然光祿公之所選者，皆狐之腋，雉之頭，而羔羊之皮不足為罕矣。而愚也尚欲以狗尾續之邪？弘治甲子十月，慈谿後學張鈇書。

石田先生集

目　錄

廿五夜戀歲二首(見《石田詩選》卷一)
感興(見《石田詩選》卷五)
貧富吟(見《石田詩選》卷六)
方水雲過竹居(見《石田稿》)
別巖天道院(見《石田稿》)
題梅贈友(見《石田稿》)
擬一日復一日(見《石田稿》)
擬昨日一花開(見《石田稿》)
君子堂讌集分得上字(見《石田稿》)
齋居燕坐(見《石田詩選》卷三)
白茆顧氏種荔核成樹有感(見《石田先生詩鈔》卷四)
碧梧蒼栝之軒(見《石田先生詩鈔》卷二)
紀姚給事歸葬(見《石田先生詩鈔》卷一)
咏費彥傑還釵事(見《石田先生詩鈔》卷四)
薙草行(見《石田詩選》卷九)
吳俗火葬(見《石田詩選》卷五)
閑居四時吟四首(見《石田詩選》卷一)
送周文襄公乃孫廷器以畫像驗塑還吉水(見《石田先生詩鈔》卷一)
脫齒行(見《石田詩選》卷五)
庭前有疏竹(見《石田詩選》卷九)
方道士還冶城(見《石田先生詩鈔》卷二)
周節婦孝感(見《石田先生詩鈔》卷二)
送歲詞(見《石田詩選》卷一)
弘治改元元旦遇雨(見《石田先生詩鈔》卷三)
黃應龍失去思陵敕嶽飛殺賊手詔(見《石田詩選》卷八)
憫禾(見《石田詩選》卷九)

七言古

詩鈔》卷三)
慶樂園(見《石田稿》)
除夕歌示子侄(見《石田稿》)
泊百花洲效岑參(見《石田稿》)
和張光弼歌風臺韻(見《石田詩選》卷五)
莫祚銅雀硯歌(見《石田稿》)
題中興頌石刻後(見《石田稿》)
和桑通判弔文文山歌(見《石田詩選》卷五)
光福(見《石田先生詩鈔》卷三)
烈女死篇(見《石田先生詩鈔》卷三)
烈女生篇(見《石田先生詩鈔》卷三)
胡婦殺虎圖(見《石田稿》)
分得清白遺後壽曹時中憲副(見《石田詩選》卷六)
畫松壽大司馬三原(見《石田先生詩鈔》卷二)
鶻打雉贈陶將軍(見《石田先生詩鈔》卷四)
留蘇安道(見《石田詩選》卷六)
謝宋承奉惠壽木(見《石田先生詩鈔》卷四)
送諸立夫歸錢塘(見《石田先生詩鈔》卷一)
用清虚堂韻送匏庵少宰服闋還京(見《石田先生詩鈔》卷四)
送薛堯卿漫遊言登泰山謁孔林而迤邐求仙海上(見《石田先生
詩鈔》卷四)
雪樵題金山僧惠鎧(見《石田詩選》卷七)
送劉國賓(見《石田先生詩鈔》卷三)
王理之寫六十小像(見《石田先生詩鈔》卷二)
看花吟勸陳世則酒(見《石田詩選》卷九)
割稻(見《石田先生詩鈔》卷一)
塊庵陳太常南軒牡丹(見《石田先生詩鈔》卷二)

西山有虎行(見《石田先生詩鈔》卷一)
送歸燕(見《石田詩選》卷九)
王將軍樓船歌(見《石田先生詩鈔》卷三)
覽鏡辭(見《石田先生詩鈔》卷三)
烏藤杖歌(見《石田先生詩鈔》卷四)
暗紡詞(見《石田先生詩鈔》卷四)
盒子會辭(見《石田詩選》卷十)
迎新送舊曲(見《石田先生詩鈔》卷四)
北邙行(見《石田稿》)
長幹行(見《石田稿》)
將進酒(見《石田稿》)
煮石歌(見《石田稿》)
戾谬歌(見《石田稿》)
三五七言(見《石田稿》)
揀瓜詞時提學公黜諸生貌寢者(見《石田詩選》卷五)
用岑嘉州九日酧楊少府韻送姚存道(見《石田稿》)
題畫 黄鶴磯頭秋水落(見《石田詩選》卷八)
題杜東原先生雨景(見《石田先生詩鈔》卷一)
漁舟晚釣圖(見《石田先生詩鈔》卷三)
題畫卷 吳之為國水所涵(見《石田先生詩鈔》卷三)
題畫用東坡休字詩韻(見《石田詩選》卷八)
為匏庵臨秋山晴靄卷(見《石田詩選》卷八)
梅花道人臨東坡風篠(見《石田詩選》卷八)
徐氏雲山圖漁舟晚釣圖(見《石田先生詩鈔》卷三)
為王揮使畫牡丹漁舟晚釣圖(見《石田先生詩鈔》卷三)
吳都閫松嶂(見《石田詩選》卷八)
吳瑞卿染墨牡丹(見《石田先生詩鈔》卷四)

人影(見《石田詩選》卷十)
咏醉翁床(見《石田詩選》卷十)
别正信山居(見《石田稿》)
賀陸惟敬遷居兼柬沈廷佐(見《石田稿》)
題王舍人贈尤大參兄弟竹枝(見《石田稿》)
螢火(見《石田稿》)
賀福公生辰(見《石田稿》)
讀文文山指南錄(見《石田稿》)
白髮(見《石田稿》)
劉生(見《石田稿》)
王昭君(見《石田稿》)
題鑑長老影堂(見《石田稿》)
問王汝和病(見《石田稿》)
七夕偶書(見《石田稿》)
仲冬七日與陳育庵别後聞其阻雨崇福庵寄此抵回(見《石田先生詩鈔》卷五)
寄周宗道(見《石田稿》)
贈孫二叔善(見《石田稿》)
和陳大參宗理韻題魏公美小景(見《石田稿》)
過友人别業(見《石田稿》)
寄久客(見《石田稿》)
過方氏山居(見《石田稿》)
送陳允德婺源訪舊(見《石田稿》)
繼南執役(見《石田稿》)
征兩廣(見《石田稿》)
過松陵感舊(見《石田稿》)
雨中即興(見《石田稿》)

和張子靜見投韻(見《石田稿》)
春日小雨歸自邢都憲書院(見《石田稿》)
客中雪夜(見《石田稿》)
除夜送客(見《石田稿》)
和韻周伯器先生桐村小隱三首(見《石田稿》)
重到松江(見《石田稿》)
復陪天全遊海覺庵次韻(見《石田稿》)
遣病寄繼南二首(見《石田稿》)
壽周宗道客中初度(見《石田稿》)
聽雨有感(見《石田稿》)
夜泊南濠約劉完庵不至(見《石田稿》)
参寥泉(見《石田稿》)
上天竺(見《石田稿》)
中天竺有懷住山佑天吉(見《石田稿》)
下天竺(見《石田稿》)
龍井(見《石田稿》)
伯顏遺像(見《石田稿》)
家伯入環修靜業(見《石田稿》)
終慕(見《石田稿》)
長至口占(見《石田稿》)
贈別嚴公素(見《石田稿》)
送程教授還南昌(見《石田稿》)
謝松江王廷規愈許氏甥(見《石田稿》)
與張二話舊(見《石田稿》)
李中舍祖席送餘進士朝言還金陵(見《石田稿》)
贈施奐伯(見《石田稿》)
補為劉完庵風舟圖因和天全公韻(見《石田稿》)

雪中送許婿禎還東崑(見《石田稿》)
用陸古狂韻復送許禎(見《石田稿》)
題梅花和尚之塔(見《石田稿》)
拾遺帋感繼南手書(見《石田稿》)
雨思二首(見《石田稿》)
訪明公(見《石田先生詩鈔》卷五)
方水雲見和隨筆又復一首(見《石田稿》)
與彭志剛話舊(見《石田稿》)
冬至生旦(見《石田稿》)
丙申歲旦(見《石田稿》)
寄松江王公佩(見《石田稿》)
送胡訓導丁憂(見《石田稿》)
題畫贈張工部企翱(見《石田稿》)
和陳允德韻就題所贈王元勳韻(見《石田稿》)
戲陳廷璧角巾失水(見《石田稿》)
陪呂府倅華節推九日登姑蘇臺次韻二首(見《石田稿》)
寄徐竹軒以道(見《石田稿》)
九月桃花(見《石田稿》)
與陳味芝先生同發松陵予追莫及賦此以寄(見《石田稿》)
送何山人還南昌(見《石田稿》)
將有北行(見《石田稿》)
元旦後一日劉德儀送酒(見《石田先生詩鈔》卷五)
雨中過楊城湖(見《石田稿》)
游覺海追憶徐劉二公(見《石田稿》)
送張汝弼出守南安(見《石田稿》)
秋林書屋(見《石田稿》)
虎丘尋簡公不遇(見《石田稿》)

苦雨(見《石田稿》)
獨閒為湖州嚴仲端賦(見《石田稿》)
處閒為福壽庵津公題(見《石田稿》)
毗陵晚眺為趙中美作(見《石田稿》)
散步杏花下(見《石田稿》)
宿覺海庵(見《石田稿》)
經德丘追憶先祖亡弟(見《石田稿》)
聞蛙(見《石田稿》)
晚坐(見《石田先生詩鈔》卷六)
十月八日壽懷用兄六十(見《石田稿》)
南園雜興(見《石田稿》)
擊鼠(見《石田稿》)
寄錢允(見《石田稿》)
溪樹(見《石田稿》)
送徐德宜(見《石田稿》)
早起偶書(見《石田稿》)
陳秋堂寄翫月登樓二作與史西村因附其所答詩復以致意焉
(見《石田稿》)
宜閒(見《石田稿》)
九日寫墨菊遣興(見《石田稿》)
九月十一日過光福夜訪徐雪屋(見《石田先生詩鈔》卷六)
十二日還自光福道中即事(見《石田先生詩鈔》卷六)
東老(見《石田稿》)
再題東林小隱(見《石田稿》)
和姚存道寄詩韻(見《石田稿》)
溪橋散步尋春(見《石田稿》)
寄卞退之(見《石田稿》)

送山陰秦復正謁華光録(見《石田詩選》卷七)
送晏青雲還蜀(見《石田先生詩鈔》卷五)
送客南遷(見《石田稿》)
經舊遊(見《石田稿》)
和趙大參行恕留別詩韻(見《石田稿》)
與徐七遵誨夜話(見《石田稿》)
送徐武功南遷(見《石田先生詩鈔》卷五)
宜晚軒為玉公賦(見《石田先生詩鈔》卷五)
宜晚軒為珪公賦(見《石田稿》)
謝懷用和刊鄙作(見《石田稿》)
梅軒為侍禦陳有成賦(見《石田稿》)
松泉用周桐村韻(見《石田先生詩鈔》卷五)
寄周桐村先生(見《石田先生詩鈔》卷五)
寄蔣主忠先生(見《石田稿》)
登多景樓(見《石田稿》)
周校書宗道主吾塾自吾弟以及吾兒去就十餘年因竹請題寓情有咏(見《石田先生詩鈔》卷五)
得陳允德兄書(見《石田稿》)
賦得吳彩鸞壽邢孺人(見《石田稿》)
送陳啓東司訓濟陽(見《石田稿》)
息役即事贈顧一松外史(見《石田先生詩鈔》卷五)
感雨(見《石田先生詩鈔》卷五)
退役即興寄沈廷佐(見《石田稿》)
邊静亭為翁總戎賦(見《石田稿》)
印溪書舍為陳允德(見《石田稿》)
寄金以賓(見《石田稿》)
柬黎郡博大量(見《石田稿》)

季鋏從役之京(見《石田稿》)
和倪雲林韻(見《石田稿》)
聞黎郡博乞歸用前韻寄之(見《石田稿》)
正庵為張克紹賦克紹嘗繼母氏徐今復本姓故號(見《石田稿》)
和陳起東司訓見寄韻(見《石田稿》)
奉題雲巖雅集卷(見《石田稿》)
寫懷寄僧(見《石田先生詩鈔》卷五)
送董黄門志昂出宰壽昌(見《石田稿》)
和張保定留題北寺詩韻(見《石田先生詩鈔》卷五)
雨中經黄氏故宅(見《石田稿》)
蜀道兵興聞遵誨尋舊業(見《石田稿》)
和陳怡然先生所示韻(見《石田稿》)
佳城十景為陳内翰緝熙作十首(見《石田稿》)
壽武功伯徐先生十首(見《石田稿》)
天全公書約登山不果寄此兼柬祝侗軒劉完庵錢未齋避庵昆玉
　　二首(見《石田稿》)
送顧安道僉憲河南兼柬劉欽謨(見《石田稿》)
屋破(見《石田稿》)
和張廷采韻(見《石田稿》)
和陸古狂秋夕寫懷韻(見《石田稿》)
送梅縠暲公還松江舊業(見《石田稿》)
和友人登城樓有感韻(見《石田稿》)
因賢公之洛陽附呈劉僉憲(見《石田稿》)
石室小隱(見《石田稿》)
讀謝疊山書(見《石田稿》)
陪天全翁登秦餘杭山遊源隱精舍天全有作輒復次韻(見
　　《石田稿》)

復陪天全奠劉草窗墓次韻(見《石田稿》)
陳啓東校文浙省仍還濟陽(見《石田稿》)
送諸立夫歸杭(見《石田稿》)
分得北隴壽藏壽邵憲副宏譽(見《石田稿》)
聞吳原博既不捷於禮闈又連失子女恐其遠回有不堪於懷者先此為慰(見《石田稿》)
讀童志昂清風稿(見《石田稿》)
送僧(見《石田稿》)
和黎郡博索畫詩韻(見《石田稿》)
並蒂蓮(見《石田稿》)
至保叔寺(見《石田稿》)
修公房(見《石田稿》)
張伯雨墓(見《石田先生詩鈔》卷五)
西湖用史明古韻(見《石田稿》)
石屋洞(見《石田稿》)
宋故宮二首(見《石田稿》)
送友人以書禍流南方(見《石田稿》)
宿江上(見《石田稿》)
題德忠觀圖(見《石田稿》)
梅杖(見《石田先生詩鈔》卷八)
寄丘大祐(見《石田稿》)
送友人游三巴(見《石田稿》)
奉和陶庵世父留題有友竹別業韻 四首(見《石田稿》)
病中書懷(見《石田稿》)
送汝中舍行敏還朝(見《石田稿》)
病起訪吳原博値傷暑不面夜歸僧寓有作用劉欽漢韻(見《石田先生詩鈔》卷五)

秋夜獨坐(見《石田先生詩鈔》卷六)
八月一日病中即事(見《石田先生詩鈔》卷六)
雪中登虎丘(見《石田詩選》卷二)
天平山(見《石田詩選》卷二)
和張碧溪登寶峰韻一首(見《石田詩選》卷二)
三宿虎丘松巢(見《石田詩選》卷二)
楚江秋晚三首(見《石田稿》)
暮春登虎丘(見《石田詩選》卷二)
溪上(見《石田先生詩鈔》卷六)
登金山(見《石田先生詩鈔》卷八)
史明古曾約同遊今已化去(見《石田詩選》卷二)
和西厓李閣老韻留題金山(見《石田詩選》卷二)
妙高臺望江(見《石田詩選》卷二)
拂水崖(見《石田先生詩鈔》卷七)
崔氏水南小窗(見《石田詩選》卷二)
丹陽道中(見《石田先生詩鈔》卷六)
再至虎丘松巢主僧索畫用空谷山居韻(見《石田詩選》卷二)
夜行村路中(見《石田詩選》卷二)
馬秋官課農山莊(見《石田先生詩鈔》卷六)
黄尚節靜逸堂(見《石田先生詩鈔》卷七)
溪居偶書(見《石田詩選》卷三)
散木高居圖贈吳元璧(見《石田詩選》卷三)
望洋亭為知州贈(見《石田詩選》卷三)
趙民部夢麟王廷信符用愚諸公攜酒會飲涵虚樓民部索詩遂
有此作(見《石田詩選》卷三)
陪吳匏庵載遊瑞雲觀尋道士不遇和前題韻(見《石田稿》)
支遁庵(見《石田詩選》卷三)

讀漁父辭飲酒詩有感(見《石田詩選》卷五)
讀吳越春秋(見《石田詩選》卷五)
馮道(見《石田詩選》卷五)
聞余司馬子俊罷撫邊(見《石田詩選》卷五)
病起試酌(見《石田稿》)
病中夜雨起坐(見《石田先生詩鈔》卷六)
早起(見《石田先生詩鈔》卷六)
病懷二首 衰遲宜靜不宜譁 膈痰漫漫似春潮(見《石田先生詩鈔》卷八)
自述次人韻(見《石田稿》)
病中(見《石田詩選》卷五)
舟中有感(見《石田先生詩鈔》卷八)
閒懷用郭天錫韻(見《石田詩選》卷五)
無酒(見《石田稿》)
老年三病三首(見《石田先生詩鈔》卷八)
秋涼遣病(見《石田先生詩鈔》卷六)
唐琦 有序(見《石田詩選》卷六)
顧烈婦俞氏義事 有序(見《石田詩選》卷六)
覺老(見《石田先生詩鈔》卷七)
六旬自咏(見《石田先生詩鈔》卷六)
壽表兄金懷用七十(見《石田詩選》卷六)
六十一自壽(見《石田詩選》卷六)
寫菊壽王學士濟之尊翁八十(見《石田詩選》卷六)
贈徐遵誨和劉邦彥韻二首 不徒說劍與談兵 細雨春帆破曉開(前一首見《石田稿》《石田詩選》卷七,後一首見《石田詩選》卷七)
戲友人尋訪不出(見《石田稿》)
薛堯卿場中卷短策長莫錄被枉黜(見《石田詩選》卷七)

懷張元成表弟(見《石田詩選》卷七)
金陵約史明古不至(見《石田先生詩鈔》卷六)
寄五尚文大參(見《石田詩選》卷七)
奉和陶庵世父留題有竹別業韻二首(見《石田先生詩鈔》卷五)
慰吳水部德徵喪子(見《石田詩選》卷七)
聞謝閣老休致過蘇遙寄(見《石田先生詩鈔》卷八)
宜閒(見《石田詩選》卷七)
靜處(見《石田詩選》卷七)
且閒(見《石田先生詩鈔》卷七)
蝸殼為史廷直(見《石田詩選》卷七)
守莊(見《石田詩選》卷七)
拙齋(見《石田詩選》卷七)
竹窗(見《石田詩選》卷七)
愛鷗(見《石田詩選》卷七)
橋東(見《石田先生詩鈔》卷七)
春江(見《石田詩選》卷七)
西川(見《石田先生詩鈔》卷七)
空舟為寶林寺僧題(見《石田詩選》卷七)
南洲為華中天題(見《石田詩選》卷七)
勸性甫飲用韻(見《石田詩選》卷七)
次匏庵雨中留宿(見《石田詩選》卷七)
與客夜話(見《石田詩選》卷七)
穀旦喜朱性甫至(見《石田先生詩鈔》卷六)
載會浦東白(見《石田詩選》卷六)
黃克明使雲南還夜話(見《石田稿》)
侍家父世父與劉完庵西庵文會(見《石田先生詩鈔》卷五)
重逢謝將軍(見《石田先生詩鈔》卷五)

送張用宜入醫垣(見《石田稿》)
祖賢展省還楚藩(見《石田稿》)
和王秋官元勳病中寄王維顒韻(見《石田稿》)
友人下第(見《石田稿》)
寄題江口王廷信家黄荷花(見《石田稿》)
對堂下老桂憶亡弟繼南(見《石田稿》)
和方水雲秋思韻(見《石田稿》)
訪範山人不遇(見《石田稿》)
虎丘餞别半隱次韻(見《石田稿》)
中秋客中(見《石田先生詩鈔》卷五)
馬秋官抑之養病還吳(見《石田稿》)
送呂通府乃侄還浙(見《石田稿》)
陪呂府倅華節推九日登姑蘇臺次韻二首(見《石田稿》)
復陪二公謁伍相祠次韻二首(見《石田稿》)
和王元勛所寄武揮使韻二首(見《石田稿》)
溪山樂趣(見《石田稿》)
十一月十六日陪味芝陳先生游奉慈庵(見《石田稿》)
題杜東原先生畫(見《石田先生詩鈔》卷五)
和丘二所寄詩韻(見《石田稿》)
虹橋别業為陳世本賦(見《石田稿》)
次張廷采韻再賦虹橋别業(見《石田稿》)
寄光福徐山人(見《石田稿》)
留王元勳(見《石田稿》)
送道士還俗(見《石田稿》)
遊磧砂寺(見《石田稿》)
復用前韻送王元勳還京(見《石田稿》)
覺海庵次趙大参韻(見《石田稿》)

覺海早興(見《石田稿》)
和陳育庵山行(見《石田稿》)
宿田翁賦韓克讚兄自號(見《石田稿》)
南湖為華文熹賦(見《石田稿》)
客有母老久不歸省以此寄之(見《石田稿》)
送客(見《石田稿》)
和陳味芝壽古景修七十韻(見《石田稿》)
維揚弔古(見《石田稿》《吳楚清遊八咏為趙中美作》之第五首)
陪程諭德李武選吳修撰遊虎丘次諭德韻時有淮人送豆酒至
送程仁民省親陝西(見《石田稿》)
清明隆阡遇雨(見《石田稿》)
以椿芽茶分餉周宗道速其詩答(見《石田稿》)
和吳太師贈陸允暉詩韻因題(見《石田稿》)
瑞蕉為朱景南賦蓋景南以孝旌門而蕉有花人以為瑞(見《石田稿》)
送趙中美遊西湖(見《石田稿》)
會褚昌胤(見《石田稿》)
過席心齋道士墓(見《石田先生詩鈔》卷六)
送劉獻之還遼陽兼寄賀黄門(見《石田稿》)
謝松江陳廷璧紫竹屏(見《石田稿》)
問沈東林病(見《石田先生詩鈔》卷六)
題畫與古中靜别(見《石田稿》)
得孫報宿田(見《石田稿》)
失孫(見《石田稿》)
賦綵花(見《石田稿》)
夜泊東城外懷李武選陳諭學(見《石田稿》)
九日壽夏仁傑(見《石田稿》)

清谿散步圖為徐文序作(見《石田詩選》卷八)
洛神卷(見《石田稿》)
題夏景(見《石田詩選》卷八)
錄餘青陽廷心與鄭山子美手劄(見《石田詩選》卷八)
題史西村游杭詩稿(見《石田詩選》卷八)
讀盛仲規遺詩(見《石田詩選》卷八)
九日無菊賞芙蓉(見《石田詩選》卷九)
賞玉樓春牡丹(見《石田詩選》卷九)
梅花(見《石田詩選》卷九)
東闌牡丹為好事者掘去(見《石田詩選》卷九)
二十日見菊(見《石田詩選》卷九)
病起咏菊(見《石田詩選》卷九)
病中折菊為供(見《石田先生詩鈔》卷七)
草堂前梅桃今春相續試花(見《石田詩選》卷九)
吳元玉邀賞牡丹分韻(見《石田先生詩鈔》卷六)
和陳玉汝大理乞竹韻(見《石田先生詩鈔》卷七)
梨花(見《石田先生詩鈔》卷五)
蒔菊(見《石田先生詩鈔》卷七)
雪蕉(見《石田詩選》卷九)
陸翁贈簫杖(見《石田詩選》卷九)
咏簾(見《石田先生詩鈔》卷七)
白燕和袁海濳韻(見《石田詩選》卷十)
螢火(見《石田先生詩鈔》卷八)
人影(見《石田先生詩鈔》卷八)
破蕉(見《石田詩選》卷十)
楊花二首(見《石田先生詩鈔》卷七)
送門神(見《石田先生詩鈔》卷六)

聞楊君謙致政賦此以致健羨二首(見《石田先生詩鈔》卷七)
送周桐村二首(見《石田稿》)
送張廷儀(見《石田詩選》卷七)
喜張碧溪至(見《石田詩選》卷六)
題嚴子陵像(見《石田詩選》卷八)
西湖竹枝詞三首(見《石田稿》)
柳枝詞(見《石田稿》)
題魏公美小像(見《石田稿》)
書扇三絕壽繼南(見《石田稿》)
答友人求詩(見《石田稿》)
促陳啓東和章(見《石田稿》)
招友不至(見《石田稿》)
次韻題劉完庵畫(見《石田稿》)
題劉完庵所遺福公天影閣山水(見《石田稿》)
虎丘送陳玉汝赴春闈(見《石田稿》)
題林子山濯足圖(見《石田稿》)
夏太常為浦士安作雨竹今遺其甥金仲和(見《石田稿》)
夏太常為仲和寫梢配之(見《石田稿》)
題方方壺畫(見《石田稿》)
題陳啓東竹卷(見《石田稿》)
書福公酒病而歿(見《石田稿》)
陶朱公知子(見《石田稿》)
題虢國夫人宴歸圖(見《石田稿》)
書事二首(見《石田稿》)
次東原先生與其甥魏公美詩畫韻(見《石田先生詩鈔》卷五)
題聽秋翁所遺墨竹(見《石田稿》)
桃花(見《石田稿》)

咏妓失環(見《石田稿》)
送人歸杭(見《石田稿》)
太湖竹枝歌二首(見《石田先生詩鈔》卷五)
贈陳世則(見《石田先生詩鈔》卷五)
獨釣圖次周桐村韻(見《石田稿》)
題顔孝廉公懋扇(見《石田稿》)
招金鑾酌(見《石田稿》)
同心堂(見《石田稿》)
戲馬千里(見《石田稿》)
葛嶺四首(見《石田稿》)
韜光庵二首(見《石田稿》)
送人之京(見《石田稿》)
為陸古狂題畫(見《石田稿》)
楚峰雲為吳歌者賦二首(見《石田稿》)
寄吳狀元原博(見《石田先生詩鈔》卷五)
觀辛卯浙江鄉試錄寄沈明德(見《石田先生詩鈔》卷五)
送祥公歸靈隱時劉完庵作古感慨有作二首(見《石田先生詩鈔》卷五)
題杜東原試竹(見《石田稿》)
偶書二首 老身默默沉浮裏　情緣百感晚來生(見《石田稿》)
望陵圖(見《石田稿》)
贈老人(見《石田稿》)
劉德儀索詩畫送錢進士世恒(見《石田稿》)
端陽日與吳惟允杜子問雨中讌飲二首(見《石田稿》)
為吳惟允題舊畫山水(見《石田稿》)
送謝朝用尹安仁(見《石田稿》)
題鶯(見《石田稿》)

送張禮部企翱還朝(見《石田稿》)
與如僧官話舊(見《石田稿》)
赤壁(見《石田稿》)
用張外史韻題明公山水(見《石田稿》)
咏老少年草(見《石田稿》)
題畫送丘侯休致二首(見《石田先生詩鈔》卷五)
補題福公送酒賞菊圖(見《石田稿》)
戲方道士中酒(見《石田稿》)
畫楊梅答韓克瞻(見《石田稿》)
題朱淑真畫竹(見《石田稿》)
王廷規見訪(見《石田稿》)
題列仙傳(見《石田稿》)
和陸大参孟昭休政詩二首(見《石田稿》)
雞聲(見《石田稿》)
聞歌憶王畏齋(見《石田稿》)
次張汝弼與友人夜話詩韻(見《石田稿》)
蕉石圖送顧一松(見《石田稿》)
人以墨菊見遺復畫菊答之戲作一首(見《石田稿》)
題畫贈陳育庵(見《石田稿》)
徐美中役滿還吳江(見《石田稿》)
題郭忠恕畫李西臺嘗錄其汗簡集以獻皆蝌蚪文字(見《石田先生詩鈔》卷六)
題蕙花芙蓉寄徐得美(見《石田稿》)
水仙花(見《石田稿》)
蕉 風裏高標何直立(見《石田稿》)
送陸允暉(見《石田先生詩鈔》卷六)
嘗畫散木圖贈客以敘十年之別又七年客復持至索題其紙

以弊(見《石田稿》)

夏太常雨竹(見《石田稿》)

水鄉孥子十首 有序(見《石田先生詩鈔》卷六)

題畫與古中靜別(見《石田稿》)

答顧澄之(見《石田稿》)

雙松寄林郡博(見《石田稿》)

送陳考功朝用告省還京(見《石田稿》)

題蕉送趙文端(見《石田稿》)

題畫與陳秋堂別(見《石田稿》)

李武選往毗陵寄秦太守二首(見《石田稿》)

惠山謁文襄公祠(見《石田先生詩鈔》卷六)

過聽松鄰房(見《石田先生詩鈔》卷六)

華孝子祠下一首(見《石田先生詩鈔》卷六)

讀書臺(見《石田稿》)

和周桐村雜興韻一首(見《石田稿》)

和周桐村虎丘四絕(見《石田稿》)

墨興齋即景二首(見《石田先生詩鈔》卷六)

病中寄謝揮使(見《石田稿》)

寄張用光時通判河間(見《石田稿》)

題錢方伯景寅扇(見《石田稿》)

題畫寄吳汝暉(見《石田稿》)

暮春送客(見《石田先生詩鈔》卷六)

題周醉翁扇(見《石田稿》)

醉茗圖(見《石田稿》)

喜顧安道致政歸(見《石田稿》)

陪程諭德先生游靈隱精舍(見《石田稿》)

雨止燈下觀陸允暉畫(見《石田稿》)

學畫竹(見《石田稿》)
十五日寫雪景(見《石田稿》)
登東皋以舒嘯(見《石田稿》)
臨清流而賦詩(見《石田稿》)
廿四夜書事(見《石田稿》)
牡丹(見《石田稿》)
為戚里孫雪亭題四畫(見《石田稿》)
復和吳工部元玉所分韻夜闌更秉燭相對如夢寐十首(見《石田稿》)
濯足(見《石田稿》)
麥舟圖(見《石田稿》)
桃源圖(見《石田先生詩鈔》卷六)
題畫贈劉方伯(見《石田稿》)
答孫希悅詩畫(見《石田稿》)
吳嗣宗讀書圖(見《石田稿》)
自遣(見《石田稿》)
除夕(見《石田稿》)
韓克敬移家汝穎(見《石田稿》)
題孟繡衣世傑畫四首(見《石田稿》)
題先人畫萱(見《石田稿》)
先人畫菊(見《石田稿》)
聞山中伐梅樹(見《石田稿》)
偶書 春來吟事苦匆匆(見《石田稿》)
新鶯(見《石田稿》)
暮春(見《石田稿》)
即事(見《石田稿》)
惜春(見《石田稿》)

聞鶯(見《石田稿》)
題趙松雪畫馬(見《石田詩選》卷八)
題畫 青竹長竿白石磯(見《石田詩選》卷八)
題畫二首 茆山看過又天平　消暑桐陰宜野服(見《石田詩選》卷八)
題畫 草房仍著薜蘿遮(見《石田詩選》卷八)
題僧畫(見《石田稿》)
題竹謝醫(見《石田稿》)
題畫與繼南(見《石田稿》)
仿倪雲林小景(見《石田稿》)
折花仕女(見《石田先生詩鈔》卷五)
題劉完庵山水(見《石田先生詩鈔》卷五)
題畫 浦樹冥冥綠未齊(見《石田稿》)
春草圖(見《石田稿》)
題畫 宦海如今路不遙(見《石田稿》)
題畫 看雲亦道青山動(見《石田稿》)
題蕉 老去山農白髮饒(見《石田稿》)
題蕉 風裏高標何直立(見《石田稿》)
題蕉 慣見閑庭碧玉叢(見《石田先生詩鈔》卷六)
畫梅蘭 有序(見《石田稿》)
題畫 日落江明樹影稀(見《石田稿》)
題畫二首 雷雨飛蛟草氣腥　略約通溪細路縈(見《石田稿》)
題畫 百疊春山百疊溪(見《石田稿》)
赤壁圖(見《石田稿》)
題畫 信脚清溪細路斜(見《石田稿》)
獨釣圖(見《石田稿》)
春景(見《石田先生詩鈔》卷六)
題畫 風和楊柳初偷眼(見《石田先生詩鈔》卷六)
雪景 老夫寫雪溪樓上(見《石田稿》)

沈石田先生集序

長洲東鄉相城有沈氏，自勝國時，有諱良琛者大其家，代有聞人。傳至孟淵，延陳嗣初繼於家，以教二子恒吉、貞吉。恒吉生石田先生。先生集祖、父之大成，加之以宏士邃學、淵識朗鑒，發為文章，鬱鬱霏霏。又世擅丹青，傾動一時。無少長貴賤，罔不向慕恐後。然而畫多於詩也。先生遺集，一刻於成化甲辰，鄱陽章太常軒為之序。一刻於弘治癸亥，安城彭中丞禮為之序。一刻於正德丙寅，同郡吳文定寬為之序。互有去取，互有得失。嗣後散佚漫漶，莫有愛惜收拾之者。逮今萬曆中，稍稍復知向慕，欲付剞劂，則不可多得矣。陳孝廉明卿既刻其先《白陽山人集》，復欲裒先生集，而苦無善本。不佞為之訪於故藏書家，稍獲一二。於是按體分類，都為若干卷，付書林翁氏。嗟乎！石田先生歿於正德己巳，去今百餘年。丹青縑素，在在寶重。所題詩詞至多，今十不得三四，遺者夥矣。豈勝惜哉！獨後人輒以先生學長慶為訾，不知元、白二集具在，有入其閫奧者乎？縱使為高、為岑、為李、為杜，自張其軍，今高、岑諸集具在，有窺其藩籬者乎？石田先生傳其家學，蘊蓄洪鉅而天姿駿逸，自得為多。且不事干謁，逍遙雲水。人來求我，我不求人。若與今日較量，不啻如段干披裘，詎可容易訾毀哉！近有妄男子謂詩不必師古人，任性縱情、率意矢口，便成風雅、便合元聲。其言最駭俗耳，最便俗情。假令一聽其旨，決裂恣肆，不知底止，即欲如長慶，且不可得，疇漢、魏、六朝、初、盛、中、晚耶？大抵佛者苦梵網之密，逃而為禪；仙者苦金丹之難，逃而為玄；儒者苦經傳之博，逃而為心學。心學即禪家之明心見性也。夫詩，小技也。不博采漢、魏，烏能大其識；不軌則初、盛，烏能矩其步。區區鬭湊捿泊，即指以為天地元聲在是，吾不信也。雖然，人各異稟，才各異品，濃鬱者鄙寂寥，清澹者惡繁縟。代代人人見不相遠，矧長慶乎？石田之集具在，吾願後人虛心披抉，勿以前說横置胸中，當必有默契灑然者。若論其家學師模，則請俟他日。吾懼今之奔走勢途、乞書薦引者不悅也。萬曆乙卯秋閏八月，鄉後學錢允治撰。

五言古一

送桑廷貢遊燕宕

我常惜離别,惻惻難為情。今日喜送子,浩蕩新篇成。知子老困頓,劬書守柴荆。出門開笑顔,興與春波生。扁舟上濤江,疊嶂互送迎。括嘉兩名郡,兩弟美政聲。詩酒有慰藉,風流繼彭城。況多佳山水,王謝昔標名。千巖及萬壑,人物爭妍清。雁宕更擅奇,塵海之蓬瀛。我思附往翼,夢裏芙蓉明。其中仙所居,紫府白玉京。飄渺望雲海,飛空度鸞笙。煙霞蘊靈秘,天地為經營。青芒如飛鳧,一月不足行。歸當錄十記,使讀慰生平。

【校記】

《石田稿》有《送桑鶴溪遊浙有序》一詩,《石田稿》黄淮本卷一有《送桑廷貢游雁宕》,與此詩略有異同。

古木寒藤圖

古木迸石出,脱葉如無生。羣篠自西風,何以答秋聲。蒼藤載束縛,恐因雷雨行。我詩白而書,誓與同老成。

春　草

春草不間生,千里無絕岐。客子畏遠行,見草愁即滋。草莫為愁生,卻被愁相累。如何踏青人,晴芳媚珠翠。

北寺水閣

喧市紛聒耳,幽尋達城陰。誰料此城中,其境自山林。僧寮敞小搆,雅據西水滸。清流可俯掬,鬚眉亦堪臨。返照在東壁,水影浮虛金。人物相映瑩,寂靜宜道心。散木列左右,上下鳴春禽。疏竹不蔽簷,累累見遙岑。遊賞莫禁客,酒茗喜相尋。借問常來轍,記壁曾誰吟。筆硯我所事,漫以開煩襟。

中秋燕客

萬古一中秋,月亦同萬古。陰晴與憂樂,中有時事阻。月本天中行,與人相惘然。今夕適中秋,浮雲忌清圓。萬事有不齊,即之譬人月。人情間憂樂,月亦間圓缺。四年我坐水,有月無好情。買酒不及醉,孤眠惱長更。值茲同心友,勸我略潰潦。坐久晴色揚,萬里發朗照。侑酒有短章,舉杯邀清光。載歌載舉杯,萬慮俱茫茫。樂在天地間,人生所得少。得少享見在,誰使我不老。呼月對白頭,尚能幾中秋?人生無萬古,月但伴荒丘。

卧雲窩

仲子隱不出,志在高卧裏。西山多白雲,衾子復枕子。雲豈衾枕人,欲卧假於此。雖彼卧雪者,偃蹇一僵耳。子行雲卧履,坐則雲卧几。談笑及飲食,亦復卧唇齒。此乃卧之變,譬之枕流水。卧訣素有授,希夷老祖禰。此又卧之大,處世一夢比。我特寄夢言,與子論卧理。明朝雲出山,子亦當起矣。

謝李貞庵惠蘭

小子來冒雨,筠筐載叢芳。撥葉見新苞,藐爾附根傍。潔缶手親藝,供之堂中央。鮮榮尚含貞,細馥座已揚。珍重君子交,所遺亦異常。見物如見人,惠然登我堂。載拜挹其德,加植示無忘。

題　畫

策衛走長阪,孤吟調風月。自視逍遙心,扶乘可曦髮。天本不忌我,聊偕草木發。我亦不忌物,長年啖薇蕨。

雪夜玄談為楊君謙謝慶壽僧

跡邇心自遐,京城信為寓。寮中宿香火,清靜與佛住。手翻西域經,聊作遮眼具。楊子簪組人,薄榮致勤慕。文翰謝酬酢,躡雪騶枉駐。蒲座結無生,玄旨句下悟。推窗夜懷澄,瑤花滿庭樹。我謂支許流,千載復奇遇。致高圖莫傳,謬寄邯鄲步。

題　畫

山石何齒齒,蕭蕭林亦疎。夕暉返前渚,清雲流太虛。伊人撫佳景,神澄氣沖舒。掩册漠無言,究道義王初。

五言古二

和西厓閣老止詩詩韻

厓翁病煩詩,作詩告中止。畏影逃日中,說夢在夢裹。引戒自設難,譬嗜麯糵子。況和淵明篇,止酒情無喜。詩翁斡造化,萬象欻吻起。浩蕩天地間,固無滅象理。顧自要播弄,操縱一由己。群公罰雖嚴,魯盟已寒矣。云詹未卜屋,云至未及涘。因止詩轉□,請撤雞酒祀。

溪館小集

淵明敘飲酒，漫衍十七篇。酒中有深趣，微言不能宣。有言亦為贅，陶陶存性天。吾雖量不及，淺深天各全。諸君信醒醉，無孤風月研。鳥哢庭前樹，飛花墮餘筵。客去無所娛，曲肱吾且眠。

西山送葬

早行度西嶺，野色莽四顧。天氣亦蒼茫，前岐欲迷誤。狼藉亂石間，雪跡尚寒沍。危峰掛落月，初日未出樹。飛旐引輀車，迤迤從西騖。匍匐會葬人，越邑多親故。送死還感生，相循等朝暮。知生不可持，頃暫聊為寓。

祝惟禎悅親樓

翼翼者新搆，雅樸謝華宏。林木相遮罩，良除風雨驚。流觀山水遠，坐攬雲日清。奉親於焉處，曠懷無俗攖。日集諸子姓，進酒臨前楹。長少互講誦，鄒魯在家庭。引盃即酣適，慶樂天與並。悠然一門事，可以占國禎。悅親扁親筆，大字書楣甍。大篇復申記，言自心為聲。設使子有為，為德涉驕矜。子能使親悅，上下宛通情。子今粉署彥，敬養由至誠。所樂求親心，保身修令名。所樂求親心，亦復致封榮。所樂求親心，亦復資鼎牲。得心復得色，此孝古難行。誰家無高樓，樓上絲竹鳴。誰家無父母，髮白苦嘗嘗。斯樓在天地，為子可作程。

冷庵為陳憲副粹之作

不信冷庵冷，烜爀居臬司。又信冷庵冷，政令行秋威。凜凜西江風，冽冽草木知。臨險不栗股，當震不栗肌。但有霜滿面，今復雪滿髭。迨老坐真冷，綈袍誰見私。

贈陸汝器

飢渴及哭笑，萬萬人一致。何心萬不同，父子或自異。聖人不異人，心獨有仁義。聖心將孰同，浩浩配天地。物物慨莫齊，莊生費文字。

七言古

五言排律

七言排律

五言律一

與李兵部史西村陪秦武昌廷韶遊虎丘次武昌韻時武昌夜歸拜封誥至留以此詩

冉冉春日落，登登遊興濃。流雲過修竹，靈籟發高松。泛酒池偏曲，留人山故重。使君歸捧誥，一宿不能容。

五言律二

見　別　者

出門多歧路，卮酒安足辭。難舍舊親戚，莫悲生別離。指行山水遠，愁到歲年遲。始是去家日，復成千萬思。

戲王惟安墮馬

采雲來往慣，心急墮歸鞍。借馬不知劣，傷人當問安。足嫌芳草滑，身就落花乾。痛定還思痛，載歌行路難。

承天僧寓見徐亞卿留別

老生無住著，久別野僧家。上客空留刺，何人道喫茶。庭虛柏樹子，簷落款冬花。題句聊申謝，相逢未有涯。

一　　癯

儒者清羸稱，精神覺有仙。古推楢入相，今與竹為緣。敢詫便便腹，猶餘兀兀肩。咏梅三百首，蕭颯夜罇前。

遇赦懷王文彪張宸

恩霑荒儌客，歸似轉生緣。喜劇家疑近，心忙夜失眠。到門堪算日，在路念無纏。先擬一杯酒，艱難話去年。

姚存道辭選歸

長安萬人去，之子獨何歸。自匿錦繡段，不裁婚嫁衣。仙洲鳳麟遠，春日雁鴻稀。一箇功名夢，將詩訴昨非。

秋夜與客小宴

四人吾一老，歲月任翩翩。白髮漫呈醜，青燈聊結緣。要教談笑地，常在酒尊前。偶合亦不易，夜長仍可憐。

元　旦

換年加壽算，展賀壯堂中。節候成三始，懽心合大同。雪催梅意懶，陽振草區窮。貪飲屠蘇酒，衰顏亦映紅。

睡　起

開門日又映，煙抹碧林梢。睡覺雨都歇，心空事不交。波明鷗洗翅，泥濕燕增巢。一餉蕭閑地，吾書未可抛。

九月廿八夜夢周元巳以山水卷求題餘漫揮筆元巳曰請多思勿草草因沉吟一餉得四語遂止覺後復夢足之元巳為之稱賞因兩次乃不忘耳

濫觴雖沼沚，大赴必東溟。浩蕩魚龍志，灑雪鳳凰翎。風動勢相合，天開跡亦靈。高瀾一洗眼，兀兀自秋亭。

客以扶留見問因答

侵曉著烏匼，溪行略彴幽。輕輕度不借，得得振扶留。因挈青州從，來尋白社遊。軒渠吾抱足，已矣畔牢休。

史引之齋中十器分咏六角盆

陶盆超衆品,滑瑩碧瑶姿。坎内有容德,足傍無躓時。形分六出雪,類聚十朋龜。慎口更免禍,金相歲已滋。

戲如公 如亦善飲者

如老送黄老,死生春夢中。世如飛鳥過,人與落花空。結社少鄰並,賭棋誰酒東。醉鄉無壽客,言記石田翁。

心　古

先生服今服,心獨抱皇初。六竅俱不鑿,一愚真自如。就洼聊飲石,選樹欲巢居。聖遠道則邇,床頭存壁書。

寄題松江袁氏林廬

曾聞卜隱地,東海著潛夫。蠹竹三千牘,蠶桑八百株。來禽新購帖,卧雪舊傳圖。快覩當何日,扁舟自泖湖。

七夕小酌王汝和累役不與

衰來萬事殊,多病一羸軀。只好閒邊坐,那堪官裏驅。枯魚泣逢水,老馬恥為駒。七夕□前酒,勞勞此會孤。

黄溪春早為史西村賦

一水自西東,春流浩蕩通。樓臺明倒月,舟楫坐長空。芳草漁隈各,柔桑蠶戶同。作文須記勝,要自太湖翁。

朵嶼秋清為史西村賦

白濼浮孤嶼，天涵蒼玉涼。近臨家北向，宛在水中央。翡翠迷東朵，芙蓉自小莊。采芳不可即，矯首嘆無梁。

贈黄豫卿

兩奉尊翁命，寒潮逆棹忙。故人於我厚，遠道與情長。沙雨晚成雪，溪雲曉護霜。寡辭年更少，王氏有賢郎。

題　畫

松間凾短拂，翙翙激清颸。有鳥忽然語，而吾默爾時。澄懷秋與浩，衰鬢雪如期。天乞閒時日，還須著一詩。

七言律一

七言律二

大忠祠四首答西厓閣老匏庵吏書見寄

行在遑遑霧雨昏，旌旗波浪擁金根。六龍逋播三閩轉，四海陵夷一角存。天步惟艱嗟末路，人心未死顧遺恩。至今島嶼瞻淵日，扶起猶疑二相魂。其一

乾坤破碎完無日，忠義精明死有時。火德餘光終水剋，趙家一肉殆天夷。道窮竊灑乘桴淚，流弱空持作揖私。毅許此身酬作養，

厓山堪壯不堪悲。其二

南北干戈在在危,若無黄屋再驅馳。中原地絶何求海,左衽人多已異時。辱去青衣五十步,悲同黄鳥一章詩。新詞椒荔初行祀,落日靈風欲動旗。其三

立帝無何仍立帝,流離王業恐難全。長君為福后有語,一旅能興天與賢。鹿逐臨安初失所,龍之南海卒歸淵。尚憐當日行中淚,萬裏鯨波血未漉。其四

從　軍　詞

征衣漠漠犯邊塵,去作忘家許國人。誓掃龍沙生掉臂,教留馬革死謀身。風刀灑血秋酣戰,雪箭傳更夜給巡。自古功名不容易,男兒須待畫麒麟。

贈少年二首

富有時名動兩都,風情渾不帶豪麄。平酬夜枕金條脱,寬約春袍玉轆轤。走馬慣尋楊柳折,下樓酣倩海棠扶。近來薛債憑誰責,可信馮生毁券無?其一

絳河垂地漏迢迢,銀蠟生煙跋未消。才子斷非沙叱利,佳人酷似董嬌嬈。笙歌聒醉春如夢,花月窺房夜欲妖。明日扶頭重喚酒,阿香擎出玉瓜瓢。其二

七言律三

倣大癡小景

江光掩映夕陽臺,今日癡翁安在哉。好在雲山呼或出,何消仙

鶴化重來。瀝窮愧汗思湍筆,認錯微軀是托胎。春煖秋涼並無事,白頭不放此心灰。

荷　杯

花共娟娟侑玉卮,紅粧文字兩相宜。分香客座須風細,傾蓋林亭要日遲。仙子新開壺裏宅,佳人舊雪手中絲。便應此會同桃李,酒政頻教罰後詩。

五言絶

繡　球

朵朵玲瓏玉,圓圓簇不開。天風苦無賴,推月下瑤臺。

老少年

朱草老而秀,和顏還返童。題詩寄霜葉,慚愧白頭翁。

題牡丹雉雞

文禽被五色,故竚牡丹前。何似舜衣上,雲龍同焕然。

題　竹

冰霜俱不知,風雨亦無恙。嫋嫋出縣高,未可限墨丈。

畫　鴉

小人本無狀,老子試途鴉。此意詩三百,非惟善可誇。

題畫 二首

一步復一步，山邊與水邊。他人休訝我，閒便是神仙。

虛亭不礙秋，落葉直入座。可人招不來，幽事如何作。

題雪景

一白千山合，清光照膽寒。小橋沽酒少，步步玉痕乾。

附六言絕

題畫 二首

人尋靜處深住，屋向林中小營。窗下數枚鸝雁，門前一箇流鶯。

花落水流春去，草生雨喚愁來。一日垂簾獨坐，晚晴方為山開。

七言絕

題畫

丘亭不復留門戶，許到人間可到人。明月清風是家事，高株絕壁與比鄰。

題畫

蕭蕭叢薄帶溪南，水墨微蹤兩半含。不見三年樹如此，畫人殊覺老何堪。

題　畫

輕鞋短杖領雲霞，十里陽厓一徑斜。輸與詩人揀行樂，長松行下看梅花。

石田稿 明弘治十六年

集義堂刻本

目　錄

登昭明讀書臺因訪徐辰翁丹井(見《石田先生詩鈔》卷一)
留連山中薄暮泛棹(見《石田先生詩鈔》卷一)
我田今有麥(見《石田稿》)
喜檒弟開館(見《石田稿》)
胡婦殺虎圖(見《石田稿》)
慶雲牡丹(見《石田先生詩鈔》卷一)
題畫 山水正兼秀(見《石田稿》)
與張東海别(見《石田稿》)
移榻西軒(見《石田詩選》卷三)
南湖(見《石田稿》)
題在野集(見《石田先生詩鈔》卷五)
送袁德淳還太平(見《石田稿》)
傷阿同(見《石田先生詩鈔》卷一)
石軸花(見《石田稿》)
端午漫書(見《石田稿》)
觀徐士亨所藏懷素自敘真跡吳匏庵許摹寄速之(見《石田先生詩鈔》卷一)
嘲雨(見《石田稿》)
速張友山題和靖二帖(見《石田稿》)
寄久客(見《石田稿》)
謝項郎中文祥寄筍脯(見《石田詩選》卷七)
感張宏範逼文丞相招張世傑降(見《石田詩選》卷五)
題畫 綠陰如水逼人清(見《石田詩選》卷八)
題蕉 老去山農白髮饒(見《石田稿》)
陪吳匏庵載游瑞雲觀尋道士不遇和前題韻(見《石田稿》)
送桑廷貢游雁宕(見《石田稿》)
京口待渡 此詩為《石田稿》《吳楚清遊八咏為趙中美作》之

卷之二

方水雲過竹居(見《石田稿》)
經尚湖望虞山(見《石田先生詩鈔》卷一)
秋夜(見《石田稿》)
自述次人韻(見《石田稿》)
從軍行(見《石田先生詩鈔》卷五)
擬一日復一日(見《石田稿》)
擬昨日一花開(見《石田稿》)
牧童謠(見《石田稿》)
芙蓉幛子(見《石田稿》)
君子堂讌集分得上字(見《石田稿》)
虎來(見《石田先生鈔》卷一)
割稻(見《石田先詩鈔》卷一)
雨悶(見《石田》)
紀姚給事歸葬(見《石田先生詩鈔》卷一)
送巽女歸徐氏(見《石田稿》)
寄松江王公佩(見《石田稿》)
題畫 高春暝色動(見《石田稿》)
中秋感懷(見《石田稿》)
登吕山吳氏池亭(見《石田先生詩鈔》卷四)
題鶯(見《石田稿》)
東莊為吳匏庵尊翁賦(見《石田稿》)
土偶禍(見《石田先生詩鈔》卷一)
鄭公釣臺(見《石田詩選》卷五)
經陳永之故居(見《石田詩選》卷五)
病懷　(見《石田先生詩鈔》卷八,見《石田詩選》卷五)
賞玉樓春牡丹(見《石田詩選》卷九)
贈少年(見《石田先生集》七言律二)

碧梧蒼梧之軒(見《石田先生詩鈔》卷二)
苦雨寄城中諸友二首(見《石田稿》)
溪樹(見《石田稿》)
寄錢允言(見《石田稿》)
溪亭小景(見《石田先生詩鈔》卷六)
題畫 長松落落不受暑(見《石田稿》)
種杏圖為史明古謝陳味芝愈其子永齡病(見《石田稿》)
挽徐母馬氏(見《石田稿》)
失孫(見《石田稿》)
題畫 江草青青江柳新(見《石田稿》)
馬秋官課農山莊(見《石田先生詩鈔》卷六)
薄命妾(見《石田稿》)
秋日早興(見《石田稿》)
早起偶書(見《石田稿》)
走筆留客(見《石田稿》)
夜泊東城外懷李武選陳諭學(見《石田稿》)
宜閒 黄塵不是海(見《石田稿》)
九月十一日過光福夜訪徐雪屋(見《石田先生詩鈔》卷六)
陳秋堂諭學滿考北行小宴虎丘步登高之游(見《石田稿》)
遇李生(見《石田先生詩鈔》卷二)
東老朱廷美號(見《石田稿》)
送許貞葬(見《石田稿》)
寶林聚師八十(見《石田稿》)
冬至日得韓宿田書(見《石田稿》)
梅雪圖戲陳廷璧(見《石田先生詩鈔》卷二)
十一月十七日盛仲規廼子乾旋見過(見《石田稿》)
十一月念三日入城會陳育庵(見《石田先生詩鈔》卷二)

沈周詩引

予俯循南畿五年矣，惴惴焉無以上宣德意，下恤民隱，而知人是懼，用是虚心以求。凡縉紳、僚屬，與夫鄉之仕而休、隱而賢、芹泮之青衿、閭閻之皓首者，一惟是訪，而是詢焉。有善則從，聞過必改，予之心也。弘治壬戌春，巡行至蘇，偶見長洲布衣沈啟南氏者《咏磨》詩一首。其聯句云："兼收瑣屑材無棄，不擇麄粱德有容。"末云："莫道頑身老何運，運時還解享千鍾。"味其詞意抱負何如，是可以山林凡士目之乎？亟召見與語，不但富文學、工詩詞、妙書畫而已，其于治理，尤彰彰然。予異之，語久益奇，若不欲其輒去者。則懇請曰："小人有母，九十五齡矣。旦夕不可離。"又曰："石田，茅屋之下七十六年。三原相公撫吳日，辱召見，往來者數，且賜詩。邇後足不敢至臺院者，二十年于茲。"予曰："吾輩勢分懸絕，微子詩，幾失子矣。若之鄉名公學士相望，豈無知子者？"曰："有之。"遂出吾榜首匏庵吳先生，及閣老西厓李先生所為詩序，并三原王公詩。予讀之，許與稱情，乃自咎獲識斯人之晚也。嗟夫！當今賢俊網密，山林文墨之士，殊不多見，間有如周者，殆百千而一二也。且旦夕不離母，而匪召不見，古所稱孝廉者，非耶？今周之名重吳中，亦將徧于天下，而吾五年之久，始識其人。其為詩諸體具備，章什頗富，可傳于後，而吾僅見其一篇。以是卜之，吾之在吳，所失不既多乎？因其事益足自警。遂憶後漢三賢，韓子猶追贊之；樹者梓人之徒，柳子尚為之傳以垂世。乃命有司，并其鄉士之賢者，删校其詩梓行之。俾人知一善可以鳴時者尚不使泯，而况衆善之並舉者乎？於戲！是亦可以興起矣。安城坦洞道人彭禮彦恭書。

石田詩稿序

古之抱用世之才不試而處，如《易》所謂“高尚其事”者，世固有其人矣。第其聲跡無聞、才美不少自見，世亦莫得而知所可知者。自巢由、夷齊接輿而下，載諸史册者可考也。是故夷齊之志則清矣，然其言或流於怨，今觀其《采薇》之歌，非怨耶？接輿之行則高矣，然其言或幾於狂，今觀其《鳳兮》之歌，非狂耶？餘若柳下惠、少連，則言中倫而行中慮也；虞仲、夷逸，則身中清而廢中權也。降是東漢則有嚴光其人。晉季當求其志，欲求其志者，當考其言，言有得失，志有邪正，則其人之賢否，果孰得而廋哉！方今聖天子在位，群賢滿朝，而士之慕巢由之節者，不可謂無其人也。然因其言而知其志者，予得一人焉。其人為誰？吴門沈君啟南是也。啟南世居吴之相城，自其先大父覩庵先生以來，皆抱道隱處不試，至啟南尤號博學多才，無書不讀，大夫士之過吴，求其畫者屨接于戶。雖其身處山林而名則隱然起，則有陶潛其人，桐江一絲，高風千古；栗里三逕，清節照人。況其譏切侯霸之書、停雲榮木諸什，垂諸簡竹、溢于縹囊者，是豈尋常之隱逸哉！唐有石洪、温造，雖其言時有可及，求之希聲，名願驅使，鞍馬僕從，照耀里閭，則其行有不能掩焉耳。至宋魏野、林逋諸人，皆負高人隱逸之名。野有“鶴避茶煙”之詩，可謂美矣，然逾垣不納，中庸之道未聞；逋有“暗香疏影”之詩，可謂工矣，然投啟自媒，猶之衒玉求售。故君子亦無所取爾。於戲！欲觀其人者，朝野間無問識與不識，皆知其人也。予曩道吳，啟南知予為吏隱之人，嘗不鄙過予逆旅中，握手論詩，殆若有平生者。且出其《石田稿》一帙，屬予為序。予囊而之四方者，且今十年矣。嘗觀其“秋興春雪”諸詩，則知啟南憂國之心忠矣；觀“家君賞菊待行”詩，則知啟南愛親之心篤矣；觀“送繼南弟執役”及“陳啟東”詩，則知啟南念弟交友之心厚矣。其它古今諸詩，一皆雅則和平、深厚清婉，無哀怨噍殺之音，無狂憤粗厲之語。至其裁剪之工，譬猶東風著物，葱蒨滿眸，殊非刻畫可擬；其運思之妙，殆若驅神工、役鬼物，力奪造化，泯然無形跡之可尋。真無讓于古之以詩名家者矣。然而時時有槃考槃之心，有抗浮雲之節，所謂身中清而言中倫者，非其儔與？向使啟南出試于時，置身廊廟，時而揄揚功德，歌咏太平，被之管弦，奏之郊廟，以繼商周魯頌之音，而其才固優為之矣。惜其鏟采丘園，束帛不賁，徒使之行吟于山厓水滋之間，而有此高人隱逸之譽，豈其幸耶？雖然，以啟南肥遯之貞心，視彼媚竈乞墦，以奸名節，不有忠言奇謀以取大位者，則其人之賢不肖為何如也。啟南于畫猶自愛重，未嘗輕以遺人。每作一幅，則賦一詩，識者謂其可伯仲于王右丞，亦非過論。啟南名周，啟南其字，別號石田道人。因以其稿予。序其詩，必詳其人之賢，并及其畫者，以見啟南為今之三絕也。大明成化甲辰夏六月之吉，賜進士出身通議大夫太常寺卿領太史事致事前戶科給事中鄱陽童軒書于金陵寓舍之清風亭。

卷之一

朱孝子應詔冠帶

百年今見孝推恩，頭白榮官天道存。滿眼烏沙緣粟例，特條黄紙著旌門。忙忙兒子裝腰帶，一一比鄰送酒尊。喜極還思廬墓處，夜烏啼雨舊江村。

萃墨堂為華氏賦

華節婦貞節卷、其子幼武春草卷，既失複得，故有名云。

二卷依然存母子，墨靈重喜萃新堂。一時得失數在物，千載文章人自先。全璧未容秦所奪，故弓能復楚何亡。東風天與遺芳好，試看門前春草長。

温日觀葡萄

觀翁手裡縛生蛟，引臂翻晴海霧消。怪道老夫生恐怖，山僧指點謂葡萄。

題　畫

滿地綸竿處處緣，百人同業不同船。江風江水無憑準，相并相開總偶然。

立春日咏菊

江梅地冷枝難白，寒菊延花尚爾黄。要伴詩人成慰藉，直劖春色不商量。聊憑短句歌貞德，漫倚荒籬作壽鄉。玉局云云真解事，有花何必問重陽。

屈　叟

老人僑住鳳城邊，黄金繞身方少年。臨街高樓尺天五，落絮遊絲縈管絃。冶郎俠客來翩翩，樓中無日無華筵。權門跡熟不須刺，貂璫與進人尤憐。看花南市春酒釄，走馬酣歸遺寶鞭。青春豈許黄金鑄，鴨城歸老今沒錢。屋資無告故人散，草中五畝愁荒煙。面膚骨立牙齒脱，短褐曼胡管履穿。逢人欲歌豪或在，聲吞苦淚秋風前。老人勿悲此世態，富貴貧賤本相縣。薄徒勉強狃勢物，聚散茫茫雲霎然。但願老人有錢復年少，此輩明朝還拍肩。

程少詹赴詔

奉玦當春雨，春風又賜環。行藏吾道重，寵辱此心閑。六月騫鵬息，三年去鳳還。宫詹循故秩，陛棘認先班。求舊從人望，相懽動聖顔。拜知髯拂地，舞應口呼山。撫己文章在，重修袞闕間。

題　畫

長松忽生風，潨瀨復濺濺。喬岑植秋宇，翠色映雲鮮。下有高世士，停琴寓心賞。逍遙與物平，道靜地相養。恤兹林壑致，本超塵土蹤。二者各有取，不必求其同。

病中不克送懷用兄葬

溪堂一殯已三年,體魄而今始及泉。作送明朝奈妨病,欲晴中夜起瞻天。自揮老淚臨燈下,誰寄勞歌到紼前。頭白弟兄從此別,祇因重見夢為緣。

病　中

抱痾門戶悶常關,況是湖田粒食艱。情與歲流人覺老,事緣生累日難閑。紙窗月影虛摇竹,溪閣簾光遠見山。聊爾盤桓聊爾樂,小吟兀兀自開顔。

戲作梅梢王理之為補竹枝

平生有眼厭桃李,但托梅花是知己。小橋初春帶淺水,青鞋布襪從此始。看花嚼蕊冰雪中,清浹肺肝香沁齒。歸來拈筆弄清真,淡墨依稀春繞指。花光補之今不作,我欲師之竟誰是。橫梢的歷寄疎略,自我意為聊爾耳。正如北人煮床簀,筍味茫茫舉其似。理之嫌我太草草,斜鋪竹枝成玉倚。要知君子德不孤,勿謂畫圖而已矣。

雪景為賈侍御作

草堂暑氣蒸溪雨,庭下浮波驚繡斧。君來傾酒洗我懷,累十之觴殊未已。酒酣出此好東絹,展拂油油明照几。索我縱橫揮大雪,正須白戰戡新暑。陡令颯爽逼虛襟,墨色俱空玉光起。瑤池瓊島森眼前,神已飛遊迷畫裏。君家素壁宜六月,叱去冰奩常掛此。

哭徐氏妹

兄妹依依各白頭,汝因多病我偏憂。人驚死別心俱喪,情與親關淚自流。魂識渺雲何處泊,柩攢凄雨及年留。幾時宰石標遺行,一一親書願始酬。

和程學士失石韻

暴客踰垣攫翠瓏,吠厖昨夜莫驚風。逕來欺我不問主,此去從誰別作東。碧砌有痕星已轉,紅闌無影月俱空。人弓人得寧須較,卻笑平原李衛公。

送錢士弘乃子應試

詩禮推家學,文章屬後生。健毫追電迸,鋭志等風行。在丱嘗深望,加冠已奮聲。魚騰輕急浪,驥騄略脩程。發迹前無顧,抽思中既弸。風雲及西睽,奎璧合南京。藝逞傾餘蘊,文鏖務亢爭。尊翁舊捷地,而子始登瀛。寶要善價售,城須哲者成。因知任重器,必適至公衡。州縣待出色,親知亦預榮。老夫勤祝願,遠大覬功名。

和桑民懌七夕留題韻

銀漢剛風擘九旗,癡牛騃女是佳期。靈禽隔水先為役,蟢子緣檠亦及時。清露襲衣秋沁沁,疎星垂酒夜離離。若言拙者能求巧,老我冥然卻不知。

題柯博士敬仲竹枝

楚煙吹濕碧琅玕,認得奎章墨未殘。莫問先生歸去事,江南春雨杏花寒。

西園為曹時修作

為園多半事遊嬉，傍宅西偏事事宜。鯈尾趁花溪宛轉，鶯聲隔葉樹參差。地循五畝橫分畛，路繞三叉曲作籬。滿面夕陽人已醉，還歌飛蓋舊遊詩。

彭撫公捷報圖

泥金帖子天上來叶，何物卻使神童持。功名富貴數有系，先機後效天藏私。中丞今繼台垣後，一門袍笏光陸離。未容王湛居已上，呂家夷簡相亦宜。安成山水靈秀結，薄發草木多蘭芝。發之斯人得其厚，世祿綿綿無盡期。

次石僉憲自魯借粟于吳韻

馳驅驄馬救災忙，民食窮知草樹傷。魯使番來道庚癸，吳人今解應簏梁。西風野哭千村殍，落日哀吟九轉腸。想見揮毫并揮淚，鬢毛從此覺蒼蒼。

卷之二

虎丘東院送筍

我來虎丘筍未茁，一住三日濕且熱。夜來大雨忽浪浪，滿地棚兒思可掘。東院老僧知我饞，十輩横筐露泥跋。玉瘕流乳詫新鮮，性命生從鐮下絕。佛徒心腸本慈愛，曲徇人情充老饕。刷鍋爛煮和酒嚼，一笑不知誰作孽。山林君子要養成，還自老夫歌勿伐。

憶楊啟東

對眼風波不可量，江湖渺渺信行藏。孤舟滿地猶崔子，萬事無憑且漫郎。塞老曠懷輕所失，耽翁達語厚其亡。惟應筆硯容消遣，春草晴窗弄日光。

壽傅宗伯

大僚秩秩推宗伯，振履金鑾主獨知。能典天神著寅亮，允和邦國重威儀。精儲南極宜三壽，位應文昌表百司。永保長生裨廣運，泰山北斗鎮巍巍。

祖壠被人伐樹有感

依依村西莊，翳翳鬱松檜。祖宗體魄地，奉守經多代。族衆戒馳嚴，草木驚剪刈。方春氣蕭條，愴泣不忍對。竊人當無親，有必有創艾。人親惘無恤，兇德知自悖。躊躇墦間夕，悲風發長喟。切切子孫過，非但滋慚愧。

問陳公美患眼

三年患眼今曾較，也復看人似舊青。阿堵君何求了了，世途我亦在冥冥。移家鄭重餘千卷，揭壁東西又二銘。久負醫方欲相寄，道聽途説未能靈。

書 所 感

人生共一氣，落地皆吾親。固非殊倫類，何苦忘其人。等差忌貴賤，上下淩富貧。不應此荆棘，賊我天地仁。其跡迷萬世，誰能别賢智。灌夫無酒徒，無人察忠義。任安非馬牧，無人重意氣。勿謂人難知，知者自不易。請以恕待人，四海皆兄弟。

清明日偶書

上隴人家及此時，清明天氣與晴宜。松根麥飯愀愀鬼，墦次瓢漿得得兒。簷柳日供青委頓，闌花露足白參差。歸程浸種看村落，歲事殷勤各有私。

和吴匏庵東莊結屋種樹韻

倚郭緣濠此卜居，陶翁莫怪詫吾廬。夾隄楊柳行油幕，偃架葡萄看草書。

水間田塍曲作圍，城中此地亦應稀。雨花妨路連於屋，雪作漫墻亞及溪。

和西厓李閣老冬至大賀韻

煌煌庭燎似星排，大賀千官佩玉諧。樂官鳳迎綏福履，殿題龍擁奉天牌。嵩呼萬壽雷霆合，地轉初陽草木皆。蟣虱小臣勤遠祝，不知風雨隔顛厓。

閶闔齊開劍戟排，風來東面氣和諧。九重設扆黄龍座，百辟懸銜白象牌。節物亨嘉長日始，殿廷繚繞卿雲皆。糾臣端笏螭頭立，金闕巍巍峙兩厓。

江南春和倪雲林先生韻八首

燕口滋泥迸幺筍，東風力汰倡條靜。烘窗曉日開眼光，湘度披奩尋紙影。落花悠悠碧泉冷，餘香猶墊胭脂井。樓頭少婦泣羅巾，浪子馬蹄飛軟塵。

春來遲，春去急，柳棉欲吹愁雨濕。黄鸝留春春不及，千里王孫為誰碧。故苑長洲改新邑，阿嬙一頃國何立。蹤跡不定流蓬萍，後人感慨前人營。

青筐攔街賤櫻筍，城外冶遊城裡靜。暖風夾路傳酒香，白日連歌踏花影。醉歸掉臂紫袷冷，喝采攤錢喧市井。家人苦費泣羅巾，拔賣寶釵吹暗塵。

春日遲，春風急，點水蜻蜓尾痕濕。江南畫船畫不及，吳江篋樓紗幕碧。泛侈浮華驕别邑，金鼓過村人起立。風翻四櫓擘翠萍，佽飛黄帽無屏營。

蒲茸破碧尖如筍，妥煙楊柳金塘靜。水邊樓上多麗人，半揭朱簾露花影。禁煙閣雨東風冷，喚玉澆萱汲銀井。不知飛鳥銜紅巾，嘆惜殘香棲路塵。

車輪輕，馬蹄急，排日游衫酒痕濕。百五青春畏將及，牡丹又倚欄干碧。賣花新聲滿城邑，貫錢小女迎門立。翠鈿點額小於萍，巧倩過人心自營。

脱巢乳燕拳高筍，小隊尋芳破春靜。墻東笑語不見人，花枝擘撥秋千影。飛籌促觥玉兕冷，殽飣簇奩珍井井。歸程趁馬拾醉巾，洗面明朝紅滿塵。

雨急急，晴急急，駃襪癡鞋爭踏濕。買酒尋春恐無及，杏花牆頭簾影碧。過村便是烏城邑，冶郎臨溪醉莫立。東風潑眼轉浮萍，水中駭鯽金營營。

【校記】

此題見《四庫全書存目叢書》集部沈周等撰《江南春詞》一卷。此八首與《四庫全書存目叢書》所録略有異同。

雨中漫書

雨思昏昏只欲晴，譬人亦欲望高明。開雙大眼天還大，放片平心物亦平。疢疾未瘳須扁鵲，波濤要靜到渠成。老夫書此渾非漫，可示吾家小後生。

佛桑花

玲瓏火焰發朱榮，要壓群花借佛名。木槿同苞堪認祖，海榴失色定推兄。麒麟鮮竭初凝就，鸑鷟新冠已長成。敢泚荔瓤那忍摘，可人真覺眼中生。

寒夜引酌

夜氣冽手足，撫醪聊亦温。枯桑號朔風，有葉那復存。宇下足自慰，道途不可言。安得均此勺，知酒亦惠恩。

嘲揚州久客

老懷不減舊風流,猶憶瓊花賦遠遊。明月萬家橋廿四,莫嫌張祐死揚州。

秋　暑

秋暑類殘燭,臨熄光復騰。時遷氣當肅,厥勢尚炊蒸。鬱抱覬靜遣,日夕苦蚊蠅。裸露思葺衣,濡汗仍背膺。搖扇未敵煩,偃簟莫假澄。因念雲中卒,負重鎧甲層。黄沙炙風日,持壘憂兢兢。反顧心乃泰,四座皆清水。

送春闈諸友

萬里青雲萬里身,驅馳馬足與車輪。追隨僮僕書挑遠,祝願親朋酒盞頻。且雪且冰方屆道,一名一第亦勞人。不知客底邯鄲枕,夢記明朝若個神。

張宸從軍

秋風起中夜,吹我庭前樹。樹上無留葉,紛飛忽在地。樹葉相附生,一朝作離異。西家子别母,隨牒從軍去。賕吏如秋風,矯法弄聲勢。驅之西南行,萬里天盡際。何人春風心,還驅來故處。

題　畫

路迂悟境僻,遂與塵世冥。迴溪帶門次,澄波含戶庭。緜厓引平圮,因以開新亭。蘘蕉映入綠,竹吹亦泠泠。時複欲孤往,先粲倩僮丁。居閑得清習,佚老無煩形。終少何標榜,聊以娱此生。

題戴九靈山人集

冥鴻矯矯脫虞羅，獨奈先生遠舉何。野寺煙霞欠深密，短觚風月未消磨。橫來似失滄溟死，歧匿還多復壁歌。手把遺編滋感慨，不勝風葉振庭柯。

題朱性甫贖田化緣疏後

質田廿畝因資食，田去頻年復坐饑。許假不勝其久矣，齊歸還複是何時。桑榆晚照初心切，禾黍秋風舊業悲。敢望戴符錢百萬，贖金聊仰故人私。

朱性甫客中初度

壽域在八荒，域民皆老彭。人生寓天地，我惡有家名。豈可事一室，跼蹐無達情。百年三萬日，日日是吾生。野航無所止，所止作家室。七夕前四日，我所聊作劇。自云今降我，壽域闢君宅。豪飲三百盃，盃與歲同百。

水 節 婦 碑

此心安一死，萬事不足動。夫亡及無後，雖活與死共。挑徒有危言，刀鋸一何恐。灰寒爐火滅，地裂淵冰凍。節婦去世久，墓石幾載礱。斯文斯人者，千載尚當重。

載 賦 白 燕

舊巷蕭條改觀餘，小巢春暖抱雲居。象推京氏原占易，飛學中郎始變書。兩股尾銀青草短，一痕衣雪瑣窗虛。更看柳碧桃紅處，點破繁華畫不如。

寄源本清

雲跡鷗蹤未易尋，自家方寸具山林。生來忙事惟吟事，人說無心是道心。打供齋廚青菜足，抄經窗戶碧蕉深。老夫頗與僧同調，莫謂鍾郎不解琴。

玉蘭二首

貞繭無妖艷，白賁幽除前。杪枝愛兀贅，叢玉天匠鐫。清馥揚遠風，標度逸於仙。我生具素懷，眼謝桃李妍。指酒通微辭，願言修净緣。

玉蘭花似白蓮花，纂纂新芳少空椏。乍看半含渾儉約，儘開一足不豪奢。未容鉛粉加真觀，豈畏緇塵累素華。更挹清香載留戀，愛他根柢在吾家。

【校記】

此題第一首為《石田詩選》卷九《玉蘭》。

咏　　影

自外觀身托我成，我初生日汝同生。謂無亦有終無實，假有如無強有名。夜壁漫隨燈慘淡，曉窗偏屬鏡分明。算來惟與鰥夫稱，老去猶堪作伴行。

題人壽窩

未及希年正好生，何須早自筑佳城。青山得得有閒地，白日茫茫無往情。秋燕識巢終是借，春蠶思繭要先營。勸君且活三千歲，我信玄堂掩不成。

陶公甫韋大年費崇父道士何可閒相從登山小酌言公房即席一首

常惜忙未到,到來方悟閑。過江如隔世,入寺不知山。風氣薄詩骨,夕陽浮醉顔。古人誇一宿,三宿我才還。

王汝和招飲

故人招我我能來,白髮盤桓自嬾回。得一日閑消一日,既三盃後更三盃。緑蔭池館梅成子,青竹園林筍墮胎。地在軟紅香土外,渚鷗沙鷺絶驚猜。

畫松石卷答郭錦溪賓竹所寄藥方

白石青松是仙物,只論真固不論芳。年深根柢皆金玉,身大乾坤漫雪霜。座上雲烟開拙筆,紙間風雨颯高堂。寄君雖致長生祝,未抵珍傳卻老方。

畫松贈友

老境重逢慨夕醺,感今追古思紛紛。人心各各有如面,世事番番好譬雲。談拂且從高壁掛,飲醪還向隔鄰分。歲寒末節要相保,惟獨松枝可贈君。

趙容軒次子入學

大袖碧欄好,青年登俊初。何須問人學,自有滿家書。萬里待希鳥,三江成巨魚。橋推士林表,蘭信德馨餘。要及貤封早,高堂髪欲疎。

壽夏德乾七十

七十何曾借杖攙,百旬可到此機緘。養親合帶祠官禄,致政還存御史銜。老算年程捱甲乙,熟嘗世味識酸鹹。交藤能餌長生藥,白髮新來已盡黯。

仙舟為郭汝禎題

莫道仙舟定五湖,依然一扁有稱呼。眼中郭泰既自許,天下李膺還不無。古事今名聊假借,江風海月共吹嘘。百壺春酒還須載,坐唱竹枝容老夫。

今雨軒為楊明甫題明甫作縣崑山今移常熟崑民往候無虛日以杜子美舊雨來人今雨不來而今雨人亦來旨雖不同其名可因因以命軒

為官正要有遺愛,今雨之人舊雨情。人漫來歸公莫使,雨存沾溉物知生。袴襦滿地歌方作,桃李無言路自成。多少墻,可羅雀,閑眠日日怪天晴。

觀　新　作

囂囂者群言,綺麗以為珍。太素災青黄,性情喪元真。立異竦耳目,隨波復同塵。何殊稷下徒,為説各紛紜。誰能挽王風,浩蕩天地春。

夏大理季爵移居慈溪題蕉圖以寄

白髮功名已了還,絕塵移往過江山。貴仍卿相惟林下,跡似神仙尚世間。散穀種松酬牧力,薦茶燒筍趁僧閑。題詩執訊聊蕉葉,千里秋風慱破顔。

為華主事題畫

犖石廁松蹊,縈曲帶杞梁。人間地更僻,高搆得陽岡。列嶂矗觚稜,俯檻臨清塘。雜樹亞尾瓦,落葉蓋青黄。静讀萬卷書,十年不下堂。懷策謁承明,心跡外超陽。回首顧籤卷,煙霞渺山房。

元 夕 家 宴

鼓板闐闐賀上元,華燈煜煜照華尊。聊謀一樂在父母,期賞百年難子孫。歷亂繁星金作彩,玲瓏明月玉生痕。太平好景吾偏感,七十二年身見存。

十 七 日 喜 晴

新年聞早好春光,老眼開門柳色黄。天有四時容且健,人無百歲勿多忙。枕書偃卧尋常嬾,被酒行歌間或狂。莫道樂懷無領會,川魚能躍鳥能翔。

喜陳節推致政

好爵不靡人,人人自靡者。白髮鑷還生,天涯尚羸馬。功名如夢事,覺後始知假。子墮吕公枕,蹶起不且且。萬事在身外,信我作取舍。歸舟弄春水,高致可描寫。海上先人廬,垂柳覆老瓦。躬耕力猶健,禾黍鬱廣野。有酒時斟酌,此樂知者寡。

雲林為醫者汪文昌題

林居何以娱,人境本寂寞。森森惟萬木,奇觀在雪作。獨曳東郭履,先路猜孤鶴。行歌無人知,折竹與酬酢。此時兩詩肩,高玉不可削。胸中自陽和,其氣不受剝。積次許給茗,凍底或斲藥。子謂所得多,我謂尚有樂。席地緑陰重,黄鳥勸春酌。詫子當何如,漫語托清謔。

卷之三

祝顧戊午鄉進士嘉定文元宗親

曲江池一春如海,正是新郎得意時。走馬東風三十里,紅香吹側帽檐低。

和 友 人 韻

味詩休怪酒遲行,健羨終篇句句清。交久自然生繾綣,老來無復論聰明。紙窗風漏疎星入,瓦鼎煙輕小篆縈。添燭坐深更已轉,空林霜白亂烏驚。

懷橒弟遠遊忘歸

歲暮天寒念遠遊,問人終日有書否?荔枝風味閩南客,萱草私情堂背憂。旅次莫爭問舍席,天涯宜上望鄉樓。總饒歸說江山好,未補愁搔此夜頭。

看　　月

月行天上人行地,人月奔忙兩莫閑。天上人間本相異,不應天上似人間。

聞金仲和遠歸

一歲京行有兩廻,暑篷冰轂老催頹。長途箇箇驅名利,相問誰從信義來。

六十四初度

望七之年四已侵,茫茫且莫筭光陰。星從術口談虛壽,雪向人頭點信心。便老白糜天乞玉,養腴黄獨地資金。樂生自有貧中富,飽坐茅檐戲五禽。

題　畫

滿面微陽照白髭,石邊泉次老便宜。御屏無地留名姓,自去磨厓刻小詩。

杏　花

半抱春寒薄染煙,一梢斜露曲墻邊。東家呿女貪粧裹,聽買新花破曉眠。

慰魏公美病懷

蕭齋無事掩雲蘿,習静工夫是養痾。向日吟哦今健否,近來眠食定何如?尋芝曉杖園頭少,聽雨秋懷枕上多。我亦衰遲違問候,寄詩聊當一逕過。

孫康映雪

士到窮時方見志,雪光聊借讀書燈。家家有雪書亦有,孫子獨能人不能。

江泌隨月

清霄就月還開卷,登屋隨光亦太勞。自信書生窮不盡,青天夜夜與焚膏。

宜靜取吳匏庵詩語為黄如安題

此生擾擾制何方?匏老之言藥石良。秋水瑩心塵不納,浮雲過眼世俱忘。春林花妥風無跡,夜室松涼月有光。聞道近來門少出,箇中滋味覺深長。

出門見大水

門前稼穡地,一夜忽江湖。空自有大量,何曾安匹夫。粢盛誰弔唁,風雨嘆泥塗。噍口飢無那,幾時當大餔。

黄　葵

粟玉為仙骨,蜜羅裁道衣。石闌風露下,相見是耶非?

得李貞庵揚州書

想發揚州信,臨江洗足紅。功名收一馬,天地縱孤鴻。私喜遙通報,深懷併問農。力田慙計左,謀食愴波中。尚有詩堪寫,君歸且奉同。

寄徐天霖

金庭玉洞之間客,綠橘黄柑樹下家。把酒與湖酬浩蕩,將詩尋我共生涯。高游累負中秋月,飛步思凌縹緲霞。白髮明年須借榻,碧醅先為采松花。

夢中賦浣紗女

二八溪娘出浣紗，面皮紅白似桃花。低頭苦死羞人見，秋水泠泠看不差。

夜　坐

煙浪茫茫撼弊廬，不勝墊溺我將魚。星沉大澤寒光濕，露滿天高夜氣虛。菑割有源關水利，疲癃無藥載醫書。酷憐城外皆溝壑，城內依然自腐餘。

題張廷儀所藏江山秋霽卷

西郭高樓枕九逵，平生結納見襟期。開門浩蕩無題鳳，倚壁催頹有卧鴟。詩酒故人今隔世，江山秋色又移時。一番褾軸窗光下，楓葉蘋花種種思。

獅子林尋洵公

靜看經卷守西寮，九十年程百不遥。攏總未來并已過，捱排昨日與明朝。神存眸子星猶閃，老入毛根雪不消。我嘆多時違問訊，庭前柏樹幾枝凋。

和秦景美題洞庭西山西湖寺韻

山頭不合稱湖寺，拈取湖山要問禪。放箇扁舟過湖去，借他高閣看山眠。厓喧鳥雀秋爭果，波起魚龍夜應泉。山頂有池，湖中波起，池則涌泉。還道兩池空沒用，何如分種遠公蓮。

題　畫

水與縈回山與遮，屋東開逕入林斜。風泉窈窕通虚谷，雲水深沉帶别家。候客來臨門外履，呼童先掃夜來花。何當我卜東西住，不合尊罍便鬬茶。

【校記】

此詩亦見《石田稿》“集後附録”。

和陳秋林遊仙詞

仙宫一别三千歲，近信初通一鶴來。無限雲思與霞想，紫泥沾處手慵開。

落梅便面

若言天上無人住，誰把碧桃紅杏栽。顔色不曾生受得，任風吹妾下瑶臺。

題　畫

野老偏多物外情，枕溪軒子稱虚明。溪流不足清雙耳，更種芭蕉待雨聲。

清溪小隱

結廬城郭遠，静勝此溪邊。鷗鷺分家住，煙波入簟眠。釣魚償酒券，買藕補傭錢。只隔斜陽岸，經游須倩船。

聽　竹

城市豈聞瀟湘寄，耳根此君如有語。靜者在高軒，靈玉自成韻。清風不是喧，心通正如洗，明月滿秋園。

出塵樓次吳匏庵韻

袍錦乘酣不上船，樓居人品兩超然。欄干并月疑天上，如意捎花落樹顛。曉陌瞰塵紅沒馬，晚簾通燕碧開煙。貴游題咏紗籠裏，閑處還堪附石田。

東湖漁樂次周桐村韻

遠去漁家本吳越，近從詩卷識漁名。江湖滿地儘自大，人我有限無不平。笠祿難成信天命，與竿俱老是心盟。西莊萬竹豈搏釣，渠愛六鰲儂愛清。

柳溪樹屋

楊柳當門漁水清，柳花吹盡綠成陰。讀書活計如種樹，樹到榮時人亦榮。

王元勳奉母參藩湖南

子喜腰金母白頭，江山迎母畫中游。湖南就我生春色，堂背因誰更遠憂。祿養未曾遺一地，庭闈還復在孤舟。岳陽勝概行須覽，范老文章重此樓。

坦洞為彭撫公題

靈區纏翼軫，時傑出名門。仁主同堯舜，賢鄰似愷元。上行惟作則,下效輒逢原。廓愛獲坦蕩,卑嗤旅瑣繁。恕懷平率物,德宇曠無垠。濟大舟崇說,持明儷仰軒。胸中有雲夢,度外絕籬藩。居易政莫忒,忘威位自尊。老臣終追旦,長者未容昆。閣級繇家素,臺綱屬手援。際時應達道,黔庶望宏存。

送古中靜還真州

高車加牽馬加芻,心繞真州夢亦俱。風雷隔江憂有困,雪霜臨水老驚須。碧筒戀别香頻注,白槧通辭墨漫濡。爭似一堂常接膝,絕勝蓬梗憶江湖。

戲逐利僧

忙忙展枕逐雞棲,洗面忙忙雞又啼。傀儡不知提處假,髑髏方信活時迷。身如革鞠無多氣,墳認饅頭卻是泥。儘積萬金難置命,依然一箇死闍黎。

落花十首

園林回首覺蕭然,昨是今非悵目前。周易點朱疑可句,楊經沾白累難玄。濡煙么管追遺影,襯月空階結淨緣。不似人生老無少,開時猶說有明年。

林堂拂面攪春眠,起散幽蹤思惘然。亂礫堆傍和蟻聚,古墻陰處抱蝸蔫。忌人羊子因扃戶,賺路漁郎得引船。任爾貴游蹊徑好,一般猶在寂寥邊。

【校記】

按:此題各首大都見於《石田先生詩鈔》卷八《咏得落花詩十首》、《石田詩選》《落花五十首》、《石田先生集》七言律三。其中"園林回首覺蕭然"、"林堂拂面攬春眠”二首他集未之見。

感作經圖為彭撫公作

嗚呼！王跡熄兮伯煊爀，名分不正禮義忒。孔子憂道徒戚戚，感麟不時出乃獲。因假魯史尊周德，書王紀元重人極。撥亂反正筆任責，筆筆削削區淑慝。王道以之作繩墨，君君臣臣父子得。三綱九法一暴白，天下凜然畏亂賊。匪曰無位政斯繹，匪曰空言用斯覈。千秋萬古垂世則，由麟而作復麟畫。言雖畫絕道載籍，令人口誦心亦格。為經為常國命脈，安成大彭代是職。兩賢以奏第一策，調元補化奉明辟。推麟有趾仍有定，子姓振振永厥澤。

雷　篆

化宮突兀夸毗盧，國山中抱金銀區。天雷標題示神畫，揭柱以鎮東西隅。十有二字三柱俱，監臨之嚴到水火。賊烽累過靈光弧，詫怪凴虛看倒書。非神豈可人為乎？似篆而分勁而癯。驗火筆，鋟木膚，波戈深入文焦枯。字雖可辨義莫喻，故留隱語驚凡愚。千年奇跡見拓本，見之始信聞疑誣。雷乎設此護佛法，佛水其法扶皇圖。

跋石田先生詩後

長洲沈先生啟南，予童丱時即聞其名，恨未識也。弘治庚申，承乏嘉定，往來吳中。大夫士家獲觀其題咏之富、書畫之妙，知其為非常人。第以吏務鞅掌，不得一造其廬。每詢之人，則曰，先生家相川之上，弄煙水以自娛，事耕鑿以自給，其足跡未嘗輕詣公府，雖親知亦不得而數見焉。以故三年之久，竟未識其人為恨。縣學生黃淮，游從先生頗久，嘗手錄其平日詩如千首。歸而謀之于其父鎮，欲鋟諸梓。父曰，是吾志也。無何，鎮以疾歿，未訖其工。癸亥春，都憲江右彭公旬宣至縣，不鄙屬吏，垂示所為先生詩序。沐手讀之，始知先生之文行蓋不特工于詩畫，宜乎內閣吳公、尚書王公，及我都憲公，咸愛之重之。則先生之為人，可知也已。予因贊黃淮成厥父之志，板刻既完，敬識數語于後，以紀歲月。蓋承都憲公之命，不自知其僭且陋也。弘治癸亥秋九月之吉，賜同進士出身知嘉定縣事滑臺靳頤識。

石田沈先生以詩名世久矣，自顧不足，晦莫示人。先人屢求其稿，梓行于世，先生錮吝不出。茲因大彭撫公知重，命刊于長洲，先生恐累生育之邦為辭。淮念曰，此先人之志也，遂謁行臺請任之。撫公亦囑我父母靳侯助所不及，以示必成。嗚呼！先生之詩，雅博華腴，有三大老巨筆發揮于首簡，淮奚敢讚。但以先人之交好，洎淮之私淑，不免略疏而已。然先生之詩，何藉淮而行，淮不行，後世亦自有行者矣。其得之富,纔十之一二,若辭賦、記序、雜著之文亦不少,先生尚以自韜,他日别有款其櫝而見之者也。後學黄淮頓首謹跋。

石田翁客座新聞

目　　錄

石田翁客座新聞卷第六

石田翁客座新聞卷第八 …… 940

石田翁客座新聞卷第十 …………………………………… 967

石田翁客座新聞卷第一

徐子虛為仙寄書

正統間，密雲徐子虛客於閩，將還。忽一道流過旅邸，揖謂徐君曰："子非密雲徐子虛乎？余久游閩浙，幾十年不歸故山，君鄉人也，欲附一書到家，故瀆君耳。"徐曰："但言居止、姓氏，附與何人。"道曰："吾家，縣之西門去九里，有一山北隔澗籬門便是。"即以書貯櫝，封函甚密，遞與子虛，復曰："吾門久閉，君至即以櫝叩之即啟。"囑罷，再揖而去。徐歸，蹤跡其所。見其處有嘉禾陰翳，靈鳥和鳴，風物如畫。竹籬衡門深閉，疑若異境。子虛如言以附櫝扣之。有童子啟門，徐言其故。童子延入內廳，見一龐眉老師出迓，聲問啟居。童子捧茗出供，杯中有棗二枚。徐食其一，味更嘉美，因懷其一。既而歸，視所懷棗，則失矣。子虛疑其為仙家。翌日復往，惟煙草滿前，籬門澗水更無覓矣。子虛悵然而返。

淮安學生夢驗

淮安府學生楊淮、魏璽，同門友善。成化甲午秋試應天。未入院前二日，祈夢於京城隍廟。是夜，淮夢所臥床下有二磬相沓，璽夢一姬遺數珠一串。復夢入應天府，見設宴無一人在者。續見廳柱懸一牌，書"徹饌"二字。一官隨出。覺後思之，無得。入試三場畢。二生恐不利，先搬往江口待報，因囑邸主曰："若有好音，願求見報。"既而二人名皆在列。邸主走江口報捷時,淮有事先歸,惟璽赴宴。名在一百八,已合夢中數珠事矣。及入府,遲已徹席。府丞即移他席與之。其符夢如是。淮之夢無徵。數年後,任四川重慶同知,所夢二磬亦驗矣,則人之出處自有數云。

術士濟遇

太祖登極時,微行。見一家娶婦設筵,因入其家。主人見帝高年,延入上座。因謂主人者曰:"今日何人所擇?"適術者在座。主人答謂:"其人擇也。"太祖曰:"今日犯十惡,汝謂吉,何也?"術者答曰:"固然。但紫微星臨中宮,諸煞不忌。"宴畢皆散去。太祖問臺官:"昨日十惡大敗,如何有做親、上官者?"臺官奏云:"甚不宜。"太祖怒,杖之,革其官,遣去。召昨術士代之,復優給甚厚。當時驚異焉。

施膚庵謝世

吾郡施膚庵太守下世,余聞訃悼嘆曰:"善人凋謝漸矣,卻死得不好了。"有坐客應云:"昨日在城聞一無賴暴死,衆云'死得好'。"余曰:"何兇人之死言好而善人之死不好耶?蓋善者存則好、死者不好;不善者存為不好、死為好。相反之辭也。"

周文襄公知遇

周文襄公忱,永樂甲申進士,時詔選進士二十八人為庶吉士,入翰林,肄業以應二十八宿也。文襄不得與,因陳年少願進學,乞居二十八人之末。上覽奏,因曰:"有志之士也。"從之。居翰林十年。一日,援例俱除刑部主事。復取入翰林,修《永樂大典》。書成,陞本部員外郎。宣德初,改越府長史,在藩邸五年。適在位三載,賜贈二代錄用。其子自陳休致。又聞其兩為法司,吏事精詳,僚屬推服。人之出處,不可逆料也。

義　僕

范信者,崑山龔泰雲亨家奴也。泰家不造,食指衆而日不能給。乃鬻信及其妻于常州夏雉瀆某家,數年不通音問。正德初,泰貧益甚,無所倚歸。一日,適經其所。信遇于途,見故主,泣拜地下,懇延至新主家。謂新主曰:"此信故主,今流落在此。信心不忍,欲望留容。信夫婦願不惜早暮,傭力報主,以圖供養故主。"新主義之,聽允其請。時俟農事稍闌,即負肩小販,往來村落中,市賣以給,迨今不衰。嗚呼!信,一奴耳,為主轉賣其身,尤戀戀不忘。其見義何晢哉!書以表之,以愧人臣食君之祿,不顧禮義,一遇利害,即反君事讎如狗彘者。

大臣諭宦者

成化間,中官王嵩,練達世故,通《左氏春秋》,有學有守。一日,降香詣慶壽寺。時兵書嘉禾項公忠、中丞王公鉞、刑侍東公忱,不約而偕來謁。刺入久不出,而令寺僧傳報曰:"三官人受國高爵厚祿,分皆前生有佛福緣者,請先拜佛,我纔出。"見三公鞠躬膜拜不已。王始出,與之商確論議古今人物優劣得失,又曰:"諸公謂吾何如人?"項曰:"公,聖人也。"王曰:"是何言歟!"乃拂袖變色而起。三人亦跼蹐而退。京師傳誦曰"拜佛王公。"

王文端公知人

泰和王文端公直為大冢宰,時中官蕭某往來門下。一日退堂,蕭偶在侍。南陽李文達公賢時為正郎,適入白事。令蕭某見之,乃復謂蕭曰:“此人異日必為大器,汝見亦難矣。”蕭不以為意。公薨後,李繼為少宰,遂入閣為首相。蕭始追憶公之知人也。

雞鳴枕

偶武孟,吳之太倉人也,有詩名。嘗為武岡州幕官。因鑿池得一瓦枕,枕之,聞其中鳴鼓起擂。一更至五更,鼓聲次第更傳不差,雞鳴亦至三唱而曉。抵夜復然。武孟以為鬼怪,令碎之。及見其中設機局以應夜氣。識者謂為諸葛武侯雞鳴枕也,惜哉!

王公度薦韓永熙

成化初,兩廣寇起。詔大臣會議贊理軍務憲臣一員,衆議未定。時中丞王公就中,首舉參政韓雍首相。南陽李公賢曰:“雍有過。”王公曰:“如某者滔天之罪,蒙上莫大之恩復至錄用至此,顧雍何過哉。”冢宰王公翺復曰:“此任須用老誠厚重之人則可。”王公曰:“要老誠厚重者,滿朝無如公一人耳,其他未見也。”二公皆不復言,卒至用雍。後剿殺有方,竟平兩廣,其績信矣。雍字永熙,蘇州長洲矣。以進士為御史,終右都御史。當時王公論薦之明峻,折二公不避嫌忌,其為朝廷略無顧惜。今亦無此輩人矣。

雷擊逆子

六安俞某,貴其妻,歐逆其母。一日,婦姑與孫兒嬉戲,失足墮于水中。其母畏子,和衣撲水救之。其婦已告其夫。母恐子辱,走避女家。子乃令人紿母曰:“兒自墮水,幸母救無恙。何避女家,以重兒罪。請速回,改易濕衣,無慮也。”母以為然。行至中途,某藏鐵錘伺之。母至,舉錘將擊。俄雷一聲,攝某至其家門外大柳樹傍,復雷一聲,劈樹開夾某于中。母歸見之,祈拜樹下,每一拜,其身縮緊，痛莫能忍。某令勿拜。如此凡三日。名亦揚于四遠，競觀如市。三日後，雷擊碎其樹如算珠，然其某屍亦不知所在。

歌兒應變

太宗初，渡江駐兵維楊。因令于中曰："楊州歌舞之地，必有能歌曲者，為吾訪來。"衆以一人應。初見即歌曰："我是北極天蓬將，怕甚南方火德君。"上甚悅。入城後，其人以軍功累授千戶。蓋君臣之間，以言語應奉，投機合變亦難矣。

徐信友誼

崑山徐啟東與同邑張士平為友，皆以行誼稱。士平以仇家陷至死。藉士平力不能任勝其枉，乃避去。有司以啟東相善，代士平繫獄。累年而無能言。久之，士平不能安，令人語啟東："欲出承罪。"啟東曰："彼固陷于非命，吾繫卒無死理，彼宜速去，以俟天恩。"後竟會赦，二人咸宥之。啟東家貧，士平割家產之半畀之。啟東執不取。學士吉水解公縉作《結交行》以美之。一時群賢皆有詞章和之。啟東、士平，後俱被薦縣令云。

塾師先見

長洲趙某有子曰文，年十二三時延甫里嚴士平為師教之。文稍聰敏，而惡少不可訓。士平屢告某易明師教之，庶異日無他患。某但知文之強記書籍而不記其劣也。士平力辭去之。未幾，某死。士平往弔挽之，以詩云："只恐令郎為惡甚，殺身之後又亡家。"文見詩，毆其師幾死。文為郡學生，橫于鄉。弘治己酉，中鄉試，如虎而翼。市上惡少年數十為羽助，凡人有利行業必攘奪之。惡積貫盈，衆不能容，約集百人，攫文于家，捶楚萬端，猶不釋怨，仍以石灰擦其兩目，俱喪明，遂為廢人。鄉有嚴思敬者，大族也，嘗延夏景暘訓迪三子二甥凡數年。景暘一日辭館，謂思敬曰：“公二甥性皆劣，須求明師教之。若讀書多，庶可化其德性。不然，他日必起滅詞訟以累公家也。”思敬不聽。景暘去幾二十年，思敬死。三子齷齪二甥，以口舌是非其間，致三家破碎，產業器物半為二甥所有。二師者先見之明亦可重矣。

建陵公獲龜

高廟造陵鐘山，誌公和尚舊穴也。發鑿時見一石肖龜而左顧，今藏之寢廟，以黃袱覆之。

開平王知過

開平王常遇春追元順帝，獲嬪妃數人。常犯其一二。後太祖知之，降敕痛責其過。王亦自悔，且知為上所知，鬱鬱不樂，致疾薨。

紅巾之兆

徐壽輝，湖廣羅田人，初倡起紅巾之寇。陳友諒為其麾下，後為所殺。又遷徙壽輝祖塋。就發及穴，有赤首蠅飛去，凡三日不絕。人謂紅巾兆也。

朱允升清忠

朱允升，字清忠，徽之休寧人。國初為侍講學士。為人簡厚無他嗜，惟好博群書，皆有旁註。至於術數、天文、地理、醫筮之說，靡不精究。少從江州黃楚望游，楚望見其貧而不能自達，教以星命，無所獲。又教以卜筮，遂得六壬之具。初至歙，館于臨河程氏，教其子大。子大為繼母所苦,幾於驪姬。一日,大告允升曰:“吾母不慈,而顧有毀于尊嚴。吾不聊於生矣。”遂自經。後允升夢大至其室,適報生子。允升因名之大同。允升筮之曰:“此子經遭婦人之禍。”時高廟知楚望名,往候之,欲起為用。楚望辭以老,不能承事,有學子劉基、朱允升、趙汸三人者,王佐才也,俱堪任使。且曰:“趙汸可以書招,劉、朱不可屈者,須躬禮聘之可也。”允升家居時,從山前蓋草舍數十間。鄉人怪之,允升曰:“後或可用。”至駕幸時,軍旅皆舍其下。上單騎入謁,為禮甚恭。允升乃起,與劉基同參帷幄。定鼎後,即以疾辭。臨行,上論其田園居第,將有所賴。曰:“先人之業,粗給饘粥,風雨之夕,且足覆庇。”上眷注再四。允升不得已,乃曰:“臣後圃有書樓,名曰‘梅花初月’,願乞宸翰寵賜,則臣子孫敢不因聖墨而保存永久,此實臣幸也。”上笑而從之。今寶藏不失。臨行又乞上曰:“臣子大同,後得全軀而死,臣在地下,亦蒙恩不淺矣。”大同任至禮部侍郎,其才能夙學,綽有父之風,禁中書壁,多其品題。或令題賜宮人。忽御溝中流死人屍。上疑之,察其實,因累大同,將置於法。因念允升全軀之請,遂令自經死。允升少時,初學六壬之術。因訪友,友設四合,未及啟。戲允升曰:“若能射物,則奉之;否則為他人餉也。”允升更索一合,以紙密書射語,合置几上,喻之曰:“俟少頃即啟。”時適有人來借馬,馬他出,主人令於後山牽驢以應之。允升乃令發合,四品皆異烹也。書云:“一味魚,兩尾魚,其餘四味亦皆然。有人來借馬,後山去牽驢。”賓主為之絕倒。

老姬猒勝

海寧陳學喻善生一子,陽物有囊而無腎,夫婦憂之。其衛中老姬善猒勝,令取獨蒂雙茄,以針縫其中,懸于卧房下。不一二日,其腎子自然而下。今長成能生育矣。

櫛工術驗

京師櫛工同文泰,又因父姓蕭,稱亦如之。能以髮垢驗人禍福,有春青夏紫秋白冬黑之證,反是則有咎矣。又能以手按摸人頂骨言骨時有變動。嘗驗友人文林宗儒,時為永嘉知縣,監司考為優等。時例作縣一考有功可旌,異者必遷臺職。人皆謂御史為宗儒囊中物,宗儒亦以考與例相符,自以為然。文泰摸之曰:“尚遲十年。”宗儒易其言。吉水袁道統為某縣知縣,亦同應取,俱為巡按御史鄆城侶公鐘所阻,累及宗儒,皆不就選。宗儒復拉海虞諸祚昌胤、長洲陳瓊汝玉往試其術。文泰謂宗儒更遲,遲年且有事。謂昌胤曰:“公如水行舟。”昌胤果陞御史。謂汝玉曰:“公功名與二公同。他日位至三品憲臣。”時汝玉尚淹鄉舉。宗儒果為温州兵軍誣沮之,不能轉任博平。又一考始選南京太僕寺丞,汝玉今為大理丞矣。於摸骨時適編修牛倫與宗儒言:“明日當往謝。”文泰曰:“此官人不久禍至,公宜遠之。”逾半載,倫諸父曰玉者,時為中官當國,至是事敗,嘗往來者皆被及焉。文泰出入尚太監門下最久。一日,告尚曰:“公有大蹉跌至矣,宜慎之。”尚曰:“我出入多着人扶持,何慮蹉跌。”文泰聞告宗儒以故。未幾,尚果以贓敗。他日,又謂宗儒曰:“威寧伯亦不久失位。”宗儒問以故,曰:“蓋其骨已生瘡動矣。”亦如其言。此錄宗儒所言如此,其他神驗甚多,亦其得心妙者歟?

周莊懿公無冤獄

都御史貴溪高公明以無子憂,懇刑書太原周公曰:“公年高康健且多男子,必有養生之道。乞稍露真詮,少濟愚昧。”周公曰:“某歙歷中外,多居法司。”高公愧謝而退,蓋高賦性苛刻少恕。此後務循良,不輕枉人。後連生三子,致仕而歸。高公可謂善於改過,而周亦可謂善於誘人者,胥得之哉。

孔昭文擊賊安民

吾郡少司空孔公鏞字韶文,景泰甲戌進士。初尹廣東之連山,其邑為賊抄掠,縣治民居蕩為蓁莽。有劉耆者,僻居山間,幸而獲免。公初至無所止息,往投其家。至夜,夢登山至神宇,傍臨小池,有僧俟于門外。延入內,見白鬚老人皂衣者。公謂其為神,懇其剿賊之方。老人曰:"公第勇為,吾當陰助公,兵更免之。"公辭謝而退。循廊廡而行,聞喧雜之聲。公竊隙窺之,見其中皆獰惡之鬼,靛貌朱髮,怒目張牙。見公窺,遂皆寂然。股慄而覺,且語劉耆,告以故。劉曰:"此吾山廖神廟也,舊為寺改創者。"公遂偕劉以往。既至,見境廟宇神貌與夢無異,且兩廡圖像儼然。公再拜而返。乃集流民,扶老攜幼,申請監司并藩臬巡守等,移借錢糧,令民壯入山採木,重新縣治、儒學,分設巡司、里社。及選民之俊秀者為弟子員,日優廩給,親為化迪。諸事稍集。未幾,盜復侵擾擾,監司令公督民壯追捕。賊知有警,率衆掩襲。公初不知也,及聞山中作哨聲,山鳴谷應。公急集衆追之,獲渠魁二十餘人。公語之曰:"汝輩既為劫擄而來,及復發而去,何也?"寇曰:"某等來此,見山之上下火燎千餘,意謂追兵猝至,不覺勢阻而退。"公悉解巡守,因知神兵果來援助。自是寇盜以漸剿滅,縣境安寧。公守高州府,陞進廣西按察司副史云。

歐總兵計擒黃鑑誠

廣西柳州府茶洞山斗絕頂,上闊下狹,不可登躡,惟有谿徑,蹬級險峻,欲上猿攀猱攫而不可得。天順末,賊首黃鑑誠據有之。嘗出寇，官軍掩捕，反被殺傷都指揮并參政二員。朝廷責總兵以下督獲甚急。官軍挑戰不出，賊乃坐崖嶺上言曰："以有地可耕，有泉可飲。時發一擂石下，能斃汝萬人。官軍從天上飛來，可以取勝。"時總兵歐公用計募小軍一人，年方十四五，白好如女子，且有膂力，應對機警。以金墜飾其耳，金鐲束其臂，為蠻裝，偽為慶遠蠻覃朝灌子，往說之。朝灌亦賊首，二豪自相畏服。歐公復擇軍中勇而有捷者三十人，各授方略從行。至彼見鑑誠，告曰："兒承父朝灌之命來見王伯，願兩軍合擊柳州兵。蓋昨者之勢，官軍已喪膽矣，今復一鼓而進襲其衰，勢如破竹然。先此敢屈王伯，王伯定計擇日以進，事或可成，則一郡一邑之富，皆我兩家所有，願王伯嘉納。此行不可失也。"鑑誠還，坐椅折其足。其妻謂鑑誠曰："此不利之兆，不可遽信小兒而行。"小校復曰："王伯決矣，王母若不從，兒告歸。倘兒父取之，王伯毋後悔。"即拜辭。鑑誠以其言激于心，乃與小校食訖，即促行。小校又進曰："此行不宜多率部下，止可併兒家之從，兵卒不過百人，間道而往，王伯可約此兵，有報則皆二山併力攻之。"鑑誠然其言。乃刺選刀手四十人自隨，既而令曰："晚從吾妹家止宿。"先是，歐公許其妹千金，約同獲鑑誠，獲後別重賞。鑑誠下山，先命小校往報，其妹與夫果以酒肴來迎。至則宰牛為饌，大享之。諸刀手皆醉。小校密遣一人去報歐公。鑑誠為妹苦勸，亦醉而卧。至夜分，官軍猝至，圍繞重密。其勇士各執利刀亂斫，刀手不遺一人。鑑誠始覺，為小校揪住其髮，鑑誠怒，嚙落小校項背肉。小校大呼，衆乃鼓哨四合，鑑誠受縛。歐公復命其妹夫入茶山，誘其妻子并其衆下山，皆殺之。乃重賞小校金帛，以及鑑誠妹夫并從行者，皆獲賞。歐公一算之神，醜類無遺矣。

李禎伯為神

弘治癸丑，李范庵少卿應禎字禎伯，疾亟，命遣子雲鴻往候之。

其神已瞶亂，語雲鴻曰：“我已不可為矣。此行陞我尚書即行矣。”雲鴻以告，余嘆曰：“辭亂矣乎。”已而訃至，余偕松陵史西村明古、郡人文太僕宗儒輩相與經理其家事，及與子議婚，蓋其子纔十齡耳。卒之後一夕，僕有高翼者，猝有疾，公憑附之而言曰：“家事如何處分？”家人泣告曰：“賴沈、文、史諸公一一議矣，復與小舍議婚袁氏。”公曰：“我則放心去矣。”翼尚卧于地，久而方蘇，乃能言曰：“我初上廳時，見一人衣緋南面而坐，傍列數炬，照耀如晝。熟視之，乃知是我家相公也。叱某曰：‘坐此許久，如何不見一人迎我！’令卒縛之而去，既出門，見隸卒數十人，呵叱喧然，擁轎而去。某從至門驛次，杖某十數，責令歸家，小心看顧，否必重譴也。某復問隸卒曰：‘我家相公今往何處？’曰：‘相公已陞尚書，將之任矣。’”舉家驚之。蓋公讀書尚氣節，性復峭直，雖儕輩小庇必面折不恕，鄉人進見之，凜凜執弟子禮。居朝廷以直稱，初為中書舍人。睿廟特命書佛經，公既上疏曰：“臣聞聖人以五經為治世之本，未聞用佛氏之言以為治者。臣願請書五經。”上怒杖而釋之。公之一死為神宜矣。歲丙辰，明古卒死三年時，族人夢神告曰：“汝宗人史明古，年六十三，當就化冥司，以籍官爵矣。”因白其長嗣永錫。既卒之明年，其塾師吳庠生俞揖字濟伯，夢明古乘驛舟而行，烏紗角帶青袍而坐，環立侍者數人。濟伯問公：“今何往？”明古啟告曰：“今往某所，已約同官勘某事，冗不及話矣。”濟伯因還晤。明古巨軀偉貌，博學強記，善談辨古今，與人寡合，每與人論當世之務，底于極處，雖權貴亦不假借。與范庵友善，其為神亦宜哉。

衡嶽松檜之盛

衡嶽神祠，其徑綿四十餘里，夾道皆合抱松檜，相間連雲蔽空，人行空翠中，而秋來香聞十里。計其數云一萬七千株，真神幻佳境,宜其靈妥神安,永久無虞。更聞天童寺松檜徑六十餘里,比之不及焉。

臺臣善對

洪武間,魏國夫人入朝。一御史衝其儀仗。明日,魏以聞上,召御史責之。對曰:“夫人雖貴,魏公妻也;臣職雖微,天子臣也。伏願皇上詳宥萬罪。”上是其言而釋之。御史可謂善于應對者矣。

陸孟昭好客

秋官郎中陸孟昭名泉,太倉人。居郎署時好結納四方,邸第外障地構屋數間,扁曰“清風館”。朝士迎送,必假之為燕樂。孟昭復益以佳餚美酒,不惜所費。一日,風雨大作,平地水深三尺,館為之傾圮。客有戲之曰:“昨日清風館,今朝白水村。”水退,孟昭復新之,工甫訖,孟昭擢福泉參政。其居轉與侍郎滕某,滕固白水村人,一時戲語有數存焉。

夏友諒詩讖

國初,崑山夏友諒仲益,生齡夜讀書,有感云:“更殘燭短可微吟,周孔遺書海樣深。三嘆聖賢無復見,只存糟粕在人心。”友諒自少藻思横發,筆下千年言,僅十九而沒,豈非“更殘燭短”之讖乎?

史員外確論

北京戶部史員外常云:“今之仕宦者,多是官做人;古之仕宦者,人做官也。”其言有理。《書》云:“不惟其官惟其人。”信夫!

石田翁客座新聞卷第二

劉子賢孝友

莆田劉瀾子賢讀書不尚文藝、制行，育德有古君子之風。家貧，父喪不能舉，家居授徒以資喪費。嘗以小鐵索鎖于項上，藏于衣襟。客偶見之，因問其故，子賢曰："父死不葬，久暴于家，吾誠天地間一罪人耳，所以示縲絏也。"及葬後始釋。弟劣，求分財異居。子賢自鎖于床下，晝夜自加箠楚而數之曰："瀾不義，不能安處吾弟而致此乎？"弟聞而比行，遂復同住云。

詩鬼降箕

錢塘吴啟東，父某筮仕南曹主事，沒于官，回葬金陵。弘治間，啟東還杭祭掃畢，故鄉親友拉飲西湖之傍。適有一召仙問休咎者，衆岸往觀。由是一庠生因記舊有部使者視學，有對云："鼓振龍舟，驚起黿鼉之窟。"令諸生對，莫有應之者。士人請仙對之。書云："火燒牛尾，衝開虎豹之關。"衆請名，書云"可憐可憐"而已。衆強之，復書云："諸君不鄙，明日可到湖東大楊樹下，當與相見。"衆散。次日，復泛舟。蹤跡至彼，登岸訪問，果見大楊樹，樹下以蘆席裹一屍。衆皆驚愕，詢之近地，乃知數日前一人縊死樹下，土人以席裹之於此。衆乃捐金，市櫘倩埋之。

王忠肅公還珠

鹽山王忠肅公翱，清介有聲，為中丞巡撫遼陽。時中官榮公思協鎮其地，亦廉介。公因同事與榮契合。天順中，公為太宰，榮宴別，戀戀不已。宴畢，榮引公手入內室，見榮一榻之外，供帳蕭然。公為稱嘆。榮潛于衣櫃中出簡珠八顆饋公，公曰："爾曾見某接何人所遺而見瀆耶？"榮曰："公曾見某有事遺饋乎？此珠是先公所遺，不忍他棄，又無可托，故以遺公，且旌某之拳拳于公也。公若不納，是視某為何如人哉！"公感其言，袖之以歸。即以珠紉于絮衣中。既赴京師後數年，榮卒。其侄林貧而無依，一日，詣劉少宰某第，托劉轉告公，求一職事以安身。他日劉公以言白公，公厲聲曰："吾居此，任雖小官，亦請于上裁決而後敢行，豈可由我以私人哉。彼不自營資身計而來告我，何耶？"劉公以公語語林。林嘆曰："吾叔父與厚，嘗視林為子弟，故來懇求。其言經畫，余將何以處！"悵悵然而歸。越數日，公問劉公曰："此子知悟否？"劉公曰："此子去自經理，第恐貧乏，當此時何人肯念及之。"公始以前珠召林與之，仍囑曰："若售人，必得四十萬纔可售。"林懷歸，即謀與人，果得其數。報公，公喜，乃誡林曰："汝思所以難得乎？汝宜善守，毋墜家聲。汝治家居後，吾當來視。"凡三月緝居始完。復來告公，公乃約劉公偕往林居。且立榮木主，一奠而歸。此與范文正公還人子丹方事類也。

鍾景皋友誼

松陵鍾景皋敦義素著，鄉人稱之。嘗與同里王某守仁友善，守仁差長，一日病亟，乃詣景皋告曰："吾病不起，吾有一事相托，幸勿見疑。吾子生四年矣，幼而無依，然吾宗黨強橫，吾死後定為彼有，不惟產業,此兒命亦難保。即籍資產巨細悉屬君,為吾料理,并望撫育此兒,成就則與之,倘不肖,惟君自處,或議為吾家軍裝之資。”守仁沒後,景皋不負守仁之托,乃以此子屬于庶祖母浦氏撫育。凡衣食之類,給之不缺,早暮必往視之。迨長,求師訓誨,名宗吉。與之聘婚。其資籍記併歲所得租給,用羨餘易銀貯藏,仍記每歲出入,毫釐不差。其子既長,婚配後見其有成,悉以所托還之。其子事景皋如父,人皆尚焉。

李兆先嘲父

少師西崖李公賓之子兆先,幼穎敏過人,然遊佚無度。公一日過其書館中,書其几云:“今日花街,明日柳街,秋風桂子,秀才秀才。”兆先歸見之,亦過公齋,書案云:“今日東風,明日西風,燮理陰陽,相公相公。”聞者以為笑談。

陸全卿夢謁岳武穆

吾鄉陸侍御完字全卿,弘治丙辰按汴時,一日按湯陰,輿從經過,偶見道傍壁間有石刻“盡忠報國”四大字。全卿意謂岳武所書,蓋湯陰武穆故鄉也。是日駐節行臺,夜寢夢入岳祠瞻拜。王起,延全卿坐,語之曰:“我解兵事在杭之西湖,甚得山水之樂。今棲于此,祠宇傾圮,甚不安,賴君為我料理。”全卿答:“某力不能終工也。”王曰:“君毋固辭。”全卿復問曰:“素聞王為秦檜所害,有諸?”王曰:“間有是言,然終害者張希嶽也。”全卿又曰:“今有子孫存者否?”王曰:“惟雷兒有一子,其後竟絕矣。言之令人可悲。”全卿熟視王顱室有四誌。既覺,明日謁王祠瞻拜,見王貌與夢中不爽。祠宇卑狹傾頹,王貌果為風雨所侵,鼻間剝落四處。全卿異之,即以本縣羨餘銀百兩,命分巡包僉憲裕新之。仍檄上巡撫陳都憲德新相成之。不半年，廟貌殿宇煥然一新，宏敞壯麗。若非全卿與王素有夙契，抑何感遇之深也耶！

吴文定公知大體

余鄉吴文定公寬，字原博，遷吏部時，群議公以為久處翰林，恐未諳政事為歉。時河南耿公裕為太宰，務為寬恕。一日，除進士六人為王府長史。衆方以甲科矜傲，聞有此選，甚不平。同詣部堂，譁然辨論，不肯就職。極言偏私，選推不當。耿公惟安慰之。衆愈侵侮。文定正色曰："諸務進取，當自重。賈誼、仲舒亦曾為王傅，然名高百世。而諸生縱傲，折毁主司，厭棄斯職，使舉從人自擇任耶？尚不思汝輩吾所取士也，所學何事！"因謂耿公曰："諸生縱肆，甚傷政體，當奏處之。"明日上疏，降旨以為首者從軍，餘者從吏。綱紀大振，人始伏公。今遷入東閣矣。又黄巖謝司丞鐸字名治，嘗以吴草廬仕宋復仕元，節義有乖，不能從祀列。言于朝，詔下禮部會議，館閣九卿翰林諸司等，時文定與焉。倪太宰岳字舜咨，時謂文定曰："古論從祀，惟有功于聖學者宜之，未論過失也。若以失節論，如漢楊雄改事新莽，則前以為不當從祀。然嘗以其協聖因之耳。"衆是其言。又威寧伯王鉞罷黜居久，弘治間恃所親當國，覬覦復用。自陳有功於國，受讒廢棄散地，欲乞復爵，以圖報效。疏上，詔下吏、兵二部會多官議。衆皆畏縮，不出一語。文定獨曰："若論威寧之功，在先皇時已嘗論草，今乞復爵，當考自後有何功勳，如念先功而後爵，則今上改元皇令也，無從奏。"諸臺諫復從而言之，事遂寢。已上三事，足見公知大體如此。

松陵吴廷用高潔

松陵吴廷用璋,家貧廉潔。一夕,有二人來投宿,廷用素未相識,因留止于家。與之夜飲,問之,知為本邑五區民趙六昆季也。天明,二人别去。忽遺一布囊,廷用舉之極重,藏不敢發。時天大雪,廷用即操舟速抵其家,趙六昆季正在驚惶無措之際。欲追覓,值以雪天無船可渡。適報客至,出迎見是夜來借宿主人。廷用入内,坐問其失,重六百餘兩。復驗其實,解囊還。趙舉家泣謝,仍以百金奉酬,廷用力辭不納。趙六延款二日,備禮送回。兩家遂成交好。廷用家貧,高潔如此,豈非篤義君子乎?今廷用子洪字禹疇,登乙未進士,歷任工部侍郎。孫永巖繼登正德戊戌進士,其將來顯達未可量也。斯蓋廷用積善之所致云。

楊少兒獻馬

正統己巳之難,京軍楊少兒者隨駕在軍。少兒年少有膂力,頗精武藝,亦為虜人所擄,遣少兒同虜人三十輩牧馬于西山。一日,少兒與虜人廝跌為戲,少兒屢勝。其人刲羊歃血,呼少兒同飲,蓋欲示甘心焉,且令少兒無鄉念也。自是虜人遂無疑,托馬千數與少兒牧。頃越六載,少兒糾同被擄六人相與結約逃回。内三人俱亦有膂力。預選良馬一百三十匹,一夕乘大雷驅馬而逃。恐蹄跡為虜所識,復縱群馬散走雜亂之,以絕其來追之路。乃馳奔黑松林,伐藤枝以繫馬而過流沙河。馬為牽制,溺。少兒奮力斫前馬,藤斷驅渡。群馬次第登岸。虜人果追至河,見冰解不敢進,第發箭如雨,不傷一騎。少兒日夜與三人趕回。少兒家與仰山去相對,其母俗呼楊麻婆,賣燒酒為業。少兒到家已暮,門閉,因扣門呼母,知為少兒久處虜廷,疑其已死,遣其妻改適未行。及聞少兒呼母聲,以為鬼，不敢啟。少兒呼之急，母啟門視，因抱持大慟，改適之事遂寢。少兒且以在虜及盜馬奔回之故告母。母喜，謂少兒曰："今將諸馬何為？"令少兒以盡獻于朝廷。朝廷止納其半，餘聽其自售，詔特永蠲其役云。

張布政一門死節

曜州張純子某，少有學行，尚氣節。國初以人才詔赴京師，初試部職。建文時歷仕雲南布政。永樂初召回，臨行與妻子曰："吾荷蒙先帝知遇，起自草野，一旦叨此重任。今國事已移，去則何為？惟一死以報國耳。"偕至鐘山，下有深淵名龍潭。張乃沐浴，具冠服，向淵慟哭，再拜，投于淵而死。其妻與二妾四男女見張投淵，皆大慟，繼投。家人及隸卒各二人咸慟哭云："相公、婦子輩皆為國亡，我輩不為相公死乎？"亦把臂連死于潭。嗚呼！千載之下，孰謂無田横者乎？

樂官陳儀存義

歷陽徐尚書某，忠義之臣也。建文末，文皇帝怒其潛匿六龍，縱教坊子弟群亂其妻致死。止遺一女，年止十三，俾屬樂籍。其樂官陳儀者，陰眷其女，不令玷污。洪熙初，遇赦擇嫁良家，尚童女。儀為倡籍，執義如此，他人可不戒哉！

戚宗陽治異疾

江陰戚宗陽為本縣醫學訓科，鄉人有患蠱癥者來求治。宗陽診之，知其非蠱也。詢其飲食如常，乃以石榴皮、楝樹東行根、檳榔三味等分煎服之，即瀉下一蟲，長丈餘。疾遂愈。亦奇疾也。

王遊擊認父

遼東遊擊王將軍冀，軀幹雄偉，長逾七尺，巨目髫鬚，面濶而黑，方口大耳，人望之儼如玄壇神也。智力過人，每臨陣無不捷，功賞居多。且孝于母。一日，帥府視事回，省其母，太夫人尚寢，侍問其故，恐兒輩不能孝養而致疾也。太夫人不答，王侍立久不去。太夫人乃曰："我欲不言，終昧其事，我心不安，言之則傷汝心。汝今日享此官爵，非汝父祖世蔭。吾初與汝父在軍中，為王父掠來，吾娠汝八月矣。時王父為帥遼陽，置吾後室，已而生汝。王父妾媵雖多，然無子女，因以汝為己子。王父喪，遂以汝襲其官。汝又多能，至今日富貴。汝寔趙某子也。汝父亡過幾四十年，生死未可知。吾昨日出廳前與媳婦閑行，見牧馬老卒，觀其容貌，仿佛汝父也。欲呼問其來歷，因不曾與汝說此情。汝又不在家，故不問及。汝可呼來訪，其端的是非可知也。"王即出呼老卒，詢其原戍、姓名、妻子、姓氏，今何居此。其卒歷言正統初攜某妻氏自濟南衛來戍于此，妻方有娠七八月來，未知男女。為遼陽將軍逼去，至今四十餘年不知妻子消息。某孤苦貧老，執役麾下，亦不知歸何所。因淚下如雨。王起告其母，母出，復詢其寔，乃相持慟哭仆地。王亦悲切不勝。乃請老卒入廳，令左右具澡浴更衣，出廳坐定，夫婦子女參拜，復告兩家家廟。宴訖，自陳乞改姓、辭爵，自補趙氏軍伍，再獲寸功以圖報。稱疏上，朝廷嘉其孝義，降詔俾仍原職，復姓趙氏云。

太祖高皇帝埋宋諸帝遺骨

高皇帝擴天地至仁，于洪武二年間遣工部臣谷秉毅輩將臣吳勉，追索宋理宗飲器于西僧，將藏之。明年夏，詔江浙行省復藏于宋諸陵舊穴。先是，至元二十二年，奸僧楊髡者，與丞相桑哥合謀，言宋諸陵有寶器,宜發之。以諸帝遺骨建白塔,共瘞于塔下。殉葬寶器俱為剋取。以理廟頂骨為飲器。飲器,溺器也。高皇怒其惡逆,特頒是詔以庇之。學士景濂作傳略異,因附書于此。

黄河套諸虜

黄河套其邊有銅橋壹所,橋上水高五尺餘,若進征馬渡,僅沒馬腹。惟楊洪季子名小熬頭者識此險,餘皆絕行。諸虜部落皆無定居,惟哈哈一種套中。蓋漢人流入其部,因諸耕衆,故得久居,名雜虜也。我朝至今不能制西邊,常被其擾。有七瓦臘正宗已被也先所滅。尋滅于鐵太師。其餘如哈利知院、脫脫不花五郎、汙朵陽皮兒馬,哈利其開國璽在鐵太師所。

達人貢馬

景泰辛未,達人三千稱貢馬而來。西邊將官拘頓其兵杖甲馬,止令馲馱千餘至烏蠻驛安歇。數內一達婦見驛卒一人廝像其夫,因密與詢問。卒見其胡妝,況相别歲久,疑不敢認,婦復說父母公姑及夫姓名,始與對泣。婦乃告其夫曰:"此來達兵人兵仗雖頓西邊,其鞍屜皆藏利刃。復有二千騎潛伏在邊地,以為救應。可急告朝廷。"卒遂白于主者,轉達于朝廷。命官搜檢馱鞍,中果有利刃,盡為所括。詔京城總兵等官及各邊臣設備,達人徒跳哭而已。

霹靂斧

開平衛去西三百里有雷楔山,亦有雷楔墩,俱被火所戕,積累而成者。石斧稜有竅,色青,或圓或扁,或六稜、八稜,似人造者,如江南人掘得霹靂碪者是也。每歲夏月,雲起山上,雷發其地,人皆倉惶不可當其轟裂之聲,多被震死。人云雷神取楔也。余向每見霹靂碪，莫能究其跡，今知此始決疑。斯亦鬼神所造也。

三 敖 頭 驍 勇

宣府鎮守彰武伯楊信初襲封時，年止十六，已提兵駐三叉口。與虜戰失利，反被執，縛樁上欲行開剝。三敖頭在山上望見衣朱者被縛，因疑是信，即彎弓躍馬下山。發矢正中執刀者，應弦而斃。其四尚環擁信，敖頭盡射殺之。信之命在須臾奪回，若神力也。敖頭乃楊洪養子也。其先漢人，為虜所掠，復逃回，為洪子。累立功，為指揮使，使管馬營。楊氏之功，敖頭居多，百戰百勝，驍勇蓋世。正統己巳病卒。是夕天鼓鳴，三大星隕地如車輪，光焰燭地，四野皆明。武當代名將，惜未及厚爵以旌其功，止于是而已。故有識者傷之。

李 實 失 臣 禮

蜀人李實微時，嘗傭于商舶，為新淦魯澤厚廝役，專事燒炊。緣其性慧口捷，甚得澤厚心。其後又代人為膳夫，供役邑庠，見諸生讀書，便能成誦。澤厚愛之，令其自學。夤緣補充生員，遂得登第。初澤厚嘗以實命雜于他命，令星士推之，乃云此命後貴，當至都憲。人皆非之，戲稱實為都堂。既登第，人始奇焉。後官果至都御史。正統末使虜，見英廟甚失臣禮。人由是薄之，蓋其終為山野云。

中官王振誤國

正統己巳七月，英廟北巡者，始由中官王振之請也。振蓋禹州人，欲上榮幸其家，因言外有山川之勝以啟茲行。上駕至昌平下營，其夕軍中俄驚三次。明日出關，至天城羊河，虜已卒至大同矣。

總兵石亨與戰，皆不利。聲息聞大駕，遂詔班師，至雞鳴山下，虜追至。成國公朱勇分兵十萬，逼雉兒嶺。虜陣上，或因出陣于嶺下。羊河者，深不可測。虜于嶺上舉檑石墜下，其聲如雷。我軍亦自相蹂踐，如波浪前後被壓，不戰而斃，片甲無遺。虜亦乘虚來襲雞鳴山。駕起至土木，忽一巨鳥自東飛集寶纛上，左右將射之，其鳥飛去。虜兵逼來。上在板輿，飛矢如雨貫。上乘馬與王振從行，一帶刀指揮某怨振誤駕，捽振下馬，腰斬訖。上驚，虜兵已執上矣。上自稱是皇帝，虜不敢侮，護送也先處。一夕，也先將犯駕，忽大雷擊死也先所乘馬，遂寢其謀。又一雪夜，復犯駕，至見一大蟒蛇圍繞上所四匝，亦驚怖而去。也先自知天命所在，知所敬畏。進食供膳，添置供帳，稱曰天王。也先母乃嘉元興軍婦，為虜掠去，生也先，常戒子曰："當知天命，宜敬大明皇帝。"于是上獲無虞。信然，真主，上天護佑，豈虚語哉！

邊軍勞苦

各邊軍士從戰，身荷鐵甲、戰裙、遮臂等具，共重四十五斤，鐵盔、腦蓋重七斤，頓項、護心、護脅重五斤，弓撒袋、箭袋重十斤，腰刀二斤半，蒺藜骨朵重三斤，箭筒一斤，戰勾連綿衣服上下共八斤，通計八十八斤半。余聞之征人，因偶成一篇，用志邊軍勞苦云："從軍草從口外軍，身挾戰具八十斤。頭盔腦包重得之，頓項掩遮以五倫。惟甲所備四十五，腰刀骨朵三四均。精土精鐵始合度，日夜磨淬光膀銀。二五弓箭及其服，隨身衣裳八乃足。仗多身重難負荷，還須馬上看輕速。銀妝醜，煙供麵，得飲馬溲喉且沃。將軍令嚴隨鼓進，誓與羯胡爭一鏃。此時顧功不顧身，刀痕箭瘢無好肉。歸來性命萬死餘，便使封侯未堪贖。江南一體行伍人，美食好衣何苦辛。將錢買月自遊蕩，有眼不曾識戰塵。聽談邊軍人不信，亦莫感愧朝廷恩。”

虜人易足

虜人最貪，得一肉必以熟之，合一家大小傳割一臠啖之。餘帶骨者仍與老者，用刀刮其壙屑以此為飽。至晚卻吃酪彈子，以羊為酪，曬乾為之。味醋能生液，可止渴，亦止飢。如此而已。其腸細，平生無撑腸之飽，故易足也。

石田翁客座新聞卷第三

楊客還子

徽州楊客,失其名,在嘉靖年間買一妾,年十九,華麗甚美而有娠。帶歸,育生一子。主母之子甚衆。其妾乃蘇州閶門内蔣家之婢也,蔣因無子置之,其妻盛悍無狀,待夫出商,將妾賣與楊家,易銀三十兩。蔣回,不知音耗,甚惆悵。年該六十而無子,往清嘉坊張東谷星命。東谷曰:“此命有子二十年矣。”蔣曰:“我有一妾,有娠三月被妻賣出,不知有無。”徽州楊客亦在側,坐聞說其情,即其妾也。楊即還蔣其子,面貌與蔣一般。蔣厚贈楊,楊不受而去。

楊家軍有規矩

邊軍之戰,惟時馬上發箭,但宜搼弓確箭地步方發,不肯虛一矢。如漢軍開弓,兩手垂下,搼滿始崛起發箭,亦能以臂護兩脅。其達使刀,止亂砍而已。漢人一手以刀,一手以骨朵,使動上下,相撒有法,無空舉者。不斬其頭則斫其足,箭至又能隔落躲閃。此皆楊家軍之能事也。楊家軍一奮當前,雖執促亦不退,蓋有規矩而令嚴也。

千年鹿

景泰中,口外進一鹿,項上銀團牌書元宗年號,此鹿乃臘者于山中網獲。至我朝又益一銀牌，亦書本朝年號而縱之。又聞通州一鹽商從安東場來，見鹿一群，中有一大白鹿，項上有銀牌，見人馴繞不畏。其人欲取箭射之，群鹿遂飛躍而去。彼地相傳有曾獲此鹿者，所懸牌志唐時年號歲月云。

雷擊妃棺

景皇帝有愛妃某氏，薨，葬天壽山塋兆。役夫七千人，經六月始訖工。自始至終皆陰雨，無一日朗霽。役夫勞苦，多死于途。及將葬，又役三百人。先期皆露宿以候。忽大雷雨振地傾盆，送葬百官俱驚仆不能行，妃棺亦覆于地。舁起則棺已空矣。此豈祖宗在天之靈不容瀆污陵寢而致然耶？天順改元，發之僅三日，其地即平矣。較六月之工何如哉！妃棺遷西山，葬以庶人禮。玉峰朱希仁為北平訓導，目擊其事，為予道之。

朱希仁夢

朱希仁需選京師，夢登高崖，俯視大江，波濤洶湧，驚怖而覺。明日進部，有臨川之除。

魯般石棺

天順辛巳，河南大雨，有壞襄陵之勢。潁上縣去治四十里，崩絣出一石棺，上題“魯般”二字。骨襯俱無，歲遠澌滅之矣。

威寧伯禦寇

威寧伯王公鉞，一日與保國朱公領兵一千同視邊城。達兵猝至且衆，保國一時不能措，謂威寧云：“且走。”威寧厲聲曰：“閉嘴！”即揮兵上山，連兵扎山麓嚴守。威寧曰：“若走，被其長驅入城，此禍誰當？我今已占上游，與戰必利。”遂驅兵下馬，于中選勇士三百，自將于後，餘七百人保國帥而前。俱令銜枚，不許前兵反顧，顧者即斬以狥。務使一一如魚貫，少有參差亦斬以狥，列為陣行。時已向暮，達兵備解。威寧急命諸軍從山後依前令。軍行五十餘里，始抵城下，不失一人。威寧纔曰：“幾乎陷阱。”明日謂保國曰：“若一時愴惶亂走，人心不定，達兵追來，我兵無紀律，必致爭先自斃。今乃卻軍排次第而行，不擾亂。況我以精兵押後，人必齊心。令其下馬而行，則蹄輕無聲，故彼不覺而我得安行矣。”威寧一時應變之機，從容克濟，有古名將之風。其初峻遏保國，及歸，有幾致喪師之言，誠矯情鎮物人傑也。凡達兵事急，能致風雨突圍而走者，蓋有𩓞丹隨身耳。𩓞丹者，為馬腹所產之物，用之念咒，即致風雨，如狗寶牛黄之類也。

嚴提學批卷

嚴提學淦，嘗歲考江南。一生無文，呈白卷而出。嚴批其卷云：“孔子好學，老而無倦。今子未老而先倦矣。”至今傳為笑談。

余子俊收蒲四①

兵書青城余子俊知西安，時朝廷命總兵某帥師征蒲四，公從征督餉。蒲四據二山，臨高禦敵，矢下如雨。我軍氣奪，將官不能為計。公謂曰：“必使攻下二山，我據上游，其勝可得。”將軍請計。公曰：“要功在賞也。我有銀二千兩，願募勇士能奪山者，先給與而後紀功。”將軍即選勇士二千人，令上山，攀緣入巢，夾攻奪佔一山。其一尚為所據。公曰：“更有銀牌二千餘兩。”復募衆卒夾攻其山，亦下。衆卒歡呼奮勇，軍容大振。將臣又慮其飢，公曰：“我已備糗飯二百車，以蜜而和者，便可飽而不渴。”士卒咸有死戰之心，故卒成功。將臣曰:“此余知府功也,我有何哉!”先是蒲四惟恃一泉為飲,率健士三百往探其源而堵塞之,蒲遂跼蹐。公之料敵取勝,出人意表,有如此者。

① 原注:疑是滿四。

郭女貞烈

南陽郭氏名妙才,年十六,許嫁郡人某氏子,未成禮,其子病殞。女之父母往慰問之,女即經于室。里中父老具貞烈走白郡侯。時藍縣段公堅子久,知府事,疏其實于朝。詔旌表其門,永蠲其役。賜白金千兩贍其家,立廟祀女,復列祀郡中節義者,歲時致祭。以其餘分賜諸節婦家以為常。段公為人剛毅,立心行己以古人自溢云。

水溢

弘治戊午夏六月十一日未時,吳城內外,河、港、潭、池、井、沼水忽泛溢二三尺許,似潮非潮。其後聞松、常、鎮、杭、嘉、湖、徽諸郡,及金陵皆然。惟沿海處有四尺,俱不越日。特經一時千里相應,豈蛟龍妖異所致歟?抑水為陰物,過多失常,恐為災耳。

徐富九知幾

玉峰巨族徐君富九,元之遺族也。所居田連千畝,園池亭館,非止埒封。洪武初一日,乘馬入州,見道上一蚯蚓長而且大,其色如血。富九心甚怪之,因馬驟行不能締觀,猶回首戀戀不已。後見一婦人俯身若有所拾,富九勒馬以待其來。詰之,婦不能諱,乃出一金釵曰:“此恰拾者。”富九聞言,縱之使去。嘆曰:“精金為貨能神變耶？見而不我得，歸于一婦人。我時往矣，我禍速矣。”歸以田產盡散族人及貧乏者，穹堂邃宇一火盡之，孑然如素貧者。越三月，朝廷廉得豪富，籍其家，至則蕩然一空。竟以獲免全生，以終天年。時使還，太祖曰：“此老能知幾乎？”已而止之。

桑民懌嘲富翁

弘治中，常熟桑民懌通判常過富家，見其碌碌置田產，為號遺之曰：“廣置田莊真可愛，糧長解頭專等待。轉眼過來三四年，挑在擔頭無處賣。”近年民家有田二三百者，官師報作糧長、解戶、馬頭，百畝上下亦有他差，致彼陪貱不繼，以田典賣輸納。再不敷者，必至監追。限期比較，往往累死者有之。往年田值銀數兩者有之，今止一二兩人尚不願售者。其低窪官田願給與人承種辦糧，不用價人尚不欲售者。其柰朝廷供需歲增月益而皆取于民，民以奉上，民賴資以養生。今民不堪命，以致傷生破業。民懌之言雖曰嘲之，切中時病。嗚呼，惜哉！

顧袁州夢驗

余鄉顧雲崖參政福，字天錫。兒時，其兄袁州太守禎，字天與，未第時，常夢放榜時有天錫名，鈐印處被硃濺其名。後天錫登第時，果名在糊縫處，有鈐印為硃濺，其驗如此。

徐敏叔陰隲

常熟徐敏叔，家素豐裕，為人寬厚，有長者之風。初為萬石長，邑人推為總收。時有司賦布折糧，民悉統于敏叔，所收頗獲厚利。敏叔曰：“使利獨歸一人而致千萬人破費，吾何心哉！”乃令各區民自織造輸納。因不納銀錢于總政，轉售布而納官，其利率歸于民。

民甚便之。後欲復舊例者,收銀錢而不用布,民怨之。事敗,過及敏叔。各區民數十詣行臺,獨爭敏叔,纖芥之利不取,愛民如子,民戴之如父母,乞貸其罪。部使者見民之懇懇,遂釋敏叔。令其巾服東向而立,使衆拜之以謝。復令縣宰以羊酒旌賞,送之其家。敏叔所為,非獨布税一事而已。凡歲租之入,與夫濟急問窮義舉之事,不吝頻繁,治家嚴整,延名儒教子弟若孫,為邑冠。子名某,字公肅,登丙戌進士,歷給事中,都御史,終工部尚書,所至有聲。某終知縣。孫二十人,某為知縣,餘為邑庠弟子員者數人,咸有文學。他日接武,未有涯也。皆敏叔積善所致云。

趙婦貞節

前府督王公信,忠義士也。初鎮襄陽,有聲于時。後推總督兩淮漕司,督運有法,上下感之。公仲女名某適北京義勇衛指揮趙能子繼恩為婦,貞婉賢德。繼恩性不羈,日夕眷戀妓館,一日疾作,醫弗能瘳。王氏侍奉湯藥,無憚晝夜。繼恩感之,謂王氏曰:“吾本無賴,與夫婦之情甚簡。今汝怨于吾,早暮反累于汝,吾實愧之。”王氏曰:“惜玉憐香,此公子少年事。吾今勉奉湯藥,整夫婦之禮,何必念之。願公子善保尊體,慎勿多思。”更以百方慰解。既而病亟而沒,時王年僅十八,即絕飲食,以死自誓。翁姑慰之曰:“汝雖無子,我更無他男,汝死無益,奈吾夫婦老矣。”王終不食。翁媪又出所蓄萬金與視之,曰:“汝既死矣,更托何人。”王曰:“義與金孰重孰輕耶?”夫婦無計可留,乃設宴延親黨聚勸王食。王終不舉筯。一夕,候諸婢睡熟,自縊而死。有司聞于朝,賜詔獎曰:“王信素有忠義之名,女亦有忠烈之美。”命有司旌表其門云。

樂婦鄧氏守節

南京教坊司樂官劉真子娶鄧氏女為婦,有絕色,然有淑德,誓不習鄭衛風。畢姻後踰期而卒，方娠三月。游者重挑之，鄧厲聲叱曰："我非爾輩所誘者！"真夫婦謂曰："我行院人家，衣食於此，爾安可發此言以絕人耶?"鄧曰："行院豈非人耶? 是人常為之，我終不為他人污濁之。幸天佑得生一子，尋個乾淨門戶為丈夫，公婆撐持，不使終為下流也。"真不能強其素志。後生一女。真復曰："生女則無望也。"鄧乃削髮毀容，乃絕郡念。自是閉戶，足不逾限。撫女既長，教習女工，使讀書知禮義，不令外蹈風塵，綽有母志。斯豈謂沙礫中無銀金耶，豈非鐵中錚錚者乎?

怪樹生子

宣府去西四里皆野地也，有大樹數圍，不知歲月，月夜則中出火光，高數丈，里人以為怪。昌平侯楊洪命伐去之，流血不已。樹中有一小兒啼哭于其間，侯命收育之。迨長，有膂力，善騎射，精捷敏給。以功授百戶，累遷指揮使，鎮三邊，屢戰捷有功。

爐火之偽

予嘗聞人多為爐火所惑，甚于酒色。為丹客者，初見人則大言以愚之，遂談神仙秘術，點鉛化金，令人小試。以銀一錢熔于罐中，投少藥，傾之出，皆黑油包裹。擊開，內有金豆一顆，稱重如數。其油再入紅銅一錢，併煎之，傾出復是油裹，擊白銀一錢。仍以原油更加鉛一錢，一併煎如故，傾出得銅一錢，名曰"金蟬王蛻"。貪婪愚魯之徒，無不為其所惑。大則傾家廢產從之，雖死不悟。其輩中市語云"居二"者，非真事也。盜始投之藥，自以黃金為主，用硫磺炒過則色變黑，以蠟為丸，明以銀為劑，入火投蠟丸同煎，其金體重而凝于中，銀力輕則隨硫磺作油於外矣。銅鉛之力輕重勢亦如之。人有長生聚寶盆者，以灰築鉛池一個，用鉛三四斤于池內，續入銀半兩，火之夾熔。候面上黑光消盡即止火，待其將凝成一餅，以物于面上撥為一小竅，取餅出置灰缸。每以水銀一兩或五錢，注于竅中，覆以磁盞，足中貯以水，四面温火養三四晝夜，火絕水銀即死，再之成銀矣。取之，鉛池中所蓄前銀皆耗散矣。此子母相盜，其氣自然而過，亦非真事也。又有水銀放綿紙上，就火炙之。水銀滋滋作聲，少頃，漸凝結，沍傾地上，再取煎之，則是白銀矣。紙尚無恙，蓋丹客漸于銀箔鋪以銀一錢，曷其回殘末一錢，令挹入。水銀見火氣作聲以為煙，自走去也，止留回殘銀體煎之。豈非銀乎？貪愚之人被其玩弄，迨老不悟。故稱其事，以曉愚夫。尚有倒換鼎罐、下包象子、以銀作銅之術，不可枚舉。

畜類相制

弘治己酉，西番貢獅子，其性怪險。一番人長與之相守，不暫離，夜則同宿于木籠中，欲其馴率故也。少相去，則獸眼異變，始作威矣。一人因視之，其舌略粘面皮，已去一半矣。又畜二小獸，名曰“吼”。形類猊，兩耳尖長，僅尺餘。獅作威時，即牽吼視之，獅畏伏不敢動。蓋吼作溺，著其體肉即腐爛。吼猖獗畏雄鴻，鴻引吭高鳴，吼亦畏伏。物類相制如此。

石田翁客座新聞卷第四

閣老餅

閣老瓊臺丘公濬字仲深，嘗以糯米，不拘淘淨，挾水粉之瀝乾。計粉二分，白麵一分，搜和團為餅，其中餡隨用，熯熟為供。軟膩甚適口。公以此餅托中官獻，上食之喜。命尚膳監效為之進，食不中式，膳者俱被責。蓋不知丘公之法制耳。因請之，公不告。以故中官嘆曰："以飲食、服飾、輿馬、器用進上取寵，此吾內臣供奉之職，非宰相事也。"識者貴其言，由是京師傳為"閣老餅"云。

李翁改築

金吾衛軍餘，茶陵李淳西崖閣老之父也。微時為渡，嘗見一婦人早渡午歸，迨晚復渡，如此者幾月。一日，詰其故，婦曰："有夫繫獄，日往給其飲食，又復歸膳翁姑耳。所以不憚勞苦。"李聞言甚憫之，遂卻其直，早晚任其渡。他日，一叟見李，告曰："聞汝素有善念，必獲善報。汝有親未埋，吾當為汝擇地，瘞之後，當有發。"因與擇某山，指曰："有白狐臥處即佳境也。汝可潛埋親骨于中。"李一夕往坡，果見白狐穩睡不起，李恐天明人知，因折柳枝有聲，狐驚，聳身三立而去。遂即其穴埋之。明日叟來詢葬事，李告以故。叟曰："俟狐自起乃為妙，爾今驚去，當中衰。汝子當不失三公。"今西崖位極人臣，其驗如此。

吞珠割腹

英廟時,御用監太監林某,嘗使廣東,偶得一珠,圓大光瑩,絕世無比。每自稱愛。嘗以大草為囊盛之,以壓龍褻。未幾疾作將死,猶戀戀于此珠,潛吞之。死後,家奴有知之者至,夜以刀剜其腹,果獲此珠。噫!尤物害人,死亦就戮,慘毒如此。書之以戒世之急于玩好者。

賜廩終身

廣東方伯餘杭邵公某,考滿挈夫人待次京師。生一子,纔三日,忽一夕,公夢服緋袍入見,俄有一人在上指公曰:“此人可大用。”既寤。明日當朝,見班中惟公服緋。上見屬賜問,問及其子,公奏曰:“臣纔至京,生一子,甫三日矣。”上喜,詔有司月給其子米一石飼之。公之子即幹也,後終禮部尚書。雖位極厚祿,其月給之米如昨。嗚呼!人之享天祿,數也。然始生三日而即給祿以飼及終身者,福之至厚者矣。

成國公嫁棄女

成國朱公儀,字炎恒,守備南都。一日,儀從出行,見一女年數歲,哭于道右。公呼問之,乃知為遺棄者。即囑中城兵馬郭諭收養之。俄至年十八,公備厚資擇嫁南京府軍前衛指揮錢本為妻。夫一遺棄之女,賴公能存其生,且得良配,公之德何厚歟!

歐千斤鬭勝番人受官

歐千斤者,洪武初京師列校也。幼有膂力千觔,因以呼之。城中少年數輩欲侮歐,歐乃脫衣,以手挽廊柱,挾衣裾壓柱下,衆皆驚惶走避者。適西域貢回回善撲跌者,自號“鐵肋漢”。朝廷募歐與較。歐見其人,即奮引拳向其人,其人以手接拳,擎空而擲,遂起靴尖乘勢反踢中其喉。其人遂仆地而死。歐尚僵立,面色不改。高皇喜甚,即日詔改太倉衛百戶。後雖老,嘗乘馬過獨木板橋,馬跼踏不能行,歐以右臂挾其馬,高步而過,人皆偉之。

楊文貞公

國初以來,開科取士,場中文字不分南北,皆以一例取人。至正統間,右相廬陵楊文貞公士奇始奏分南北二例考取。蓋北卷文不務華,南卷往往務勝,北卷遠不能追。此例一舉,則南北參取,不至于比對不侔矣。及今遵守不變,斯亦文貞之盛德也。

太宗文皇帝知相

文皇靖難時,有將官劉剛者①,勇力絕人,功業甚著。後授官中軍都督僉事,久鎮遼陽,心甚不平,因內侍狗兒乘間言于上。上曰:“朕觀劉綱相貌甚薄,朕豈負功吝爵者哉。蓋愛惜其人,欲多留侍朕幾日耳。爵高則滿其志,不能盡力矣。”既而倭寇犯邊,綱率師往討,一戰擒之,誅其類無遺。遂詔封廣寧伯。爵封之日,綱拜家廟不能起,次日薨。文皇嗟嘆久之。以是知文皇之聖明也。

① 按:“剛”當作“綱”,從下文。

李善長廢塔

洛陽婆奶寺有石塔九級,國初丞相李善長奉旨建周王府,凡近郡碑石之類悉毀充灰料,塔亦不能免。初撤塔頂,內大書:“洪武年月日,韓王拆至此,再不許動!”李公大驚異之,遂止。後李公封韓國公,其驗如此。

胡忠安公格言

毘陵白司寇昂為進士時,往候鄉老先達大宗伯胡忠安濙處世之要。忠安公曰:“多栽桃李,莫種荆棘。”白公嘗對人稱:“忠安斯言,吾服膺拳拳,終身享之不盡。”豈非名言也哉?

李尚書詫言

大宗伯雲間李公志明,永樂中與修《大典》,嘗入掖門,為閽者誰何之。公對曰:“修史官。”後公以事落職平巾,仍修國史。閽者問公,第云“修史人。”時人譁然,以方言為“羞死人”。迨今傳為故事,又以為笑語云。

蜀中神童

四川敘州府學生某,生子纔三齡能宿記詩書,但題一字,則隨口諷誦。吾崑吳惟謙愈為郡守,亦嘗召至府中,稱一“風”字,其子即應聲云:“風飄飄而吹衣。”惟謙道數字,皆隨口而對所記杜工部詩。迄今不知此子何如爾。

淮陰朱氏孝友

淮陰右族朱氏,郡呼為“賣柴朱”。昆弟三人,孟曰志先,仲曰志同,季曰志完。雖承父命異居,而心協氣和,比為商賈,少讀詩書,然知禮義,兄弟自相戒曰:“兄弟三人,不幸有衰替及一切禍福,各相援助,誓不有辜先世遺澤,以貽他人之笑。”而三家生子五人,迨長執之如故。後志先家事日落,二弟仍具白金四十兩與之,復合夥為業。不二年,志先家道復振。三家各有二萬之資,由是子子孫孫及曾玄累世至於今，幾百年不衰。夫世之簪纓之冑，雖曰累世，尚有衰替，蓋亦莫知禮義耳。觀於此能持義以幹旋裨補，不使虧損，可謂奪造化之功者矣，夫仁義何物哉。

趙千戶妻忠烈

遼陽城去東四十里有堡曰東安，廣衛軍千戶所趙忠所守也。正統中，虜來犯，堡被圍，勢亟。忠妻某氏自登堡城，覘其緩急，見事不可，乃歸其家，嘆曰："我婦人，一旦被其擄去，辱身以及國家，吾何為哉。"即以藥一男一女，然後自盡。虜攻城益急，忠下閘其圈門。虜聲言聚兵門下，忠乃驅衆登城，縱火投城下，復以火箭射之。虜未及備，解圍去。總鎮某以其事白于朝。詔旌表其門，乃進忠為指揮使云。

顧成章俚語

常熟顧成章者，善戲謔，能以俚語為詩，極有思致，誦之令人絕倒。然亦以此薄德，其一至嘲人過失，數受罵詈，亦不經意，談笑自若。所咏貧家姑嫂不合，以致分居者云："姑姑嫂嫂會虀糟，日日咀嘈要八刀。拆散一雙生鴨對，分開十隻小雞逃。換灰芝亦論窠數，糞油油還逐滴毫。只有喜神無用物，大家都把火來燒。"又咏人家不檢束使女云："兩腳鏖糟拖破鞋，喇乖像甚細娘家。手中把飯沿街吃，背上駝孥着處挨。間壁討鹽常借楪，對門兜火不將柴。更兼換糞多兜釟，扯住油瓶撮撮篩。"觀此等語，皆吳中鄉音湊合者，其機巧可知。右族以此學作詩，當有過人之性。錄之以示薄德子弟，惜其錯用心也。

同年夢

遼陽佟珍字時貴，與崑山吳瑞德為同年進士。佟任黃州通判時,夢人以女半遺之。佟不能解。後任蘇州府同知,始悟同知為半郡,女為汝也。吴江洪禹疇亦與德徵為同年,初登第時,禹疇夢德徵所佩牙牌上書"吏部都水司",後德徵除南京吏部考功司主事,轉北京工部都水司員外郎,遂告病歸。二夢之驗如此。

安亭富民知幾

洪武初,嘉定安亭沈萬三,元之遺民也,富甲一郡。嘗有人自京回,因問何所聞,其人曰:"皇帝近日有詩曰:'百僚未起朕先起,百僚已睡朕方睡。不如江南富足翁,日高丈五猶添被。'"某嘆曰:"已兆萌於此矣。"即以家遺諸僕幹掌之,買巨航載妻子遠游湖湘而去。不二年,江南大族以次籍沒,獨某獲全終。其亦達而知幾者歟?

陳僕善處事

陳子壽者,崑山陳濬卿家僕也。陳故崑山之大族,與同邑徐富九家相勝。徐嘗置產,盡有馬鞍之地,四趾無遺隙。陳有園圃,山麓為徐所隔,不便于行。陳因治厚禮,遣子壽往求徐之通道。子壽至彼,告其門者曰:"吾主久未及修敬于門下,特遣馬足以薄禮將申微敬,幸為我道爾主。"門者入報,徐出見之,亦令家幹陪之。飲食間,子壽達主意,幹入白于徐,徐怒出,呼子壽辱駡再三,加以叱咤。子壽回見主,略不道其辱駡之由,但云"彼意已久,更過幾日來議。"又匝月,陳復修盛儀遣子壽往。徐見其不懷前忿,復以禮來,問曰:"吾向辱汝,曾告爾主乎?"曰:"僕將命者使,咤非辱吾主,只是辱命者,安敢匿而不告。"徐曰:"汝主何謂?"曰:"吾主聞之,第云:'求于人,雖百往百辱不為恥也。尚當躬謁請罪,何恤使人哉!'"徐為之感動,曰:"彼卑辭厚禮至再,且辱之而不校,吾焉膠固。"遂與之道而由焉。子壽返命,陳喜。自是兩家通好如一。子壽可謂善於處事者矣。

孫經兄弟孝感

海寧青墩孫經,農家子也,父早歿,弟緯奉母以孝聞于鄉里。其母忽嬰一疾,醫莫能療,嘗時忽思食一物,得則無恙,少緩則疾作矣。由是二子竭力營辦,諸品咸備,一俟其欲而即奉焉。嘗欲大蝦為湯,二子正務農之日,即撤工周行,不倦數里,并諸坊市,俱無所覓。二子憂之,驚惶無所措。遲疑于門,見水際忽動,競脱衣入水撈摸,得數尾巨蝦且鮮。喜不自勝,將入治饌以供。其母賴其孝養,存活數年。嗚呼!古之冰鯉幕雀,載之典籍,以為後世奇事。不意二子務農細民,不知經史故事,而其孝行有以暗合古人,且感動鬼神如此。是宜其家日饒裕慶延,子孫必膺高門之址,如晉之太保者。二子其勉毋怠。

石田翁客座新聞卷第五

張明善諷諫

偽吴張士誠據蘇時,其弟士德為相,豪占民居以廣府第,園館奢華,宴樂侈肆,門下養士亦衆。有張明善者,元之遺老,辭賦中雖雜以詼諧之語,士德甚昵愛之。凡開宴,必以明善預坐坐中,所謂無車公不樂之語。一日,雪大作,士德設宴甚盛,張女樂以為嬉,因邀明善咏雪。明善持酒援筆題之曰:“漫天墜,撲地飛,白占許多田地。教衆口嗷嗷喫甚的,早難道國之祥瑞。”其詞深得滑稽之諫,可謂前輩風流者矣。

嘉興陶氏夢徵

嘉興陶楷所居之地名王江涇。楷有二子:照、煦,俱為郡學弟子員。一日,托人往九仙山祈夢問功名。其人夢一大栢樹偃于路,卻發二大枝幹直豎,每枝上懸一燈,燈上書“觀光上國”四字。弘治庚戌,二子同登進士,名皆從火,應二燈。父楷,字伯宏,應偃栢。夢亦神矣。

鬼賦詩

僉都御史金臺吴公禎字從善,為余曰:“余巡撫兩廣時,一監生某索余同年甯黄門珍書,因謁余于廣中,謂余云:‘某在途中遇日晚,投宿一古寺僧舍中。寂然無寐,忽聞戶外有二人吟哦之聲。其吟一聯云:遇老①須書大字,要閒多用買良田。一云:我為易兩字則佳。遇老不須書大字,要閑何用買良田。明日起視戶外,有二櫬在,始知鬼吟也。'"

① 按:此處疑脫一字。

王宗常高季迪先兆

嘉定王先生彝字宗常,國初人,文筆雅健,與郡中高槎軒啟字季迪同窗,時各夢厭祖執其手書"魏"字于心間,寤而怪之。自後凡遇姓魏者必慎往來。未幾,高皇帝命魏觀知府事,觀自到任後乃延闔郡中文學之士。累聘宗常,辭不至。宗儒偶被人訟于郡,逮至魏,待以師儒之禮,延之上坐,略不及訟事。自是與季迪同為魏門下客。後魏以偽吳張士誠舊基為府治,事敗坐法,逮及宗常、季迪。初季迪被召,辭歸寓樓,以授徒為生。一日,衆生登樓,皆反走,跌下樓去。季迪問諸生何故,曰:"適見先生無頭而坐,故驚走耳。"夫人之死有先兆云。

歙人董本立戲文

歙人董本立者,其父以厚資令往大梁商販,本立年少為人誘入教坊行樂,不一年,所領之資悉罄矣。其父聞之,怒曰:"俟其回,定行逐出這敗家子!"有人報知,本立曰:"吾自有料理。"因置二大籠,一裝蓼草去根葉者,一裝連葉帶根者,載回家。其父問曰:"有何貨物回來?"本立曰:"有,在籠子內。"其父命開視何物。見皆蓼草,怒而復問:"這是何資!"本立曰:"這箱是乾淨蓼,這箱是連根蓼。"說罷大笑,父母皆笑而罷。至今徽人傳為謔語。余謂恐無此事,蓋好事者為此談以嘲少年之不務寔耳。

解　惑

休寧縣中萬安街所居吳士勇家，常日空中抛擲瓦礫，其家心驚，延法師壓禁皆無驗。一日，客有識者謂曰："此地必有伏屍。因人居其上而襲其陽氣，致有此祟。"其人指其地而告之曰："今吳氏居此，日履此地，有犯尊神，第不知汝為何代所瘞，何姓何名，何官何職，久罹此褻瀆。"命人發之，果有木櫬二十餘。其人因令士勇遷于隙地，設祭奠之。其後投擲始息。吾蘇恒有此，人或謂之五通神為祟，書此以破其惑。

吳僧捷大機誠信不苟

吳僧捷大機，寶華寺散衆也，未嘗住院，為人誠信不苟。所居古屋三間，潔淨不容唾。善瀹茗，有古井，清冽為稱耳。佳客至則出一甌為供，飲之有滌腸湔胃之爽。先公與交甚久，亦嗜茶，每入城，必至其所。一日，遣僕遺白粟粲十斛，書手簡以酬啜茶之費。大機笑曰："茶以款客而具，僧家之常事也，何以報為？"拒不納。因復書曰："貧僧不受無名之財、無功之食，平生為人誦經取直以為養也，無所希覬也。"嘗為人誦《法華經》一部，觇價百文，誦畢必索直而歸。其直必逐一揀擇佳者，一有不佳，則斥其人曰："汝欲念佛作福，卻饕餮和尚，焉可謂功德耶？"有一婦，延往誦經，散齋後，婦以金酬之過多。大機見之謂曰："檀信此物若償經直則太過，是將布施耶？"婦曰："多則作布施耳。"大機毅然曰："布施無名，止受經直而已。"婦見其不納，以為少，更益之。大機曰："多一文是不義也。"堅卻不受。一旦示寂，令其徒召合寺僧衆旋繞誦經，大機亦能自誦，但舌強不能成聲，遂化去。是亦證果之僧。今之拜跽焚刺之徒，苦求強索于市，抑亦員頂方袍，冒佛弟子名，盍亦少愧哉！

雷擊白起

洪武初，浙省吳山第二觀，忽霆擊蜈蚣，長踰尺五，廣一寸許，色純白。雷神朱書其腹："此秦白起也。"

肉芝

洪武乙亥冬，修山陰天樂瀛湖塘，掘地得一物，類嬰兒臂，紅潤如生。棄之。後有識者曰："此肉芝也，仙品，可食而資壽。"惜哉！

中官武臣鬭富

山陰司馬公堇字通伯，成化末為御史。董學南畿時，為余言："近在南京，見太監錢能與太監王賜姪錦衣衛指揮琳，二家各出書畫，每五日令執事者舁二櫃至公堂展玩，畢，復循環而來。中有王右軍二十七字，王維雪景一大卷，長三四丈。唐人如韓滉題扇，惠崇鬭牛，韓幹馬五卷，黄筌醉錦卷，皆極天下之物。小李、大李金碧各一卷，董、范等卷不以為異。蘇漢臣周防對鏡仕女，韓滉班姬題扇，李璟高宗應瑞圖，壺道文會，黄筌聚禽卷，閻立本鎖諫卷，如牛腰書，如顧宏諫松卷，偃松軸，蘇、黄、米、蔡各為卷者，不可勝數。掛軸若山水名翰，但多晉、唐、宋物，元氏不暇論矣，皆神之物。前後題品鈐記且多。錢併收雲南沐府家物，次第得之，價迨七千餘兩，其記之亦所有四萬餘兩。王家多內帑物。"惜尤物不宜專于一處，聚而復散其在天地間。壽亦有修短，恐數極一燼，可慨可惜也夫！

正人時有鬼神護

襄城張公淮字邦正，為御史，左遷縣丞，轉四川雅州。赴官時，途次假宿於山寺中。忽聞寺外有呼:“張邦正快起來!”聲甚急,如此者再。公疑而起,出戶視之。其山忽崩,所卧之舍墮入山巖。公大驚異,以為山神所報也。公持節按吳,憲綱大振,奸吏畏服,民心帖然。實成化辛丑歲,公後任都御史。正人有鬼神護佑之說,信然。

術士胡日星禍驗

國初,星士胡日星者,太祖命游四方,數年回。與其妻曰:“我命回京復命後當刑,汝宜料理。”其妻慰之:“數或有可逭者。”既入見,太祖溫諭遣回。適藍都督玉克雲南回,就日星推命。日星云:“公此去當封梁國公,但七日內某與公同被難。”玉至京,果封梁國公。遂驕同列,尋被衆譖其不軌,事當刑。玉嘆曰:“早記胡日星之言,安受封拜耶!”上聞,遂召日星至,問:“曾與玉言此乎?”曰:“曾言禍在七日之內。”上曰:“汝自推何如?”曰:“臣命絕在今日酉時。”日星亦受戮。

宣廟知程南雲篆偽

伏讀宣廟御製《草書歌賜侍書程南雲》,南雲以篆書鳴于時。中有云“古來篆籀今已偽”之句。實論南雲篆畫柔媚,失古法也。時人見書篆,不知筆法,便謂天下獨步,而聖鑒識明達,真天縱才也。觀此則南雲之篆可知矣。

雲間張氏婦貞烈

大司馬華亭張榮少子某,事遊蕩,與娼狎被驚,得心疾,遂不起。原聘京衛指揮女。沒時公為御史,居憂于家,即具書附報示趙,令其別議。趙得訃音報其女,女曰:“千里之音,真偽未可知,縱有兇說，兒之身已生死系于張氏矣。”趙夫婦素知其女至性，雖有媒妁來議，然不敢許。踰年，公服闋之京。趙往探之，且告以女之言。公恐負其女，備儀令夫人往慰之，女且唯唯。越數日，女告其父母曰：“彼既其慰我，禮亦盡矣。母親可率兒往展謝之。雖未及覩夫儀容，得拜公姑，亦名分中事。”父母是其言。即具禮，母子往焉。女留公舍，卒不肯歸，曰：“既已身許張氏，夫死命也，決無他議，留此以事舅姑，盡吾之道。”謂母且歸。母不咈其言，如其志。女時年十八。公與夫人別設一室，令夫人與居。既而足不外履，慈惠婉順。張夫婦亦嘗論其可嫁之意，女曰：“有死而已。”是日縊幾死絕，賴救而免。自是絕不敢道。嗚呼！其正而義者歟？弘治乙丑歲，余得于松守劉公琬，琬為奏聞，詔旌表其門。劉更為詩以頌之，四方名公多為詩以紀其事，而學士郡人顧先生清為傳其貞烈云。

賀太守德政

鄱陽賀公霖，弘治初以監察御史出知府事。公初視事時，美姿容，整服飾。既治郡，大著廉能之名，民甚戴之。在郡僅歲餘，俄疾作，遽卒于蘇，年止三十有九。民如喪考妣。柩返，民攀號以送，至今思焉。愚因聞李公廷美，甚稱其賢。故去李而書公云。

西崖識見高遠

西崖李先生東陽，為學士時居憂于家。詔起編《孝宗實錄》，蓋三閣為總裁，皆憂，故奪情耳。其翰林居憂者悉如此。李公先告病以事鍼灸，至是上奏云：“病已前告，服藥鍼灸，尚未及痊。況臣服尚餘若干月日未闋，今纂修事繁，當計若干月日可成，候臣服闋，尚得盡心厥職，未為晚也。”朝廷允其奏。公因二閣前奪服者若竟辭以服未闋，未免言詞激切，有傷上意。今緩而事濟，可見其學識度越常流也。

武功伯治張秋

景泰間,張秋河決,朝廷命官築之,靡費巨萬計。作木籠盛磚石沉其險要,隨復蕩沒。山東、山西、河南三省之民數萬,越五六年功莫能集,民甚苦之。余鄉武功伯徐公有貞,時為諭德。朝命擢公為僉都御史,命往治堤事。其先往者皆不得其人,廷議及公,故有是命。先是,堤上有宋老人者,篤厚人也,鄉人敬信之。嘗夜夢九龍山口兩岸皆列赤幟,幟上書一大"徐"字,因與其子語曰:"堰若築成,非此姓者不可。"明日遍問于鄉。至是公奉命莅事,聞其言,即召宋。語以故,卒以成功。豈非數耶?

數學應驗

景泰甲戌,漢中民衛能者,聚衆謀叛。中有張本者,諳理數,為其謀主,推知景皇帝將無祚矣,乃倡此禍。時陝省趙參議忠承鎮巡檄往討之,剋日擒其黨,併得其讖書以上。英廟復辟,因取觀之,其間有"鼠頭朱尾"之說①。武功伯有貞從袁錦衣所見之,趙說亦同。蓋景泰革運丙子,而天順改元為丁丑,何其數學之精妙如此。

① 按:"朱"字疑作"牛"字。

東坡三養

東坡嘗語人曰:"自今日已往,早晚飲食不過一爵一肉。有尊客至設盛饌,則三之,可抑而不可益。有召吾,預以此告之,主人不從而過是者聽焉:一曰安分以養福,二曰寬胃以養神,三曰省費以養財。"

《山陰商會圖》

南唐顧問中嘗作《山陰商會圖》①,流傳一僧所。米元章約李伯時往觀之,伯時就彼别作一圖,故世有二本。近時沙頭劉以則家畫本畫法與題字皆在,衆以為顧虎頭筆,然不知顧問中所祖也。

① 按:“問”當作“閎”。

劉閣老題蓬萊山圖詩

常熟周中舍紹榮與閣老永新劉公定之為友善,人有以蓬山圖托周為劉求題,劉題曰:“白日只在松間耳,人世如何得見吾。獨有見者周紹榮,即此便是《蓬山圖》。”翰林至今傳為笑語。

滿臘伽國貢火雞白馬

成化乙未,滿臘伽國貢火雞,高二尺餘,毛似黑錦羊,亦粗,項上無毛,皮如斜皮絞項上,一黑角。投小塊帶火炭即啄之。又白馬,瑩白無比,長項而高身,紅嘴。朝廷賜絹二千疋,價值千六百兩,飼以白砂糖和篆豆。時華亭張汝弼為車駕正郎云。

邊 軍 死 節

遼東鎮守歐總兵逐虜深入其地,為其逼迫,衆卒皆潰,惟卒名藺牢者侍側不少離。牢見事急,以己乘馬與歐馳歸,牢獨送其衆戰。不克,遂遇害。歐得以全,實牢功也。有是功而歐不報之,是歐忘其本而何以激勵將來。

漁婦投海

時有沿海居民某，納婦甫週月，與同輩入海捕魚，得一魚大，船力不能任，反為魚牽入海死之。同輩走報其婦，與姑偕往哭奠。見魚尚在淺灘。婦亦跳入海。越三日，二屍相持自海浮出。右二事皆節義所關。惜其邊戍小民，于上者亦武弁，不事文墨，不能上其事以旌異之故，其忠誠義烈，泯然無聞。使當文獻之邦，騷人韻士亦為歌咏以闡揚之，悲夫！余因紀其事，以俟好事者補其名氏以足，幸甚。

弟匿兄財

寶坻縣民楊成、楊咸兄弟，異居後，成日益富而無子，置妾生一兒，甫三歲矣。咸貧，有二子。成疾，醫莫能治，因召咸囑之曰："我病不能起，惟此兒，且幼。吾死後，妾固不能守。以吾之資，反售之他人，吾所不甘。吾有金二千兩，俾汝貯之。若此兒成立，止給其半；倘不肖，為汝全有之。"成果卒。其子以漸成立，母子相守，不貳其心。既長，欲求婚配，告咸，欲預給纖毫。咸阻于妻，遂背兄命而悉匿之。成妾因以其事訟于官，亦賂津要，積久不理。聞香河縣張某者素秉公廉，成妾往訴之。張曰："我非汝治，難為汝直。"成妾懇泣哀告。張收其牒，令其伺理。數日，張偶獲群盜，令其招入咸名，曾與同事。乃檄寶坻縣，密遣健卒捕咸至。箠楚不勝，始具實曰："咸家近豐實，非為盜所致，蓋數年前亡兄所托之資，以與幼侄者，今某無賴，匿不肯給，天遣群盜為報，以懲欺匿，乞給領還前物以宥罪戾。"張乃召成妾與其子，追出咸前物，悉與之。張之見如神，遠近聞之。

優人嘲戲

昔有人為咸陽令，鄉中後進一士貧甚，往謁之。令不為之禮，士竟惶愧而返。後貧士為宜春令,前令歸老于家。資產子孫所費,貧亦不堪,亦往乞于後令。令設宴宴之,令俳優為戲,裝一老虎,博食一羊①。更裝一乳虎,求食于老虎。老虎不顧,自食其羊而已。後乳虎亦得一鹿而自食,老虎乃轉乞于乳虎,乳虎亦不與。致訴于神。神乃判曰:"昔日咸陽不肯留,今朝得祿卻難求。饒君掬盡湘江水,難洗今朝一面羞。"前令慚愧而去。此與婁薛之事符合。昔有婁生與薛生,至厚交也,後婁為江南令,薛貧,往謁婁。徑出詩對云:"江南地暖難留雪。"令其對之容接。薛知不容,徑歸發憤。後亦中式,為吏部文選考功司主事。比婁職當朝覲而求庇,薛亦徑覆前對云:"江南地暖難留雪,京地風寒不用樓。"婁遂為薛所黜。

① 按:"博"字當作"搏"字。

樂工滑稽

成化中,浙江嘉善縣令林某打死一家十三人,事覺,時鄆城侶公鍾為巡按,按成其獄。林妻以厚賂賂鎮守中官李文,文為宴宴公,欲援其事。侶公已知,預令樂工滑稽語以中李。因扮一官人賞雪,作雪獅子,令藏陰處,俟後會為賞。一卒云:"何處可藏?"一卒云:"陰山陰可藏。"曰:"不好。"曰:"江陰可乎?"曰:"亦不好。"其官云:"但藏在嘉善可也。"卒云:"未見此地有陰處,何以藏之?"曰:"汝不見嘉善林知縣打死一家,非死十三人不償命,豈非有天無日頭處?"一座皆驚。李遂不出一語。

吳淞古墓

成化丙申,蘇之吳淞江淤塞,居民率衆疏濬其流,見一古墓,碣石刻云:"蓍筮吉龜卜兇三百年後潮來衝。"蓋江之版道已塞,此乃淤於田野,故見墓云。

張憲副遷閔子騫廟

山東憲副張公穆在任時,見閔子騫廟崩壞河側。公令有司移葺于南京,即新基掘土,有碑刻云:"達賢使者為我上高原。"

許浦石刻

常熟許浦鎮李氏先世一墓,年久崩入海中,獲一石刻,有司移葺于南京,書:"南梅李村,三十六里北至洋子江。"三十六里蓋太平二里。今凡□年①,海崩已三十餘年矣。

① 按:此處原書為空格。

劉村山寶瓶

山西太平縣劉村山,崩裂出寶瓶,亦有似塔形者。本陶質,已入三寸許,約萬數。崑山學生員黃雲龍,嘗有人贈四枚,堅不能碎,強以鐵錘碎之,其中有竹紙書一卷如稻稈大,書以朱字若蠅頭體,類番書,不能識。余鄉武功伯徐公嘗言之,文有四等,其必有所本也。

太祖賜周伯琦詩

元季周伯琦為行省郎中使,與張士誠同署事,實令其監制耳。元氏既革命,士誠有吳,遂署伯琦為左丞相。伯琦善書篆,偽署後遂絕筆不作一字,蓋恐書偽御耳。至我太祖擒士誠,伯琦預焉。太祖呼為周先生,因問:"今歲幾何?"曰:"年七十五矣。"太祖曰:"我贈汝詩一絕云:'先生七十五,何不六十九。白骨葬青山,萬古名不朽。'"太祖於其年六十九時累徵不就,遂放回。又四年而卒。

海中水檻

東海去崇明百里許,有水檻十六條,每檻低丈餘,船過此再不可上。

進賢土神周王顯應

江右進賢縣界有周王廟,其傳相傳為漢人木偶也,手足以機運可動,倩人掖之能行遠。嘗此作詩判吉凶,凡疾病生死,數數響應。掖行至人家,喜則右足畫地,作詩如飛,忽以足踢打,板壁俱碎。又能為人相地安葬。有宣知縣者問壽數幾何,答之以詩曰:"曾修天爵致身榮,解祖歸來萬事輕。宓賤齊軀千古德,龔黄并駕四方名。菊松居隱陶元亮,詩酒怡情杜少陵。珍重投詞問高壽,年登八十享昇平。"宣果如其數而終。淮南史德敏僉事江右時,道遇其為人相地,見其儀狀,史不為禮,令舁木偶至。從者挾來,皆不能手,神即以足書史與父母名字、生年月日及使入學、中舉、登第、始任、陞授之期,無不應驗。史驚異。時神正募緣修橋,因謂史公曰:"公固窮,尚有銀八十兩在囊中。"史因驗而施與之。

石田翁客座新聞卷第六

三原王公德化宦官

南都三廠中官錢能鎮守雲南，時大司馬三原王公恕宗貫以都御史巡撫其地，與之不合，蓋錢驕縱自肆，公極力排擠，錢甚憚之。公後參贊南京機務，錢亦坐廠矣，公又與之共事。錢為公懾服，不敢妄作威福，公亦屢加戒諭，錢益感公教。王公請休致歸，錢見公抱持以泣，自言："能實麄魯無狀，賴先生裁益賜教，益能多矣。能方學為人，道老死于門下，不意先生一旦棄去，使能何所倚。"復持而泣。公再三諭解，然能實情也。中官易于無聊，抑亦正人君子能使人感服如此。

胡大川假偽

松江胡大川者，國初人，精於吏筆，善興滅詞訟。事覺，被截手足指端，編其衛戍。一御史差往雲南清理軍事，死於半途。大川得其印牒，即冒姓名往彼畢事。比至，舊任者尚在，大川自稱奉命交代，毋得延緩，反摭其不法事聞之朝。太祖置之于法。大川在任三年，復還朝，將所清理軍伍事造册，親賫抵朝房，即遁去。太祖聞而異其人，更惜其才不及終用之。

夏德乾御史高潔

吾鄉夏侍御璣字德乾，嘗奉命兩浙清戎撫按事，即條疏軍政利病為三劄上之,頗為當道忌諱,竟沮其議。德乾曰:"吾之用心,上可裨朝廷,下可利軍民,今置於無用。吾親衰老,不獲一日之養,蓋為王事耳。朝廷之上,無得一無用之人;一家之小,不得一無用之子。"遂稱疾歸,時年未至五十,今七十餘矣。親終,遂不仕。雖聘詞懇切,終不仕,朝野重之。卒于正德十八年八月十八日,年八十有八。其高潔也,為何如哉?

蘭節婦詩

陳友諒據竊時,部將鄧章陷江右諸郡。豐城汪姓者,富族也,因懼賂鄧以千金求生。鄧見其妻蘭氏有美色,反屠其家,獨擕蘭氏與四兒去。婦曰:"公,貴人也,妾當侍巾櫛,奈何夫初喪,且日時不利,願姑容留,卜吉行禮,亦不為晚。"鄧從之。移兵他郡,命二姬守之。閉其戶,又設卒于外守獲①。越數日,蘭伺二姬假息,嚙指血濡筆,題詩壁上曰:"涇渭難分濁與清,此身不幸沒紅巾。幼兒不忍從他姓,烈女何曾事兩人。白刃斷喉心似鐵,黃泉枉死骨如銀。荒村落日猿啼處,過客聞之亦慘神。"詩畢,即筆殺幼兒,而自刺死。友諒聞之,罪鄧而為蘭立廟。

① 按:"獲"字疑作"護"字。

明醫知獸癥

南京吏部郎中天台杜君整嘗謂余曰:"某先子為醫,永樂中徵入太醫院,適異國貢野人,二金衣,一銀衣,即毛之色也。文皇異之,日引為玩。忽金衣者得病,命太醫院治之。先子輪班,往視其脈,脈與中國人相似。既胗視,云其疾為陰癥傷寒,論脈不治。奏之,上怒,命先子與金衣同死,且令守之。先子日夜啼哭。一中官見而憐之,告上曰:'某見醫士守金哭而待死,某謂彼言:金衣倘可治,不太傷乎?彼云:此癥必死,某亦死,故傷之。某敢謂此人識病,必是良醫,若賜之死,則是無辜受戮。'上笑曰:'朕欲其用心耳,安用此法。若金衣死,必宥之。倘不死,亦宥之已。'而金衣果死,先子蒙恩釋放。年九十,享有祿養而終。"

王靈官顯應稱旨

道士周思德者,浙人也。初為火居,法行高妙,能附童體作書,所言多驗。宣德中,朝廷命內使持香投詞,焚于壇,思德不知也。乃伏壇,頃之附童飛五六里,所過山木皆焚。蓋王靈官憑火輪降壇耳。旋入壇,拜伏。思德討紙筆,連書云:"遼東某將,有才略,亦兵少,可移某處若干助之。大同某將,塌茸而貪賄,軍有怨聲,且無紀律,多至誤事,可以某代之。如此則三邊軍勢大振。"中官即以所書進封。時上適問此三事,稱旨,即命易將益兵,三邊仰若神明云。

威寧伯服神

威寧伯王公鉞未第時,肄業黌宫。嘗背書齋中,本學土地陰為助,一字不遺。一日偶失,遂不能成誦,師責之。即往祠中,書土地背曰:"謫發口外為民"六字。是夕,師夢其神來求解。明日召公,令洗滌去之。次夕,師復夢其神來謝。公之顯貴有待而能攝鬼神如此。

盛景華厚德

吾蘇盛景華者,國初人,仁厚長者,自號"居密翁",能修內事,齗齶如嬰兒。友人李徵臣先生者,嘗為元翰林學士,元亡,我太祖累徵不就。太祖怒,編戍甘肅。文皇取回京,憐其老,放還。當時親友皆流落無可依歸，先生乞往江南依故人盛景華，朝廷從之，徑投其所。景華遂延教子。時居數歲，疾作，告景華曰："吾老死無所歸。"因泣下。景華曰："毋憂，倘不幸，願以先人隙地葬之，他日使吾子孫便於祭掃，又當戒無負先生教育之厚德也。"先生舉手加額。已而謝世，景華具衣冠棺殮之，為之葬。祭十日，舉殯于黄山先塋之右。至今已五世矣，尚不廢祀享，盛氏可謂不負其先者矣。假虚名以為師者，豈肯為此。今之人有富貴而遇親族不能舉者，視猶他人耳。方之盛氏，其何如哉！觀景華之為，能不為之景仰云。

楊尚書薦人不使知

吾郡大宗伯楊公名翥，字重舉，文行忠信，厚德君子也。正統初為伴讀，歷長史致仕。景皇帝即位，詔起為禮部侍郎，遂進為尚書，寵渥優至。學士淮南高穀與君有舊，延館于家。數月，疾作乞歸。高意與公密，且館穀之厚，冀有薦拔，至是大失所望。於是盛祖餞楊，公竟不答。既歸，高尋入閣，俄一內侍報高云："公知所以入閣乎？"高曰："不知也。"曰："楊先生所舉，陛辭日奏上曰：'臣故人高穀，此人才識兩全，宰相器也，可大用之。'上即錄高姓名于籍，故寵任也。"高始服公雅量，嘗謂人曰："楊先生，長者也。"

任録不欺亡友金

任録者，蜀之富順縣人也。嘗有郡人某為驛丞，任滿改任湘南引倉官，將赴任，有白金五百兩，寄與任録，舉家去之任。未幾，某以病死，妻子扶柩還鄉，貧無所倚，因思所寄任録之物，且失去相期約券，惟存鎖鑰為證耳。乃令其子持之以往，且囑之曰："汝往，彼不負，分半與之。若負約，但曰：'亡父有夙負，故相貸耳。'更勿多言。"其子至録家，告以故。録即持某原物與之，故誌尚存。其子遵母命分半與之，録笑曰："分之曷若匿之，汝速持還，以慰倚閭之望。"即謝去。郡守吾鄉允，高義其人，作文記之學宫以為勸。

尤物害人

國初沈萬三者，吳人也，居周莊，富埒封君，所積寶玉、珊瑚、瑪瑙、古窰器、漢晉唐宋名賢遺墨跡、圖畫、書籍，凡不珍玩無不畢具。如瑪瑙酒壺，其質通明，類水晶，一枝葡萄如墨點就，號為"月下葡萄"，籍没後為吳江某氏所得。又因戎事，托史梅元衡，以此報之。元衡死，其物竟無所終。天順間，嘉興李銘字日新者，教童子為業。一夕，于市中見溝渠有火光，撲之不滅，乃以物記之。明旦往其處發之，止獲此，但不知其貴重。求鑑古陳二引至富族曹瓊家，酬米二十石，李不允。復投懷悦，酬倍之，復不售。使投吕山吳汝輝，輝酬秫米百石，竟為塾師前知府劉侃阻之，陰諷日新，曰："吾有一策，俾君大獲。若投鎮守張太監，謀僉嘉興一郡鹽鈔，利當百倍。"日新聞之喜，諾焉。劉遂與夤緣，果獲所圖，計利三千餘兩。劉分其三之一。日新領還間過江，舟覆，鈔皆濕毁。嘉興楊太守繼宗追補前鈔，日新及死。劉廢産賠償。信乎，天地尤物得之必有禍隨，而日新貪得無厭，不戒不畏，適當其禍，豈亦數使然哉！

關西楊尚書念舊

戶部尚書關西楊鼎字宗器，未達時，同舍許琰家給公甚悉。琰為貢士，待選家居，公已超歷顯要。琰落魄不羈，家日不造。既需次京師，出入公門，縱酒放恣，公禮遇如初。公每宴客，雖九卿座，琰亦預座，尊禮之至。琰出言每不遜，或呼叱公名，責其少貧，致數負酒家錢，公所取償無虚月，為償債積至千金。公略無倦色。居數月，後得補授宣城，僅二月而死。公又為其衣衾棺殮，遣人送歸里。

公之誠信，篤厚于義，人鮮及之。後公薨時，當盛暑，謂其子翰林檢討時陽等曰：“吾死後，汝殯吾當掘地及泉，以荆箔為垛，置吾屍于上。俟墳成壙築，然後棺殮而葬。”甫成，公之屍顔如生，體尚香軟，而吳人謂神道云。

洪　神　童

崇仁洪鐘字壁成，生四歲，隨父朝宗以訓導考滿之京。朝宗與客弈于舟中，鐘在旁諦視久之，悟其形勢，為父行弈，累勝客局。比至臨清，見牌坊大字題額，則為父索筆書之，遂得字體。至京師，即設肆鬻字，京師稱其神童。睿宗聞之召見，命書，即地書數十字。又命書“聖壽無疆”，鐘握筆久之不動。上曰：“汝容有不識者乎？”鐘叩頭曰：“臣非不識字，第為此字不敢于地上書耳。”上嘉其言，命內侍舁几，復以踏凳立其上書之。鐘一揮而就。上喜之，命翰林院給廩讀書，其父陞國子助教，以便其子。弘治庚戌十八登進士第，今為某官云。

黎　頭　優

暹羅國有一種異婦，名黎頭優，其目仍分黑白，但無瞳，人亦由父母而生，仍婚配。能倏忽飛物入人家，遇人瀉痢即入糓道，食人腸胃。又復飛出為人。其國王下令捕察，謂之妖婦，捕獲殺之。斯種如雲南換人骨者相類。

聽　鏡

姚江蔡太守欽與弟僉事鍊為士子時，將試。士俗有聽鏡，除夕遇人家炒豆卜休咎。兄以足疾未往，鍊獨聽之。得報云：“欽、鍊相繼登第，欽官郡守，鍊為僉事。”訖今果然，信不誣矣。

沈以潛遇魯般

郡醫沈以潛，宣德初徵入醫垣。有詔以潛治內侍疾，醫弗療，內侍卒。上令問以潛以代死者，校尉追捕逼迫，以潛倉惶跌傷。尋有旨宥之。因有痼疾，請放還鄉。百藥不效。偶一老人款門而入，告以潛假器搗藥，以潛許之，且問其藥何名。老人曰："此紫河之丹也。"謂以潛曰："公之疾，與某昨治某郡之癥同也，宜急服某方則不死，不然危在旦夕。"以潛治麵伺之。老人曰："某少往某處，回即領享也。"以潛俟久不至，令人蹤跡之，不獲。以潛意其方非常所用，疑不敢服。越數日，病且亟，伏枕而卧。忽夢前老人乘車服王者服，儀從甚盛。至其家，以潛出迓。老人云："吾前令汝服藥，汝不我從而待斃耳。"以潛拜服，稱老人為大仙。老人曰："吾非神仙，乃魯般也。"以潛遂覺。即如老人所示之方服之，其疾遂愈。後驗其日，適朝廷建某殿架梁也。

江右人多詐

大定尉仁和夏公時圭承詔考察江右官吏，訪得金溪縣典吏常平廉潔，公獎諭太過。邑有刁惡豪民某甲，嘗以違法之事屬治。某甲重通賄賂求免，常堅卻之，由是常以峻刑挫治。後事結，某甲銜之不替。適公又有斯舉，某甲甚為不平。因公案臨他郡，密令人偽為常弟，持牒狀乞致仕。公執不行，其人懇乞告曰："某兄過辱恩府推獎，銘刻不忘。第念某家頗殷，況此邑之民刁頑者衆，某兄又持法不假，致有怨者，今若不乘恩府案臨乞歸，以全厥美，設使貪戀卑職，終為所害，斯時公不在，兄何所倚。"公為其誠懇，乃准其致仕。案行其邑，常大驚，然事已不能追矣。世稱江右人險詐，信不誣哉。

丐者執義而死

成化丁未，秦中大飢，有一婦人與一男子行乞至山東。每遇宿，其婦則處於廟中，男子則處於門外。或問何不同宿，婦曰："此夫弟也，今既不得已而同行乞，倘得生還，尚欲為娶婦以圖造家，禮義豈可因顛沛而廢。"後遇盛寒，二人因皆凍死，惜哉！南京指揮熊能知其里氏，尚當究其跡，斯不泯其節義。

朝士偶對

弘治戊申春，二朝士朝回。一士戲曰："金水河邊可攜酒，其縱馬一翫乎？"其士應聲云："舊有一聯云：金水河邊一匹紫騮騎過去。"其一即應聲云："長安門外兩條紅棍喝將來。"二人自絕倒。雖浪謔，其妙如此。

治傷鳥

凡鳥傷翅足拆①，喂之芝麻，仍嚼爛敷患處即愈。

① 按："拆"字或為"折"字。

智者脫禍

嘉定羅玉，一夕有仇家逼老母潛縊其門。玉覺，竟不移易他處，第去舊繩，别以一繩懸之原所。明日走訴縣官曰："玉素與某有隙，今伊母自懸於室，卻移置于玉之門，以圖陷害。"尹為之察其縊處，有痕驗其致死之由，復見一繩痕，乃死復懸之跡，事即暴白。人亦多玉之智也。

解學士善應對

郡先達王文忠公汝玉,先世蜀人也。永樂中,公在翰林,名動當世,仁廟在青宮時甚寵愛之。文皇頗見疏于公。仁廟一日謂吉水解學士縉曰:"王汝玉所作,我敬愛如神,惜乎不得文皇之心,為何如也?"縉對曰:"自古君臣為難得,蓋汝玉為無福耳。"嗚呼! 縉一時之對,妙婉可謂有方矣。

選人偶對獲賞

永樂中,江南一監生某需選京師,見邸間題云"客眠孤館,夢魂常到故鄉來"之句。一日,閣有旨云:"'人立斷橋,形影不隨流水去。'之句有人能對者賞之。"其監生忽悟壁間之句甚協,奏對稱旨,遂得美選云。

夢語得第

成化末,京師一士子凡入試,必夢云"雙梧夾井,一水臨門"之句,輒成利名,如此者三度。適海南丘公濬為主考,其士于論中妄入此二句。丘公自任博學,不知所出,姑取之,開卷記其姓名。臨宴呼士子,詰其所據。其士以實告。公笑曰:"當成故事也。"

櫛工受賞

洪武初,櫛工杜尚觀者,嘗侍上梳頭,甚寵之。忽一日,上問觀曰:"汝將我頭膩置於何處?"觀對曰:"臣以朱匣貯之,覆以黃袱,供之佛堂中。"上即命使取至,果然。遂賜城南酒樓一所,尋封太常寺卿。尚觀初賜酒樓時,奏:"臣家貧,無以為酒費。"上即令文武大酺于此樓,遂致大富。迨今此樓尚從其子孫收地租云。

詩僧噩夢堂

噩夢堂餘杭僧,貌寢有學,詩文高出流輩。一日于五門外覓舟往某處,舟中適多詞客,見夢堂,因不識,易之。坐久,諸客乃分韻賦詩為樂。夢堂預坐無聊,不覺技癢,乃起告曰:"諸公間有落韻,毋吝見施。"一客曰:"小郎乃能言也耶?"遂以"蕉"字與之。夢堂得韻,頃告之曰:"我詞就。"衆未就,怪其誇,絶意必無佳句,固促誦之。堂云:"平明飲罷促揩篙,撐過五雲門外橋。離越王城一百里,到曹娥渡十分潮。白飄暗雪楊花落,弄晚輕風蒲葉摇。南北沉沉天作雨,卧聽篷韻學芭蕉。"此體作浙音。於是衆竦服,嘆曰:"不可謂秦無人。"

張徽酷刑受報

大同張徽,宣德初為同知郡事,暴刻之徒也。執掌清理軍伍,多枉民為軍。有不順承者,以竹釘擊入手指甲中,血流如泉,仍使隸卒引其打地,名"鼠扒泥"。體之受刑處,潰爛無完膚。既不勝箠楚,復鞭其背,背爛甚于狼毒。猶未快,又以馬箠繳人胡鬚鬢者,旋去之。以木椎塞其穀道,兼以麻繩為腦箍箍人,更用繩縛人懸于木竿,身縋絕急,目睛皆突出,至於舌亦吐出。繩結奏嵌兩太陽間。受其慘毒鍛煉,未有不誣服者。後張犯贓人命,逮至內臺,分巡吾郡成規御史鞫之,亦以徽嘗所用之刑加之。徽請罪免刑,成曰:"情真固當無漏網,但蘇人無辜受爾毒乎?使爾知當時所枉之人亦如此不堪也。"獄成,桎梏入監。白食群鼠聚食其肉,復爭其目珠食之。須臾面肉嚙盡至骨而死。其子流落于蘇,雙目昏眩,行乞街衢,見而知者吐詈不已。同時常郡二守張公宗璉亦繼是政,毫髮不取于民,當道以徽方徑之庭矣①。後卒于官,庶民為時服持泣相喪,立廟祀于江陰君山。二人同時復同政,善惡之念如此不同,其死亦不同,報施之理也。

① 按:"徑之"或當作"之徑"。

李文達公遇異人

成化初,閣老南陽李公賢以少保尚書大學士為首相。幼時家居自牧,因縱牛于水次,見舟中坐一人,冠裳楚楚,目公久之,乃曰:"小郎識之,他日位至三公,壽幾六十。"又曰:"幾作平聲字。"如是者數四。後公居相位,與雪峰潭覺善友會酒間,告潭以此語曰:"我位已極,今年五十九矣,明年符其言,將不利耳。"至是果薨。

張滄洲轉生

太倉張滄洲先生泰,字亨甫。由甲申進士歷翰林修撰。天資高邁,聰明絕人。七歲時適廣內一人至其家,詰其父曰:"我一子年十八,於正統元年十月六日托夢于我:'已轉潭府。'茲特來探耳。"先生生辰月日合其卒。人謂聰明乃釋氏所云再來人也。

豬首變頭

昔蘇有一人,失記姓名,夜與鄰家出遊,在路相鬥,一拳打死在地。黑夜拖至南教場,挖地而埋其屍,人皆不曉。隔三載,至晚,其人行至此地,追想此事,忽出恭,其地現出銀錠一,攷而拾。見其地金銀甚多,只取有數歸家,買豬首獻神。忽買一豬首回家,放在桌上。鄰家張,見桌上有一人頭而報,保甲數人縛解本縣。責罰不可忍,訴拾銀其情。縣主差皂甲數人押至此地,挖下二尺許,見一屍無頭也。合併一同問罪不可逃。此冤報甚速不差也。

石田翁客座新聞卷第七

沈以韶為娼報仇獲配

吴城之陽山富民姓沈字以韶者,丰姿俊雅,性度舒逸,嘗挾貲貨游湖湘間。泊舟之所,偶與娼舟相并,每登岸往來,必經其舟。娼王姓,行三,頗有姿色。以韶未嘗屬目交語,娼廉知其謹厚。一日,詢其僕,且飲之酒,問其主家業、兄弟、妻室之詳。僕告曰:"吾主田園足以裕家,為業之資,特附餘耳。父母俱存,别無昆季,況主母新喪,尚未及議。"娼聞言,意甚屬焉,乃密與僕銀一兩,俾奉爾主明日來,此為薦宿之資,外與錢百文,酬汝意也。其僕候主歸,告以故,以韶信之。明日袖其銀過其舟,與娼銀,令設酒肴燕飲。日夕,將就寢,其娼起,向裏背卧。以韶呼之再四,不答。翻覆起之,作態度,扯碎以韶所服羅衣。以韶不以為意,復以温語諭之。乃就寢,飲泣不已,詢之,且不答。抵四鼓,泣止,呼以韶,訴以衷曲云:"妾非娼,父名劉玉,都司都指揮,妾名蘭玉,揮之季女。奉命往征浙寇葉宗流,失機謫降台州衛指揮。至錢塘江遇賊劫掠,父母兄弟姊妹皆死于盜手,僅存妾身。衣服首飾囊篋亦為盜有,盜即王龜也。餘數人皆散去。盜以妾為妻,行賈江湖。不意舟覆,資投江中,止妾與龜得存。既而復用簪餌湊買此舟,令妾為娼度日。妾欲自盡,實為父兄之冤未伸,故勉強從此。久難其人不得暴白,昨見君謹厚可托,故罄肝膽,賴為妾父報此深仇。妾雖不潔,願永奉枕席。"遂以衣領中拆其父調衛文憑付以韶。以韶即詣憲臺訟其故,且出文憑證之。即遣捕密逮劉蘭玉、王龜至庭鞫之,抵罪如律,而以蘭玉配以韶。復為之奏于朝,詔原衛取劉玉弟侄襲職。此亦天理之報。

馬榮使虜受賞

閩之馬榮者,戶部侍郎薛公琦之寡姊子也。早喪父,失承家教。血氣既壯,結里中惡少日以槍棍武事為好。而母氏既沒,公挈往京師,與之貲,令其經營,不半載悉費去,所為愈縱。公無如之何。一日修宴會同年,三楊閣老預焉。公令榮侍宴,見諸人檢束謹飭,悚悚不安。東陽公時矚目,因問公曰:"此子於公為何行也?"公曰:"家姊之子,因失怙恃,某撫之比子。"楊公曰:"何不令其習字,使沾一恩?"薛公唯唯。建安、石首二公亦從旁言之。宴罷翌日,楊公為疏,准令戴平巾,習字中書科。正統己巳之變,駕陷虜廷。太皇太后念之,日夕不樂。欲遣人往問起居,而難其人。乃訪之吏、兵二部,遂推榮往。榮亦欣然請行。朝見內庭,太后喜其儀觀整秀,言語爽達,稱中書舍人。太后賜問館伴人馬幾何,榮奏曰:"不用人馬,臣請單騎到虜,但乞符驗一道足矣。"更請上舊衣以執信焉。太后與上中裙一事,又乞好馬,乃出內廄白馬一匹。太后復問:"卿幾時行?"榮對曰:"有馬即行。"太后念之不置,又曰:"臣恨不一日便到,何俟擇日。"即拜辭出朝,綽槍上馬而行。薛公見所為,嘆息謂夫人曰:"吾終為此兒累也,當亟告歸以圖全節。"上陳情休致。榮詣虜庭見上,與上對泣。具奏太后遠念之情,及出裙示之,上泣下。既而命歸,亦乞上衣回以復命。上脫細布衫與之。榮還朝,見太后,及致上意,並以衣獻。太后大慟,即授榮大理卿。天順復辟,問前探事中書何在,吏部對曰:"今為大理卿。"上即擢刑部尚書。人之功名,自分定也。

黄永齡先見

練川黄永齡，名壽。父某嘗為知府，父歿後貧。居縣之西門，緝織竹絲為燈，以給其食。工製細巧，其織如法。藝雖工作，然諳曉數學，人無知者。惟同邑醫者唐士英素與友善，一日謂士英曰："此去不出三十年，田野之人皆衣冠之僭。更過數年，民飢盜起，則兵矣。若人有知者，可以芋頭合以米粉，搗爛為劑，範為磚甃之屋，經百年不變，足以濟飢。"唐以為妄，卒不聽。後永齡具衣冠道溺於海而死。有旨令入粟，冠帶例行，濫及愚民，始信永齡之言不誣矣。

王太守遇虎

宜興王太守名某，廷軒之祖。嘗因祭掃其先墓，墓在深山中。比至，見一虎蹲於墓中，衆畏不敢進。復見其不動，令人擲以石子，適中其口，更不舉動。衆疑死虎，挾衆近觀，則知其石中喉而死。王為驚異，因遂怏怏不樂。及歸，夢其虎告曰："吾為中石而死，汝當遇石而亡。"後改知廣西平安府，因忤觸兵官所謂石總兵，遂以軍法治以死。王之生蓋寅年。人之遇有如此者，可謂幾希矣。

朱士能遭遇

松陵朱士能者，國初監生也。謁選之京師。一夕，飲於鄉人某官家，抵四鼓，就止其處。未幾趨朝，酒尚未醒，誤服其人緋服而入。天漸明，上遙見下班有秀才衣緋者，即宣而前，見其朗目長髯，人物魁偉，已而問其姓名，士能對曰："臣名朱士能。"上見其容帶酒，因戲曰："諸事能，豈貪欲。即著去雲南做佐布政。"士能辭曰："臣愚無學，安能治民。"上不聽。既歸，思無以效，乃謀于素所善友某，蓋其人嘗為吏，且有才智，即叩其門而見。其人戲曰："汝得何處倉大使?"士能對曰:"還大些。"其人曰:"大不過作布政耶?"士能曰:"果爾。"因相與笑。士能嘆曰:"余不意遭遇如此,第愧無才,實難負荷,此來欲與君籌耳。君肯與吾偕行乎?"其人遂同之任,凡一應裁决,悉出其人之手。嘗告士能曰:"依我行之,不失為好官,切不可先要思量做人家。"士能一聽其所為。再改廣西,所至以廉能稱。嗟夫,一監生何其遭遇如此哉。

張翁遣婿

湖廣黄州張翁某,初無子,止生一女,贅同郡某為婿,生二甥,長而不禮於翁。一日,婿父適至,張筵以飲。二甥殷勤於乃祖甚。至既返,張讓二甥曰:"我撫育汝兄弟長大,今日受用吾產業,吾何負於汝父子兄弟,而不敬禮於我。今見汝阿翁何甚殷僅之甚耶?"二甥答曰:"吾聞阿翁服重,外翁服輕。不敬重者,抑誰敬耶?"張聞其語,抑增傷感。時張年近六旬。一日,長嘆曰:"今日尚強健且視之如此,他日老邁,當如何耶?"密謀于所親,即奠告家廟,祝曰:"使吾嗣不絕,當生一子,我祖宗今夕願賜一吉夢。"是夜夢吉,遂娶一妾。次年果生一子,即張珙也。年十九登進士,為戶部主歷員外郎中。張復受封似此,婿及二甥趨恭不暇。張復會親友,告家廟,遣婿歸宗。甥戀不肯去。張曰:"汝去事服重之人,服輕不勞汝事我,我且已有服重者事我矣。"後張年八十八而終。珙今轉山東布政,尚未涯也。

黄指揮孝義

南京虎賁衛指揮王某妻喪,遂不娶,獨與母居,孝義備至。人稱孝義王而不名,蓋重之也。時有同官黄某者以事遠謫,幾十年不通音。其妻自處,貧不能存。總兵成國朱公儀憫之,且知王君之名喪偶久，欲以黄婦妻之。公一日召其母大淑人至，謂曰："聞汝子喪偶久不娶，人固義之。但人子事親而無婦以佐之，恐不能曲盡甘旨之養。今汝子同官黄某久謫不歸，死生未知。吾欲以此婦配汝子可乎？"王母倉猝莫能對，惟唯唯而已。既歸，語君所以，君亦默然。公明日復召君，語其故，君亦唯唯。蓋成公乃君之主帥，然又以母故耳。成公遂主其事，以為美舉，擇日歸之。君既納後，雖處一室，夜則各寢。居數月，婦歸告母。一日往告成公，公召君至，詢其故。君告："某曩蒙主帥所主，老母豈敢違逆。且姑納之，若與之相處，他日其夫歸，何以見之。況彼已失節，是某之失節也。"公曰："若爾何處耶？"君告曰："若保兩全，不若遣送謫所，若家有老奴夫婦二人，六十餘矣，某自備盤費，令此二人伴送到彼，庶使此婦不失所也。"公嘆賞久之，亦賜銀十兩，遣二人送至謫所。夫婦重完，致書感謝成國。由是偉重愈加獎諭，四方聞其事者至今稱之。

虎　倀

上虞張成者，村氓也，編當里役。一日代歸，夜睡中聞有呼其名者曰："快去縣中點卯，遲則有責。"成急起出門，恰遇一叟，告曰："此時夜未半，郎君何往？前有虎為害，姑坐此，待曉可行，不然終被所害。"成悟，來喚者必虎倀也。遂避堂中，潛自佛堂，攀援至梁。頃間見一人與虎俱至堂門，言曰："我喚他隨出門，此時想到此矣。如何不見，必有神護。"復入堂，回顧而去。成在梁上候至天明纔行。抵歸，盡去家堂所供之像，止奉宅神。蓋成思嶺上相逢之叟，必宅神也。

蔣十八打虎

浦江蔣十八者，樵采為業，一日入山遇虎，即掣匾擔擊去，勢盛拆之①,被虎傷其一臂。十八取樵斧斫去,斧又失之。即與抱持不放,既而同墜崖下。崖下之人衆共擊之,虎且死,十八得生。

① 按:"拆"字或當作"折"字。

姜子奇妻詩

太祖命徐達帥師下姑蘇,擒偽吴張士誠。城破之日,有儒士姜子奇者,事迫倉惶扶妻出避。時大軍騷擾,因失其妻。子奇流落孤苦,行乞諸途。迤逦至京,乞食苟度,不覺三載。一日行委巷中,忽見一婦人呼子奇至門,遺熟米,再裹以布囊,使之去。子奇感之,不敢熟視。蓋其妻也。當洪告時為兵官擄歸京師,留為小妾。當在其門見子奇行乞,欲與相見,又懼主人。是日主偶出,故呼而來。又為主母之女適見白母,即令人追之至,檢其囊中,更有金釵一事,書一封。主母候其夫還,告之。其夫索書觀之,題云:"夫留吴越妾江東,三載恩情一旦空。葵藿有心終向日,楊花無力暫隨風。兩行珠淚孤燈下,千里家山一夢中。每恨委身遭此難,有書誰寄子奇翁。"兵官見詩憫之,即遣還子奇,仍與錢米以給其婦。夫婦泣謝而去。武兵乃一武人,然有此異事,故書云。

魚太守廉介貧死

海虞魚公侃字汝善,由進士歷知開封府。持公秉廉,撫民如子,民戴之如父母,方之包孝肅公。民屢詣闕奏乞留公以養百姓。其後致政,一貧如故,家人多怨之。公感而得疾,日卧一小床,足不能履地,且無僮御。床懸一絢,緣之以起。家人飼食,必呼曰:"清官,飲食在此。"食竟,緣絢就枕,更不便於便溺,其苦如此。然其子孫不肖,不自經營,反怨公無遺貲,因致家日落。公怏怏而卒。卒後子孫流落，更不可勝言。余嘗見今之為官者，有貪求侵尅無厭者，有殘暴戕害其民者，今已回家，縱其子孫蕩費家業，遂為丐、為盜、婦女為娼者，及有既費田廬又發冢墓以售人而暴其祖父之屍于野者。惜魚公令名盛德，遠近敬仰甚，歸老不能安享一日，遭子孫不肖，且老貧病苦，天之報施何如哉！

王御史斬妖狐

湖廣寧卿縣行臺，久為妖孽所苦，部使者至不敢居。邑令重建新臺居之。其舊址荒蕪不葺，以為廢所，尚有舊屋存焉。弘治臨川王約資博為御史，奉命按行其邑，偶經舊臺，王問之，吏白其由。王令舁入，隨令吏率吏卒刈去草萊，灑掃廳宇，是夕止於此。惟一卒執燭，餘悉令守門，坐以待之。抵三鼓，俄一美姬前，持一帕置案上，再拜。王取其巾鎮于座，任其體態，不出一語。將及五鼓，其姬乞還原帕，王執不與。其姬聞鼓絕，哀告百出，終不與，倏然而去。天始明，諸司來候，王言其故，及取帕視之，乃狐皮也。即率衆蹤跡之，行至後園，見一枯楊，伐之。復掘其下三尺許，始得一穴，見一剝皮老狐死于中。王令火之，其怪遂絕。

蠶神報冤

弘治庚申，太倉孫廷慎行販安吉，往來皂林，見巡司獲盜三人，其人是彼大戶伍代之家丁。蓋其家每歲畜蠶多，桑或飼之不繼，因棄蠶十餘筐于土窖中。三人因駕船往市桑葉不得，舟還途次，忽一大鯉魚躍入舟中，約重數斤。三人喜其罕得，載歸餽主。經皂林，巡司過其舟，小而駕兩艣，遂追捕至司，檢其船，頭倉有人腿一隻。三人相驚異，巡司即縛解浙江臬司，拷掠甚至。鞫其身屍所在，三人不勝鍛煉，訴新得魚之故，變異之端。主司不信，三人者不得已而認之云殺人,屍首見埋在家隙地內。主司即差皂卒人等押至其家,妄指一地,發之。鼉皆不見,惟一死屍,身軀全,乃少一腿亦符。併家主抵罪。夫豈害鼉命數多,有此冤報耶?

新喻周氏女貞烈

新喻周志新老而無子,惟生一女,名福壽。同邑盧氏子聘其女。盧客湖湘甚久,幾十年不歸,且無音問。志新疑其已死,然其家亦貧,與妻謀欲他適。適里中某氏者頗富而無子,聞志新有此舉,遣媒妁求通以為側室,許以厚資。志新夫婦從容諷其女將改適之意。其女告曰:"吾但知有盧氏,縱其不歸,吾寧為盧婦,一女豈從二姓。父母在,雖貧,吾當紡績勉奉飲食。倘不幸而終,吾亦勉具衣衾之類,幸毋勞心,決不他念。若父母必欲為之,有死而已。"女因大慟。志新夫婦知不可屈,遂寢其事。後盧子終不回。其女一意事親,終始一禮,孑然自守,罕出戶外。年七十餘而歿。志定心堅,近世莫比,真烈之婦,世固有之,如斷髮截臂,破面投崖,自經自溺,驚衆駭人,此皆一時情激慷慨如此,誠亦難事。今觀是女,守貧歷苦,堅持雅操,不失父母之養,已亦至於稀年而歿,可謂禮義節孝兼備者矣。可不謂之難哉!

仙詩濟運

新安萬英常為本縣萬石長,弘治壬戌歲,該輸糧于淮。英當行,預請仙問往水陸安危,至淮交納利害。仙至,但書云:"青草湖邊六六灣,可急去。"餘無所示。萬英迤邐至淮,詣漕司下牒。適督收某主事,方與客飲,萬英立庭間。客偶賦詩:"黄河水漲三三曲。"主事正不能答,萬英從傍應聲云:"青草湖邊六六灣。"二公大為稱賞,因問來故,萬英告之,即令收納,令其下毋得留阻。一聯之偶,鬼神預鑒矣,抑亦萬英之福也。

石田翁客座新聞卷第八

姚公綬解仙語

崑山一老者姓王，嘗埋銀千兩土中，後因子當糧長，逋負數多，州司考掠，連逮其父，一一承償。還家發所埋，罄然無有。遂祈仙降書云："七尺幅布裙兩人做。"老者告莫喻。又書云："去問姚公綬。"其老備筐篚往扣公綬，綬徐曰："當分我半。"即許諾以百兩，未足，又添半，議得二百兩。三日後伺我到汝家言之。至日，綬至，悉呼其家人，唱名過。內有馮姓兄弟二人，曰馮三、馮四。綬密呼謂之曰："物是汝兄弟二人發之，若不認，必拘入官。"二人果出原物，一毫無費。公綬機警人，能解馮為縫，燭此隱語。但好利之心勝，不當承老人之急而取之也。

周孝婦

周玉妻王氏，長洲十八都惶家河人。平昔奉寡姑甚孝，姑患痿足不能履地，年七十餘，飲食需婦。家貧，玉又卒于疫。弘治二年，吳中大疫，屋皆折賣易食，終日負姑行乞于鄉，且道路多阻水，艱難厲揭，又疑步畏顛躓，所乞人家十無一得。有得一瓢殘飲，漉少粒喂姑，口則清湯自厭飢而已。姑曰："新婦，年荒力薄，我是垂死之人，只在旦夕，汝不須顧我以累兩莫支持。汝尚少，宜別為之，以求活。"婦曰："如先死，不能顧汝，如我氣未絕，豈有棄姑之理。"余知，呼來。姑佝僂在負，老少久飢，面虛骨立，皆無人色。因月與米一斗為些小之給。姑婦泣謝，余亦泣。因賦短歌云："水沒田，人沒食。周家老寡姑，足痿不復立。湖村行乞塹無路，新婦負姑飢乏力。東家西家水沉灶，南鄰北鄰浪排壁。偶然殘飲得半瓢，清湯泛泛浮少粒。漉粒飼姑惟啜湯，腸不能充唇略濕。夫既死，屋亦折。出無舡，住無宅。肌膚撑骨活死人，但是喉中少有息。姑頻勸婦勿相顧，留汝一身還易給。嗷嗷兩口日待哺，一噍莫營飢火急。姑說罷，婦號泣，生同死同誓不失。流離顛沛尚如此，仁孝心肝堅似石。我亦移家去城邑，養親無魚常菜食。自分升斗助勿及，不是有餘存惻惻。"

李翁義救三商

南陽李閣老賢未生時，其祖某有廣地，歲種棉花為業，花收兼販至湖廣脫賣。一歲價下，居停于店家凡三越月，有江西三商苦議買價二百兩，當日與貨價俱交易過，但未及裝入舡耳。其夕店家失火，三商皆臨江人，抱頭號泣曰："某等俱假本為商，多年江湖上合得此些少之物，一旦俱失，何以回鄉償人。"各欲投江，躃地號天，人皆憐之。李翁聞知，乃呼三商謂曰："何苦如此，貨未及舡，尚我貨也，貨失價在，我當還汝，亦天理也。汝失本無以生，我失貨歸，尚力可致。"人皆義之。還銀之夕，其家有客假宿，夜半聞有人聲。竊視之，兩緋衣相坐于中堂，自議云："固有陰德，但葬地所向不利，稍轉從某向，貴不可言。"宿者達其家人。李翁因遵是語易向改葬。是年生閣老云。

朱狀元夢

弘治丙辰科，蘇州舉人陳霽會試，夢于蘇城大街見兩人夾持一旗帳,大書"狀元"二字。其二持竿人遍身被血,自謂他人無見者,獨霽得覩,以為吉兆。開榜,狀元是朱希周也。希周蘇人,始悟兩人被血通紅者,朱也。霽亦得同榜第三。

都元敬夢

蘇州儒士都穆元敬,攻古文,累舉不中。弘治八年乙卯鄉試,因托門人黄體忠代祈九仙,夢神語曰:"高嵯峨在何處?"初莫解。後巡撫何公鑑知其名,送之入試,遂獲薦。而其本經試乃高士達也。始悟"何、高"皆人姓云。

章德懋節概

金華章德懋為翰林庶吉士,閣老劉定之試以玉堂蔬圃詩,德懋結句云:"賢哉公儀休,拔卻園中葵。"遂通輕薄之目。後出中秋賞月賦,又云:"天下之人,有罹憂愁、羈患貧、苦孤寡者,見月不樂。惟高官厚禄、身享太平、無事立朝者,見月則樂也。"又忤劉意,不肯作應制賞燈詩,繼陳章,遂遭謫調。後引疾養親于家,累徵不起,名重一時云。

程篁墩受誣降筆

弘治乙未會試,程學士敏政主考,以言者去國,未幾疽發背卒。是年京師有雪祈仙者,程至降筆云:"雪夜東坡游,聞有請謫仙者。予亦謫仙之流也。事之不偶,殆有甚焉者。詩以紀之。"因成一絶云:"江山何日許重來,白骨青林事可哀。吾黨莫嫌清夢遠,海東東去有蓬萊。"又二律云:"紫閣勳名近已休,文章空自壓儒流。孤忠敢許懸天目,浩氣還應射斗牛。蘇子直松遭衆謗,杜林芳草嘆窮愁。乾坤不盡江流急,回首青山一故丘。"又云:"斯文今古一堪哀,道學真傳已作灰。鴻雁未高羅網合，麒麟何見信時猜。迅雷不起金縢策，紫電誰知武庫財。此氣那同芳草合，渾淪來往共盈虧。”辭氣頗類程平日所作云。先生博學負才氣，多有忌之者。修道蘇，余候於舟次，因問及國朝典章人物，歷歷如貫珠。退而嘆曰：“先生豈但博古哉。”今罹此奇禍，豈天厭斯文也歟？余有悼言云：“高官博學何辭毀，頃疾長殂可嘆嗟。君子不知蠅有惡，小人寧信玉無瑕。聖明浩浩湯除網，睽極茫茫鬼載車。歸把遺文深殉葬，看他地下發光華。”

劉文恭公忠誠

劉假庵先生鉉初入國學，公素與富太監厚，富首以所親馬某名帖囑公越例超撥。因集六堂取撥間，檢馬名前二三百人，復使曰：“若從老太監越次撥之，則二三百人皆唾駡，累老太監亦不生福，不敢奉教也。”使去，命馬生跪於堂，以愧其用倖。因設撥歷須知，彰示六堂，使次第之級一人不及越，至今傳以為例。景泰易儲，在京各衙門凡有印者皆進疏勸贊，其間至有父傳之子之語。惟祭酒公長嘆曰：“我既不能諫沮，反迎合邀寵，天理何在哉！”既易後，翰林堂上諸公皆帶青宮職銜，惟國子不與恩典。天順復辟，諸公黜辱不可勝，公晏然自泰。東宮還位，朝廷首選公任詹事，且喻：“汝老成善道。”東駕錫賚殊常。人服公存心忠誠，後福如此。親友皆屢賀以言艷公，公曰：“我初心豈覬此哉。”

馬文升搆怨藩籬

弘治庚申五六年間，彗出。虜寇大同，一路拆長城入關①。兵出，屢不利。京中群小兒歌曰：“天上有掃星，地下有達兵，若是要太平，須殺馬文升。”蓋馬公久任兵部尚書，幹局不宏，惟恃儉刻為能事。朝廷各邊,上有賞賚,多奏裁之。京軍布糧,皆從減削。遼東城朵顔三衛朝廷為藩籬,設四指揮,一都督統之。近年某都督死,其子來襲,例賚舊敕,易文憑與之。公以其遠人,收其子敕憑不見與。延以歲月,其子忿而去,部落中以其職署,皆不順令。且連年賞賚薄少,上下易心,遂結合夥寇邊。耐馬公之一身聚怨,內外紛然。近日因屠冢宰去位,馬嘗遷以避禍。被御史杜啓一本彈其臨難避位,不學無術之說,衆是其言。古云:"軍不賞,士不往。軍無財,士不來。"馬公當不聞此?

① 按:"拆"或當作"折"。

解學士不私

解學士縉嘗有詩寄曾子啟,曾尚未第。詩末句云:"寄語龍潭曾子啟,明年好豎狀元坊。"次年開科,解主試,取曾為榜首。有以解詩奏,詰其有私。朝廷復試,出梅花禁體詩一百首,曾隨長短句信筆而就。其聖旨稱云:"真天才也。"奏者以誣被罪。

羅汝節不欺

宣德間,羅工侍汝節為庶吉士時,好睡亦好奕。一日賜問失對,罰往刑部充吏。上復使人覘之。羅具吏巾服侍立堂上。上曰:"無恥!"宣回。他日,上又至,考校諸吉士,羅適睡在空書橱內。問如何不見羅汝節?衆不敢隱,開橱卻出。復發刑部為皂隸。羅即穿本等服飾,持朴列立階下。上又廉知,宣至,改任刑部主事,後至今官。

盛允高宏達

蘇州盛昶允高,初任御史有聲。言事忤旨,降為典史,陞知縣,皆有山水之樂。自為詩云:“性懶才疎官亦拙,天然處處有山川。銓司頗信為知己,一度遷官一度閑。”可謂安分而不懷憤者矣。

起巖屬對

蘇州人高聲遠有書齋,題春聯云:“戀闕有心常拱北。”正無對,適徐起巖至。徐平生能屬對,且敏捷,隨口云:“讀書無暇去登東。”座客為之捧腹。

舟人夢驗

江西泰和縣江中渡子者,夜夢神謂曰:“明日有丞相母渡江,須伺之。”翌早,舟人已滿。渡子以夢故候之。良久,果一婦人來。問之,邑中尹氏婦也,婦方娠身。生子即公直,累官入閣,如夢語云。

雷擊假銀父子

有一人偽造假銀,專于鎮江、孟河、下港等處碼頭以碎塊誆人。久而術不行,卻於上江,以此買竹一大牖來孟河,賣與漕舡作纜。忽雷火焚其舡,其篙師舵工皆得走活,惟父子反縛於桅竿上,火炙殺之。舡燒至底,及水而火滅,忽大風翻浪轉其底,焚之無遺。後人傳其貨篾人得銀十五兩歸去,買竹人識為白銅,其人跳水死故也。

神魚載婦獲盜

成化間,濟寧一娼與姦夫同至蘇州滸墅。他日反目,忿怒,伺夫出外,挈箱奩附舟而歸。至青草沙,舟子視其單身多資,遽推婦入江而去。婦及水不沉,若騎一物而行。順流而下十三里,以手捫所騎物,其身如魚,為所嚙碎右臂。遇救者救登岸,引婦訴于巡司。

巡檢令認所盜船人,盜覺,乃揚帆疾去,巡舟亦揚帆而逐之。盜舟盤桓若有所挽而不得進者,巡舟追及之,獲盜七人,皆置於法。

倒馬坡

弘治五年,廣西蠻作亂。馬都督俊、馬参議鉉帥兵剿之。出城,帳前有一人儈刀手。忽二人所乘自倒,軍中閧然,已倒二馬。及至山隘處,被蠻兵襲至,二人俱遇其害。況其處舊名倒馬坡,其數如此。

鴝鵒能言

景泰中,長洲甫里何白頭者,畜鴝鵒能言。嘗因私販鹽䴕,為巡卒掩至。何亟藏鹽包於積灰中,卒檢其家無所獲,將行,鴝鵒忽言:“鹽在灰內。”卒如其言,果得之。

物類相扶持

弘治五年九月間,吾鄉遭水,鱔多。鄰周江編竹為籪,截流以取之。鱔之黠者不落筌箐中,攀附籪中而過江。用小舟伺於下,左右撲攫。俄見一巨蟹,八足俱脫,止以螯鉗兩蟹,憑藉而上,將及竹杪則難為轉身,墮水中。少傾,復扶而上,上而復墮,如是者三。嗚呼!一介蟲之微,尚能扶持。人有見投井而擠之、復下石者,是蟹之罪人也。

妻賢解禍

蘇州嘉定石璋者,與一輩妄徒積年攬解官料,侵費動數千未敗。縣中一耆老何姓者,欲舉其弊,璋亦在數中。何將行,經璋家,因入探。其妻出迓曰:“吾夫少出,不知尊至有何話言?”何曰:“要去，來别耳。”妻忙治具，留款甚豐。腆飲畢，出白金五兩、布十匹為贐，且慰謝再四曰：“因夫不在，甚非禮遇。”臨出門，又奉一大臘曰：“途中少助小菜。”何感謝不已，奏辭竟除璋名。概縣攬徒一網打盡，璋安然在家，是由妻之賢也。

宿冤償報

嘉定江灣李疇生一孫名桂，恃富驕淫無度。疇老病，床褥業已為桂廢落，尚以其有藏，大暑舁疇曝於日中，逼脇之。又善虐妻，不可勝言。及妻母探女，亦欲犯之。似此不法放縱，疇告其過於官，執桂瘐死。疇亦卒。其老奴能言，桂即是談外郎轉生，音聲笑貌，與之無異。談舊與疇往來甚密，衣食其家。又後從吏人告詰疇短，疇初圖相好相厚，雖知之，亦無如之何。一日醉于疇家，疇令僮與褪靴，靴中匿一奏草，歷拾疇家平昔過惡，纖悉無遺。疇見之憾于心，亦使人告發負糧不法事。談既死於獄，桂生，恰破疇，是償宿冤也。

櫛工異癥

嘉定縣西門櫛工周某者，弘治二年右足小股中忽浮腫作痛，五年不愈。偶醫人金姓為之灸，因痛極號呼而死。死後股中若作唧唧聲，家人火其屍，爆出小嬰兒一枚，四肢五官俱具。其疾正如一茄，竟不知其為何疾也。

嘉辭廣施

嘉定南翔寺毁于火，一道人為之募緣復創，至大姓家，甚盛稱佛力之大。主人難之曰：“佛信有神力，何不返風滅火，以至焚毁，乃復使汝效力耶？”道人曰：“不然，此有數存焉，前修福盡，後修福生耳。”

主人嘉其辭,為之廣施予。以倉卒中出言有理,雖達者不能也。

妖狐寄書

洞庭西山沈進常,為商抵河南胡凌城。逆旅有胡生者,同寓既久。進見還,胡盛餞之,且托附書信回。進詢其所投,命於王賢嶺下大椐樹邊,但扣樹三呼"胡老官有家信",則自有人出。如其言至樹下,扣而呼之,一老人應聲,頃間其地化為一大宅,第出接迎,陳酒食餉之。進見西廊庭下一鐵棚,有婦人被牢籠其中。諦視,知其妻也。先是,其妻已年餘尫羸不起。進懇釋於老人,老人曰:"蓋家小兒輩,汝婦以水播濕其衣被,兒輩薄劣,攝來久矣。為公分,即撤籠放之。"進還家,其妻精神頓復。憤其妻被辱,集數十人樹下,發其穴,以火炬熏燔其中。尚聞其中罵曰:"沈賊壞我事! 急須移去耳。"但見群狐各挾斷梗一束,進退若人,奔趨而去,蓋弘治元年事。意所挾梗,當是其屋材也。

郭良中武舉狀元

成化間,武定侯長孫郭良為勳衛,任錦衣帶俸指揮。初其侯薨,因良幼,借叔氏。叔薨,良奏襲,叔氏子爭不得。良自奮讀習武,後第為武舉狀元。馬上連中六矢,步中三矢,三策一論皆超流輩。於出榜之後,夜夢入一空宅,至後堂見萬三夫婦二人。萬三,萬妃弟也,見良至,舉酒飲良,婦供一肉丸。婦目良而言曰:"明日唱名,遂得此捷。"因追驗食丸者,無也。其策語用一"陰"字,主考特點注此字,批曰:"其用字允妙。"豈陰乃婦人也,嘆者蒙其喜賞也。

惡子業報

河南汴梁祥符陳知府,先任陝西,嘗養盜某,密分其贓。一日,盜被執送府,事難解救,因打死於獄。後盜為陳生子,長而無藉,為盜。父捆縛於前,欲揮刀殺之。其子遂變形,鬚髯蓬然,即前盜也。陳乃嘆曰:"此業報也。"遂釋子,縱其所為。後乞于市,飢死溝中。

轉生兒認家

鳳陽府宿州一民人,死六年托生福建泉州乞兒家,能記前生事,年十二歲謂母曰:"我前世宿州家頗過,今貧不能活,不若相移至彼就養。"行至宿州,此兒認至家,見妻立於門前,遂呼婆兒,被妻罵逐不已。媳婦出,又呼大名媳婦某氏:"我來矣。"其家為怪。一鄰嫗來看,此兒又呼嫗名,指女子令認曰:"此亦汝女也。"遂低首尋思一回,卻曰:"想婆兒生兒之時,思食乾魚,曾買與食來。"婆兒方泣而認。且謂:"你既為我丈夫,你存日有銀四十兩,藏在何處,卻令兒子輩埋怨我。"挾與外母家,此兒引婆兒去尋後屋。後屋已拆毀,過問桁木何在,尚改為小房,卻指認一桁木,令取斧劈開,果獲銀四十兩。其家遂收養乞嫗并此兒。婆兒又問:"已死十八年,今纔十二歲,你六年卻在何處?"云:"一起三十人,俱罰在高郵湖駁岸做工。"鄉人來問死事,歷歷能言。

段公蒞政光明

南陽知府段堅,陝西蘭縣人,廣有能聲。初到任,揭帖子于廳曰:"冥冥公道終難泯,暗暗私情到了知。始終光明。"以兩語見其為人矣。

田氏三子孝行

河南開封府許州郾城縣治之西門居民田敬、田禮、田綱兄弟三人,性至孝,早喪父,奉母甚謹。母略慈而存嚴教,每子少有過差,必併婦治之;婦或失治,婦子弗跪拜亦責。家門檢束,肅肅如朝焉。

若是,諸子愛敬愈隆,無一危言慍色。凡天寒,解衣以體温衾席,氣燠而母寢。兄弟更為常飲食、衣服,不惜家之有無,必致適母為事。及母卒,三子晝夜號泣,同廬墓上。三年哀至,則哭如初喪時。嗚呼!田氏三兄弟者,有司不能上其事以旌之,往往作偽以賂而譽得者,綽楔巍然而表人孝,獨何心哉!

鬼報德惠

錢布政景寅,任湖廣,因點軍征獠賊,見一卒項間刀瘢深長可怪,詰其故,卒云:"往時清明上冢,道遇卒風襲人,眼黑莫辨物,意有神過,急以祭餘肴酒向空享之。越半年,出西門,遇一人握其手,再四懇謝所惠。某曰:'與君素相昧,何惠之有?'其人曰:'向受陰府差久飢渴,得君羹飯之惠,正思無以為報。'因拉登酒肆。某是日茄素①,其人又云:'君數一分酒肉,一刀下死。我特改過,三分酒肉,一刀不死。'後剿賊,果被刀斫,但喉不斷而活耳。"

① 按:"茄"字或为"茹"字。

周公恭遇

周子書恂如為越府長史時,朝廷簡諸道巡撫缺其一,上親署其名為工部侍郎巡撫南畿。待詔周孟簡往報之。頃公上部送輿皂至,明日領敕謝恩,尚曰:"我安能至此。"諸公皆衣緋而公獨青袍。上見曰:"無意於此官。"賜宴間,命針工度其長短為之。酒畢謝恩,緋袍已至。其恭遇如此。

妒婦厭勝

李勳,府學生,次女嫁王紼。紼弟妻秦駝之女,極妒惡,不得於姑。在家為女時，習厭勝術，以紙一條，分剪其首為數縷，其間寫姑幼名、生年月日，咒之云云。一早，其紙縷綰一結甚巧不可解。潛去貼於姑床腳上。厥夫適來見之，隨籠入袖。至晚不意自袖墮地。夫見有母名，知妻魘魅，遂逐回。歲餘親戚解勸，容回。又妒其姆李氏，言語遂不接，相見亦不為禮。無何其姆卒。死五六年，忽於弘治十三年七月間，秦氏聞李氏罵曰："我死一向昏冥，今始知是汝三次令天庫內下詞納我性命，又貼紙票在床簀上咒死我。"其姑勸曰："汝自命絕，豈有咒死人之理。"李氏曰："不信去看我床，驗紙痕尚在。"驗之果然。秦氏被其隱說明隱惡，畏懼不克安，乃歸寧父母家避之。李氏曰："汝早晚有歸日，必須償抵我命方罷。"

傭人信義

張某者，北京人，行賈于蘇，買蔴布、紵絲。因收白果往洞庭包山，所隨小郎忽故，就於洞庭轉傭符某。張至淮安亦故，符與之棺殮，拾其貨帳并物，載至北京，有三千兩之餘。尋其家，交割，纖悉無昧。其子出銀三百兩酬其勤，不敢受，固謝："我若利此物，而君傭時，爾家焉知，我昧之亦無跡。"讓久之，因曰："汝若謂我有義，可假與二千與我為本，行貨江湖，有所利不敢忘君賜也。"其家與之。是年買花得利，對合二三年間，有萬餘兩。賫二千五百兩還其家，止納其本，餘利卻不受。

怪不為禍

宜興西鄉一田戶姓尹，其家忽有怪作聲，久而有言有形。其鄰家娶婦，怪云："彼新婦如何不來見我，來當有贈，否則有禍。"婦不得已，即來。但聞梁上作聲，墜下紵絲二疋與之，又擲與銀一錠。由是各學生員往扣之，內一人亦姓尹，問："汝是何人？"答曰："我是八奕大人。”再問前程,云:“汝乃主事員外郎中,汝父尹經歷見不見,他卻在家誹謗我。若來,懸吊一日,割去其勢。”又問:“汝有銀,能使我見否?”即於梁上放下一串,每錠自相連綴不落。又掛一串鴨卵,亦各虛頂如粘者。其家因其集衆,恐累,挈家移避他所,怪亦自去。

石田翁客座新聞卷第九

丐竊神語瘳疾

洞庭西山植里保李璠初娶子婦張氏，及門未成禮，忽患耳疼不可忍，僵卧弗起。璠舉家跼蹐，乃祈祀五通神，每日設一筵，且誠懇之至。及數日，疾不瘳。里有丐者王蓬頭，坐磚橋上捫虱，忽見五人連騎而過，皆衣緋者。其中人自相語曰："享其盛饌多矣，將何以治而報之？"一人答曰："蓋其婦出閣時櫛工為之理容後，以消息子振其耳，因毛茸中粘一雞虱墮其中，相嚙作疼耳。須用褪毛雞令患者枕之，虱觸其味必出以就雞也。"丐者尾其後而聞之，異其言，潛蹤五騎至禴家。明日告璠，故如其言而治之，虱果出，痛遂止。璠厚酬丐者，得以生理，不復行乞矣。

雷神易震逆婦

洞庭西山金家嶺下有石氏婦，事姑不孝。一日雷作，震其姑而死。其婦合掌仰曰："正擊得當矣。"言訖，雷即震其婦而死，姑復蘇。雷之號令，亦昭昭矣。

獲藏致富

洞庭西山徐傑者，在消夏灣左邊住，初甚貧，生一子名阿圾。父母以晚年得此兒，甚有舐犢之愛。七歲時在廚下作劣，為潘湯所傷,卧灶下,每見小兒在前戲,逐去則沒于地中。圾呼母看,則不見。如此者十餘日。父母因圾所見小兒沒處掘之,得一窖藏銀,每錠皆鑿阿圾名為記。其鄰并知,爭來分攫。攫入手舉成泥。後阿圾自攫,則又皆銀也。今致富不貲云。

鐵丸中盜

蔡時中,洞庭西山人,仕為南寧守,將致政,預以所蓄付妻先回。舟中有少年莫生,乃南寧土人,附舟為販者也。強勁俊爽,人皆愛之。一日,舟泊江滸,以其地多盜尾之,莫挾鐵丸登岸旁樹上以俟。抵暮,盜七人將登舟行劫,莫發鐵丸七枚,中七人之腦,皆死於水。明日各從其腦中剜其丸而去,遂得無虞。時中德之,易其名曰"盛",以養女納為婿云。

得物有命

陳駒二者,洞庭人,嘗倩陸松駕舟商販江湖。松,江陰人。一日,舟膠淺,松沉水舉舟,腳所著物如米包,因摸索之,米中尚藏銀纍纍,不知數。潛攫數枚,置卧倉中,再攫再得,見察于同事者。駒二亦知,盡攘有之。及同事亦各有分攫,松止得十七錠。後駒二并所分攫者或病或失,略無一存。後松小販至沛縣,於土中復得銀千餘兩,今寓居洞庭,遂致富。物之得失,天自有數,強得者則以為禍而不能一留。書此以戒貪妄者云。

鄉闈鄉驗

饒州戴旦,於壬子科第鄉闈前曾假人於九鯉湖祈夢。神曰:"汝科第在巡檢司。"前未達其語。及赴試時,與兄同入場,兄自意文不利而回。旦自謂得意,然恐兄無聊,乃伴其歸。中途復遇其長兄醫學訓科,起送赴省,長兄拉旦同行。其夕泊舟昌邑,巡司捷報,旦得雋,乃省夢中語驗於此也。

鬼推命

弘治五年十月,常熟程尚書琮卒之三日,其弟元泰立門外,遇星士魏觀,因拉入相與嘆曰:"爾父志堅嘗推先兄此運尚未衰,今卻至此。"觀索其命狀詳覈之,曰:"蓋訛一運。"握筆於紙尾另批曰:"以訛運果未至棄世,以正運推之則不能逃矣。"復與元泰推曰:"公尚有十年壽。"款茶而別。明日元泰遇志堅,有凶服,詰之,云:"小兒之不幸也。"元泰愕曰:"昨日此時過舍,推命一餉,豈有是哉!"志堅曰:"昨日正在家氣絕時也,且患瘵伏枕兩月餘,豈能跬步離床乎?"因出所批命狀疏後之語,其父認其筆跡宛然而痛泣。越明年往訃其妻族,鄰人某亦於是日見觀於途次,且問其何往,云:"之太倉。"其日訃至,鄰人大以為驚。死者魂氣無不之也,其然乎?

獲財失婦

成化八年,上虞下蓋湖因海涌潮漲,湖水相漫,人皆飄蕩殆盡。有王某者,其女許適陳氏。是夕水急,以女坐床上,箱奩縛置床兩旁,信床隨流而下。偶值陳氏家下,其子撈獲之,盡利其箱奩,竟沉女入水死。後檢箱,正其聘定,衣服首飾故在,乃知其女是厥妻也。始悔之,已及死矣。人於倉卒流離之際死所故有,但惜陳氏稍存仁於此,則亦終身之伉儷也。書此以戒不仁。

鬼托傳子

歙縣王材人、王慄夜行山麓間,見白衣人近呼其名,視之則鄉遺朱處士也。知其已死,畏弗敢諾。朱曰:"不必懼,我非禍君者,特有家事奉托耳。"慄諾應之。朱曰:"煩君語吾兒應祺秀才,閫內第幾笥中有號菊籬手卷者,當時丐名公詩文未完,須為我了之。"言訖不見。慄歸,語應祺,果於其箱獲之,遂如戒完之。時成化二十三年也。

盛瓘妻胡氏

蘇州南濠盛瓘其室胡氏,嘗有微恙,屢見一白衣老人以手扣之,胡氏心甚畏忌,自爾不敢下樓凡兩三月。厥夫見其病不加而但憂疑不樂,乃再四勸其出外舒暢。室不從,至手掖而下樓,甫轉足,則樓已壓矣。卧內器物無完者,但醯二罋略無打壞。樓既壓,其子應期第鄉闈捷報恰至,人以為奇。

妓娠鼠

秦邸教坊女妓孫鸚哥,有病腹脹逾年,若有娠者。久而益大,腹裂而死。於牝中跳出小鼠不可數滿地,次出一巨包,剖之有大鼠,見人欲竄,為撲擊而死。

李源妻賢德

祁門李源景瞻妻方氏,家嘗失火,夫與子俱奔出,方氏冒火登樓,挾其舅姑二畫像而甫下,火即彌樓,樓傾。人皆讓之曰:"財物且不及顧,汝何急此耶?"方曰:"財物易致,此遺像一失則不可復得矣。"聞者重其識。

天抄剿

成化二十年,海鹽半路地名于城,一日天色陟作昏黑,其地有馮家,近黃道湖,見龍蛇蜒起於湖中,勢直其家而過。渾舍出拜祈龍無苦，但卒然而至，一家黑風羊角，屋室器物罄然，隨風刮去，靡有孑遺，止留白地而已。卻不知飄落何處。次年甫蓋新屋成，又如前刮去，人謂之天抄劄。

檀樹為怪

休寧古源三十三都有古檀樹，圍五六尺而中空。成化間，樹稍忽作人言，自稱檀官人，能預知人之疾病生死事之休咎，言無不驗。或享酒糈，則又責以不盡供而藏蓄，何耶。有胡其姓者往問事，則亂擲磚石擊之而厲聲罵曰："何敢於人前妄肆訾毁!"胡生再拜謝罷，蓋實有後言也。鄉人搬蔡伯喈戲優人，稍遺逸又必於空中拋磚毆之。樹在農家屋旁，其家甚苦之。遇其姻文道士有術，揮斧伐之，樹呼曰："不須伐我，我當去。"自茲遂絶。

王忠誠

寧波王忠誠者，弱冠時隨伴下海捕魚，風水漂到占城，遂流寓於彼之國。宰執以女妻之，身亦貴顯。成化初，充貢使事中國，舡抵於寧波，鄉里藐然無識者。忠誠偶游城中，一老輩曰："此官何酷肖王忠誠。"忠誠聞而默令人呼此老至傳舍中，彼此始相認，且語其元聘定妻存亡，云："尚未改節。"忠誠使還，啟其國主而還。宰執以遣女隨返中國，復娶前聘妻為正室。其宰執女有一子，名某，中丁未科第進士，今官南京主事云。

章德黑雞

海寧金僉事初尹章德縣，其子言章德澗中生黑雞，蓋黑蛙也，味極美。山丁欲取之，則從僧買召孤魂榜，張於岑鬱處而燃火其下，則蛙群赴火而至，伏榜下不動。人從而攫之，初夕殆千，次夕差少,至三夕則無矣。易其榜於他所,仍聚如前。若醮三晝夜者,榜價金二兩,一晝夜者半之。夫物類固有相感者,若此則又不知其何因也。

王玉厚德

王玉,北京人,家於朝天宫李紙馬隔壁,富放印錢。有屠兒陳勉者,假銀十兩為本,張肆宰猪,議約十日還錢五百。玉因其越限不償,往候之。其鄰止玉曰:"勉患疫,不可入。"玉曰:"也煞去看之。"玉入,坐其炕上,以言慰曰:"汝病,但自好將息,不須掛念印錢,我亦不來相索也。待強健有生理,慢慢議還。"玉去,其家原有零碎銀十來兩一包,密藏於炕門口,因享神。令妻取用,不復有。勉謂必是玉取去,不然何以有許多寬慰之說。令妻明日往玉家求還一半。玉驚異其言,度曰:"我若不認,病者何以為懷,病必益而有致命之虞。"承其言,與銀五兩。勉病且瘥。因炕久將壞,乃重理之,於中得前銀包,數亦足,蓋為鼠銜入也。勉與妻持前銀五兩往謝妄瀆之罪。玉謂曰:"我所不諱者,恐汝失物憂而傷生。今既病好,物出事白。但我有一言相勸,其五兩并前印錢俱不須還,願汝改屠業别作生理。"勉拜感其言,回棄屠,乃淮東販米為生。衆皆以小斗出米,勉獨出入惟一斗。人信之,反致糴衆,家遂豐裕。嘗於道上見一癩僧,載歸。僧於炕遺溺甚淋漓,不厭。明日遺藥一包為謝曰:"能點鉛為銀。"因愈富。今二子茂芳,積產至十餘萬。玉子昭亦任錦衣衛總旗,家亦富甚。

業報瘡

董章者,錦衣衛小校也,性險刻,專以誣人妖妄為事,故擢至指揮。見道人誦經,即指為白蓮教,其歷官之勳,凌遲八百餘人,棄市者不可勝計。一日早朝回,中途見數十人捽章下馬,折其一足,醫療之,稍可。而其長子以背疽死。逾數月,章復發瘡於準旁,四圍潰爛,痛不可言,惟以小刀剔去肉一星,痛暫止,頃則復然矣。後其面漸割見骨,而目睛閃閃然,見者無不怖畏。穢氣盈室,夜則自聞蛆於潰中肉咂咂作聲。若是者凡三月而卒。醫者不能治,衹云"業報瘡"而已。

成殮復活

無錫縣尤璧堂弟某,年六十時疫死七日,家人以成殮。忽聽棺中作聲不已,其子剖開,見父既活,但身肉多青紫,後復漸消退。五六年尚有未全復處。且云:"陰司以無過宥回,當許活世三十年。"

托生記認生前

南京三牌樓斜橋屠兒朱壽兩子,長曰昶,次曰奇。妻顧氏。壽於弘治二年故,托生神策衛秦芳家為兒。六歲,不能言。芳家欄中畜豬數口,昶往買豬,小兒見昶即呼其名,稱吾兒。昶怪而謂何,云曰:"我是汝父朱壽,比在生嘗買豬十口,已賣過八口,剩二口未及宰而死。汝母顧氏,汝弟奇安好否?"昶欲以錢贖回侍養,芳不從。小兒曰:"我已轉為他家子,難認前生。"昶買蔗與啖,卻不肯食。因囑云:"靈座燒紙供養亦何用,可毀之。我在秦氏當有二十年。"數正如此。

海中巨魚

成化間,嘉定濱海清海浦場浮一死魚,長十八丈,人立馬上攀其脊尚不可及,且一半没淤沙中。廣亦步該三丈六尺。以木撐其口,可容六人,略不阻礙。沿口十二鬚,俱長一丈五尺,如牛角然。

有鬣長五六寸者,如豬鬃。千餘人剝割三日方盡。肥鯹難食,祇可熬油燃火。舌亦臠至百餘擔,無鱗,皮黑色,無眼珠。其頭骨,下沙三場秦瓊用水牯牛六頭,以車載回,其大可知矣。嘗聞海鰌死浮沙上,則兆火。其類是鰌也,其地亦無他故。

負債償報

南陽鄧州張真一子庶,畢姻之夕卒死。後托清華北金林家為虎黧狗,其防夜警次甚力。一夕,見夢於父真曰:“我死後,曾托金林家為黑犬,因盜食豬肝被箠死。又逾年復生金林家,緣欠其銀八錢,故償之。”其父明日會訪於金氏,其犬猛惡,白日不通人往來,人有至者,家人必先繫縛之,然後接客。其日張至,犬繞其身,搖尾貼首,似故相識者。其家人以為異。張乃告犬托夢之故。欲贖回,金氏固不從。張去,狗趨送四五里,戀戀不忍捨。不逾月,犬亦死。

姦夫誤殺

南陽府南召縣,弘治元年縣人李某騎一草驢郊行,適一婦人騎兒馬相隨。馬驢欲風,眷戀各不能控制,一路並行,至晚投岐山家。其家僅一老翁與幼女各一室,讓女室處其二人。其家將謂夫婦也,倉卒亦不能白。是夕李強與同宿。夜半忽被人殺死二人,其驢馬各自認家而回。家人跡至,二屍尚在翁家。聞於縣,比縣官鞫其情,非謀財之故,因鞫其翁女,乃知姦夫之為。姦夫逮至,鞫夜至女室,見與男子同睡,意謂女子棄我而別私,故憤殺之,不知其誤。縣官竟以姦夫抵命焉。

誤攝還魂

景泰甲戌,上海大疫。其十七辟保杜璧者,患甚。見一使者以花絹扎兩股，手執印票，棍長丈許，來逮璧。璧隨而行。但見天色黯黯，略有光。至一所如洞，其門有二白尖守，甚偉獰，人至此則黑晦若漆，略無所覩。乃俯首而行，行久漸明如日中。又一門，復有二白犬監守。中有殿堂，高麗暉映。上坐五人，衣緋袍、圓帽。二使引璧，聲喏見。主者云："誰何？"二使以鄉貫姓名回答。主者曰："其人無預與。"令曹司以籍考之，曰："但汝處某當死，某當病，汝尚壽未絕。"復叱二使送歸，復由黑處而出。一使執璧索謝，璧曰："相公已見釋，汝尚何索耶？"二使怒，呼一人至，其頭類鷹隼，啄璧脅下。璧活，啄處憤起，作青腫，數日不退。

曹春還魂

嘉定縣清浦曹春新伯者，疽發背，勢亟昏瞶。聞其魂往本處嶽廟，遇舊友孫汝敬等數人，生前曹道契。問云："何為而來？"答曰："被攝至。"衆曰："少延，俟與檢死籍何如耶？"出曰："汝不須憂，尚三年未死。"曹素善謳，衆哆曰："須汝一曲以洗久曠之耳。"曹乃謳畢，衆送回，遂甦。先是家人見其僵卧，口微若咿咿，唇開牽哆，其謳時也。後活至三月而死，冥司以三年為三月也。

沈希諒死魂索債

嘉定城中沈希諒死，有憑家僕云："我死時入殮多虧彭五官人瓊，與我著衣甚好，但衣帶不甚牢整，近今心快然。"又云："某嘗與吾交好，立券借銀十兩，以我死，遂欺我家，紿為已還，其不仁甚矣。"令子去請二人來。彭至，慰謝後令辦茶，茶無果，叱家人曰："盤中尚有某果在，何告乏也？"負財者至，面折之，其人無辭，云："不與較利，但急還本則已，不然我祟汝家。"其人即還之。自後有孫病，亦憑僕云："小兒何不贖崑山某醫藥與之服？"家人云不識，云:"我須自往。"少間則所憑僕袖中出丸藥,服之即愈。凡家中有故,則復憑語。如是者二年餘,一日云:"今我差往北方治事,家中不須作享事,我亦不得歸。"從此遂無影聲。

神明責穢

鎮江茶局人王克明者,一日秦彥章家修醮,用克明以支茶酒。克明有婦新產,其青大衣從產房中取著至壇執事,復脱下槼於聖座卓。醮畢取著,通化為灰矣。神明其嚴矣乎。

議財得罪報

李三官人者,金華蘭溪人。成化初,行販河南,與鄉人王彥八同行,夜泊黄河下。李新娶妾在邸舍,李因令僕往顧其妾。王知李單橐中有白金八百兩,因招過舡夜酌,強至醉。更深還舟,遂搪仆於水。李雖酣,平昔善水,得不死。夜潛登岸,徑奔妾所。其舟之物,王竟席捲而有之。遂還家,報其妻曰:"某月日,而夫醉溺而死,資本俱買妾費盡,餘銀六十兩。我為收還。"李妻信而招魂設座。李逾年始歸,匿他所,廉知家中修冥,果王亦來送賻,素知之矣。昧爽扣門直入,家人驚竄。王出見,即撲地,便溺俱下,求不死。李追及原銀,執於官,以謀而不死坐徒。擺站在途,遇虎,卒為所嚙。

妒婦冤報

無錫縣周宗信者,有女適人,甚妒,無出。夫與婢私有娠,裸婢身以沸湯從頂灌之,不死,燒鐵叉刺其腹,然後氣絕。後三年,其婦亦懷妊,臨產有難,子墮地,母氣絕。子腹火叉印宛然,其夫乃悔有報。

盆中生蓮

顧希悅,阜城人,任知府。其妾工巧絕人,治饌滋味精調。一夜,其和麵盆中生青蓮花一柄,鮮潔可愛,亦無他怪。但其妾終身不育,希悅無後。

芮靈公顯應

景泰間,四川資縣有芮靈公廟甚靈。其鄉三月,連村跨邑,群聚賽願。忽該科舉年,其近縣有秀才某,偶遇一友,稱是資縣過江某處姓芮,作伴赴舉,相與甚密。一路講題,寢食皆同。二人不第,分別,芮友囑曰:"若經敝處,可一下某所。"後其人至其處,遍訪無蹤,乃盤桓,借路次人家作午炊,飯未熟,因假寐。夢至一大官府,見其人出迓,歡語留飯,送出見廊廡間一婦人,以鐵鉤鉤其舌,其人認是乃妻,其求免於芮友,遂釋之。又贈一驢,且言勿令涉水,過渡須舡裝之則可。其人失記,牽之涉水,驢遂化為泥。醒起始知芮友是廟神也。至家,妻於舌上患疔方瘥。

楊宗武改行

楊宗武,太倉人,元氏大族也。幼時侈蕩聲色,學琵琶弦索甚精。至本朝,家廢而貧,母在。一日,告母出遊,數日後米一船回。母曰:"必以琵琶上人門戶供人酒筵而得此,我何口食此米以辱祖宗于地下乎!"其子愧謝,遂以行聞。

被盜棄家

永樂間,長洲縣二十一都朱金,運糧至南京,行及焦山被盜,一舡運夫七人并米俱被劫殺。獨金跳入水,其人善泅,浮行數里,足下覺踏厚籚簾，即得淺處以活。登岸潛於麥田中，遇一人挈歸，與粥飯之，且教之曰："盜便在左側，見拆汝舡。"且助其費往南京告捕。其盜俱抵罪。其人遂茹素念佛，不復歸家，以棲僧寺終身。家人勸回，云："譬吾其時已死，今乃餘生活一日皆天賜，何念去累俗緣也。"其人亦達於性命者云。

神護溺舟

崇明西沙鄒三者，入海網魚，其舡遇風，翻于巨浪中，四人尚在倉。因舡撲轉水上，中虛有氣，承水而浮，水不能入。四人皆不沾濕，有五人踞于船背上。下人以拳擊板，示舡背人知其皆活。五人平日皆奉玄帝者。至黑夜，舡尾如月一輪，滉滉移過，舡頭如晝。俄北洋有三四小舡，乃沈家載素纜舡，又有大舡二隻回沙。兩大舡并小舡挾負其覆舡，順風帶回沙上，卻翻轉始出，四人皆不失。崇明慣能海行如陸，尚有此險。

虎哥

餘姚楊式同，儒士也，能吟，嘗和唐音。年六十五歲，一日過青煙嶺，與虎相值。虎踞中路不去，式同欲反馳不及，進惟適其口耳。計出不得已，乃前向虎深揖之，告虎曰："虎哥，某是老儒生，平昔立心行己，自信無險惡，今日相遇，命也。倘諒瘦軀不能為飽而釋之則幸，不然，聽啖無避也。"虎若為之凝聽，言竟而去，式同匍匐歸。至今傳稱為虎哥，亦所謂神全虎，不為害也。

鬼報瘞德

嘉定韓汝温，宣德間舟經射瀆鋪，登岸如廁。見廁旁一骷髏，凡行旅之人小解多戲溺之。汝温令家丁拮据小坎瘞之。其夕夢一人致謝云:“我受辱于人久矣,蒙君掩埋,安靜自處,皆君賜也。明日當往無錫受宴去。”汝温舟抵無錫夜泊,果聞舡頭鬼轣轆上下,岸上人家方作佛事施斛。明早起視,舡頭有無數碎湯餅子塊云。

賊盜詐計反獄

廣東黄肖養,海中大盜,被獲監禁按察司獄。每日詐以鐐鈕疼痛,以布纏裹,亦結重囚八十餘人,俱如此。密將荸薺搗碎,裝裹布中,久則鐵皆碎拆。一夕,挾八十餘人同反獄而出,後大作亂。廣東各縣俱被掠奪,殺官軍數千。廣東被圍,發兵六月始平。司刑者不可不嚴省視其獄囚。

乾雉厭蠱

吳人有為商廣東全州者,居久娶妻,妻善能蠱毒者。其人念家欲歸,妻問曰:“汝去當何時復來。”約以明年必至。妻即下後年蠱,以明年不來,後年必蠱發而死也。其人還鄉,至期不行,遂得劇疾,將殆,忽見其家有乾雉懸梁間,烹食之,病頓愈。隔既五歲後往,妻見而異其不死,問曰:“汝在鄉得無恙乎?”乃曰:“前年得疾,食乾雉而痊。”故廣人至今傳雉厭蠱也。

陳公惜物

天臺陳布政選,適早膳,筯舉肉一臠,忽墮地。令門僕取起,以茶滌過,曰:“當賞汝,汝但鄙嫌不食,必棄去,我自食之。”位至此,能自儉惜,蓋富貴不能移所性,端人也。

水　妖

弘治十三年六月，抵報雲南御史彭奏稱①："海南縣三月十日出一婦，長三丈，首大如車輪，黑膚朱髮，口大可容一盆，有目無眉，有舌無齒，有鼻無竅，有指無節，惟耳小如錢云。山崩流出，不知其所從來也。"後雲南澤水漂流三十餘里，豈其妖與？

① 按："抵"字或為"邸"字。

蟹　異

戴州同某，蘇州人，任山西霍州。皂人山行見一蟹，鑽入石下縫，忽揭石，尚有七隻，捕歸。以戴吳人好食，持以獻之。戴令急煮，但其色如故不紅。異之投飼犬，犬食之即斃。遂不敢食。卻問皂人，乃言從石下得之。因往發石，掘其下，有毒蛇數條盤結其下。蟹水族，山中豈有哉，其異物歟？

石田翁客座新聞卷第十

雷擊石

江西布政司堂後庭中有一八角亭，豎一奇石于中。忽雷擊為二，當斷處石紋隱"玉立"二字，如筆寫而真。

零陵香怪

江西建陽一大家有女子，平昔愛佩零陵香，無時去手。其女卒，父母惜之，買雲香袋置於棺中。瘞後，但少年經其墳，即有香風襲之，見一女子，與之汙合，合即死。如是者凡八十人。鄉里聞於縣，知縣申上司，將發其墓。死女托夢于父母求救。縣官至再四不容，發後其女亦不再出為害。

煤坑人掠害行旅

北京西山掬煤者，坑深人慮壓，多夜間道途掠人，縋下坑中。每日具送酒飯，令彼為役，但一入再不得出。近被同事同行人事露，官府追出百餘人，內一人入坑，二十七年方得尋回，家已廢棄盡矣。

薛破靴

薛破靴者，自號一誠，江陰城中人。幼孫產皆蕩，性孝，貧而致豐食。童時好學,篤尚信義,諾一人言,千里無憚,恤人之急,禍害不避。夏氏延為塾師。夏氏江陰巨族,嘗有訟欲訴,詞不得幹人。聞主人跼蹐,即告曰:"我任之。"夏急具舟理纏,曰:"有舟有纏,自當有人與往,正不須此。"乃貫錢三十文步往,如赴水火。詞入,當道責而不行。明日又訴,卒行之。由是夏氏重其義,館之數年如一日。一布衣必弊乃易,靴破不忍棄,人故有破靴之名。嘗出城南門,拾遺銀十六兩,懷而伺還失者,數月竟不遇,持歸。以冬月買草履儲之盈屋,凡雨雪,坐于門首,見破履及跣者輒贈之。夏月鬻蒲蓬,見行旅執熱濯汗及無蓋,呼而與之。久而費盡其物乃止。途次拾一甓必懷歸。積久,家有搆舉,藉之極能理生,後亦稍裕。斯人較今世之浮薄者,絕無而僅有者也。

義贈厚報

鳳陽指揮使陶鶴齡,見舉人六人赴科皆騎驢,陶富而好義,俱延入,治具,臨行各贐銀一兩、墨一斤。衆中特留一人,云:"諸公請先行,我有少欲言,與其盡之。"其人被強,殊怏怏。衆去,卻謂其人曰:"君未嘗北行,風高地寒,衣著要備禦。已囑老荆料理,稍遲一日還。當為君追及諸友,無慮也。"明日出贈絮衣、皮裘、銀五兩、墨四斤。其人實出望外,甚為感激。又命二健幹健馬,三日追及諸友。卻告所以,五人同聲嘆羨不已。是後六人皆第,其人選兵部職方。未逾年,陶故,其子往襲職。止該襲千戶,其子投文,職方見而泣下。急令人邀同行,六人共登訴于當道曰:"某貧,素與陶昧。某就試經其門,見某下驢時袴皆破裂。特製衣禦寒,倍贈道途,不致寒餒,所以至今日其大義不能忘。"尚書、侍郎聞而悚嘆,遂檢某人例與奏襲父爵回。行義者造物自致巧報如此。

吳女貞烈

海寧縣鳳崗吳某一女適何氏子為配，厥子患瘵死，其父母迫女再嫁，不從，曰："我雖未嫁，分已是何某之妻，伺其瘞而已。"何荏苒六年不能厝，及發殯，女往何氏送殯。其夕寢於夫柩之側，夜半自經而死，具木合葬之。鄉人異其節。

楊尚書鑒戒子孫

徽州楊尚書寧，致政家居。以朝廷賜銀製酒盃鐫云："少飲酒，多讀書。"遇家宴，出此盃巡行，諸子孫飲時，令其鑒戒。

冤　報

福建在城西門某者兄弟二人為燒餅鋪，每侵曉發爐劑麵時，天寒作雪，一擔夫荷糞二桶停其門首，入就爐火炙手。本家弟嗔其清早不利，攘其所荷擔，攔頭一擊而斃，乃負其屍桶，并棄于城門外西湖旁。其時人家皆未興，道上亦絕行，止有對過王老嫗五更起燒香課，於壁竇中窺見之。半年，為弟者病故，卻托胎於嫂腹中生一子。燒香嫗是夜夢所見荷擔夫來，尚流血滿身。是日亦生一孫，嫗默識其異。迨二子各年八歲，每每相見便相搏。後餅家兒好養鴿，一日登屋，隱於觚稜下，王嫗孫挾一甓，隔家擲中餅家兒腦後墮地而死。餅家不知其故。獨王嫗自見，呼兒打曰："冤家冤家！"後嫗臨終呼其孫喻之曰："彼今被你致死，冤冤相酬，何時可竟。"其孫遂出家石塔寺為僧。

王　伽　藍

山西平定州往西，離城十里許，地名唐家，嘗有老僧號王伽藍，在彼結庵坐禪,甚精堅。但坐時,見二青童侍立,僧怪而逐之。去數步,從泉眼邊不見。掘之,得二古銅瓶,青綠結秀。僧以供佛,因折野菊花插入瓶,經年花葉不衰。至明年菊開時始結子八角者者①,質如青銅。其僧又能於旱時拜土神前求雨,以其瓶置案上,拜久之,瓶中水涌,雨即至。蓋其心誠故也。

① 按:後一"者"字為衍字。

酒傭遇仙

成化二十年,江西平樂縣有酒保遇老翁云煩渴求酒,傭與一壺,渴未止,又與一壺而去。明日酒傭沿村索酒券錢,忽與翁遇,翁拉回家,挽從棘籬中細路而入於山間。花木四時皆開。見二人對弈,一人呼茶飲傭,茶味清冽爽人。傭告歸,翁送出。傭問翁求花,翁不允。又求翁詩,云無紙,傭巾中偶探得一請帖紙,出以求題送之。翁袖中取筆,將帖上故字一一以筆抄撥作一處,前紙成空,然後題一詩于上。傭藏于家。

祿位前定

正統間,北京坐監一生,因病神思昏憒,被攝去,至一大官府,主者云:"誤矣。"令放回,遇雨,避於衙門中。俱是長卓,卓上致世之仕宦者所戴紗帽。其人掀弄不動,旁有一人云:"汝帽在西北卓上。"一掀而動,上有"七品"二字,遂復甦。後任至茶陵尹。

祿簿考人脩短

成化二十一年,嚴州民王森死,被二使者逮去見主者。主者鞫問云,三十三都王某非二十三都王某。杖攝者三下,省放還魂。經一所小官府,其間多人喧雜,皆較查簿籍者。問是何籍,答云:“禄簿也。”即問:“我鄉商閣老有多少?”禄查云:“尚有七石。”又問:“其子商良臣禄復如何?”云:“已盡矣。”其人回生,詢三十三都王某,死已數日。適商良臣訃音至,及其柩回,宏載公悲傷極至,即厥死,算其日,果懸七十日。

鳥從偶死

淮河弋人獲一雌鴛,殺而野炊,其雄盤飛煙上不去。顧見其雌,亦投湯中而死。夫人之罹患,夫妻各自相保者在在有之,可以人而不如鳥乎!

宿食有毒

成化三十三年,蠡口田家炒蝦為食,餘者掛之竹園陰處。至午飯,田夫因以前蝦飼之,死者四人,蓋竹間多蜈蚣、蛇類之毒也。又常熟孫世清偶食糟雞肉,旋即腹痛三四日。意前雞肉略有黄色,或中毒也。醫以藥,吐之出地匾蛇一條四尺,蛇形但無鱗骨,而痛仍不止。醫云尚有餘毒,不能盡而死。暑月隔宿食誠不當食也,人當戒之。

聽鏡得驗

餘姚嚴敬,年二十,將赴秋闈,聽鏡於門。逢樵人荷擔而歌“攀桂步蟾宫”而過,自喜必中式。詣一僧詳之,云:“必然中,但遲至五十年。”敬究其説,僧曰:“樵者朱買臣故事。”後果荏苒,至貢入南監,果五十而中。

江西人險詐

時傳江西人多詐,但舉一事言之。杭之夏大理,時正考官於江右,知金溪縣。典史某素廉能,獎逾過情。其民之富者有事多受其刑辱,賄賂不能入,甚致民怨,又有大理公如此褒獎,無以為計。伺大理過他府,密令人偽為典史弟,持詞去代告致仕。大理執不行,其人泣曰:“兄言家道頗足衣食,初作吏出不得已,今官在此,雖守廉潔,學做好人。幸遇大人謬獎,生平心事不為不暴白,趁今日告歸,全始全終,他日設有當道不能如大人旌賢勸能者,至倘為冤家巧誣,不能令終,悔之已晚。”大理又加嘆賞其有識,准行致仕。案至,其典史大驚,事亦不可悔矣。江右人之詐,豈不信哉。

竹茶山神異

海中有竹茶山,自劉家河出海一日夜可到。山中有人居,可耕種,四時有花果。有竹,大截作為筒,可汲水。鳥獸如中國,但無虎。多栗。道上一大石有盆,廣袤二三丈。滿中皆置當十錢,但人不敢妄取之,取之則僵立不能行。有三神廟,甚靈異。又聞一山俱產鵝,山窪處積鵝毛及幾丈,陷人不可行。

轉生報冤

成化二十二年五月十三日,北京鐵廠邊住民王長子,常於淮安販麯,一去十數年不回,音問亦絕。是年其妻因過其鄰家,一小廝呼其妻曰姐婦,其妻怪而罵之,云:“我是王長子,死一年托生在此,以因報冤。”小兒又曰:“婆兒好飲。”呼生母釃酒與妻飲之,其妻始悟其夫知妻之故,方號哭。卻問次子娶妻否。曰:“無錢。”小廝遂呼生母負往妻家,指泥壁中,探出銀五十兩與妻,卻言:“我被車夫某等三人打死,埋于老米店岡子上,一人已死,二人尚在,我與你去告執命。”遂聞于東廠,二車夫俱被執抵命。直引妻至老米店認屍埋處,發而歸瘞之。

仙箕降筆尋屍

洞庭東山葉襄以販布為業。弘治十五年二月間往松江，乃與家人剋定歸日，而至期不至。家人請仙，仙問之，附箕書云："即吾魂也。"云為舟人所戕，投屍于澱湖楝墩，今尚浮沉水中，當速往認，久則腐矣。賊徒三人，今往海旁分贓，但未識其姓名，不可捕。家人曰："屍久為水浸漫發大，何以識别？"又書云："右手掩胸者我也。"其弟如言往尋之，見一屍果掩胸者，疑其未的，祝曰："爾是吾兄，當轉體以示。"屍遂轉，乃殮之而歸。後賊竟不知其何如。

神責卜者誣妄

崑山城隍廟前秦某者，平生專課城隍籤為業。弘治十四年十一月某日，其人往門外刷布，口中似答人云："且去，我隨來也。"但見其鬚髮忽被火燃煌煌。其人遂奔入家即死。凡三日復甦，言至一官府，令人押送至城隍司，其神命吏抱文卷及百餘宗，卻叱其人云："皆汝妄意詳籤，判人燒紙者。申到案者檢之，止一宗我曾僉判，餘皆虚申，且容汝活十一日。"至日再攝，果死。

逆子果報

殷奉，南京人，以裝潢為藝。其父挾于蘇常大家往來，得錢回，縱其花費。因愛而生逆，父有諫言輒相抵呰，且見人訴父不是，逆名甚著。父卒。有權骨生誌，相者謂不吉，以藥點去。不久，瘢中復長努肉，又以藥去之。又長漸大，至於如盤，從旁叢生不已，遂遍體及四肢皆結圓疙瘩如紫李，以蛛絲纏其根，墜落，中如腐肺然。一年不得寢卧，俯而叫號，日久如割。忽夢五六輩弓手攝去，云："汝父已告汝不孝矣。"覺而呼來弟鼎曰："此夢必父在陰司告行，今遍身肉塊作痛,正如處凌遲之罪,豈非果報!"言訖而絕。

拾銀還主

杭州都府南邊胡海大者,銀工也。一夕經某橋過,有物礙足,拾得銀拾柒兩。明日攜銀至其處,詢訪不得失主。越三日,始得其褚家塘人,其銀乃賣屋之價。胡逕賫與之,其人感激不勝。

鄰孀受托保全

吳江吳守忠者,兄弟二人,姊妹二人,俱在提抱間。其父母國初例遷富民長蘆編戶,臨行惶惶然,欲挈子女而往,恐中道失所。留亦無可托,因率諸幼累,并所資托鄰孀費氏,信而諾之。日夕紡織以給四幼衣食,四幼皆呼費阿娘。迨四幼俱長成,與擇佳配嫁娶之,仍以托資分與二子,餘亦及二女夫。費一區區婦人,於禮義固莫之講喻,況貧而孀者,乃肯毅然許諾,任保孤之艱,始終如一而底于成。於今之世,使丈夫亦難,況婦人乎?費氏者,真女中之丈夫也,賢乎哉!

夏昂鄉義

餘姚夏昂廷舉,任南京太醫院吏目,有贅婿張才德洪同處官舍。廷舉一日行委巷中,見餓殍一軀,諦視尚有人色,因問:"何以卧此?"尚能言,云是餘姚人,因以皂隸役在兵部輪額班數,為患鶴膝風歇家。見病篤,扶我及此。廷舉念同鄉,僉扶歸,用藥治愈。其有鄉義,亦可重也。

衍聖公知禮

太祖高皇帝一日與工部尚書嚴震云:"衍聖公孔某來朝所繫玉

帶,美材也。朕問後排方與前料何如?公即以手移後帶向前,不敢以身背之。可見衍聖公為孔門子孫,其知禮如此。"

鄧天君降筆

徽州婺源汪普,因練兵保障其鄉,殺掠數多。詣玄妙觀,建設醮事度亡,適鄧天君降筆云:"積福如山,積禍如海。雖推福山,難填禍海。殺人數多尚可,姦宿子女難容。"後普為張士誠所滅,禍報不爽。

神　語

國初,一大家財富而橫,除夕三神降其家,坐于中堂。塾師潛窺而聽之,一云:"滅其族。"一云:"太重。"一云:"火其廬。"一云:"太輕。"一云:"自有料理。"無何,其孫娶館頭王氏女為妻,淫亂妒忌,卒至覆蕩厥家。

嚴尚書

湖州嚴工部震,洪武二十五年以人才取用。見上,上云:"老嚴,我怎麼認得你?"奏云:"臣為糧長十年,領勘合,曾得面君。"又云:"汝南人,此相有福。"即除淛江布政司參議署承布政事,轉戶部郎中。本部具奏:"嚴某頗任今職,其家尚執糧役"特旨優免。比為郎中,賜崇禮街侍郎宅居之。科道以犯分見劾。旨云:"可見他不自做侍郎來。"陞侍郎,尋轉右都御史。公自度此位非積德之地,後當累吾子孫,私謂家僮周六云:"汝多以酒飯餽監生,令他與鞫獄,我但裁之。"科道又劾云,嚴某每日以大食羅抬酒飯餽監生,門事自在後堂打頓。旨云:"老嚴江南稅戶,受用慣的,這些事也來說。"左都御史楊靖嘗為鄉人李賓御史母改登聞院狀。科道劾云,楊靖與李賓母改鼓下狀，右都御史嚴震見而緘默，朋奸妄上，律議楊靖調職，嚴震抵死，蓋有例也。旨云："楊靖這廝弄聰明，每每來說出妻，追其父問，卻說好個媳婦，多被寵妾譖壞了。楊靖著他回家沐浴，拜過父母自縊罷。老嚴无是衙門官，仍著去做。"復北平道監察御史，差往安南封王，與任尚書亨太①、內臣一員同往。嚴以年老遠行，特奏帶家人扶護。旨云："三四五個隨汝帶去。"是時無人敢言，亦無例，人皆危之。使回，束伽南香帶復命。上見曰："汝好帶。"手撫云："臣用價銀十兩買得此帶以見上。"上問亨泰："汝得何物？"奏云："買得一小廝。"上怒云："怕滅絕他種類買來！"遂穿鎖肩井骨，尋差往廣西巡按修闘門三十六所。闘不修則民莫耕，行旅莫濟。蓋溯、灕兩江交匯，水勢洶湧難為功。公竭力設法，繕完以聞。上大喜。時公長子宗仁以訟事株連，在刑部三日而瘐死。上怒，謂原問官韓景云："他父在廣西修三十六處闘門，建此大功，把他兒子淹禁殺了，他回，教我何面目見他！"韓處以極刑，就著刑部堂上官與殮發喪，教坊司用樂一路送去。後公廣西回，陞今官。一日，上曰："著李國舅問藍黨事，遂造府居之。"李卻奏工部領材料以怙寵，每料俱擇大材，公不容，互爭以聞。旨云："老嚴是我起家人，與我惜材料。李某無狀，削髮以漆其頭，發口外為民。"久之，上謂公曰："李國舅去後，我早晚被他妹子哀告，怎麼處之？"公奏曰："恩出于上。"上然之，遂取回。一日，公蒙賜酒，醺醉臥朝房中。忽光祿進炒雞麵，上思公平日好食，急宣公。公醉不能行，宮使擁進，氣急作喘。上問："汝何作喘？"乃奏早賜酒，困頓不勝行急故耳。遂輟麵與食，從容與之談論。後卻曰："老嚴，爾休慮胡、藍黨累著，你放心，自有我在。"洪武三十二年，上不豫，乃召太子建文皇帝諭之曰："茹常嚴震其是我揀選過的人，我後汝好生看待。"又一日，嚴辭都祿，上曰："汝在朝廷做官，不支祿何以養生？"曰："臣家有米千石，借貸于鄉里，得利五分，足臣食用。"上密差御史唐鐸往公家，廉得實復命。上曰:“我定息三分,他對我卻說五分,可見誠實。”自茲信任不疑。然太祖高皇帝開國創業,德度尚嚴,公侍朝十年,官凡九轉,無一日見疑,卒致優禮殊常,第一等福人。亦見誠能動主之如此。

① 按:“亨太”即“亨泰”。

惡少報德

蘇州承天寺鄉俗,於時節博徒俱挾奇貨聚于寺,以誘遊人。寺前鄭德莊長子,有賭徒王長子者,以羊與鄭較勝負,鄭一賭而勝。蓋王長子鬻一女,得銀三兩。買二羊為賭資,既而盡失,悵悵無聊。卻從鄭借羊,因以翻本。鄭子叱罵不容,拗怒而去。鄭妻知其故,勸夫還其羊,不從。密與王長子銀一兩八錢,俾從厥夫贖之。王長得羊轉賭于人,得利不貲。因賫原借還鄭妻,曰:“一向造物不齊,今而始通,將去作本。”王長德之,再拜而去。後鄭子因其年編里役退僉之際,人多懷怨。土人有二子,迫其父作死以禍鄭。鄭子是夜不寧,夢其父喚云:“有禍至。”尚睡即起,見有人縊于門,惶懼無計。其妻云:“王長子嘗有德于我,因呼來喻之。”王曰:“但睡不必驚張。天明事便難解,此正是我相報之時。”王長竟負其屍懸于己之門。其屍家二子來尋父,見父屍在王長子之門,卻悔恨曰:“死亦不會死,卻尋窮鬼人家。”二子解父屍負歸自殯。其事泯無人知,豈一飯之德在,人不忘者。若此人家賢婦,人亦能彌禍。

小　猿

湖州戴山沈重倫,原任河州府同知,大族也。元末法度廢弛,大家相率下海洋,通貨于外夷。一僕患病,海舡不利病人,舁置海島山,以米給之,約曰:“舡回汝存即揭標以示,當來取汝。”其僕在彼,病漸愈,食盡。有一猿來為伴,日採山菓與食。其猿牝者,因與合生一小猿。舶回,揭標見示。僕得附回,牝猿哀鳴不能隨,投海而死。其僕在山見大蛇常入海食蚌,其僕埋利刃於蛇行道,蛇因由道而刃劃蛇腹,得珠論斗,皆揀珠也,亦挈歸,攫取小猿回。沈氏國初時皆藉入,至今尚遺鎖小猿銅鏈在庫。

徐閣老

首相徐公溥,幼時家居。一日雨霽未止,見空中一龍,天矯低拂之屋觚稜而遇二天神。前控制甚力,貌如色目,耳大,緣腿皆雕青。又前有巨矩毛,具五彩,躡空而行,意必風也。公初歷省試時,夢人告曰:“狀元來。”公拽其人曰:“既有狀元,我卻在何處?”其人指蛤蚧而言曰:“蛤蚧處即是汝。”公後中榜眼,始悟蛤蚧與狀元合介也。先是,鄉舉時,夢一虎遇一人抱其頭,四人握其足,公後執其尾。公在第六名,始悟六人之名次第于虎榜首。

張公洞

張公洞,天中觀道士張碧泉云:“曾有樵者於叢薄中樵得一小枝几,几并生二紅團,狀如藕屬,清香觸鼻。山中老人皆不能識,意仙果也。”

宜興武穆王廟

宜興城東有武穆王廟,舊傳飛曾駐師於此,因廟焉。成化間,知縣以城崩重築之。土中得一碑,刊飛贈張魏公紫巖北伐詩,至今存焉。

宜興隕星

宜興,成化十六年城中火,後數日,溪上民家見火一團墜於屋上,抛於地,如錫如鎔狀,忽變為一蟲,狀如蠐螬而大,蠕蠕而動,蓄于水盆中數日,仍縱入溪中。蓋是星殞耳。

石田翁客座新聞卷第十一

胡宏易筮

正統間，寧波鄞縣胡宏與寬，有占筮術，甚驗。皆據易義斷，可謂神明矣。其處孫珂御史死後三年，妻生一男，其姑訟官白其所來。州縣不能處，至布政司，又不能理。其姑從胡卜之漸卦九五爻動："鴻漸于陵，婦三歲不孕。終莫之勝，吉。"胡斷："汝家當有千日之喜，決于今日而有不祥，外非為議若然，禍及爾家。此子宜在帝都所受胎，今生鄉落為不宜，亦復存千日而死。"已而果然其言。天地間未嘗有在娠三年而生者，事與占俱異。又有蕭山孫子正者，富家也。有公事縣中來建，其承牌人至，飲食需錢還，家僮與之爭，至歐。回家憤氣自盡。五鼓舁屍至孫門，其鄰隔牆達於孫。孫出卜之，胡得豫卦六爻安靜。胡云："雷地豫，從外而發生，所謂重門擊柝以待暴客，蓋取諸豫，是有人命來擾，已及門矣。若弭其事，須得楊姓人為之調和。"求死者姑夫姓楊者，張主始息。

夏御史

夏璣德乾，景泰庚午從胡與寬占科名，得艮卦上九爻，動斷云："今歲必中，敦艮在上，中藏離火，文明必現。須至甲戌年許，第省試。宜作縣，後有風憲之超。及五旬宜退。所謂反身為艮，艮者止也。時行時止，動靜不失其時，其道光明。"後果中鄉舉。甲戌中會試,任進賢縣知縣,陞御史。四十九歲即告養親,六十告致。乃號艮齋,蓋志其所占之驗也。

胡先生易筮

胡先生與寬,初學易,求仕不第,落魄自如。忽有雲水道士,蜀人也,來寧、紹間漫遊無止。一日忽遇胡,執其袂曰:"子四民中何所寓也?"胡易之不答。道士曰:"我有為而問之,何不答?"乃曰:"我學易,將以求科舉以發身。"曰:"子命忌此,何妄求也。我有術,無人可授,意此地有人,故來。久無所偶,今幸見子,且讀易,吾術有所歸矣。"遂率二人以密事扣,皆奇中,遂館道士於家,乃盡傳其秘。

李匡

李匡者,台州黄巖人,幼時父議某氏為婚。父故,欲乘喪成禮,外家執不從。制滿,母尋故。服服甫終,祖父又故,承重獨祖母守孤孫。三喪十餘年,祖母曰:"我亦旦暮之人,不幸反有服加汝,其婚迨無可畢之日。門戶零落,嗣續之計付之茫然。且預為汝納一婢子,粗侍汝早晚浣濯補綴耳。"婢入,四越月有娠,其子亦卒。訃于其妻之家,妻父母挾女往奠,奠畢女遂留不歸。父母強之,告曰:"死者,吾夫也,吾所倚為生者。我雖不識其面,名分固在。其蹉跎至今日之不幸,蓋由我家執禮之過也。今太太在堂,煢煢無倚,我敢恝然自回,不過顧其養,人心天理安在。"自是於夫家侍養祖姑,甘心辛苦,以孝稱於里閭。其婢遺腹迨生一子,曰:"吾今有依。"與其生母顧復勤撫。既長,教以學業。十七歲遂第丁未進士,除御史,陞至都堂。上章自陳其母之行,朝廷推封旌表其母,母已垂白,尚室女也。

楊潤民

正統初，新昌楊潤民者，有才諝度量，任副都御史，巡撫兩廣。公曰："獠蠻者，豈皆獸心而非人哉。"乃榜示諸洞者，曰："汝之行劫擾害地境，亦皆急於衣食故也。今後量地之遠近，刻日令爾長率衆來軍前，按季給與米布，令汝飽暖，以消盜心。如不悛者，定行兵剿。"於是移文湖廣各省，貨用所需山積，至日果諸蠻衆首來受給。又有作奸者曰："彼豈能養我一生，且給且劫。"公因諸酋至，詢曰："汝等可自言某洞向化，某洞尚懷姦未戢。"諸酋乃明指而陳之。公復出榜諭其間曰："知汝衆人所給未足，須令本洞具名率衆，當如數加與。"其酋果率衆而至。容入城，令一門為進，一門為出，井然不紊。乃呼其酋，戒曰："我亦忠信結汝類，汝皆為朝廷順民，免其剿伐。背信忘恩，仍擾地境，可殺無恕。"於是一洞之蠻，盡戮。各洞讋攝。公之政，恩威並著，至今兩廣立祠祀之，仰之如神明然。巡撫者，動輒加兵，公移俱秏，亂無寧日。所謂事在人為耳。

神石

松江柳邊有錢氏墳，蓋吳越王鏐之宗人所葬。冢上立一奇石，高三丈許，四面玲瓏，形肖奇怪。塘橋張氏取去，卒至火焚之。又轉於上海陸大用家，遂業廢人亡。後至平湖毛廣主事家，未登岸其父中風而卒。又松江某家買去，未至家，主人先死。今棄於橫浦上，人稱為"神石"云。

玉馬

松江塘橋張氏，舊族也，有一白玉馬，高五寸，長如之。繫於紅玉樁上，其韁縶亦紅玉。馬背生成淡黃玉猿，謂之"心猿意馬"，奇玉也。張氏子不肖負債，七十兩准與胡九萬家。成化年間入內帑，給價不訾。

何舜賓

蕭山何舜賓任南京御史，才而墨行，事敗，編戍行。會宥還鄉，仍妄坐驛船。知縣鄒魯，亦御史謫官，狠惡貪忍之流，惡其豪逞，執而杖之，仍發戍所。押解四人，令于中途謀殺之，解回，仍謀殺以滅口。魯陞僉事去縣，何次子集百為父執命，魯被剜去一目，擊斷左手，大指折落之，又折其一足，遍體掊擊無餘，惟存少息而已。及括舟中贓蓄，白之兩司。兩司將禁何子，何子曰："不須禁我，我亦不去。我為父報讎，不共戴天。今日魯死，我願抵身抵命。若魯去此，我即同行。務求同死，然後可雪其冤，豈畏死而作匿名遁跡之人以苟求活耶？"此真烈男子也。後魯拜懇何子以求恕，何子怒曰："吾父死，豈拜跪可抵命耶？"兩司申巡按，何子正徒，魯以贓多發戍。書此為厲惡小人之戒。

簀工

洪武間，簀工杜某甚得上意，每能直言。一日，方簀，忽宣戶部尚書，上曰："民田多有侵我官田，與我清算出來，都改官田。"尚書承旨去訖，杜簀即奏曰："民田民間自買壅肥，田所收比官加倍。民除食外，多餘也出米賣，反通有無，可相資養。若一改作官，百姓無心佈種好稻，民貧缺食，國亦窮耳。"上曰："你也說得是。"遂令戶部不行。

西山人尋父

蘇州太湖西山某者，挾小本往襄陽開酒肆二十餘年。初十年往往有書回,後十年杳無音耗。當初去時長兒十歲、次兒六歲,二子俱長立。恃父在襄陽,至彼迎尋。數千里至襄陽,其父又轉徙河南,未知蹤跡。至一酒店買酒飲,主人問二子鄉里、姓名,二子告是西山某處某姓。主人答曰:"我亦同姓同里。"問某家某人其二子存否、如何。二子答某正是某家之子,為尋父而來。然後審是厥父,出書認證,父子抱頭而哭。其人已别娶,亦生二子,所積有五萬金,欲挈歸酒婦與子。婦不欲,乃中分其財。其業皆與酒婦與後子,主之隨二子而歸。

蔣道人

弘治十一年,揚州如皋縣有蔣道人者,居丁堰鎮,軀幹極侏儒,性且謹密,為人樸訥。父早世無依,母又改適,因投札某僧為徒。僧憎其不慧,常遭箠楚。後轉移真武廟,乃蓋茅屋兩間自棲。勤誦雷經,不廢日夕。忽晚有一貧人求止,道人告無可宿處,況天又寒,且乏鋪蓋。其人強止于其卧床下,道人因掣破衲覆之。夜半,聞其人乃與人對言云:"此子可度,但無福。有棗一把,姑與治人,濟度數年,再與此衲,令其以布繻濟病,亦可半世。"已而寂然。道人隨挾其衲逸去,垂手摸索,衲故在,人已無跡矣。遂驚,因收衲棗自適,有疾求治者,乃泡棗湯,飲之立愈,即遍傳四方。亦能前知,病無不瘥者。有啞者飲湯,墜一錢于地,叱其人拾,其人隨應聲而開言如流。折足、盲目俱可復。棗用盡,疾人論斤買施,不日又盡。其衲今亦分扯無餘。不受人厚報,止投香錢三文,一日亦有二三百之數。江右鄭在贊往問曰:"某晚年得子,未知可成養否?"答曰:"保無虞,但此兒有雙頂旋紋,稍偏在左。"果然。又云:"此兒生,足下為享其福,後當大發。足下初富,中年甚落不稱,自茲以往,進進不訾矣。"人以是信其前知也。常於病人家喻其庭響之驗,人又謂其鬼神為役,不可曉也。人有扣其何術得此靈驗,曰:“我素不曾學術,人來強我,我信意以棗支吾人耳,何嘗計其效與不效也。其言人禍福,亦偶然耳。”

異　燈

徽之歙縣有靈山焉,山峻不秀,有寺據其椒。寺之僧每六月修水陸齋,齋畢夜有天燈萬注,四山飛集,續續逐逐,遊行殿中,旋繞再四而上。有方亨氏居於山下,心嘗疑燈所從來。密儲火於佛之後,俟其至,忽啟幕發耀時,燈遂泯然無覩。方乃察燈為陰炬,因爍于真火之陽,以致陽勝而自滅如此。余聞天燈之說,蜀之峨嵋、晉之五臺以至金陵茅山亦或有之,皆出不時,未似此刻日可見,尤為異矣。其寺舊有一人因燒香于寺,亦以燈為疑,夜潛宿供桌下,見燈來,以香盒盛而蓋之,翌明啟視,乃一樹葉。自是數年,燈來不入殿中。余又聞使西域者,行曠野中,無邸店,夜宿一大樹下。其樹上萬燈煌煌,明日視,皆樹葉放光。使回止此樹下,如舊。豈自一種樹葉至夜有光歟?

麗陽宮

處州麗陽宮,蓋其土祇也,人往祈夢如九仙一體。嘗有一老者,其子因出外七年不歸,其老往祈于神,神剖開一梨與之,其老竊而號哭。曰:“梨俗謂之離,又謂之梨子。今父占子得梨子也,豈吉兆耶?”旁一解曰:“梨七月熟,此梨開見子之兆,汝子宜七月回。”已而果然。温州周狀元,旋祈夢,見一片犬肉置小几上。及第後始悟狀字也。又有郭知府忠,因民家失盗無獲,往祈,得永豐倉米漲溢于外,後獲盗姓米名廣。又有劉僉事未第時,夢手一竈抽司①,回顧間,一紅篕前有燈,鬼持引導,半途而滅。後得今職,始悟竈者,分司官也,為一指揮故其第洪禄借職。劉公執不從,禄奏執其陰私,提至京問白,行至中途而卒。又有金太守文弟忠祈夢,出廟踏看死屍,後除南京御史,有悟遇屍之説。又有一秀才祈功名,神云:"你功名到法海寺前便見。"既寤即往,彼天將明,見一操卒以槍於地,對寺嘆曰:"山寺日高僧未起,算來名利不如閑。"其人後竟隱耕。鄉人楊璡因葬父,意其地不得正氣,延地里師相之,欲徙。過地師同往祈夢。璡不得,卻從師夢之一鴉銜一書簡,又群鴉飛起在前。神告曰:"璡自知之。"告璡莫喻。適因其小子手中扯一册地里書,中揭一葉囑父曰:"且看看。"璡視之,書中有語云:"第三鋪星號寒鴉,成群飛落在平沙。但以前星為正穴,峰峰相對必榮華。"遂定遷無疑矣。

① 按:"司"即"絲"也。

處州山寺

處州詹翊,任潮州守,府衙照山,山上有寺,上下有小寮。忽山頂夜發光,僧告詹,謂埋藏,欲發之。詹往,以杵舂其頂,四圍有空處作聲。詹乘隙力為之,得一窖五十餘萬兩,皆白物。詹以千兩施庵僧,挈金而歸其家,非止埒封。

光化人

光化縣一人挑穀一石山中行,遇夜投宿於人家。其家止夫婦二人,婦見穀,謀於其夫曰:"當擺佈取其穀,濟飢。"因夜半偽為雞唱,促其人出門。主人先持一斧,截於路,喝不得行。其人哀告求命,云:"穀應取去,但中有少乾糧,乞容取之。"主人云:"我自取還你。"置斧於地,俯首取間,其人拾斧斫破其主人之頭而撲於地。其人竟置斧，挑穀而去。婦亮夫去已久，不回，恐天明。往巡路而行，暗中聞一人呻吟地上，將謂挑穀者，逕拾斧亂斫之，碎碎而死。正其夫也。造化之巧如此。

吴總旗德義

成化二十年，河南、陝西、山東、山西遭旱四年無收，民相食。甘州王某，富族也，家八口，馱四騾八皮箱尋至襄陽石花街吴總旗家借止。吴以小莊宿之，許其自耕頃田為活。且附八箱吴處，皆金銀。後時豐，王回，吴歸其物。王算食價，吴毅然不納。至今為親友，饋送不絕，永以為好。

昌宗教

常熟昌宗教以刊書為業，嘗役于文村朱氏，因迫歲除，得傭錢一千、布一匹。負行道中，逢一村夫，問曰："老父得無費力乎？我亦同行，願相代力何如？"宗教不疑，竟與之負。其人負之而逸，惟罄回。越三年，忽一人詣門拜曰："我乃代負丈錢布者，比時我負湖塘蔣氏債。有妹即日嫁人，被逮去禁于家。倉惶無計，出行偶得丈物，贖妹成姻。大是恩德，固非盗竊也，實出窘迫耳。今挈二小女願服事令郎秀才，以補前過。"秀才，宗教子希顏也。希顏曰："既能濟汝急，非敢望報，已知汝女乃良人也。"慰謝而去。後希顏官至南布政。

劉尚書教子

江右劉廣衡任刑部尚書，一日正改堂稿，其子喬從旁而竊視之。劉乃掩卷曰："汝好去學文，朝之職、這等官非汝所宜學，要壞心術。"其教子之正如此。後喬亦為御史中丞云。

僧 濟 顛

杭州淨慈寺有僧名濟顛,平昔於街坊上好打觔斗,語言無度,或言偈語,有深旨。嘗見尼僧化鐘求偈,云:"師姑鑄鐘,有鐵無銅。若要鑄鐘,連聳世松。"持與人看,皆謂之絕倒,謂尼曰:"汝被嘲調也,鑄鐘亦不成。"逾年有木商因隨喜到尼庵,見鐘破,問尼何不重鑄。答曰:"先年欲鑄,因被濟顛老師相戲,故已之,至于今未成。"乃索其疏觀之,遂知二商名王連聳、張世松。二人樂共施成之。

郭 千 戶

汝寧有守禦郭千戶,夢與五人同行,郭白衣,餘四人衣青。入一軍人家,至其二門,見揭黄紙書:"九天應元雷聲普化天尊",郭誦念四五遍遂退出,其四人逕入內。明日思其夢之異,令人探其家,果見二門有所揭。其夕生五犬,四青一白者,白即死。

胡翰有才貌陋

胡仲子名翰,字仲伸,金華人,任衢州府教授。宋景濂薦修元史。其形侏儒,面麻黑,跛一足,陋甚。高皇厭之,史院各執事皆陞,惟胡止行賞而已。有言其學問精博、文章超絕者,上曰:"胡翰總便是班、馬,朕亦不喜。"因得令終教職。

袁 御 史

袁凱,松江人,國初任御史。導駕郊天,是日陰雲大風,聖意咨嗟,謂天不鑒其衷誠。凱奏曰:"此正雲從龍、風從虎之兆也。"上悦。後每食必輟饌與之。凱知上之寵遇特厚,乃辱之機也。一日侍班,忽跌撲迷泱,輿歸遂發狂,執刀殺子與妻,妻與子皆不能堪。

家人鎖之,少寬則入市號叫殺人。上撥醫調治不愈。歲餘乃放歸,終日蓬頭裸體,沿街拾穢,叫罵逐人,人不敢近。雖平故舊,亦遠避。後高皇登遐,凱不知之,其友一人知所為,卻擎拇指謂曰:“失卻這個,今日先生已無虞矣。”遂拍手大笑,回家衣冠之,始與人接。方作狂時,家人略不知察,何其智哉。凱在元時,伯顔用事,乃作二詞揭朝門。詞曰:“長門柳枝千萬縷,總是傷心處。行人折柔條,燕子銜芳絮,不鳳城春作主①。”又云:“長門柳條千萬結,風起花如雪。別離更別離,攀折無多舊時枝葉②。”伯顔察知,物色凱,凱一面匿名不出,國初始出仕。

① 據《至正雜記》,二詞爲曹德所作,該句爲“都不由鳳城春作主”。

② 據上書,該句實爲二句,作“攀折復攀折,苦無多舊時枝葉也”。

楊廉夫

楊廉夫名維禎,元末人,第進士。元革命,偽吴張士誠據蘇杭,一時士夫皆被羅致,獨廉夫不就。國初太祖徵至金陵,謂曰:“張氏籠絡江南人物,汝何不出?”對曰:“非其君不事。”又謂曰:“爾卻來我朝為我用耳。”楊奏曰:“但可惜臣老,無能為已。”遂放歸。江東金翰林、詹同文輩為詩文送之,廉夫亦作《老客歸謠》以謝諸公而歸。

朱御史

崑山朱御史栻,字良用,初任知縣。今職時,靜坐夜室中,聞有人在旁曰:“汝做得官,壽夭耳。”回顧無人,因問曰:“汝在何處?”鬼答曰:“我在甕裏。”良用官不久而卒,卒之年恰四十八歲。以“我在甕裏”四字,得四十八畫,暗合其數云。

徐　權

蘇州北濠徐權者，牙儈也。一日偶至下塘，居停主人朱家門內，拾銀五十兩。伺久不見人出，竟懷歸。明日發瘧，欲往候其人不能行。令人覘之，見主人與失銀客作競逐，遂召之還。越日，權家準客貨石青二十斤，價五兩，數日不得售。遇造王府人來爭價，得價一百二十兩。豈非天償之耶？

闕 里 災

弘治十二年六月十七日，闕里災。十四日兗州知府龔玄之夢聖像左右耳俱出火，有龍蛇交飛昇天，血流滿面。十五日謁廟，揭幃視之如故。十七日火，廟貌俱毁，累朝誥牌一空，古木亦盡。

王 州 判

蘇州南濠王震伯東，任東平州判官。景泰間，張湫河決，差開水分殺水勢，得古墓，有石碑刻云："前卦吉，後卦凶。百百年，水來衝。幸遇王州判，移我葬河東。"因遷其柩於河東厲壇西，并石碑埋焉。惜乎不知是何前人也。

談敞運通致富

蘇州山塘李繼宗巷談敞者，極貧，無生理。一夕，夢有小兒扯其衣，驚覺起，出門坐白阿媽橋上，拾得錢一文。早有人提二麸叫賻①，談以所拾一錢賻，勝之。賭人就以十二錢買其麸。談以十二錢為本，轉與人賭，不數日，得錢五千。其妻之兄販豬江北，談亦挾錢五千趁舟同販豬。回至常州地方夜泊，五更，舟中豬忽觸驚跳，一豬上岸，談持撓鉤逐於道上。見一屍横，談以撓鉤摘開，見屍腰間有物一袋，解視之，乃銀，懷之竟歸，豬與妻兄載回，又得過本之利。自此遂得致富。

① 按："賻"字或為"博"字。下同。

沈　宣

沈宣明德，杭之學生，工古文與詩，累科不利。五十年始得一分教。平生性夷坦，好酒不能理生，落魄不拘小廉曲謹。有高賓盛筵招之或不赴，途中遇鄉人邀與市，沽斗酒臠肉，遂忘情霑醉。醉後或横卧道上。明日人讓之曰："一醉而已，酒不擇酸薄。"曰："同一醉耳。"余頃年游西湖，明德買二鯿，挈白酒一壺，至湖上僧寓。余已與史明古、劉邦彦入山不偶。明德自烹其魚，竭其壺，漫書謔語，因遍囑舍奴曰："主人回，示我謀醉也。既醉，即見主人矣。"杭人傳為故事。在任未久，丁母憂回，甫襄事。其廬火，亦在醉鄉。鄰人掖出火中，對火默無一語，但清淚被面。貧且有病，不能存，欲趁援一教職以圖斗禄為養。至京，過飲燒酒，疾甚。書一詩邸壁云："腰纏更乏一文錢，白髮誰憐老鄭虔。大甕浮杯心不醉，小樓支枕夢難圓。一家骨肉三千里，半紙功名六十年。又被雞聲催早起，北窗明月照寒氊。"明日之夕，則氣絶矣。余悼之以詩云："青氊落魄衆堪憐，每每科場讓少年。原憲長貧還有病，淵明一火竟無廛。小篇絶筆存孤邸，半紙浮名付冷氊。夢憶西湖是歸路，梅花明月色依然。"

杭州烈女

杭州錢塘縣西溪留下人石島中，有金廷器者，一子議某家為親，未成婚而子夭死，其女聞之大慟。杭俗室女死夫不哭不為服，以存改嫁之意。此女殊常，夫死往服孝，葬回不脱服。來歲父母謀議他適，女曰："人生一夫，分也，我非豬狗。"逕往金氏守制，父母不能阻。極意孝養翁姑，鄰里稱焉。其伯氏有子，與求妹為配，早晚以時相依作勞。服勤先於衆，不矯作色，但怡怡愉愉，心則毅然如鐵石。人不覺其為烈女也。但有司不能旌表之，為可惜耳。

科場夢

壬子科，浙江開科，主試者夢人謂曰："解元秦文廣也。"遂與同考言其異。至揭曉，果秦文為榜首，其卷屬廣字號云。神之巧應如此。

確論

北京戶部史員外常云："今之仕宦者，多是官做人，古之仕宦人做官也。"其言有理。《書》云："不惟其官，惟其人。"信夫！

妻化夫

崑山某人家貧好賭，妻嘗燃燈坐灶塀下績麻，其夫賭輸回，垂頭喪氣，蚯蜿而卧于妻側，見妻屢以燈釭轉換釭口。夫問其故，妻云："恐釭口火久作熱，熱則耗油，不能了我所事。"夫又問："若買油幾許，能爾愛惜。"妻答："止一文錢。"其夫心悔云："我一擲乃三五十文，如此作賤，累妻子在家歷辛守貧。"遂棄賭改行，家亦漸昌，蓋由妻之化也。

李牛郎發藏

常熟地名雙鳳，有李牛郎者，家頗過。一夕夢有人告曰："某坵內有埋物，汝可用某牲祭過，發之可得。"李云："我急無錢可辦。"又云："明日有人將銀五兩還你，可以此為之。"明日果一人持四兩六錢至。李私喜應夢，但銀數未足耳。忽一人又持四錢至，正及五兩。是夕遂設祭,祭後掘土及六尺,止有水牛角一副,並無餘物。其家至今存之。信乎,財之不可妄求也有如此。

火　讖

海寧安國寺甚宏壯。宋時所蓋,工費不訾。一日,群小兒鬨然相叫:"通衢有兩頭人走來。"傾城之小兒逐之,略無所見。止一小兒見之,卻云:"入安國寺,已不見矣。"俄寺中火起,一焚無遺。始悟兩頭兩點從人,是"火"字也。

果　報

宜興某家頗殷富,一日,雨中有人自稱本縣張外郎,借避雨其家。因知是縣吏,烹雞釃酒款之。言次謬認親屬,愈加敬愛。又引入內,見其所積穀米,張吏遂甬萌心。越數日,出批逮其為解雲南軍。其人倉惶莫措,竟投張吏。張云:"須得白米三十石可了。"逕出如數與吏,消弭其事,皆虛設陰謀挾取之也。無何,其人夜夢張衣青衣,白布勒腰,逕入其家牛欄中。是夜生一犢,腰束一白道,正如勒布也。張吏亦是夜死,其果報也應響。

色　目　人

王文振,雲南城外人,其家下客有一色目人。居其店,因寄銀三千餘兩,往八百里外討帳。死於其處。王文振因其財營遂不訾。後婦有娠,臨產夢回回打門,夢覺妻產一子。以是知回回托生。子長,遂破敗,至父死財盡,子亦死而後已。

陳　主　事

常熟陳傑,任刑部主事,嘗問強盜十餘人,皆已抵法。一日,陳偶有小過發監。夜坐看書,見燈光漸若掩蔽,乃顧後,見一鬼似影,手一梗,問之不應,仿佛似前犯中一人,曰某毛頭。陳云:"汝不是毛頭?"即跪下點頭不語。陳云:"汝一起真犯,情罪俱當發落了,更有何冤?"明日命吏取原卷細推,略無可容之隙。陳曰:"於心無愧矣。"但看得毛頭與一同事未獲。明夜復至,陳又問諭:"汝罪無枉,但一起某人未獲,我已督獲去矣。"鬼影遂滅。後逃罪者亦逮至及法。信乎!瀧崗之表,有求死犯不得生,終夕不寐也。今居刑官者宜鑒,如鬼物相冥冥尚負辨者,司刑者合慎諸。

石田雜記

石田雜記

成化六年，常熟梅里周涇包眉村徐悌者，嘗為所親周熙假人白金六兩。熙無還，債主逼悌償，其妻又相怨詈。悌乘忿往縊熙家，道逢一老翁，手曳杖，問悌何之，悌告其所由。翁曰："何必自拼命，第隨我往，當為汝償之。"因與偕行。是日下午，周涇去梅里且十五里，梅里至常熟有三十六里，常熟抵楓橋一百十里，總一百六十餘里。迨瞬息而至。在途，悌告足乏，翁脫草履與穿，遂強健。迨翁行至夜，同宿土神廟。天未明，促悌行。悌告飢，即取地間草一如麥葉狀俾食，悌疑不食。少頃，行至高山長林中，云："汝少頃伺我于此，大家取物給汝。"悌危坐石上。日暮樵者回，問所從來，悌告其故，樵曰："日暮虎將至，不宜處此，況此中素無人家，惟張公洞耳。"悌因脫衣典路費而回，行三四日始達家，不勝罷困。悌家方與熙家作訟，見之即解。

無錫有巨室某，一子為糧長，一子入學為弟子員。遼陽李公初宰是邑，其糧長者偶呼不至，厥弟易服以應之。李能識其非，曰："汝豈秀才而代糧長乎？"因出對云："秀才糧長，打糧長不打秀才"，秀才即對云："父母大人，敬大人如敬父母。"一時應對敏捷，人皆稱之。

丁酉三月五日，與蕭漢文主事、周疑舫先生小酌。漢文云，近見松江錢學士溥陞天官侍郎，回忽詫云："我平生感左瑺之恩為不淺。"蓋嘗在翰林即預教諸小奄，今懷瑺是也，此舉實其力。懷嘗于聖誕日被賜金二錠,奏云:"今某至此,皆師錢某之惠,留以轉奉。"溥考績至京,懷置宴以前金為壽,因跪曰:"與師父置一酒杯。"溥曰:"留當與房下作首飾,常常頂戴。"太監一座,聞之皆絕倒。

正統間,京師童謠云:"雨帝雨帝,城隍土地。雨若再來,還我土地。"景泰本郕邸,"雨帝","與弟"也。"城隍","郕王"也。應天順復辟之讖也。

余有親蔣廷貴,第進士三甲,例除知縣,特告就北方之樂亭縣。同年劉以賢謂曰:"何不就南方,便道得省老親,亦人子幸事。"答曰:"進士除知縣,何面目見鄉里?"其父惟清,亟欲以京職為封榮地,聞子作縣,大失所望,遂致病心發狂。每見人但云:"尹天官說一年便陞御史。"座客皆笑其癡。或曰:"其父雖癡,其子已先癡矣。"

北人嘗云"貓不過揚子江",言貓過金山則不復捕鼠。厭者至金山,剪一紙貓投水中,則不忌。南人嘗云"牛不過嘉興金牛橋,過者即死"。厭者牽之涉水而渡,則不忌。牛未嘗驗,貓則於韓克贊兄處,嘗汝寧帶回一貓,過江果不捕鼠。古書亦云:"鴝鵒不渡濟,橘不渡淮。"于此事頗同。

成化己亥九月二十三日酉時分地震,自北而南,有聲如雷。八月二十四日,天目、宜興、長興、紹興同一夕山崩,水漂屋廬、人民、畜獸不計數,及虎亦多死者。十月二十日夜,金犯南斗。因記之。

籠罩漆方:用廣德好真桐油,入密陀僧、無名異,煎老。每熟油一兩,和入京山漆生者一兩,要絞十分淨漆在器物上,于日色中曬乾,須是四月至七月日色方好,其餘不宜。要漆兩遭。初遭,略以沙葉輕打過使漆。

描錫方:錫一兩,鐵勺中炒熬成查。以□□□□箇底下布襯,將錫渣帶熱傾入,用兩根木棍上下舂搗,自然成細沙。羅過,細者一面再炒、再搗之後,用十分好廣漆,生用隨意。描花樣在器皿上,將錫沙糝上，待十數日漆乾老，用一石子捱平，以水銀擦上，自然明亮。用水銀，須是錫匠鍍牀下錫屑撞入，水銀則死，可用。不然水銀活動，不能擦得牢。如作錫鄭重可見成，在作錫頭筋鋪裏，買他擦下細沙最好。

洗油蒸跡，或衣上污染，用好燒酒滚熱，輕擺之，自然去了。然後用白湯洗去酒氣。

治簇筋，用桑樹向南枝三條，以刀輕刮去外面粗皮，用內面青皮，以鐵錘捶爛，井花水調，敷患處即好。

炒豬腸，用荸薺，如藥飲片，切了曬乾為末，臨炒時撒末子在內，不要蓋鍋，待熟，傾白酒些少，則絕美。

煮老雞、鵝：凡殺過置在淨處，待其肉冷，然後煺毛，煮之易爛如嫩者。

治疝，用蛇牀子加少麝香，煎湯薰洗，冷則易之。

茴香湯炒麵：一升芝麻，熟者減半，茴香、花椒各六錢半炒，鹽三兩，輾細同拌白湯調用，千金不換。

造紅麯法：先取辣椒，不拘多少，曬乾為末貯之。次將糯米一斗釀成白酒，待自然漿來，漉去酒漿，止用糟，以大甕盛之。買好紅麯，篩去粗糠，輾為細末，同蓼末入糟內和勻扎起。凡麯米一升，蓼末六合。後用未熱過白粳米一石去粞，水浸五日，每日換水一遭。用木甑下，以蓼葉藉之，入米蒸熟，取放蘆席上，待稍涼方入前糟拌勻，再以蘆席覆之。過一宿，次早再入礱糠五斗和勻，攤于蘆席上，寸許厚，透風處晾乾，復收籮內。再用綠礬四兩，泡沸湯三斗，候冷淋之，又將前麯照前攤之，候乾，放日色內，再曬乾為度。如不甚紅，再以綠礬湯如前澆一次，則妙矣。

洗墨法：凡畫上涴墨，用廣膠鎔成濃汁，以棉布蘸之洗。一次將沸湯洗過，淨布再蘸膠汁洗之，如此三四度，則無跡矣。

江右聶大年先生教授杭時，有二僧爭住院子，先生招二僧飲之,贈以詩云:"蕭蕭落日下荒基,古殿淒涼白塔低。燕子不知身是客,秋風猶戀舊巢泥。"二僧慚愧而退。

成化丙戌,江右羅倫赴春闈,道經蘇州,為文謁范文正祠。是夕歸宿舟寓,夢文正遺之詩曰:"嬰帶横腰重,宮花壓帽斜。勸君少飲酒,不久卧煙霞。"是歲及第狀元。後因落語故謝政歸隱。凡後江右士子赴科者,必謁文正祠,文正卒無一語。

仙補方:川牛膝二斤①,何首烏二斤,生熟地黄二斤,白芍藥一斤,蓮肉一斤,人參十兩,川芎半斤,香蛇一條,牛黄冰斤,黑豆些少,無灰酒十瓶,蜜一斤。

① 按:"川"字疑為"用"字。

神仙造酒方:三月三日,採山桃花三兩三錢。五月五日,採馬蘭花五兩五錢。六月六日,採芝麻花六兩六錢。十二月八日取水,春分日作麯。杏仁一百個,白麵十斤,團如雞子,大紙裹,弔掛七七四十九日,客來,取前水一瓶,放麯一塊,紙封瓶口,逡巡之間已成酒矣。

崑山黄廷儀由賢良科任處州守,時葉宗劉亂①,黄乘機將巨室羅織採連之,掠其產,收其子女奇貨而回,富雄于鄉。一日燕客,出金玉杯,所收子私指謂人曰:"某物某物皆我家掠來。"黄知,一夕捶死,沈之湖中。黄卒無嗣。後死停柩在堂,火起,其棟撓折碎其柩,擊其屍為兩截,如腰斬狀。又有沈尊者,亦崑人,為教諭。其父從義在府治寫發,尊亦習刀筆,常以是在宦途挾制人。遇去官歸,教人為訟分財。嘗奏太倉武指揮使,連獄累年,武為其苦。尊逃不結,後得獲卒瘐死。其妻兄某素被其累,時亦在獄,見其死,紿訴有司曰:"尊平昔有詐死術,未可信。"所司令獄卒倒埋五日,一夜獄卒踢折其肋骨二支。人以謂二人之報,可與惡者為標準云。

① 按:“劉”字當爲“留”字。

近世姦僧化緣者,以舊銅佛頭埋于土中,先以黄豆鋪在佛底,日以水沃之。豆被水濕漲,卻將佛頭從土中頂出,號召閭閻縱觀,哄衆佈施。

蘇州一無賴子某,專雕假印營生。一日,以自己偽稱是提學考退秀才名字,將父偽作解頭,齎執蘇州府,移文送甯國府充吏。不意撥于冷房,無錢可覓,三月後給假回,一往不去。本府究其所熟之人,但賣飯店安歇耳。到蘇追逮,無其人名字。後連賣飯者來認追,蘇州府以其人監候,其人入監。其吏一日前因又假印事發在獄,恰正相遇。豈天不欲累賣飯者,天使然乎?可見作偽雖百計,亦不能逃天理。信乎人能巧于機謀,天道巧于報施。

吕忠、吕文者,常熟人,吕方伯囦之蒼頭也。方伯任雲南,二兒亦致富,因財相讎。忠與其友丁仁厚,托謀文,許以白金百兩。仁遂邀文飲于他所,留連數日,閒來紿忠曰:“事畢矣。”因索所報。忠須驗,引至虞山下,有他殍遺二腿,指曰:“身首恐有識者,碎而棄之矣。”因得白金如數。明日文歸,忠往問仁退金,仁曰:“汝以金囑我何為?”忠無辭,金卒不還。仁亦卒不露於文。人皆重仁之智。

十九年大疫,常熟學前程某者,每日至午後即昏厥,至次日天明始蘇,即備云:“我隨周神并各處土祇至人家散疫。”指云某家因子孝,其疫不及。其家行善亦減數,惡者多及之。如此者迨二十日。後一一如其言。奚浦錢氏云,死四十二人。果然程某無恙。

常熟孟學官怡其弟某,嘗一日出門,見已故周某者來,即入具衣冠,與之分坐對談。家人問其故,云:“周某奉本境土神高二官人請某管疫。”數竟暴卒。

胡燕巢被雀奪,雀輒銜艾草葉致巢中,胡燕則不復來,豈艾性制燕耶?

造醋法：四五月間用糯米粽子三個，不去包，放在瓶內，瓶約盛五六盌者。入淡白酒，或二酒、酸酒在內，以紙扎定。七日開看，其味香而且酸。取出煎用，再入淡酒在內。如此陳陳相因。至十月不用此法，十月間以糯穀穗扎如指大七把，蒸過入瓶內，加粗麯二兩，入淡酒在內，扎定放在竈灰內煖處，七日成醋，亦能相因。至三四月，不用此法。

蛙鳴聒人，以芝麻稭磨碎，順風撒去，則禁之。

道士召鶴於端午日，尋小鵓鳩養之。遇行法，則刺其血書符，鶴立至。

人家槐樹上生青蟲，食葉迨盡，於樹下大擂鼓，則其蟲盡自落于地。

藏香須用大黄末糝入，則不散其氣。

凡青石不可以蘆束在上，築則石破。人家碑石不可蘆席覆蓋，經露則有席痕。

崑山人取崑石，初出土，有土色新紅，不愜觀。但於冷糞坑中浸久之，取出水濯洗過，則同舊色。

石上欲生苔蘚，以馬糞水調薄，加土漿在內，塗於石上則生。

砂缸破，以針砂和鹽滷膠牢於陰處不動，一月則如舊，補石亦可。

凡欲鐵器破折，以鋼砂夾鹽滷罨之一晝時，其鐵則酥軟。

珠子，婦人不宜帶，與屍氣近。帶去弔喪，亦要爆壞。近鐵器并柏木為匣，藏珠皆損。

牝鹿凡於相尾之時，雖牡鹿數十，一時皆淫過。牝則渾身之肉消喪止皮，氣息而已，或倒於路旁。人若能扶去，以細草飼之，月餘其肉皆復。若即時殺食，則空有皮骨耳。

虎搏兔子，先於四圍撒尿，則兔不能出，以受其搏。獐子宿處四圍，自吐涎，留一門，虎從無涎處入搏，獐子跳去，虎多不能出。

東朝劉馬太監於西蕃買一黑驢以進，能日行千里，又善鬬虎。上取虎城一牝虎與鬬，一蹄而虎斃。又鬬一牝虎，三蹄而斃。後與獅鬬，被獅折其脊。劉馬伏地，大慟以惜。

種竹以河泥壅之，則其篾脆而不中用。

狗之肝如泥土色，臭味亦然。傳其警夜，人在土上走，則其肝動氣所感也。

治痢并水瀉，小粉八兩，炒焦色，如毬子發泡好。乳香一兩，沒藥一兩，臨時用好醋調，粘油紙，攤膏藥封臍上即治。若癆病，攤大者貼背心亦治了。凡淨粉三兩，乳沒六錢為例。

十九年，宜興一人因無產有役，與其妻逃歷陽，遇行船，因問去向。長年遂答曰："我正往歷陽地方。"其人搭去。長年悦其妻，至歷陽誘其人曰："我于此最多識熟，你妻可留船中，我與你去覓舍者。"長年同至山下，遂打死其人，回船紿其妻曰："汝夫已落虎口矣。"妻哭，長年曰："無苦，我自與汝成配。"其妻疑曰："虎豈能盡食吾夫，若得見遺肉一臠，亦願足，然後與爾為配。"長年不得已，領其妻往尋。不意一虎竟搏長年而去。其妻因哭曰："此真有虎，吾夫真死矣。"路人聞之，詰其所由。妻以實告。路人云："適從縣前，見有一人被船長打死，復活來告，豈汝夫耶?"其婦詣尋之，果其夫復活云。

大麥上場，帶濕就以枷打則易落，乾則難落。

砟糞箕環于樹上，砟下便熨彎，若停久則性硬多爆折。

成化十六七年之間，葑門黄天蕩邊一漁者，乘小舟夜出捕魚，見岸次一人喚渡，長丈餘，其漁疑而不答。其人曰："汝去至某所，當得一鯉重四斤半，若果然，汝當渡我。"其漁果得，如其所云。明夜其人坐于岸次喚渡，云："汝既有所得，何不渡我?"其漁曰："當再有所驗與我。"其人曰："汝去不多遠，當一網鯉九個。"亦果然。其人曰："今須渡我。"漁曰："汝必鬼物，吾不渡。"其人嘆息而去。且口自云:"明夜且待松江人來,我自討替。"其漁遠候之,于夜果見一人蕩櫓而來。漁問何處人,云松江。即止之,謂其所以,松人不果行。明夜其漁復見,其人訴曰:"我為某處商者,死於此水,我欲渡此往某土地廟求文移還鄉。汝既不渡我,又沮松人,何見害之深耶?"漁曰:"汝能助我為生,當渡汝至廟,為汝薦拔,送汝還鄉。"其人曰:"若然,當有厚報。"其漁載入廟。其漁遂棄漁寓廟中,詳筊如神,三四年間致富。後作薦送其人還鄉。

成化十二年,葑門楊枝塘田上費思義家,夏夜深,忽見一蓬頭小廝走入其門。其家遍尋,隱在竈下,問其名,但自長目直視不答,打亦不應。及以火烙之,不出聲,投于水則浮游岸上。其家以為怪,以簍裝之,投于湖中,卒無所事。

景泰間及今,葑門外緣通松江,居民皆因松人泛滷水至,各家遂製鍋煎鹽。凡一船滷水,一人溺之,永煎不成鹽。鹽鍋中放肉煮之易酥,但翻動則徹骨俱鹹,不可食。一放再不動,則外鹹內淡,如暴醃肉味。

十九年十二月二十七日,南京雪作,崑山王□□往彼,在金水河旁見大人跡,一步一丈三尺餘,其足跡恰長三尺。

吳江農家,雖高田斫稻必用竹籤,每籤稻五箇,其穗下垂。蓋新斫稻杆尚有生氣,倒垂則其膏澤浸漬入米,每畝較不扦稻米多五升。吳江以北不然,過水則用籤。

陳啟東諭學寧德,嘗作詩述閩人常談云:"蠻音鴃舌語糊塗,雨落番將禍斷呼。誰信撻挑原是耍,怎知詐講 吳人稱謊說也。卻云誣。長公仔 音蹇,子也。貶南瓜 即西瓜。賣,李剉 屋也,猶言李家也。門書老酒沽。昨聽鄰家罵新婦,聲聲明白喚貍奴。其罵聲云帽帽,即貓叫聲,如吳人云杜貨也。"閩人自聞亦為絕倒。

威甯伯王公悅在大同,見邊事漸生,醞禍未測,情悰不懌,乃作詩云:"去來去來歸去來,千金難買釣魚臺。已知世事只如此,借問古人安在哉？綠酒有情留客醉，黄花無主為誰開？忠君報國心如火，一夜秋風盡作灰。"時翰苑諸公和云："那有伊周事業來，恥隨郭隗上金臺。權謀術數何深也，局量規模真小哉。半世功名如隙過，一場富貴似花開。于今門下三千士，一半寒心一半灰。"傳聞于天下，以為王公誅心之鉞也。

成化十九年，山西代府一日失一宫人，半月復至。問其何往，云為神所攝去。無何，日正午，舉城人皆聞戈甲聲。俄見雲端有神人，或從數十人者，或十人者，或騎馬，或乘異獸，自東西漸至代府。各神班坐殿上，從者休庭間，王率家屬伏拜於下。神索飯，飯畢，舉索王衣，各襲服之，復乘獸而去。內一神云："舉火。"正殿遂焚，舉府無遺，止所攝女一房巋然獨存。

牟都御史俸任山東時，嘗登泰山日觀峰，見秦碑上無刻，以人言為冒碑，意其中别有物，遂劚其下丈餘，碑體深不可拔，乃發其蓋，石又不動，益數百人，蓋始起。即時，山東黑氣瀰布，白晝如夜，咫尺莫辨物，俸遂止。人皆云山東黑祥，殊不知禍始於此。

王清，廣東參將，因黄肖養為寇，陷賊圍，被反接輿至城下，令招城中人。清呼舊麾下告云："我不幸陷賊，失機以死自分，汝等食禄朝廷，當堅壁自守。勿以我故，或偽傳我言誘汝以降，當勿聽，以俟早晚天兵之至。我去即死，汝善爲計。"賊怒其言，以刀亂斫死。有二語佩衣間云："我因勢屈身甘死，留取丹心達汗青。"

江西信州鉛山銅井，其山出空青，井水碧色，以鉛錫入水，浸二晝夜則成黑錫，煎之則成銅。

浙藩左大參瓚，成化十七年朝京，出京時夢一人出對云："參政、布政為黎庶之福星，"左公問其人，答曰："某蘇州賀恩，前科解元也。"左隨對云："解元、會元鍾山靈之秀氣。"至蘇尋訪賀恩，一見其肖貌儼如夢中，因志以伺後驗云。

予嘗燕吳修撰元博宅，予與陳諭學起東同席。起東強予酒，予不勝杯酌。起東云:“如辭飲,須對一對句可准。”時賀恩其榮解元觀席,起東云:“恩作解元,禮合賀其榮也。”次座即陳進士策字嘉謨者,予應聲云:“策登進士,職當陳嘉謨焉。”為之哄堂。

太祖高皇帝嘗問宋學士濂某人如何,因稱其善至數四,上曰:“中豈無一不善者?”對曰:“有善則臣與交而知之,不善者臣不與交,故不知其為人。”

范從文,文正公十二世孫之柔之的派,崑山人。洪武中拜監察御史,忤旨欲殺。上問:“汝非范文正之孫乎?‘先憂後樂’是汝祖所言?”曰:“是。”上取帛五方,親書“先天下之憂而憂,後天下之樂而樂”。諭曰:“免汝五死。”後果五犯皆免。

石田雜記一卷

編修程晉芳家藏本

明沈周撰。周字啟南，長洲人，以繪事名一時。郡守欲以賢良薦，周筮得"遯之九五"，遂決意不出。年八十三而卒。事跡具《明史·隱逸傳》。此編乃所記聞見雜事，末有伍忠光跋。稱"先生化後二十餘年而是記存於糊工故紙之中，手墨宛然，疑即先生絕筆。友人何良輔持以示予，因命工梓之"云云。蓋本叢殘手稿，非有意於著書，故所記頗涉瑣屑云。

杜東原先生年譜

杜東原先生年譜

洪惟我太祖高皇帝登極于金陵,國號大明,建元洪武元年戊申。

二十九年丙子十二月初五日。先生生于城中之太平坊。

三十年丁丑正月　日。先生之父草堂府君,以閭右實京師卒于大中橋之邸第。

三十五年壬午即建文君四年。三月。先生母顧夫人遣從鄉師習句讀。天分高敏,過目不忘。

永樂元年癸未。

五年丁亥。從中書舍人劉孟切學,遂能通《孝經》、《論》、《孟》大義。

七年己丑。受經於五經博士陳嗣初之門。

九年辛卯。嗣初應召出仕。擇門人中克任師表者,廼命先生授徒。

十一年癸巳。娶新城縣典史長洲陸氏女。

十三年乙未。子嗣昌生。

十四年丙申冬十一月。祖母王氏夫人卒。葬吳縣横山。山一名五塢,先生因號五塢山人。

十七年己亥。往南京,得草堂府君所遺書籍、玩器歸。

十八年庚子。以講讀《大誥》,率生徒朝于北京。

十九年辛丑春二月。妻陸氏卒。

二十年壬寅冬十月。繼娶長洲張維新女。

二十一年癸卯。所為詩文始留稿,署曰《學言》。

洪熙元年乙巳。修《太宗文皇帝實録》,遣使採訪事跡。本府延舉先生修纂。

宣德元年丙午。

九年甲寅。郡守況公鍾。欲舉先生異才應召,固辭而止。

十年乙卯。修《宣宗章皇帝實録》,本府延先生為七縣總裁。

正統元年丙辰。始遷居樂府里,作如意堂。庭有二至花生焉,夏至而開,冬至而謝。葉青青,四時不變。顧節婦言,茲花夏至而開者,順陰道也;冬至而謝者,避陽道也。葉青青,四時不變者,有貞節也。殆如吾意焉。於是作堂以名。武功伯徐有貞為記。

二年丁巳。孫韋生。始開東原,號"東原耕者"。朝廷求賢詔復下,郡縣首以先生為舉,復固辭之。迺以母夫人顧氏之節為言。吳寬表所謂"卒用旌其母之節而不敢強仕"是也。

四年己未。有司上母夫人顧氏貞節,詔旌表門閭,復其家。

六年辛酉。是歲造版,係定籍色。有司定著杜氏為儒籍。吳邑先惟余貞木氏、陳嗣初氏,及今乃三姓云。

九年甲子秋八月。嗣昌卒。

九月。繼室張氏卒。

十二年丁卯春二月。繼娶常熟王氏女。

十三年戊辰。與諸儒結文社。徐用理、陸康民、王敏道、陳孟賢、王孟南、鄭德輝、賀美之,與先生凡八人。

景泰元年庚午。作延綠亭,號"延綠亭主人"。以鹿皮作冠,又號"鹿冠道人"。

二年辛未秋八月。節婦顧夫人卒。

九月。葬横山。

三年壬申正月。子啟生。

五年甲戌。朝廷修《輿地志》,郡守汪公滸。具書,請先生修輯郡中事以進。

天順元年丁丑秋七月。往游武林。

三年己卯冬十月朔。郡守楊公(貢)請鄉飲。

四年庚辰。曾孫曾生。

成化元年乙酉。

二年丙戌。鄉飲三賓。

五年己丑。鄉飲大賓。

七年辛卯。孫愈生。曾孫閔生。

八年壬辰冬十月。郡守丘公霽。具書詣門,請鄉飲。固辭之。丘公書曰:"朝廷設鄉飲之典,而有司任遴選之責,惟在得人以示勸化。郡中躬行碩德、學博望重如老先生者而不與焉,是朝廷之典虛而有司之責無以塞矣。"先生辭曰:"特書躬降,榮寵至矣。老朽何能,敢不赴命。但以年來衰疾屢作,頓嗽彌日,豈能一刻以處於禮法之所哉。"

十年甲午。丘公霽。修《蘇郡志》,請先生参校優劣,不記述。

秋八月。啟應天府鄉試中式。孫懋生。

九月。先生病。

十月戊申。卒于正寢。享年七十有九。

十一年乙未四月乙酉。奉葬横山祖墓。凡三吳之耆宿門生、緇黄名流,會葬者數千人。門生趙同魯婁序等,會謚淵孝先生。陳頎、史鑑為之誄。

二十年。翰林學士吳寬表其墓道。辭曰:"先生,今世之隱君子也。"

弘治元年戊申。

七年。以啟貴,璽書贈"文林郎直隸大名府開州長垣縣知縣"。玉音有"鄉邦舊學、泉石高踪"之褒。

十一年戊午。三學生員費紘等會呈設主府學鄉賢祠祭享。

沈周集附録

附錄一

傳記　行狀　碑誌

沈周，字啟南，長洲人。祖澄，永樂間舉人材，不就。所居曰西莊，日置酒款賓，人儗之顧仲瑛。伯父貞吉，父恒吉，並抗隱。構有竹居，兄弟讀書其中，工詩善畫，臧獲亦解文墨。邑人陳孟賢者，陳五經繼之子也。周少從之遊，得其指授。年十一，遊南都，作百韻詩，上巡撫侍郎崔恭。面試《鳳凰臺賦》，援筆立就，恭大嗟異。及長，書無所不覽。文摹左氏，詩擬白居易、蘇軾，字仿黄庭堅，並為世所愛重。尤工於畫，評者謂為明世第一。郡守欲薦周賢良，周筮《易》，得《遁》之九五，遂決意隱遁。所居有水竹亭館之勝，圖書鼎彝充牣錯列，四方名士過從無虚日，風流文彩照映一時。奉親至孝。父殁，或勸之仕，對曰："若不知母氏以我為命耶？奈何離膝下。"居恒厭入城市，於郭外置行窩，有事一造之。晚年，匿跡唯恐不深，先後巡撫王恕、彭禮咸禮敬之，欲留幕下，并以母老辭。有郡守徵畫工繪屋壁。里人疾周者，入其姓名，遂被攝。或勸周謁貴游以免，周曰："往役，義也，謁貴游，不更辱乎？"卒供役而還。已而守入覲，銓曹問曰："沈先生無恙乎？"守不知所對，漫應曰："無恙。"見內閣，李東陽曰："沈先生有牘乎？"守益愕，復漫應曰："有而未至。"守出，倉皇謁侍郎吳寬，問沈先生何人？寬備言其狀。詢左右，乃畫壁生也。比還，謁周舍，再拜引咎，索飯，飯之而去。周以母故，

終身不遠遊。母年九十九而終，周亦八十矣。又三年，以正德四年卒。(《明史·沈周傳》)

沈周，字啟南，長洲人。祖孟淵，父恒吉，皆高隱。周學於陳五經之子孟賢，得前輩經學指授。嘗以賢良薦，筮得遯之九五，遂耕讀於相城里。所居曰有竹莊。畫法董源，書法黄庭堅，詩出入於杜甫、白居易之間。興至對客揮灑，煙雲滿紙。畫成自題其上，頃刻數百言。風流文翰，照暎一時，百年來東南之盛，莫有過之者。(《江南通志》卷一百六十八)

沈周，字啟南，號石田，姑蘇人。博學有奇思，為詩清新，皆不經人道語。字亦古拙，學黄大痴法。其善者署其不善處，遂自名家。因求畫者衆，一手不能盡答，令子弟摹寫以塞之，是以真筆少焉。(韓昂《圖繪寶鑒續編》)

沈周，字啟南，號石田先生，長洲人。好著書，工詩。與吳原博為友，而文徵仲尊事之。王文恪稱其風格潔修，眉目娟秀，外標朗潤，内蘊精明。書法涪翁，遒勁奇倔。繪事絶精，寫物各極其妙。評者謂石田畫，獻吉詩，希哲書，為我朝三絶云。(朱謀垔《續書史會要》)

沈周，字啟南，别號石田，吳之相城人。其父亦善畫，能起雅去俗矣。至啟南而造妙，凡北宋至元名手，一一能變化出入，而獨於董北苑、僧巨然、李營丘，尤得心印。稍以己意發之，遇得意處，恐諸公未必便過也。啟南有一種本色，不甚稱而以名高。歷年久，贋作紛紛傳中原，李伯華至品之為第三，且目之為僵、為枯。余因訪伯華，悉取沈畫觀之，然無一真本也。為大笑而出。邇來吳中名哲，益推重啟南，争購之，佳者溢至，而其價遂與宋元諸名家等，識者不以為過。或謂啟南倣諸，筆意俱奪真，獨於倪元鎮不似，蓋老筆過之也。(王世貞《弇州四部稿》卷一百五十五《説部·藝苑卮言附録》)

沈氏家長洲之相城，有孟淵者以儒起家，二子南齋貞吉、同齋恒吉，皆善唐律，工染翰，不可以金錢購取。家庭之間，自相酬唱，下及童僕，悉諳文墨。同齋有子曰石田，先生名周，字啟南，晚更自稱曰白石翁。至今吳中雖市夫豎子，無不知有白石翁者，大要得聲翰墨間。其丹青之學，超聖入神，雖北苑、巨然、徐熙父子復出，弗能過也。書類山谷老人，詩則白香山，兼情事，雜雅俗，當所意到，亹亹不休。博學無所不通，多著書，而皆非先生之至者。不肖嘗聞先君子每稱先生行事，蓋若隱若俠，又恂恂內行淳備，篤實君子也。自其少時，天才溢發，為文援筆，立就則已。不肯治舉子業，以故得專意讀書，築有竹居居其中，挾册而哦，其勤乃倍于經生。時郡守汪頗有善政，其人故傖父也，聞沈某善繪事，則檄召先生繪府門。先生弗辭，挾一繪工往。日衣緇布服，冠里老冠，坐守鈴下，出則跪於道左。繪畢乃去。他日守入朝，遇孤卿大臣，無不起居沈啟南者。或言沈啟南手牘至都，稱守良吏、守良吏，守益茫然。返而詢所稱沈啟南，則向之繪門老人，乃大悚。扁舟造其居，先生已先期匿矣已。三原王公撫吳，獨與先生善，與語輒連日夕，語不及私，唯時時言宦寺宜戢，貧民宜賑，及他所裨益甚衆，而王公亦終始不持先生一詩一畫歸。事父恒齋公盡色養。父好客，日擊鮮而進之，唯恐客不當意。父以篤老終，猶孺子泣，終喪不飲不肉也。弟有瘵疾，與同卧起不室處者三年。撫孤姪，養寡妹，具有恩禮。年八十三而卒。卒之日，王文恪公適去相歸里，手書致訊，先生索筆題"黃鶴白雲"四字，家人泣曰憒矣。既而曰："黃鶴白雲瞻宰公，此機超出萬人中。歸來車馬忙如海，先有閒懷問病翁。"遂擲筆而逝。論曰：余所以論次白石翁者如此，風雅士幾以余為腐矣。雖然，翁生平乃爾，則人重翰墨乎？翰墨重人乎？即相載而行，其所以重者，固可思也。余慨風雅士一詩一藝，苟得當邦君守相及四方鉅公大人，輒津津色喜，不知如白石翁者即跪而繪府門愈重也，公卿倒屣，語不及私，又惡足以稱先生矣！（文震孟《姑蘇名賢小記》卷上《白石翁先生》）

金石其聲，玉雪其膚。身處乎一邑，名揚乎兩都。設几乞言，有敬老之郡縣;欵門求見,有好賢之士夫。辨博傾坐人,而守之以訥;通明識時務,而處之若愚。塞胸中之丘壑,洩指下之江湖。演而為詩,溢而為書,豈特王摩詰之輩,抑亦文與可之徒。妙哉!鍾老寫此,酷如清冰玉壺之瑩徹,碧梧翠竹之扶疎。吾又見石巖裏之謝幼輿也!(吳寬《家藏集》卷四十七《沈啟南象贊》)

有吳隱君子,沈姓諱周,啟南字,而世稱之唯曰石田先生。先生世家長洲之相城里,曾大父良琛始闢田以大其家,大父孟淵,考恒吉,皆不仕而以文雅稱。先生風骼潔修,眉目媚秀,外標朗潤,內蘊精明。書過目即能默識,凡經傳子史百家,山經地志,醫方卜筮,稗官傳奇,下至浮屠老子,亦皆涉其要,掇其英華,發為詩,雄深辨博,開闔變化,神怪疊出,讀者傾耳駭目。其體裁初規白傅,忽變眉山,或兼放翁,而先生所得,要自有不凡近者。書法涪翁,遒勁奇倔,間作繪事,峯巒煙雲,波濤花卉,鳥獸蟲魚,莫不各極其態,或草草點綴而意已足成,輒自題其上,時稱二絶。一時名人,皆折節內交,自部使者郡縣大夫,皆見賓禮。搢紳東西行過吳,及後學好事者,日造其廬而請焉。相城居長洲之東偏,其别業名有竹居。每黎明門未闢,舟已塞乎其港矣。先生固喜客,至則相與譙笑咏歌,出古圖書器物,摸撫品題,酬對終日不厭。間以事入城,必擇地之僻隩者潛焉,好事者已物色之,比至則屨滿乎其戸外矣。先生高致絶人,而和易近物,販夫牧豎,持紙來索,不見難色,或為贋作,求題以售,亦樂然應之。數年來,近自京師,遠至閩、浙、川、廣,無不購求其跡以為珍玩。風流文翰,照映一時,其亦盛矣!先生自景泰間已有重名,汪郡守滸,欲舉應賢良,不果。王端毅公巡撫南畿,尤重之,延問得失,而先生終不及時政。曰:“吾野人也,於時事何知焉。”然每聞時政得失,則憂喜形於顏面,人以是知先生非忘世者。初先生事親,色養無違,母張夫人以高壽終。先生已八十,而孺慕毁瘠,杖而後興。弟病瘵終年,與同卧起,館嫠妹,撫孤姪,皆有恩義。尤喜奬掖後進，有當其意者，為延譽不已。先生娶於陳，生子曰雲鴻，官崑山縣陰陽訓術，早卒。庶子復、孫履，皆郡學生。先生以正德四年八月二日卒，壽八十有三。復與履治喪，以壬申十二月二十一日葬相城西牒字圩之原。所著有《石田稿》、《石田文抄》、《石田咏史》、《補忘》、《客坐新聞》、《沈氏交游録》若干卷。獨其詩已大行於時，文徵明曰："石田之名，世莫不知，知之深者誰乎？宜莫如吳文定公及公，闡其潛而掩諸幽，則唯公在。"予諾焉。銘曰：或隆之位，而慳其受。或斂之秩，而侈其有。較是二者，吾其奚取。嗟嗟石翁，掇衆遺棄。發為渾鍠，震驚一世。彼榮而庸，磨滅皆是。相城之墟，湖水沄沄。於戲邈矣，我懷其人。（王鏊《震澤集》卷二十九《石田先生墓誌銘》）

先生諱周，字啟南，姓沈氏，别號石田，人稱石田先生。世居長洲之相城里。自孟淵先生以儒碩肇家，生二子，曰貞吉，曰恒吉，才美雅飭，並有聲稱。恒吉號同齋，生三子，先生嫡長也。生而娟秀玉立，聰朗絶人。少學於陳孟賢先生，孟賢故檢討嗣初先生子也。諸陳皆以文學高自標致，不輕許可人，而先生所作輒出其上，孟賢遂遜去。年十一，代其父為賦長，聽宣南京。時地官侍郎崔公雅尚文學，先生為百韻詩上之。崔得詩驚異，疑非己出，面試《鳳凰臺歌》。先生援筆立就，詞采爛發，崔乃大加激賞，曰："王子安才也。"即日檄下有司，蠲其役。先生既長，益務學，自羣經而下，若諸史子集，若釋老，若稗官小説，莫不貫總淹浹，其所得悉以資於詩。其詩初學唐人，雅意白傅，既而師眉山為長句，已又為放翁近律，所擬莫不合作。然其緣情隨事，因物賦形，開闔變化，縱横百出，初不拘拘乎一體之長。稍輟其餘，以游繪事，亦皆妙詣，追蹤古人。所至賓客牆進，先生對客揮灑不休。所作多自題其上，頃刻數百言，莫不妙麗可誦。下至輿皂賤夫，有求輒應，長縑斷素，流布充斥。内自京師，遠而閩、浙、川、廣，莫不知有沈周先生也。先是景泰間，郡守汪公滸,欲以賢良舉之,以書敦遣。先生筮《易》得《遯》之九五,曰:"嘉遯貞吉。"喜曰:"吾其遯哉。"卒辭不應。然一時監司以下,皆接以殊禮,尤為太保三原王公所知。公按吳,必求與語,語連日夜不休。一日論諫,先生曰:"封章伏諫,非鄙野人所知。然竊聞之,禮,上諷諫而下直諫,豈亦貴沃君心,而忌觸諱耶?"公遽曰:"當今之時,將為直諫乎? 抑亦諷乎?"先生曰:"今主聖臣賢,如明公又遭時倚賴,諷諫直諫,蓋無施不可。"公徐出一章示之,曰:"此吾所以事君者,試閱之。"先生讀畢曰:"指事切而不泛,演言婉而不激,於諷諫直諫,兩得其義矣。"公以為知言。同時文學之士,為上官所禮者,往往陳説時弊。先生不然,曰:"彼以南面臨我,我北面事之,安能盡其情哉? 君子思不出其位,吾盡吾事而已。"然先生每聞時政得失,輒憂喜形於色,人以是知先生非終於忘世者。先生去所居里餘為別業,曰有竹居,耕讀其間。佳時勝日,必具酒肴,合近局,從容談笑。出所蓄古圖書器物,相與撫玩品題以為樂。晚歲名益盛,客至亦益多,户屨常滿。先生既老,而聰明不衰,酬對終日不少厭怠。風流文物,照映一時,百年來東南文物之盛,蓋莫有過之者。先生為人,修謹謙下,雖内藴精明,而不少外暴。與人處,曾無乖忤,而中實介辨不可犯。然喜獎掖後進,寸才片善,苟有以當其意,必為延譽於人,不藏也。尤不忍人疾苦,緩急有求,無不應者,里黨戚屬,咸仰成焉。平居事其父同齋,無所不至,同齋高朗喜客,飲酒必醉。先生不能飲,每為强醉以樂客。同齋沒,乃絶。母張夫人年幾百齡,卒時先生八十年矣,猶孺慕不已。弟召病瘵,不内處,先生與俱卧起者歲餘。及卒,撫其孤如子。庶弟豳,穉未練事,為植産使均於已。一妹早寡,養之終其身。其天性孝友如此。先生娶於陳,生子雲鴻,文學稱家。嘗為崑山縣陰陽訓術。側出子復,郡學生。女三,長適崑山縣學生許貞,次適徐襄,又次適太學生吳江史永齡。孫男一人履,女二人。曾孫男一人,女二人。先生所著詩文曰《石田稿》，總若干卷。他雜著曰《石田文抄》、《石田咏史》、《補忘録》、《客座新聞》、《續千金方》，總若干卷。正德四年己巳，先生年八十有三，八月二日以疾卒於正寢。於是雲鴻先卒數年矣。復乃相其孫履治喪，以七年壬申十二月廿日葬先生于所居之東某鄉某原。屬將求銘當世有道，以信於後，俾某有述。某辱再世之游，耳受目矚，知先生為詳，遂不克讓，用論次如右。謹狀。（文徵明《甫田集》卷二十五《行狀二首》）

沈石田先生周，字啟南，長洲之相城人，自號曰石田，晚更號白石翁。以處士卒，年八十三。先生博學，無所不通。喜為詩，其源出白香山，蘇眉州，兼情事，雜雅俗，當所意到，亹亹不得休。書法雙井，矻矻未化。至丹青之學久，而天下愈寶之，以為北苑、巨然、徐熙父子復出，勝國諸賢勿論也。先生生短小而皙眉目，媚秀如畫。今像則已老，所謂見其杜德機者，非耶？贊曰：退兮若不勝，澹兮若無求。誦其詩以為白香山，又若以為蘇眉州。聽其談或小吏之黄衣，跡其隱則釣父之羊裘。其骨僅一丘，而丹青被乎九州者耶？（王世貞《弇州四部稿·續稿》卷一百四十七《沈周像贊》）

予所見有明一代巨公之像多矣，誰其蕭然山澤之臞，則石田先生也。雖然，先生與吾鄉屠太宰最相契。太宰以臺省，諸臣下獄不救，楊宫詹碧川移書非之。先生在吴下，見宫詹書，賦詩志諷。太宰答韻，述其衷曲，則先生非竟忘世者也。山澤臞云乎哉？雖然，先生之貌則臞矣！（全祖望《鮚埼亭集外編》卷十九《石田先生畫像記》）

沈周《石田詩集》三卷。字啟南，長洲人。景泰中，郡守以賢良應詔，辭不赴。（黄虞稷《千頃堂書目》卷十九）

沈周《石田雜記》一卷。周，字啟南，長洲人。以繪事名一時，郡守欲以賢良薦，周筮得遯之九五，遂決意不出。年八十三而卒。事迹具《明史·隱逸傳》。（《續文獻通考》卷一百七十九）

附錄二

序跋　書札　雜記

唐人以詩為學為仕，風聲大同，情性畧近，其間李、杜數子傑出，然而格有高下，音非遼絶，猶十五國各為一風，可按辭而知地。唐亦然爾，斯其美也。宋劣於唐居然已，其有傑出若楊、劉、歐、梅，錢惟演、王元之、林君復、魏仲先、蘇子美、晏同叔、王介甫、惠崇之流，猶唐聲也，無已刻志少陵，蘇、黄亦爾，雖門行若别，而堂室暗符，故能豪擅自任，然使孔子復生，則有若瞠乎避席矣。流及國南曾、戴、去非數子，猶師道也，洎至能、務觀、廷秀，又自蘇、黄而變，然轉奥宛而趨暢愜。或傷率易，而鄰訟辨矣，或以宋可與唐同科，至有謂過之者，吾不知其何謂也。猶不能服區區之一得，何以服天下後世哉。國朝詩人，其始如劉崧、林鴻輩，以至四傑十才而來，班班然可知也。有不以宗唐而勝，與沈公獨醞涓流，横放四海，一時風騷，讓以右席。嘗試觀之，唐與？宋與？衆或未知，我獨知之，蓋其家法，固主放翁，而神度所寄唯浣花耳。是以興觀羣怨，君父動植，已發之而自愜，人推之而莫辭，號為我朝詩人，謂其音異唐而猶挾其骨也。不然，徒以其語将不足以望前輩諸子，況其上者乎？公始愛予深，其子雲鴻，又余表姊之家也。辱公置年而友，昔命雲鴻持詩八編，倩為簡次，皆公壯歲之作，純唐格也。後更自不足，卒老於宋，悉索舊編毁去，後學者皆不知此，余猶為惜之不已。今人重公詩，亦多震於聲爾。公學練左氏傳，平生語言義理皆左與杜也。其集稿甚富，稍有華氏、沈氏二刻本，淮陰王揮使廷瑞，又以所得百數篇成刻，請序，聊為一言之。廷瑞好作義惠事，觀沈集中贈其詩，可以得其人。（祝允明《懷星堂集》卷二十四《刻沈石田詩序》）

右石田沈君啟南詩稿若干卷，吳文定公序之詳矣。初文定以寫本一帙視予，欲有所序述，嘗觀擬古諸歌曲，愛其醇雅有則。忽忽三十餘年，聞石田年益高，詩日益富，至若干卷，總之為若干首，間始刻於蘇州。而文定已捐館舍，翰林吳編修南夫來自蘇，則以石田之意速予。予憮然感之。夫形聲之在天下，皆出於自然，然亦有詩歌以為聲，藻繪以為形者，其大用之朝廷邦國，固未暇論，而閭巷山林之下，或不能無。若論其至，亦可以通鬼神、奪造化。降於後世，乃流為技藝之末，而造其妙者，猶以為難。說者謂詩為有聲之畫，畫為無聲之詩，二者蓋相為用而不兩能。若詩之為聲，尤其重且難者也。石田寄意林壑，博涉古今圖籍。以毫素自名，筆勢橫絶，敻出蹊徑，片楮疋練，流傳徧天下。情興所到，或形為歌詩，題諸卷端，互以相發。若是者不過千百之十一，故多以畫掩其詩，及其撫事觸物，感時懷古，連篇累牘，則藏於其家，非遇知者，斂不自售。今既梓行而人誦，則詩掩其畫，亦未可知，而惜予之不盡見也。姑以是復南夫，且終文定之諾云。石田名周，蘇之長洲人，石田其所自號，年八十有一。（李東陽《懷麓堂集》卷七十四《書沈石田詩稿後》）

昔王右丞、鄭廣文以詩畫擅名開元天寶間，杜拾遺天挺人豪，其自負直欲下視一世，而於二公特咨嗟嘆咏，有若不能忘於懷者，豈不以才難而有是乎？其後能畫者不一，惟李營邱、董北苑獨為首稱，後世師之為宗匠，然求之於詩，盖闕如也。將為畫所掩而世失其傳歟？或長於彼而短於此歟？又何其未見也。獨趙文敏，能兼二者而有之，亦與王、鄭競爽千百世之上，君子得不以全才具美與之？今觀陸允暉所藏沈石田詩畫，各臻其妙，而其蕭散自得之趣，宛然遊於輞川花竹、霅上鷗波間也。允暉能於二者致力焉，則他日所造未可量也，豈徒藏乎哉！（史鑑《西村集》卷六《題陸允暉所藏沈啟南詩畫》）

詩畫真世間何物，而人愛之若此者，豈不以其天地至清之氣所發而然歟？石田此幅畫，兩盡其妙，誠不多見也。歸余後逾年，吳汝器來觀，有欲炙之色，因掇以贈，俾於學文之餘，歌其詞，玩其跡，以求夫理之所存，將使人利欲之心盡忘，是亦為學之一助也。若徒玩之以喪志，豈吾望於汝器者哉！（史鑑《西村集》卷六《跋沈啟南畫贈吳汝器》）

石田作此，蓋偶寫其西莊景物耳。其子雲鴻遂藏護謹甚，以予父之執也，奉以乞言。夫其啞啞而鳴，翩翩而集，相覆以羽，相哺以食者，雲鴻固有感於烏之孝矣。若夫扶疎糾結，輪囷離奇，上聳旁撐，其大數圍者非木耶？世之故家莫不有此木。子孫不能保其先業，伐而薪之，而烏止於他人之屋者多有之。雲鴻視此而有感焉，詎非孝之深者乎？（吳寬《家藏集》卷四十九《題沈雲鴻藏其父所寫古木慈烏圖》）

吳中多湖山之勝，予數與沈君啓南往游。其間尤勝處，輒有詩紀之，然不若啓南紀之于畫之似也。大理楊公方嚮用于時，顧有山水之好，得此卷愛之而以示予。予去吳中數年矣，山水勝處，雖嘗往來于懷，然其景象，特如夢寐中，不復了了。閱此何異短輿孤棹，穿雲涉澗，徜徉終日，而凡市橋田舍林亭溪閣，與夫漁樵所集、仙佛所居，魚鳥之閒暇、烟霞之晻靄，几案間一覽殆徧，而且免夫登頓之勞，何其樂哉！（吳寬《家藏集》卷五十一《跋沈啓南畫卷》）

石田翁為王府博作此小册，山水竹木，花果蟲鳥，無乎不具其亦能矣。近時畫家可以及此者，惟錢塘戴文進一人。然文進之能，止於畫耳。若夫吮墨之餘，綴以短句，随物賦形，各極其趣，則翁當獨步於今日也。（吳寬《家藏集》卷五十二《跋沈石田畫册》）

人言石田翁好異聞，有欲得其圖畫者，輒談鬼怪之事以動之，事窮，或湊合而成，故失之誣者頗多。閶門陸汝器以所得圖畫示予，不啻百十幅，凡山水、草木、禽獸、果蓏、蔬菜，無所不備。然汝器淳實人也，於鬼怪事非惟不能談，亦不欲談，而得畫之多如此，則人言其可盡信也哉？（吳寬《家藏集》卷五十四《跋陸翁所藏石田畫後》）

石田嘗兩至宜興，與克温翰林謀游張公洞，輒為雨阻，嘆曰：名山之游，信亦有命也？去歲乃始與大本隐君游，而願始遂。因作圖而繫詩於後，更為序引，述其勝殊，備他日傳至都下，予獲讀之。盖雖未及游，而兹洞已在吾目中矣。（吳寬《家藏集》卷五十五《跋沈石田游張公洞詩後》）

今所傳石田翁畫多用退筆，中鋒作小斧劈，當是以意少變北苑，而其源則實出巨然僧、梅道人，蒼鬱秀潤，並極出藍之妙。此卷不盈數尺，於二氏無不兼至，獨作樹葉甚疎，若不經意，又似少變。蓋欲剔透石骨，發其斑蘚，而後淡著洄溪茅屋，遂令人地俱幽。古人用法運意，絕非筆墨蹊徑可以求者。白安先生從敬亭寄示，余方展閱色飛，復於卷末得祝京兆書，以鐵腕手用顛史，更出入楊少師、豫章、襄陽諸公間。一日所獲，何其種種神逸耶？（曹履吉《博望山人稿》卷十七《跋沈石田畫祝枝山草書卷》）

昔人有詩云：長江如白龍，金焦雙角短。自詭以為善名狀，蓋兩山之對雄久矣，而未有圖之者。白石翁乃能於三尺赫蹏中寫沈深滃鬱之勢，一開卷而此身若登鐵甕城，東西指顧，真奇觀也。然考翁題句，實未嘗登焦山。今郭五遊次父剪茅於焦之最勝處，而杖履往來金山若家圃，顧舍而寶愛兹圖，出入必與偕，不忍釋手。豈幻者真，真者幻耶？余不能辨，以問焦光，光不答。次之金山，問了元，元曰：四大本空，五藴非有，老僧如是，山亦如是。彼翁者欲於何處着丹青，蘇長公聞之曰：誑語阿師難畫兩山真面目，只緣身在兩山中。五遊了此義否？不了，當以圖與我。（王世貞《弇州四部稿·續稿》卷一百六十九《沈啟南金焦二山圖跋》）

余始從吳興凌玄旻所，獲覩李貞伯先生所書大石山與吳文定、張子靜、史明古三君子聯句，其結法精勁遒密，為生平冠，而詩亦險刻有昌黎城南鬬鷄遺調。後則楊君謙和章，祝希哲、文徵仲、徐昌穀、徐子仁署尾，尤可愛。而獨軼沈石田啟南圖，玄旻乃托錢穀叔寶補意，錢固佳手，玄旻意若有所不足者，而乞余題以解嘲。未幾而家弟敬美偶購得沈圖，一閱之，則墨氣秀潤如欲滴，庵靄掩暎，大有致覺。顧長康、王子敬山陰下語為不遠間，與玄旻之父大夫及之緩頬，欲為延津之合不得也。此圖後聯句則吳文定書，似不能當貞伯，而沈亦自和一五言古體。余老且倦游矣，大石在屋簷下，尚阻一躡屐，而啟南畫、貞伯書百年内奇物，既分散數百里外，而後先寓目焉。事固不可曉也。敬美善秘之，亦有以寶鉤青蚨之談，進者乎毋，在子當不它之矣。（王世貞《弇州四部稿・續稿》卷一百六十九《跋沈啟南太石山聯句圖》）

石田先生《吟窗小會》，前卷皆古今人小詩警句，心賞手抄者。今爲遵王所抄。後卷向在絳雲樓，爲六丁取去久矣。少陵云：不薄今人愛古人。前輩讀書學詩，眼明心細，虚懷求益，于此卷可以想見。今之妄人，中風狂走，斥梅聖俞不知興比，薄韓退之《南山詩》爲不佳。又云張承吉《金山詩》是學究對聯。公然批判，不復知世上復有兩眼。雖其愚而可愍，亦良可爲世道懼也。（錢謙益《牧齋有學集》卷四十六《跋沈石田手抄吟窗小會前卷》）

明沈周等追和元倪瓚作也。時吳中有得瓚手稿者，因共屬和成帙。首有作者姓氏，自周以下共五十人，嘉靖十八年，袁表序而刻之，後有袁袠跋，二人亦皆有和作。又有張鳳翼、湯科、陳瀚三人之作，卷首不載姓氏，疑刻成後所續入也。瓚原倡題三首，而其後和者皆作二首，祝允明跋云：按其音調是兩章，而題作三首，豈誤書耶？袁表則云：細觀墨跡，本書二首，後人以詞一闋謬增爲三也。今考雲林詩集，惟春風顛一首載入七言古體，題作江南曲，而無汀州夜雨一首，則後一首是七言詩，而前一首是詞耳。然文徵明《甫田集》云,追和倪元鎮江南春,亦載入詩内。則當時實皆以詩和之,蓋唐人樂府被諸管絃者,往往收入詩集,自古而然,固非周之創例矣。(《四庫全書總目》卷一九一《江南春詞提要》)

君子之心,望於世也廉,而自治也勤,其望之廉,故甘為未輯之瑞,治之勤則不寧,燿其生燿無窮焉。蓋有不度而試者,以杙為楹,以撓人之堂殿。君子視人恒若餘,視已恒若虛,每退一武,曰:吾弗彼若,則弗可以試。非謙也,其自期者遐而更覺其斂,而不知其已度越餘子遠矣。伍員之喻石田,以弗稼猶無田也。沈先生則弗稼者與?其以為名,所謂君子之心也。先生者,巢許其居服而禹稷其腎腸,既自退,曰吾不敢豐望於世,為是名已。乃去,以道自治,削蕭莠,抉沮洳,揭其堅白以對日月,爽然風塵之表。璆琳琅玕,從厥自生自潤,吾亦不强自鍵閉,唯不為太倉玉食之需,安於寬閑之野,壽於寂寞之濱焉耳,吾何恧乎哉!或曰審爾先生,亦獨潔者矣,而亦烏乎燿弥無窮與?余曰先生之植志操節也,不可闚吾試與,若闚其詩,非孝忠節義也無觸於膺,無寄於聲,油油乎茁元化之嘉種,粒烝民於終古,其不類杜少陵與?杜之位不過一員郎,無片事自振當時,而自方稷契,人不笑之以詩史燿也,而先生又烏乎恧哉!先生之為斯稱也在少,而小子言之於其老,凡言諸先者,當以期今則定矣,敢以垂贊無止。(祝允明《懷星堂集》卷二十八《石田記》)

沈氏自蘅庵徵君以儒碩肇厥家,二子起而繼之,曰陶庵,曰同齋,媲聲麗迹,鬱為時英。至于今,而石田先生遂以布衣之傑,隆望當代,薄海外内,莫不知誦之,於戲,盛矣!而君子於此有憂焉,盖其侈滿成習,易為驕誕,勢之所至,有不終之漸,此維時所為作保堂也。維時之言曰:鴻藐一身,上統百年之緒,屬當仍世隆奕。至於鴻小子而有弗克,實辱前人。余於是知維時為能保有其家也。夫士之於世,莫不欲有所藉焉,以為之地,何者?詩書之澤,衣冠之望,非積之不可,而師資源委,實以興之。不幸而門第單弱,循習陋劣，庸庸惟其常。其或庶幾自拔而亢焉，則深培痛湔，銖銖寸寸，咸自吾一身出，厥亦艱哉！人惟其艱也，而又能是也，於是相與譽之。有弗良，亦置弗責，其素微無異也。使其有一綫之承，則人得以比而疵之，以為而門戶若是，而父兄若是，聞見麗澤若是，而弗能是，是不肖者，從而曰是某氏之子也。可不懼哉！夫門第之盛，可懼如此，乃不若彼無所恃者之易於為賢，豈此之所負固重哉！維時恂恭不暴，雅篤倫理。菑畬所入，可以裕慾。而顧惟圖史之癖，尋核讐校，不廢而益勤，使其素微無異，其誰弗譽之？乃今硜硜然保之若猶不足，殆二三前烈有以搎之歟？雖然，微是二三前烈，其孰抵維時之成若是？所謂師資源委積，而興之者深矣！今能不以得之深自多，而以負之重自懼。斯其至，不但保而止也，而何盛大不終之足憂邪？他日維時徵余言記堂，余因就其意以發之。若夫保其田廬以拓其植業，則一耕暨勤朴者裕為之，非余所以望於維時也。（文徵明《甫田集》卷十八《相城沈氏保堂記》）

明四家畫稱沈、文、唐、仇。白石翁畫、詩均是蒼堅一派，惟畫神明模範，深入董、巨之室，詩則不受拘束，吐詞天拔而頹然自放，俚詞讕言亦時攔入，然其奇警之處，亦非拘拘繩墨者所能夢見也。畫家有粗文細沈之目。余見翁《和香亭圖》，工細絕倫，洵稱合作。獨惜十洲不能詩。未免有彭淵材之恨耳。（陳田《明詩紀事》丁籤卷十一上）

蒙餞以新圖，副之傑作，明其出處，加以規箴，厚義高懷，出常情萬萬。僕以三月四日抵京口，因便附此上謝。所許妙染，既以執筆，當賜玉成，不至中輟也。已令曾姪奉候，不能多言，乞心矚，幸甚！（程敏政《篁墩文集》卷五十五《與沈石田書》）

長洲沈君啟南，丙午之歲壽六十，冬十有一月下旬之一，其始生之日也。君既賦詩自壽，而一時學士大夫，相率為文若詩以壽之。某辱與君友且姻，情分欵密於衆莫厚，然身罹於疾，不遑與也。

後一載，始克買舟齎酒，造君之廬，而言曰：夫十干十二支，互相推移，至於六十而甲子周矣。在人為下壽，然以一元之數視之，直二辰耳，就能永之以躋於上，亦不過倍之而已。然則果何賴而能久哉？凡世之祝其所親愛，而願其壽者，率多舉其長存久固之物以為況，甚至更為世外茫昧神恠變幻之言，使人眩惑莫測，然求其切於身、實於事者，蓋鮮矣！切於身、實於事者鮮，則其言猶飛鳥遺之音，其不儵然以亡、忽焉以滅者幾希，惡在其為壽也！古人有言曰：太上立德，其次立功，其次立言。然德之與功，苟無言以見之，則後世無聞焉。堯舜之聖，夷齊之賢，亦必待孔子言之而始彰。至於哲人文士，苟非其自言之與人之言之者為可傳，則其修己以及人者或幾乎熄矣。故雖后牧之為臣，由光之為隱，後世僅能名其人，而其文物事為之盛，精神心術之微，不少概見，況乎下此者哉！是則能壽人於不死，其言也歟？今君之為言也，本之以仁義，資之以詩書，博之以子史，灝灝噩噩，其書滿家，博大演迤，浩乎無涯。發天地之秘，揭日月之明，鼓風雷之變，涵雨露之濡，究造化之妙，窮鬼神之幽，析事物之理，所謂備古人之能事，而縱橫馳騁乎其間，不蘄與古之立言者並，而言之斯立，人共用之而不舍也。以之為壽，不既遠且大乎？然此皆君之所固有，而無待於外者。彼歲月之遞遷，陰陽之消長，草木禽獸之靈異，惡足為君道哉？昔者吾夫子自衛反魯，然後纂言以詔後世，蓋閱之多而議之定也。君其仰瞻焉，毋諉曰高而難見也。（史鑑《西村集》卷六《讚言壽沈啟南》）

國初名手推戴文進，然氣格卑下已甚，其他作者如吳小仙、蔣子誠之輩又不及戴，故名重一時。至沈啟南出而戴畫廢矣。啟南遠師荆浩，近學董源，而運用之妙真奪天趣，至其臨仿古人之作，千變萬化，不露蹊徑，信近代之神手也。（胡應麟《五雜俎》卷七《人部》三）

高士沈周墓，在長洲縣相城西牒字圩。王鏊撰誌。（《江南通志》卷三十八）

附錄三

酬唱　題咏　投贈

沈石田作玉臺圖題詩其上見寄次韻以復

到眼丹青忽自驚,玉臺形我我何形。石田雖有千金貺,老子都疑一世名。(陳獻章《陳白沙集》卷六)

次韻沈石田見贈之作

不逐夔龍到鳳墀,詩名藉藉滿天涯。雞林有價時爭售,狗監無人世謾知。春草池塘回謝夢,秋蘭堂戸思湘纍。那堪别後同明月,千里關山不盡思。(董軒《清風亭稿》卷六)

次韻沈啓南僧齋夜坐

躡雲何處宿,古寺郭東偏。露下鶴初警,月低人未眠。安心元有法,不語即為禪。寂寂空堂夜,焚香繡佛前。(吴寬《家藏集》卷一)

次韻啓南寫贈施焕伯范莊梓樹圖

行人牆下摩挲處,重是范公親手培。此日載將嘉樹賦,清風長傍義莊來。空尋蟻穴難成夢,免製犧尊豈不材。須信畫家原有意,

展圖如對北山萊。(吳寬《家藏集》卷十三)

追和啓南癸卯元夕後過施煥伯飲

天上星河隔一簾,夜寒詩骨避重簷。大牀坐久頭相觸,短紙題多手自粘。佳節已過燈火在,當年合向畫圖添。魚行橋下平生路,未老同遊不待占。(吳寬《家藏集》卷十三)

次韻沈啓南自治生壙見寄二首

射瀆西行水路斜,細論形勢見隆窪。宋儒尚作山陵議,郭氏真稱地理家。親手銘文鐫白石,鄰僧香火傍丹霞。久知詩骨偏强健,曳杖何妨閲歲華。

倚壙高歌對斷厓,鄙人安得此襟懷。門深拱木栽培徧,山近浮雲坐卧偕。曾子啓予言不妄,莊生息我意終乖。司空自有藏身地,不學劉伶説便埋。(吳寬《家藏集》卷十七)

與啓南游虞山三首

夜宿相川口,清朝唤舟人。舟人請所之,指彼虞山垠。山如知我來,笑迓野水濱。藹藹春雨餘,翠洗雲中身。我亦重兹山,竦然正冠巾。虞仲骨已朽,高名宛如新。悠悠松間路,弔古在兹晨。放舟轉山塘,行行自知津。春服亦既成,庶以適此春。

我本不飲人,愛山如愛酒。春游亦易事,出户即掣肘。決策為此行,所幸得良友。譬彼足病弱,扶掖乃能走。虞山遥在望,豈意落吾手。側足亂石間,縱目平湖口。賞心雖云樂,弔古悵然久。丹井事有無,刻銘覆華構。如何梁昭明,書臺蔽林藪。山下有葛洪丹井,宋學士景濂為銘。又有昭明大子讀書臺。

斜日下嶺西,落霞滿川上。晚色催人還,輕舟復揺漾。佳山難為别,持酒忽惆悵。悠然一回首,舟尾疊青浪。故人知我懷,捉筆寫其狀。懷土心未除,移山力何壯。便如王維詩,終南亦堪望。流觀入中夜,鼓枻起高唱。(吴寬《家藏集》卷五)

次韻石田七十自壽

壽數長期百歲零,試看把卷眼明星。未誇共仰人如斗,尚憶初生歲在丁。宅近江湖雲際白,天寒松栢雪中青。北堂自獻長生酒,不愛嫦娥藥最靈。(吴寬《家藏集》卷二十)

聞啟南有匏研更古次前韻

平生端為飲泉肥,几格惟憂筆陣圍。忽見銘文真偶合,向來形製却全非。空囊得爾復何望,文苑微斯誰與歸？莫道我心猶可轉,石田有石樣還依。(吴寬《家藏集》卷二十一)

謝石田送匏硯復次前韻

園官驚見瓠壺肥,肯信良工自範圍。物在要論真與假,譜亡空較是耶非。出門合轍何從合,逃墨歸儒始是歸。不是癡翁多玩好,平生有號更誰依？(吴寬《家藏集》卷二十一)

夜宿啓南宅風雨大作

賓筵燈燭對清光,更許扁舟繫岸傍。衆竅盡號風在野,舊痕猶記水侵牆。草堂突兀春星暗,柳市回環海浪長。天意莫言能殢客,老年難自别西莊。(吴寬《家藏集》卷二十二)

予以服除赴京啓南謂年老難别挐舟遠送感念故情以詩叙謝

行經錫谷又毘陵，豈是山陰興可乘。千里緑波隨客去，中宵白髮向人增。老年敢祝惟多愛，厚禄深慚自不勝。杖屨相從須有日，臨岐詩券最堪憑。（吳寬《家藏集》卷二十二）

次韻啓南游金焦二山見寄二首

西岷一股翠嶙峋，漂墮東南扼海神。弱水混茫能負物，假山礫硊却勞人。波光静耀魚龍夜，地道潛通草木春。更上妙高臺上去，世間何處避黄塵。

獨游勝地拈詩筆，豈是坡翁有後身。天地何妨容一老，江山相對作三人。茶新正趁中泠水，花在能儲四月春。愧我經行猶别去，死生契濶不須論。有懷亡友史西村不得同游。（吳寬《家藏集》卷二十四）

和沈石田寫生牡丹詩意

畫堂紅酒滯清懽，折得餘芳興已闌。老去不堪春似夢，笑圖傾國貯吟壇。（張寧《方洲集》卷十一）

題沈石田雲山圖

青山白雲無處無，幽人寫作雲山圖。山荒樹老雲不散，落日未没春愁弧。蘼蕪滿地王孫去，鶯燕無聲春已暮。容谷佳人白髮新，清明寒食傷心過。（張寧《方洲集》卷六）

為張士明題沈石田畫

故人何處所，詩畫轉風流。一雁斜陽晚，孤篷野水秋。偶隨雲

共往,時與月同留。此外應無累,年高未白頭。(張寧《方洲集》卷七)

沈石田折枝石榴

玉露溥珠簣,金風折錦函。鹽梅久已忘,白首任清甘。(張寧《方洲集》卷十)

艤舟蜀山候沈石田晨起聞已過悵然賦此

自到衰年常懶出,終朝何事坐江干。蘭槳桂橈留黄瀆,茗碗薰爐對蜀山。無奈寂寥呼晚酌,可堪風雨作春寒。相迎三日還相失,始覺人生會面難。(吳儼《吳文肅摘稿》卷一)

題王二採蓮圖次壁上沈石田韻

秋塘露下菰蒲冷,野鷺沙鳧夜相並。東山月出一丈高,岸柳垂垂見疎影。雞鳴浦口漁伴稀,自採紅蓮溪上歸。(邊貢《華泉集》卷二)

送吳中僧兼簡沈石田隱君

錫杖風塵表,秋衣杞菊前。親賢要製作,念汝惜離筵。山暝雲移石,江寒月滿川。清風懷澗壑,為我謝高賢。(杭準《雙溪集》卷四)

雨中撿篋得石田先生丁卯歲贈詩云多時契濶費相思就見江城喜可知時事但憑心口語老人難作歲年期林花及地風吹糝簷溜收聲雨散絲明日孤踪又南北教雲封記壁間詩後題五月十一日適是日亦五月十一及今丁丑恰十年而先生下世八年矣因追和其韻以致感嘆

碧雲何處寄遐思,往事惟應歲月知。奕奕風流今昔夢,離離殘墨死生期。憶公感慨身難贖，顧我飄零鬢亦絲。欲咏江城當日句，淚花愁雨不成詩。

花落江城有所思，雙娥寺裏寫相知。高人不見王摩詰，長笛空悲向子期。細草含煙情脈脈，涼風吹雨淚絲絲。十年不踏西州路，忍啟緗奩讀舊詩。(文徵明《甫田集》卷七)

題沈啟南所藏林和靖真跡追和坡韻

湖亭路繞梅花曲，石硯年年洗芳淥。湖光照眼花絶塵，此老當時面如玉。詩應獨步難同調，字豈必工終不俗。城東蒼頭持卷來，一夜起看三秉燭。我從書法得相法，骨秀神清臞亦足。有如辛苦學神仙，火冷空山斷葷肉。遺編舊事已陳迹，五百年來登鬼籙。水流花落兩無情，誰能更和西湖曲。石田詩人亦清士，居不種梅翻種竹。他時併作隱君論，何似周蓮與陶菊。(李東陽《懷麓堂集》卷八)

沈啟南墨鵝

點染鵝溪玉雪光，忽驚毛羽動寒塘。君看十五年前筆，已有詩人說沈郎。(李東陽《懷麓堂集》卷二十)

沈石田山水

翠竹碧桐秋氣高，洞庭南望俯亭臯。怪來落葉兼風下，知是幽人讀楚騷。(李東陽《懷麓堂集》卷二十)

題沈啟南畫二絶

蔓草叢花滿世間，石田胸自有江山。君看絶頂孤眠處，萬仞高風未可攀。

欲向高臺一振衣，恐驚黄葉徧山飛。不如抱膝還高卧，閒倚長

空送落暉。(李東陽《懷麓堂集》卷六十)

為周都尉題沈石田畫

不見姑蘇老沈郎,披圖疑在石田莊。眼看雪乳春酲解,手拂雲根午坐涼。高柳似填山下缺,奇峯如出鏡中妝。草庭都尉能珍鑒,何日重開寶繪堂。(程敏政《篁墩文集》卷七十六)

題沈石田懸崖松

根蝕蒼崖露半腰,聲隨風雨落寒潮。小堂六月題詩處,不覺人間暑氣消。(程敏政《篁墩文集》卷七十六)

題沈石田雪景

踏雪何人過長坂,萬玉峯高磵聲遠。山中隨處可登臨,麥好何憂歲華晚。僧舍茶烟青出林,雲垂四野天沉沉。憑誰坐我冰壺北,呵凍先成喜雪吟。(程敏政《篁墩文集》卷八十)

簡沈石田啓南求畫

孤舟摇蕩出風濤,涉水登山也自勞。乞取生綃圖四景,卧遊容我醉松醪。(程敏政《篁墩文集》卷八十三)

沈石田小景

雨晴山麓上莓苔,老木亭前罨畫開。城市愛閒應更少,水邊才見一人來。(程敏政《篁墩文集》卷九十)

題沈石田畫鵝為文元作

天機我不言,言之欲誰領?柳塘春水深,弄此白鵝影。

老鵝秋菊中,我欲畫幾畫。萬古天地間,且讓庖羲獨。(莊昶《定山集》卷二)

為史明古題石田畫

崒嵂絡南山,黄河抱其趾。舊聞塞天地,延袤幾千里。陽烏浴虞淵,落霞散如綺。層巒靄佳氣,蒼翠不可擬。史君松陵彦,家世昔居此。夜夢或見之,既覺心亦喜。老南為玆圖,歷歷宛相似。不知經營勞,但見邱壑美。赤松真吾師,白雲是知己。為報山中人,明年泝江水。(吳寬《家藏集》卷一)

題啓南所藏林和靖手簡追次蘇文忠公韻

西湖處士林君復,結廬近傍湖波淥。百年何物獨傷廉,墻下梅花總寒玉。滿城煙火十萬家,未信誰人能脱俗。壺酒嬉春拾翠鈿,歌鍾入夜燒紅燭。獨教老鶴閒應門,走傍湖陰濯雙足。高平范公遣使來,寄以新詩勝餽肉。風節文章厚與淳,兩句平生成實録。才多墨妙更入神,只許唐翁和高曲。果然遺墨似其人,如倚清風捫瘦竹。惜哉甫里天隨生,不趁斯人書杞菊。(吳寬《家藏集》卷五)

題啓南寫贈袁德純同年萬壑春雲圖

袁卿高爽不可攀,平生眼底無吳山。肩輿偶度支硎嶺,俯視龍池纔破顔。前山後山作屏几,千步横岡鋪翠被。向曉濃雲觸石生,當春好雨從龍起。吾鄉沈子今王維,筆端萬壑能移之。圖成欲贈袁卿去,却請我輩仍題詩。天台雁蕩東南有,卿昔好游曾遍走。縣齋晝靜對新圖,從此不須開户牖。(吳寬《家藏集》卷五)

出閶門與陳味芝諸公送德純舟經山塘登壽聖寺閣時雨初霽西山益佳還飲舟中為陳允德題啓南所寫春壑晴雲圖是日文宗儒談龍事甚異故及之

偶聞客談萬山中,靈湫一勺能藏龍。春來佳氣滿空谷,想見龍起雲争從。誰驅雪浪盪我胸,驀然吹散渾無蹤。半塘雨過登高閣,引手欲摘青芙蓉。(吳寬《家藏集》卷五)

題劉僉憲廷美寫遺啓南畫

寂寂茅亭下,悠悠野樹邊。扣門無俗客,題句有詩僊。虎跡黄泥坂,鵝羣白石泉。相城回棹後,畫裏故依然。(吳寬《家藏集》卷五)

為王希曾題啟南長蕩圖

吳綾八尺餘,遠勝好東絹。坐移長蕩來,欻向眼中見。按圖想舊游,巒嶺非生面。陽山踞獨尊,虎阜奔而殿。柔櫓一摇摇,船頭翠痕轉。春水澹若空,白雲故多變。佳哉吳中景,獨許沈郎擅。典客方壯年,孰云宦途倦。吾志每圖南,欲趁秋風便。幽深付一筇,此樂人勿羡。(吳寬《家藏集》卷十)

明日世賢持啟南雪嶺圖索題復次韻

小徑升堂新築沙,退朝無事還私衙。誰移雪嶺入我屋,老眼白日疑昏花。坐游未覺足力倦,倏過野店仍山家。淺溪舟膠集凍鴨,空谷屨響翔飢鴉。狂風入林一攪動,零落玉蕋兼珠葩。此時誰掃林下白,急欲往煑僧房茶。忽然仰面見高寺,扣户還須持馬撾。長安十年走薄宦,對此似将塵土爬。西湖尋僧天欲雪,蘇子故事令人嗟。清虛舊韻更可借,捧硯獨無王子霞。(吳寬《家藏集》卷十)

題啟南寫游虎丘圖

啟南初遊靈岩遇雨，明日既霽，乃與海虞周景新遊虎丘，因寫此圖，并有詩記其事。李貞伯云：是日在陽山遇雨而歸，陳永之謂雨霽日獨以事在陽山，抱恨不能與啟南同樂也。皆有詩題其上，景新寄予和之。

雲巖不減靈巖好，虎丘又名雲巖。昨者胡為涉行潦。千人石上兩青鞵，日出深林歌杲杲。一時取樂能償勞，水西山北爭探討。澗泉漱齒心亦清，石壁題名手親掃。西去陽山十里遙，冒雨有人歸不早。明朝見話入雲巖，扼掔捋鬚空懊惱。好山不趁晴時游，此事已差何足道。安知猶有獨遊人，隔水相望在陽抱。何處移來此畫圖，我方起觀俄絕倒。詩情畫意各有在，歲月依然仍可考。蟲雞得失不須爭，泡影死生難自保。永之已歿。再到京華住六年，鮑翁頭顱欲全皓。江南歸計有時成，次第山行非草草。卧遊且把畫圖開，鶴澗松庵亦天造。翻嫌二客不能從，回望周郎與東老。（吳寬《家藏集》卷十二）

題啓南畫

閉户蕭然亂雪中，已無賓客晚堂空。槁梧獨據忘為我，老筆能揮愛此公。却構石闌臨絕澗，似聞茅屋卷秋風。十年别却西莊路，歲暮相思白髮同。（吳寬《家藏集》卷十三）

題石田古松圖謝周月窗治陳宜人病

籠中采掇皆良藥，用之不當翻為虐。京國名醫不乏人，一日城南逢扁鵲。人言用藥如用兵，須憑指下難揣度。急攻緩補隨所施，信是胸中有方略。沉痾脱去不言功，但使危憂變安樂。月窗妙術真通靈，妙處自得非醫經。金門不肯受官職，野服只愛居林坰。惠山山下高松樹，願比此樹長青青。漱泉飡雪仍産藥，上有兔絲下茯苓。世人抱病争取給，熙然黄髪同千齡。(吴寬《家藏集》卷十七)

題石田畫

麤毫濃墨信手寫，長卷初開是誰者。溪泉山石斷復連，亦着茅亭在林下。石翁足跡只吴中，意到自忘工不工。平生所見亦不少，但覺一幅無相同。僞作紛紛到京國，欲以亂真翻費力。我方含笑人獨疑，真跡于今惟水墨。我觀此畫雖率然，老氣勃勃生清妍。江湖欲尋具眼識，須上米家書畫船。(吴寬《家藏集》卷十七)

為屠大理題石田畫

生綃丈許畫者誰，石田老人今畫師。年來都下家家有，此幅吾知出親手。筆意縱横信所之，夾岸翛然已疎柳。溪陰欲度無舟楫，萬杙成橋遠相接。何處詩人跨瘦驢，破帽欹風粘落葉。兩山對峙開高關，谽谺梵宇容千間。半空丹雘勢突兀，雪竇天台真等閒。老人昔共游虞山，此景彷彿曾躋攀。昆湖蕩漾臨几席，水繞漁莊凡幾灣。京華十年走塵土，看畫分明能破顔。山林在望鳥飛倦，春到江南吾欲還。(吴寬《家藏集》卷十八)

沈石田追倣黄大癡長卷為林御史舜舉題

大癡道人顧長康，平生癡絶仍畫絶。長卷當年我亦觀，大畧猶能為人説。山川歷歷百里開，彷彿扁舟適吴越。平林曲岸客共游，複嶂重湖天所設。漁工樵子互出没，定有高人在巖穴。墨瀋淋漓拾未能，信得畫家山水訣。為人説此亦徒然，把筆安能指下傳。對本臨模未為苦，運思想象誰能專。晴窗設色手自改，輸與吾鄉沈石

田。(吳寬《家藏集》卷二十)

為奎姪題石田雪景

瑤林依石斷雲攢,雪後西山更好看。憶向越來溪上過,梅灣玉削數峯寒。(吳寬《家藏集》卷二十)

題啟南寫緋桃圖卷首題石翁樂事四字桃作六出有議其誤者予因解之

石翁樂事嗟何事,終日春風繞筆吹。寄語看花人仔細,緋桃千葉半開時。(吳寬《家藏集》卷二十一)

題啓南過吳江舊圖

吳松江腹太湖頭,雌霓連蜷卧碧流。我昨經行覺尤勝,滿船明月下滄洲。(吳寬《家藏集》卷二十二)

為楊起同題沈石田擬謝雪村山水

雪村已逝知幾年,妙畫曾向吳中傳。少時看畫老能憶,此事還輸沈石田。昨者西閭楊給事,乘興放舟過相川。坐間偶及雪村畫,為言楊謝世有連。石田呼童急展絹,冉冉水石兼雪煙。兩山秀色相對峙,長松落磵聲隨泉。禿翁觀泉不歸去,豈是磵底尋詩篇。石田作畫不賣錢,給事得之真有緣。墨痕斷爛稱古跡,莫上米家書畫船。(吳寬《家藏集》卷二十六)

為錢世恒題石田雪景

都下類江南,暑氣一何酷。錢卿適開筵,羽扇不停撲。忽然坐淩陰,挂壁有長幅。高峯樹玉幢,空洞倚堊屋。暟暟不可辨,豈復分澗谷。故家虞山陽,昆湖真在目。水榭何年成,分明傍湖曲。隔船人試問,艤棹何所欲。客云不干人,聊借松下宿。松樹數十株,忍寒仍故緑。對之恣披襟,寒氣迫詩腹。日暮暑未消,持杯故相觸。寄語石田翁,此圖金莫贖。(吴寬《家藏集》卷二十六)

傅水部索題石田玉洞桃花圖寄壽乃兄宗伯

傳説騎箕上天去,傅巖于今在何處。翠倚西江千仞高,玉笥山前子孫住。一溪流水漱雲根,萬樹桃花遮洞門。胡麻飯逐落紅亂,宛然此地武陵村。主人自是青雲器,去作玉皇香按吏。不須手拍洪崖肩,水部郎官是難弟。勞書寄語中山人,少遲歸來三百春。妙手誰能移壽域,分明只在人間世。(吴寬《家藏集》卷二十七)

題石田畫卷寄沈時陽

松林晝靜人獨行,隔林似聽吾伊聲。春山滿眼發蒼潤,知是曉來初雨晴。南望荆溪溪上路,路繞長松千萬樹。太湖蕩漾映高門,此是荆溪長往處。何人能棄冠裳歸,只向松陰覓詩句。便欲從之未有期,清夢時時此中去。石田高士卧東林,故寫長圖慰我心。封題却附湖船上,只恐雲深無處尋。(吴寬《家藏集》卷二十七)

為陳玉汝題啓南山水大幅

馬家作畫纔一角,剩水殘山氣蕭索。畫苑馳名直至今,輸與毫端不浮弱。此幅壯哉誰寫真,吴西山水見全身。行春橋上曾遥望,待樂亭中好細論。(吴寬《家藏集》卷二十八)

和石田題王濬之畫扇二首

尺圖宛見狄溪春，我昔經行記得真。欲作畫評重閣筆，只今還屬當行人。

紫藤花落石臺春，隱者幽居寫最真。畫品平生應自定，何須延譽待他人。(吳寬《家藏集》卷二十八)

沈石田寄太湖圖

遠寄蕭蕭十幅圖，霞明霧暗雨糢糊。眼中覺我無雲夢，胸次知君有太湖。溪壑懷人如有待，烟雲入手若為逋。黃金萬樹秋風裏，撥棹西來莫滯濡。(王鏊《震澤集》卷三)

行次相城有感

幾年約玆遊，為訪石田叟。石田今已亡，不使此言負。相知三四人，拏舟過湖口。行行抵相城，自卯將及酉。四顧何茫然，天水合為藪。茆屋幾人家，荒蒲與衰柳。本來魚鼈宫，自合鷗鷺有。始田者為誰，餒也非自取。有司事征求，亡者逾八九。念此為徬徨，獨立延佇久。作詩當風謡，以告民父母。(王鏊《震澤集》卷五)

次石田松石圖

長松落落，白石鑿鑿，根株聯蜷皮駁犖。懸厓倒挂蛟龍僵，干雲直上雷風作。仲圭死，石田生，後先意匠同經營。想拈秃筆快一掃，勢與碣石爭崢嶸。堂堂十八公，冰霜閱雄俊。巍巍石丈人，不緇亦不磷。兩翁抱奇節，結交亦相近。我非米南宫，每見思拜之。我非陶隱居，聽此心自怡。方今大厦連雲起，柱礎明堂獨須此。紛紛匠石正求材，胡為棄置深山裏，胡為棄置深山裏。(王鏊《震澤集》

卷七）

石田學蒙泉閣老畫蒲萄

虬髯詰屈幹鱗皴，二老含毫鬥出新。試看山亭秋雨裏，不知若箇得渠真。（王鏊《震澤集》卷八）

寄題錢水部詩塚次沈石田韻

錢翁作詩塚，粤惟己巳年。厥地乃舊遊，山水相延緣。翁詩出翁心，混混真源泉。譬諸山澤臞，勤修欲成仙。載賡陽春調，剩讀秋水篇。知音孰云少，三嘆聞朱絃。嗟予遇君晚，縱言及前賢。官銜列水部，詩名亦由天。投簪謝明主，瀼西視琴川。點檢手所筆，清興常飄然。天機忌獨洩，穴置還幽玄。行將化為石，萬古存貞堅。尋常有匡山，頭白歸青蓮。韜光伺來哲，古道君有焉。（邵寶《容春堂集》前集卷二）

題沈石田遊張公洞詩畫

姑蘇沈翁得名舊，不獨畫好詩更精。敷金山頭片明出，張公洞口春雲横。躋攀始信老益壯，貌寫不遣神遺情。立當空谷虎豹栗，吟入窈幽夔魍驚。不知元氣已滲泄，宛見石筍俱峥嶸。層巒絶巘觸遐思，百歲幾日能閒行。縱無健步鬬石角，願借地主湔塵纓。江湖亦與廓廟等，富貴何止蟬翼輕。青山白髮自夙約，長風掣卷雙眼明。今我秋霜已數莖，南樓午夢袪復生。（石珤《熊峰集》卷八）

沈石田畫楊君謙僧普泰雪夜談玄圖

石田山水此第一，儀曹魯山跡亦奇。月明滿天雪在地，聽取兩翁無語時。（顧清《東江家藏稿》卷九）

沈石田畫為敬所閣老題

桐樹江頭夏日長，沈沈水色暎山光。幽人倚立桐陰裏，消受閒邊一味涼。

經綸事重國恩深，心憶青山未許尋。忽見石田新畫障，一時高興滿雲林。

神仙上界猶官府，清世閒行有幾人。了却鹽梅霖雨事，還公林下水邊身。（顧清《東江家藏稿》卷十四）

題石田畫二首為楊仲深作

夕陽半落羣峰高，古林萋迷猿正號。欲招同人眺野色，安得揚州何水曹。近烟蒼蒼遠烟白，此時獨作村西客。君不見石子岡頭蘿薜深，麋鹿成羣詎相識。

平生不識石田子，往往相逢畫圖裏。世傳百本無一真，抹青塗紫俱門人。秋高對此雙眼豁，倏然置我溪與壑。君不聞畫家貴意不貴工，只在冥冥漠漠中。（邊貢《華泉集》卷二）

題沈石田臨王叔明小景

石田先生風神玄朗，識趣甚高。自其少時作畫，已脱去家習，上師古人，有所模臨，輙亂真跡。然所為率盈尺小景，至四十外，始拓為大幅。粗株大葉，草草而成，雖天真爛發，而規度點染，不復向時精工矣。湯文瑞氏所藏此幅，亦少時筆。完庵諸公題在辛卯歲，詎今廿又七年矣。用筆全法王叔明，尤其初年擅場者，秀潤可愛。而一時題識亦皆名人，今皆不可得矣。（文徵明《甫田集》卷二十一）

石田畫

獨自吟詩數落花，野橋沙竹到君家。杖頭一帶春山色，不是天平是麓華。（朱朴《西村詩集》卷下）

李伯材出示所藏沈石田畫鷄戲題奉贈

怪底丹青含象變，幻出翰音棲匹練。距設微黄如介金，毛施五采雲錦爛。令人白日誤蒼蠅，不見明星將舞劍。此物雖微德非一，紛紛家畜安能匹。閑心不狎鵞鶩喧，潔性寧謀蟲蟻食。主人懷德何所似，風雨瀟瀟鳴不已。待唱曾充上國賓，含香獨擅中朝美。邇來抱朴學雌伏，虚驕氣盡形如木。豪華已厭俠埸鬬，凶吉羞憑鑾風卜。茅堂壁立獨懸之，形神相得長昏夙。（王慎中《遵巖集》卷三）

覽沈石田贈徐迪功廬山圖

廬嶽定何似，此圖知宛然。靈姿信奇挺，妙有託神筌。素瀑瀉冥漢，清風來洞天。江山雄翰藻，棟宇劚雲煙。俛仰凌幽勝，登臨慨往賢。瓊章思屢屬，星舸使方旋。側佇丹霄駕，遙情玉霤懸。欲憑青鳥翼，書此報羣仙。（皇甫涍《皇甫少玄集》卷二十）

七夕同丁計部蔡刑部歐博士集沈刑部宅觀沈石田山水得秋字

長安木葉下新秋，坐對雙星緩客愁。明月漸收藏扇篋，涼風偏在曝衣樓。休文詞賦緣多病，宗炳琴尊托卧遊。誰道七襄難報贈，才人先有夜光投。（黎民表《瑤石山人稿》卷十三）

沈石田春山欲雨圖

石田畫卷,無過春山欲雨,其源出巨然僧、梅花道人,而加以秀潤,不作驚風怒霆、勃怒戰掣之狀,而元氣在含吐間。峰巒出没,草樹滃鬱,頽然若玉環醉西涼蒲桃後將賜温泉沐者。卷距今垂百年,每一展覽,覺風格若生,墨瀋猶濕,真神品也。夏日九,宜堂與沈山人嘉則、舍弟敬美、曹甥子念相約為此歌,雖咄咄賞新,語猶自後塵。(王世貞《弇州四部稿》卷一百三十八)

石田山水

沈啟南先生畫,於古諸名家無所不擬,即所擬無論董、巨,乃梅道人、松雪、房山、大癡、黄鶴筆意,往往勝之,獨於雲林不甚似,病在太有力耳。此卷二十六幀,幀幀饒氣韻,生趣秀溢楮墨間。至雲林一筆,亦絶無遺憾,尤可寶也。卷初出湯舍人,凡十六幀,汰其四為十二。已又從黄羽淵得十二幀,汰其八為四。已又從黄淳父得十六幀,汰其半為八。已又從沈生得十幀,汰其八為二。此所以精也。跋尾彭孔嘉稱:文丈待詔云:石田先生,神仙中人也。此語吾亦聞之,待詔且云滿百文,某安敢望此。老前輩風流推挹乃爾,令人嘆慨深。(王世貞《弇州四部稿》卷一百三十八)

沈啟南畫虞山致道觀昭明手植三檜

今天下闕里,檜已焚秦松非舊,獨虞山致道觀有昭明太子手植七星檜,然其存者三耳。幽奇怪崛種種,横出意表,且在理外。餘俱宋人補者,雖自遒偉,方之蔑如矣。余嘗欲令錢叔寶、尤子求貌之,神手莫敢先。晚得沈石田翁畫,獨其最舊者三株,且為詩歌紀之,與余意甚合。余家小祇園縹緲臺望山頂蒼翠一抹,今復得此,

篋笥中又有虞山矣，何必買百里舴艋也。（王世貞《弇州四部稿》卷一百三十八）

石田畫隆池阡

石田先生游支硎之隆池阡，有記，記中有詩。至其為圖，則後三百日而始成。以此知先生之易於文，而不易於畫也。一展卷際，便覺蒼翠秀潤之氣，入人眉睫間。余游其中再矣，不知視畫孰勝也。（王世貞《弇州四部稿》卷一百三十八）

沈石田臨黄鶴山樵太白圖

白石翁筆底走董巨，何況黄鶴山樵，此畫太白山圖，不知視老樵原本何如，當自勝之。唯翁亦云：榾榾追三月，極擬加精緻。便欲無此卷，後輩豈可易。其自負出藍，亦不淺矣。遠浦良疇，扁舟矮屋，出沒於雲霧杳靄間。連峰障天，奇石插地，楓丹楸碧，應接不暇。茂來出示之，幾欲移家此間，買兩觜角犢墾十雙也。（王世貞《弇州四部稿》卷一百三十八）

石田畫錢塘山行圖

余嘗從桐廬陸行至錢塘，諸山不甚遒聳，而掩映草樹，出沒廬井，甚有意態。峰巒翠色欲滴，白雲間之，時時道坌。江上沿洄渺瀰，帆檣相望，又别一境界也。王子猷云：山陰道上行，使人應接不暇。豈欺我哉！比時有公事，不能出一語博其勝。忽忽往來胸中。今得沈啟南先生所圖，閲之頓還舊觀，置山房中，比於宗生之游不讓矣。（王世貞《弇州四部稿》卷一百三十八）

石　田　畫

昔杜少陵持花卿歌二語，為人已瘧，至其自述則云：三年猶瘧疾,一鬼不銷亡。傳之藝林,為嘔噱柄。白石翁此圖,正病瘧時作爾。仲蔚乃欲令馬君寶此作奇方,豈痁鬼亦新畫師與?大歷詞人衝替耶?覽者能無一絶倒也。(王世貞《弇州四部稿》卷一百三十八)

石田載酒圖

石田詩落句云:主人昨夜載春酒,酌月還須喚老夫。似未得與此會也。其描寫風物情景乃爾佳,知此老胸中丘壑矣。烟波畫舫,垂楊曲岸,事事彷彿小祇園,獨具山磊塊奇勝耳。然吾園兩高對聳,湖石嵌空,若羅剎窈窕曲折,花竹臺榭,又似過之。恨不與此老同生,作天然一段真色也。(王世貞《弇州四部稿》卷一百三十八)

又寒山圖

石田此畫品,政如其畫,寒山嵳峩,丹楓翠竹,别有天地也,不經意處亦自可人。(王世貞《弇州四部稿》卷一百三十八)

題石田寫生册

此册白石翁雜花果十六紙,折枝鳥三紙,鵝一紙,渡溪虎一紙,秋蟬一紙,其合者往往登神逸品。按五代徐、黄而下至宣和,主寫花鳥,妙在設色粉繪,隱起如粟,精工之極,儼若生肖。石田氏乃能以淺色淡墨作之,而神采更自翩翩。吾家三歲兒一一指呼不悮,所謂妙而真者也。意足不求顔色似,前身相馬九方臯。語雖俊,似不不必用為公解嘲。(王世貞《弇州四部稿》卷一百三十八)

題沈石田畫册後

沈啟南先生此八幀,掩暎綿冪,遂為吾吴地傳神,或猶以書法疑之,蓋少來精謹,尚守渠家民則法,未及作雙井老態故也。(王世貞

《弇州四部稿》續稿卷一百六十八）

沈啟南畫定齋圖

沈啟南先生作定齋圖，不知為誰。當時有曹時中憲副者，以文行著，別號定齋，得非其人否？此圖山石樹卉，雖掩暎瀟疎，而微颸澹雲，不作鬱浡披靡，齋中人亦自湛然，圖書得所有會稽王凝塵滿席意，蓋真能寫定境者也。吳文定公一歌劇稱啟南畫，而不題號，似非齋中人所請者，然其書却佳甚，皆真跡也。（王世貞《弇州四部稿》續稿卷一百六十九）

趙子惠藏石田畫虞山三檜

余舊游虞山致道觀，摩娑古七星檜久之，思以一詩，志其勝而語不敵。後得沈啟南先生所圖，乃其最奇者，僅三檜而先生後先紀游十餘章，皆附於楮尾，興到遂成，一古體和之。又數年而趙博士子惠復出先生所別圖三檜見示，而命余以舊題題尾。先生於丹青中，奪真宰柄，或榮或瘁，頃刻萬變。玆幀所謂愈出愈奇，而余詩既莽莽不能造小致語，博蟠虬屈鐵之勝，而書復沓拖可厭，所謂一解不如一解，其置之勿令人作狗尾誚也。子惠居天台萬山中，而又喬木世家，長松八桂，琪樹建木，璀璨怪偉，當有如孫興公所咏者。按圖求之，故自不乏，何必區區一虞山殢也。七檜皆梁時種，至宋而腐其四，宋人為補之。云昭明太子手植者，誤。昭明足跡未嘗出建業百里外也，吾前詩語亦漫承舊志爾。（王世貞《弇州四部稿》續稿卷一百六十九）

沈啟南梅花圖

燕山雪花大如掌。薊門而北，一白萬里，而恨無梅。羅浮大庾間,梅花滿天地,參横夢醒,翠禽啁晰,别是一境界,而苦無雪。獨吳越諸山水間,在在不乏。沈啟南先生畫雪,不下摩詰、巨然。梅雖作本色,然亦能攀。楊旡咎弟蓄王冕、陳憲章此圖,一時遂為二種,傳神致足賞也。今年冬晴,遂不見滕六公,而甌缾一枝,寥落不快意。偶獲寓目兹卷,覺眉宇間朗朗神王,九咽為爽。不佞老矣,無暇躡,不借横玉篴泛水晶叵羅,結孤山銅坑一段勝緣,小盤礴時,尚能謂宗生之不我誣也。(王世貞《弇州四部稿》續稿卷一百六十九)

沈石田畫

沈啟南先生畫十幀,幀系一絶句,為楚州、為高郵、為廣陵、為揚子、為句曲、為天平山、為馬鞍山、為垂虹橋、為西湖之岳墳、為下天竺寺。江以北凡四皆無山,而江以南則山五而水一,真清遠奇麗之觀也。高齋展玩間,自謂不減少文卧游,足以掩關矣。十絶余皆有和,仍托諸君子繼之。(王世貞《弇州四部稿》續稿卷一百六十九)

沈石田滁齋圖後

范良父出所藏滁齋圖,圖為白石翁沈周筆,而吾鄉毛文簡公記之。詩者三人,余所知文待詔、潘司空也。白石翁與待詔以書畫名天下,余無所復贅。獨文簡公所造,皆篤實近裏語,不作後人孟浪,而書法亦精謹如司馬文正,無一筆造次,尤可重也。今年入春,忽自厭鄙,四大外内,皆塵壒汙濁,覩一滁字,令人爽然如以甘露浸心腑。漫識數語。(王世貞《弇州四部稿》續稿卷一百六十九)

林居圖

此圖乃白石翁沈啟南早歲為北山僧作,其倣黄鶴山樵,遂無一筆失度。圖成,垂二十餘年而始題詩,又三十年而始棄僧而歸文待詔所。楊君謙、蔡九逵、王履吉、白貞夫皆和之。又六十餘年,而始歸余,余又和之。後有屬者與和者,定皆非凡士也。(王世貞《弇州四部稿》續稿卷一百六十九)

吳中如徐博士徐昌穀詩,祝京兆希哲書,沈山人啟南畫,足稱國朝三絕。(王世貞《藝苑卮言》卷七)

石田翁畫奚川八景圖歌

《奚川八景圖》,石田翁爲七世祖理平公及其兄理容公作也。二公家世畊讀,隱于奚川,撮其勝槩,釐爲八景。學士大夫咸歌咏之,石田爲補圖而繫之以詩。然而家譜失載,家人宗老亦罕知者,則其去吾家久矣。廣陵李沮修見之於金陵王氏,詢知爲吾家故物,購以見詒。百三十年之後,頓還舊觀,焚香展卷,欣慨交集,遂作歌以記之。繼聲屬和,竊有望于君子焉。

吾祖舊題奚川景,石翁爲作奚川圖。廣陵封君好事者,金陵購得歸于吾。揩摩老眼細瞪視,夜枕不寐朝忘餔。恍惚移身入畫裏,故園喬木風景殊。先從江村見小市,誅茅蓋瓦互架鋪。洞庭蝦菜朝走集,新豐雞鴨暮識塗。楊柳微風颺酒幟,杏花小雨提村沽。市旁石橋枕江卧,紅欄綠浪臨交衢。青箬裹鹽來浦溆,綠荷包飯歸菰蘆。烝徒欣欣如有喜,倘免厲涉羣讙呼。茅屋滄洲自映帶,書聲漁唱相縈紆。江流無聲清夜永,有人引書仍挈壺。蟹舍中閒訪隱逸,牛欄西畔尋生徒。原隰坡陀似山麓,行人彳亍通樵蘇。千廻萬抱風氣密,中有兆域開青烏。帝鄉白雲封宰樹,長江落日懸龜趺。流泉夕陽昔相度,江流地勢原相扶。柳溪竹里閒阡陌,柳溪,理容公所居;竹深堂,理平公所居也。二公皆以自號。築室穿池連路隅。竹深堂高日清閟,琴劍彝鼎羅氍毹。湯東谷記云:中有琴寶劍,漢鼎周彝。紙窗攤書宿燈火,石鼎聯句皆笙竽。堂中高咏者誰子?得非草窗東谷無?草窗劉公溥、東谷湯公胤績與七世祖爲詩友,所謂景泰十才子也。贈送詩各見集中。此圖盤礴非草草，想見閣筆還操觚。有竹莊中好賓主，有竹居，石田翁所居也。寒冰栗玉清眉須。攜畫歸來水月舫，七世祖有舟，名水月舫，東谷爲長歌。兄弟賞鑒頻嘆吁。收藏豈乏牙籤插，愛惜寧將寒具洿。清平之世忠孝家，有此識字畊田夫。吾祖風流良可繼，子孫不畊且讀何其愚！嗚呼！不畊且讀何其愚！（錢謙益《牧齋初學集》卷十）

再題奚川八景畫卷

榮木樓頭風日美，秋光滿簷鵲聲喜。百年畫卷今來歸，水墨清妍炤棐几。焚香洗爵告家廟，插架懸籤壓圖史。楚弓人得豈其然，魯玉盜歸安足擬。晴窗簾閣重摩挲，吾廬宛在奚川涘。吾家先世事畊讀，風光盡入此圖裏。白雲迴合藏松楸，喬木叢攢識桑梓。宅畔新成百步橋，墳旁手闢千家市。良田廣宅互經營，水埪江村正邐迤。竹深堂前竹萬箇，柳溪溪邊柳三起。柳陰藹藹連枌榆，竹箭森森勝桃李。連畛拒陌多種瓜，樊圃編籬不用枳。野店春風魚菜來，長江落日帆檣止。漁唱悠悠蘆渚閒，書聲琅琅茅屋底。犢背或看書掛角，庭前時見麥流水。秋依月令戒登穀，春按豳風勸于耜。輸租不憂鼛鼓煩，種秫每詫甕缸侈。綠樹長維書畫船，青門頻倒逢迎屣。高人談經日異粻，好客哦詩夜同被。草窗先友並崢嶸，竹屋遺詩尚綺靡。七世祖詩名竹深遺稿，湯東谷深所推服。承平王孫人共羡，文采風流更誰氏？自從後世占科第，舊業依然枕江汜。嗟余刺促罹世網，白首孤生繫磓几。二頃負郭苦失計，三閒老屋知誰是？故園門巷長蓬蒿，西風罷亞生荆杞。慵惰有似僧退院，漂泊恰如舟未艤。布衣躬畊諒非晚，閉門種菜真窮矣。垂老重看石田畫，三嘆先疇在故紙。奚川流水想桃源，竹深亭館思竹里。謝公述德吾豈敢，右軍誓墓徒爲爾。已分殘年老襏襫，更囑添丁充耘耔。往不可諫來可追，矢詩聊以貽孫子。（錢謙益《牧齋初學集》卷十）

京江送遠圖歌并序

《京江送遠圖》者，石田沈先生周爲吾高祖遯庵公之官敘州作也。圖成於弘治五年辛亥之三月，京兆祝公希哲允明爲之序。後一百七十有八年，公之四世孫偉業謹按京兆序而書之曰：公諱愈，字惟謙，一字遯庵。成化乙未進士，授南京刑部主事，進郎中。清愼明敏，號稱職，先後九載。南司寇用弘治三年詔書得薦其屬，將待以不次，疏未達而命守敘州。爲守既常調，敘又險且遠，公獨不以爲望。南中諸大僚，爲文以寵其行。太僕寺丞文公宗儒林既已自爲文，又遍乞名人之什以贈。文公之子待詔徵仲壁，即公婿也。石田爲文公執友，待詔親從之受畫法。京兆之交在文氏父子間，故石田爲作長卷，題以短歌，而京兆序之。長卷中平橋廣坡，桃柳雜植，有三峰出其上，離舟揮袂送者四五人，點染景物皆生動。短歌有"荔支初紅五馬到，江山亦爲人增奇"之句。其風致可想見焉。京兆文典雅有法度，小楷倣鍾太傅體，尤其生平不多得。詩自都玄敬以下十有五人，朱性甫存理、劉協中嘉績，尤以詞翰著名者也。先朝自成、弘以來，一郡方雅之族，莫過文氏，而吾宗用世講相輝映。當敘州還自蜀，參政河南，而文太僕丞出爲温州守。待詔以詩文書畫妙天下，晚出而與石田齊名，其於外家甥舅中表多有往還手跡。偉業六七歲時，見吾祖封詹事竹臺公所藏數十紙，今大半散失，猶有存者。此卷比之它裒，日月爲最久，衰門凋替，不知落於何人，乃劫灰之餘，得諸某氏質庫中，若有神物擁護以表章其先德，不綦幸乎！吾吴氏自四世祖儀部冰蘗公以乙科起家，參政再世滋大，父子皆八十，有重德，其行畧具《吴中先賢傳》中。偉業無似，不能闡揚萬一，庶幾邀不朽於昔賢之名跡，而藉手當世諸君子共圖其傳。是歌之作，見者有以教之也。

京江流水清如玉,楊柳千條萬條緑。畫舫勞勞送客亭,勾吳人去官巴蜀。巴蜀東南僰道開,夷牢山下居民屋。諸葛城懸斷棧邊,李冰路鑿顛崖腹。不知置郡始何年,即敘西戎啟荒服。吾祖先朝事孝宗,清郎遠作蠻方牧。家世流傳餞别圖,知交姓字摩挲讀。先達鄉邦重文沈,太僕絲蘿共華省。徵仲當時尚少年,後來詞翰臻能品。師承父執石田翁,婉致姻親書畫請。相城高卧灑雲煙,話到相知因笑肯。太守嚴程五馬裝,山人尺素雙江景。草色官橋從騎行,花時祖帳離尊飲。碧樹遙遙别袂情,青山疊疊征帆影。首簡能書枝指生,揮毫定值殘酲醒。狂草平生見儘多,愛看楷法藏鋒緊。徵仲關心畫後題,石田句把前賢引。杜老曾遊擘荔支,涪翁有味嘗苦筍。唐戎州,宋紹聖四年始改爲敘,杜子美《客游》詩有"輕紅擘荔支"之句。黄山谷貶官,作《筍賦》,言苦而有味,官況似之。故石田短歌引此相贈。此地居然風土佳,丈人仕宦堪高枕。嗚呼!孝宗之世真成康,相逢骨肉游羲皇。瞿塘劍閣失險阻,出門萬里皆康莊。雖爲邊郡二千石,經過黑水臨青羌。氂牛徼外無傳堠,鐵鎖江頭弗置防。去國豈愁親故遠,還家詎使鬢毛蒼。吾吳儒雅傾當代,石田既沒風流在。待詔聲華晚更遒,枝山放達長無害。歲月悠悠習俗非,江鄉禮數歸時態。縱有丹青老輩存,故家興會知難再。京口千帆估客船,金焦依舊青如黛。巫峽巫山慘澹風,此州迢遞浮雲礙。正使何人送别離,登高腸斷烏蠻塞。衰白嗟余老秘書,先人名德從頭載。廢楮殘縑發浩歌,一天詩思江山外。(吴偉業《梅村家藏稿》卷十)

題石田墨梅

嫩寒清曉行籬落,偃蹇南枝香噴薄。吟魂索句賦冰霜,月魄當窗寫花蕚。花蕚寫出冰霜姿,華光補之稱最奇。一時逸興擅千古,墨花筆蘂何淋漓。後起不聞推作手,俗工脂粉花神醜。誰寫峻嶒骨相真,柔枝弱幹亦何有?今朝重見啟南翁,筆底繇來見化工。遠水尺縑渺萬里,高堂巨障開千峰。倦餘一叩囊底蘊,猶然點綴工魚蟲。況復寫生及阿堵,幸不折來傷歲暮。鐵幹寧因白雪低,冰肌不受紅塵污。杈枒點出羅浮春,零落愁吟廣平賦。啟南高隱盛明時,江左惟傳大布衣。問字有人長閉户,看山鎮日獨搘頤。北窗嘯傲弄柔翰,素卷彷彿生南枝。吁嗟乎!剡溪藤寫孤山匹,冰爲心兮鐵爲骨,歲寒惟共青松色。自寫吳兒同木石,使我撫卷增嘆息。(徐枋《居易堂集》卷十七)

沈周秋林讀書圖

白露變丹葉,楓林颯高寒。青山出白雲,巖壑增孱顔。何人坐林中,長日頹巾冠。堯舜禹武湯,如櫛羅簡編。最愛青牛翁,至哉五千言。山風日蕭條,楓葉墮我前。瀑布拏蛟龍,赴谷為奔川。川上小石磯,磯頭插綸竿。卷書即垂釣,得意遂忘筌。我本山中人,見此心依然。何當及秋風,歸翦茅三間。(王士禛《漁洋山人精華錄》卷三)

沈石田畫册次韻十二首

一曲溪山興不疏,幽人自惜愛吾廬。韓公曾取莊騷配,把讀應知是此書。韓公論文嘗以《騷》配《莊》。其一

參差竹樹短牆遮,有客來尋溪友家。恰似放翁居蜀日,頻拖藤杖訪梅花。其二

草堂幽絶似成都,几席何妨即五湖。鎮日詩翁相對坐,桐陰滿地角巾烏。其三

杖策迴溪上,雲山許獨知。斜川有高咏,想見義熙時。其四

兩岸蒼煙暮靄,一江細雨斜風。波上輕鷗迴白,林間古寺微

紅。其五

風柳梢船水作鱗，網來白小色如銀。何須高卧幽窗下，始號羲皇以上人。其六

水蹙鞾紋瀲灩清，長林巨壑送猿聲。依然敷淺原中見，觸迕篷窗夜咏情。其七

叢篁臨水碧，老柏點霜新。破帽攜琴叟，前村訪酒民。其八

羡爾高人作意遊，松間磐石任淹留。清琴横膝渾忘弄，坐看飛泉百道流。其九

湖山入手是樵漁，艇子遥尋水竹居。斷岸空林堪小泊，樹根還讀道元書。其十

江村籬落接平沙，野菊斑斑欲放花。更愛一天好秋色，爛紅楓葉作朝霞。其十一

野岸梅花雪滿條，空江風色晚蕭蕭。漁翁詩思清寒甚，誰寄燒春一瘿瓢。其十二（宋犖《西陂類稿》卷六）

題沈石田所作米不米黄不黄小畫

米不米，黄不黄，淋漓水墨餘清蒼。觀此石田題畫句，便知其畫神妙不可當。昔為王子石谷所寶惜，後為歸叟希之所祕藏。今也等閒落吾手，不啻稚子得珍果，連噉不輟出入懷袖神飛揚。朅來掛之高齋之素壁，横峰側嶺、斷雲疎樹，一一生動發奇光。漁舟儼瓢小，萬頃凌渺茫。舉似宋代晉卿烟江疊嶂卷，各自光燄萬丈不減李白杜甫之文章。精神所注足不朽，即此偶然片紙豈比尋常，粉墨雲烟過眼旋消亡。嗚呼畫之妙也如此，安得驚人句，題向畫之旁。坐卧其下者三日，推敲不定空徬徨。今日雪中太醉，忽然振筆直寫所欲吐，滔滔如決江河之隄防。世間萬事非强致，投筆一笑且齅瓶内凍梅香。（宋犖《西陂類稿》卷十）

書沈石田山木畫次其自題韻

我拙不解畫,亦自喜奇逸。朱粉姑置之,蕭森此木石。放意寫荒寒,棲神遊遠碧。染雲山半青,落墨葉盡赤。提挈羈旅頻,卷舒日月疾。署字是何年,誰為弔古客?(陳廷敬《午亭文編》卷六)

題沈石田秋江待渡畫卷

皛皛波明,蠏舍苕苕。路轉漁灣,落葉聲中。問渡浮萍,影裏看山。(查慎行《敬業堂詩集》卷十一)

沈石田合子會詞真跡次韻 自署云倚翠生沈周

南渡荒王嗟鼎沸,一夕青燐生大内。舊院樓臺化菜畦,渡頭無復桃根妹。承平樂事百味盛,平聲。春宵角勝張長檠。言情不用比紅句,紀事能工倚翠生。鐵面譏訶亦時有,我譬解酲當以酒。可憐瘦硬相城書,卻寫柔詞傳士友。平章風月秦淮風,秦淮伎有私印曰同風月平章,事見《野獲編》。小軸歸君篋衍中。冰澌生硯霜侵户,道眼澄觀本無住。(厲鶚《樊榭山房集》卷七)

題沈石田蹇驢覓雪圖

兩崖對矗寒空峭,霽色雲端迴相照。瀑冰挂折板橋低,千丈玉龍尾不掉。山腰居人下無路,狐宿兔迒迷窅窱。疎林攲倒深磵埋,獨凭危闌展孤眺。長耳衝風前爲誰,袖裏鞭梢若垂釣。後者據鞍自呵手,涕凍鼻中强爲笑。乾坤清氣入詩脾,口不能言領其妙。君不見歇後鄭五作相時,心腸冷落無人知。風雪灞橋驢子上,何如二十四考居台司。又不見黄山先生句得髓,圭璧絜鹽良可已。詩名世號趙蹇驢,何如頭鵝獻罷吟春水。昔年眯眼輭塵紅,鑿冰不到河伯宮。寒風密雪郭熙畫，張之秋暑銷爞爞。丙辰秋日，在長安觀郭熙《寒風密雪圖》於徐亮直太史席上。此圖物色將毋同，眼明今見石田翁。安得人閒五六月，移置覓雪圖當中，我當爲文策拜廬山公。（厲鶚《樊榭山房集續集》卷三）

錢詹事座上觀沈石田畫檜歌

三百年中畫第一，天趣橫流腕閒出。弟子尙作文徵明，先生自入董源室。長卷大樹爲者難，屈伸神鬼開雲關。忽移拔地風霆閒，紙上已作千年斑。常熟蕭梁七星檜，七株今尙三株在。一株橫空偃圓蓋，二株曾遭雷火焚，直幹依然挺靈怪。海氣沉霾古觀中，行人太息虞山外。徵君攜客游觀之，自從圖成復寫詩。豈徒艸木生顏色，談笑風流皆可思。吾家乃在舒州住，未過鎭江東一步。曾聞此檜不曾逢，卻憶江帆建康路。壬申之歲給事園，往看六朝之松樹。長鬣上激虬龍鳴，蜷身下作狻猊怒。江寒浪湧排風煙，日落天空走雲霧。此松此檜遙相望，神物而今松獨亡。樵薪荆棘誰當念，寂寞巖阿亦可傷。人閒貴賤誠難測，且展煙霞吐胷臆。作畫看山終此身，富貴不以離其親。已逢弘治昇平日，更作東吳偃卧人。古樹江南春復春，可憐輪轍盡勞薪。世閒詩畫猶餘事，令我長思眞逸民。（姚鼐《惜抱軒詩文集》詩集二）

題沈石田碧山吟社圖爲秦小峴觀察作

九龍山前有吟社，十友題襟杯共把。風流直欲繼南皮，眞率依然學司馬。吳中高士白石翁，人物點染意匠工。耄年展卷再題字，雪泥指爪驚飛鴻。碧山回首已陳迹，豈獨尊前無此客。能史閣中蒼峴詩，珍重斯圖等球壁。楚弓偶失今得之，延平劍合洵有期。主人快意浮太白，縱筆自記瓊琚詞。粉墨流傳三百載，寒具纖塵不曾浼。手澤重歸淮海家,雙孝門風今尚在。西園摹本多失真,斯圖清勁妙入神。衰齡一見氣便旺,直欲尙友當年掃石題詩白髮人。(錢大昕《潛研堂詩集續集》卷八)

沈　周

周,字啟南,長洲人。景泰中,郡守以賢良應詔,辭不赴。有《石田先生集》。文徵仲云:先生詩但不經意寫出,意象俱新,可稱妙絶,一經改削,便不能佳。何元朗云:石田詩有絶佳者,但為畫所掩,世不之稱。王元美云:石田詩如材童唱榜歌,亦自清雅可聽。一歌滄浪,便無餘興。《靜志居詩話》:石田詩不專仿一家,中、晚唐,南、北宋靡所不學,每於平衍中露新警語。人既貞,不絶俗,詩亦變而成方,惟七言律詩差少全璧。句如:"明河有影微雲外,清露無聲萬木中","落木門牆秋水宅,亂山城郭夕陽船","竹枝雨暗蟰蛸戸,豆葉風涼絡緯籬","剪取竹竿漁具足,撥開荷葉酒船通","牆凹為避鄰居竹,圃熟多分路客瓜","酒醉又移花下席,書多別起竹間樓","青山一杖付歸客,玉洞千花留故人","竹裏行厨青玉案,酒邊官妓茜紅裙","片帆南浦草仍雨,斗酒長亭花又風","歲晏雞豚鄰社鼓,秋深鰕蟹水鄉船","芭蕉夜雪闌新興,蛺蝶春風卷畫圖","明月未來風滿樹,夕陽猶在鳥無聲","蘼蕪細雨山連郭,翡翠斜陽水滿川","野色迎人過橋去,春風吹面傍花行"。所謂詩中有画者,非耶?昔郭熙撰林泉高致,具摭唐人之句取可入畫者授人。若翁之詩,即此亦圖之不盡也。(朱彝尊《明詩綜》卷三十)

沈　周

石田少時畫,本不過盈尺小景,至四十外,始拓為巨幅,粗株大葉,草草而成。檇李項氏藏翁荷香亭卷,樹石屋宇,最為精細秀潤,乃是早歲之筆。然遠不及蔡氏仙山樓閣卷也,蓋仙山乃翁盛年所作。據自跋云,此卷留心二年始就緒,其間千山萬樹,寸屋分人,各有生態,比荷香亭卷尤覺細潤,而筆力又極蒼古,足稱集大成手。求之唐宋名卷,目中罕儔,真可雄視一世。(張丑《清河書畫舫》卷十二上)

石翁水墨吳江圖

白石翁畫跡,以水墨寫山,為藝林絶品,淺絳色者次之。其大刷色者尤妙,而人間較少吾家秘藏春草堂圖袖卷,絹長約有二丈,青緑奇古,逸趣悠然,且畫法全出董北苑,而稍雜以趙承旨遺意,真尤物也。追思曩日虞山嚴道普氏,曾以石翁水墨吳江圖脩卷告易,不腆重是先世故物,靳惜不與,幾被豪奪。行將傳示子姓,世世無令失墜,以為張氏青氈,竊恐陵谷變遷,終為有力者負之而趨,不至成亡是公乎? 謹錄題咏于左云云。(張丑《清河書畫舫》卷十二上)

沈啟南洞庭秋霽圖

震澤王氏寶藏沈啟南洞庭秋霽大横披,相傳為濟之學士作。其畫高丈許,濶倍之,筆意全出董北苑。位置古雅,點染皆有深趣。生平所見巨幅,此其稱最矣。(張丑《清河書畫舫》卷十二上)

啟南翁東庄圖册

文休承藏啟南翁東庄圖册,凡十三景,按題為吳孟融作,每景倣傚一名家,復搆小詩,對題之品格,尤為佳絶。更兼收藏得地,紙墨如新,真天地間一名跡也。今在瑯琊王氏。其别卷東莊雜咏圖本,今在予家。啟南又有《廬山圖》、《廬山高圖》、《匡山秋霽圖》、《嵐容川色圖》,皆巨幅妙絶,可寶藏也。(張丑《清河書畫舫》卷十二上)

石翁遺墨

石翁遺墨,畫在大癡境中,詩在大癡境外,恰好二百年來,翻身出世作怪。石田沙彌説此偈于山風溪月樓中,汀楊渚蒲,一一點首,曰功德無量。(張丑《清河書畫舫》卷十二上)

白石翁畫

白石翁畫,號為昭代第一,然真筆有極草草者,惟詳觀擅場之作,的為獨步也。六如居士聲價素出翁下,其遺跡除盛年倣斅周臣外,製作一一滿人意。昔人云:陸才如海,潘才如江。余于二公畫本亦云:皇明畫學自劉廷美開山之後,當推沈啟南為廣大教化主,如唐子畏之清真,文徵仲之古雅,足可南宗北派也。(張丑《清河書畫舫》卷十二上)

沈啟南早歲山水

沈啟南早歲山水一幀紙,本水墨畫,頗蒼古,而詩筆秀美,不讓沈度,乃奇跡也。(張丑《真跡日錄》卷五)

寄竹鶴翁圖

余昔年得石田畫頗多,然旋得旋去,如此幅其一也。更有寄竹鶴翁圖,瀟灑有致,詩亦真率有味,書作擘窠書,極雄快,竟歸之漢碧云。玉水記。(汪砢玉《珊瑚網》卷三十七)

石翁寫吳山越水圖

石翁寫吳山越水,余耳之稔矣。萬曆乙卯春仲,松陵吳益之攜至,得清賞竟日。為襄陽擄舷之索,任其揀去古豆小彝、陸子剛白玉九螭玦、闕仝春山谿闕、白陽習齋圖。諸物雖多割愛焉，然並懸吾墨華閣，有烟雲泉石，歷落長松，沙嶼江干，風帆蕩漾。覺一室之內，千里非遙，吳之山，越之水，故合而處其間乎。吳山越水間人汪砢玉。（汪珂玉《珊瑚網》卷三十八）

姑蘇沈周

姑蘇沈周，出入宋元，成一機軸，孫登獨嘯，和者稀矣。（陶宗儀《說郛》卷七十九下）

沈石田倣董北苑山水

沈石田倣董北苑山水濶幅，上層作圓巒，濃瀋點苔，半如小樹，下四五樹，平坡一老趺坐，手執書卷，神韻古淡，晚年得意筆也。有題句云云。甲寅沈周此幅，余十年前得於昭慶寺廊擺攤舖，每一展閱，覺天真爛然，詩語直率，亦取辦咄嗟者。古人以此消玩歲月，何意取姸於後。而後人終不能捨此，如獅子糞金，正涕唾膿液皆至寶也。豈容人銖兩其間耶？（李日華《六硯齋筆記》卷一）

沈石田墨荷

沈石田墨荷，一花、一葉、一房、一菂，下連折藕一段，先以墨汁濃淡漬成，後以焦筆辨其筋縷孔竅。氣象渾化，生意奕然。題句云：為愛南塘好，倩郎種綠荷。秋時來踏藕，兼聽踏吳歌。此老清真寡慾，絶無冶艷之好，而筆端風調如此。（李日華《六硯齋筆記》卷一）

石田繪事

石田繪事，初得法於父叔，於諸家無不爛熳。中年以子久為宗，晚乃醉心梅道人。酣肆融洽，雜梅老真跡中，有不復能辨者。余家九

十芳辰一小幀,尤極神化,謂梅老分身可也。(李日華《六硯齋筆記》卷一)

沈啟南才情灑落

沈啟南才情灑落,見於所作畫上題語,想其一時滿志,氣酣神縱,不自知其工也。如《題畫燕》云云。又云云。又其賦《簾影》一詩云云。情思駘宕,如少年不自持者。夷考公生平篤行,乃知是廣平梅花耳。(李日華《六硯齋筆記》卷二)

石田春社醉歸圖

石田草草拾片紙,作《春社醉歸圖》:一老傲兀牛背,有天際想,牛止露角,身毛俱渴筆拖就,彌有神氣。(李日華《六硯齋筆記》卷三)

石田綾地傅色山水

石田綾地傅色山水,筆意倣董源,極雄秀。苕客持來,議易余雪卵研,已而不果。然此幀耿耿常在余懷也。石田書所作春歸曲於上方云云。(李日華《六硯齋筆記》卷三)

石田大石山圖

楊君謙諸君有大石聯句,一時膾炙人口,沈石田亦與焉。他日石田又作《大石山圖》以貽君謙,諸公氣象雄渾,真荆、關筆也。重作詩題其上,押險搜奇,幾奪韓、孟之席,快哉!石翁真足傲睨千古,不獨雄長昭代而已。(李日華《六硯齋筆記》卷四)

沈石翁長卷

沈石翁長卷,寫南屏諸山,淋漓欲滴,逼真梅沙彌也。用黄雙井法大書一詩,亦雄岸有氣。此老真書畫中獅子也。(李日華《六硯齋

筆記》卷四）

石田倣倪之作

石田畫法宗北苑，近代則黄子久、王叔明、吳仲圭三家，其所醉心，他則傍及而已。以故倣倪之作，往往縱横有餘，而幽澹不足，亦所自歉而不能强者。（李日華《六硯齋二筆》卷一）

石田漁莊村店圖

石田《漁莊村店圖》，乘興數筆，酷似北苑，非許道寧所能及也。以其愈率澹愈真，愈簡愈遠耳。題句亦妙云云。（李日華《六硯齋二筆》卷一）

石田安老亭圖

石田《安老亭圖》，倣梅道人灑落成就，晚年筆也。（李日華《六硯齋二筆》卷一）

石翁倣董元寫柳洲煙艇

石翁倣董元寫柳洲煙艇，極有氣骨，而蒼莽蕭淡處，又似江貫道海岸觀者，漫謂倣梅沙彌，正未夢見此老脚跟也。題云："江上浮雲撥不開"云云。"弘治己未四月八日"云云。（李日華《六硯齋二筆》卷二）

石田寫梅并題語

石田寫梅，余於武林陸仲承處見一幅，蕭灑歷落，幹不數枝，枝不數葩，而有偃罩盈庭之勢，知其入思深而下筆捷也。忘其題語，今見與史德徵一卷，風格與前畧似，題語云云。（李日華《六硯齋二筆》卷二）

石田寫梅并題詩

石田又有寫梅一紙,氣格簡古,其題語亦甚得意,乃知此老撮捏虛空,無不成趣。所謂海印發光,真仙宮佛度中人也。詩曰:"平生有眼厭桃李"云云。(李日華《六硯齋二筆》卷二)

沈石田倣雲林小筆

沈石田倣雲林小筆,雖樹石歷落,終帶蒼勁,而各行其天,絶無規撫之意,所以較之孟端終勝一籌。其贈吳瑞卿一幀,尤有奇趣。(李日華《六硯齋二筆》卷二)

沈石田灣東草堂圖

沈石田《灣東草堂圖》,酣濃蓊鬱,純法董源。有題句云:"愛子別業灣之東"云云。石翁此詩,真率樸直如家常話,不作一毫綺語。味其意,德韞者,乃不和於俗而力田自好者。翁之所深與也。吳江有一種長腰米,作飯粒大而香,食之益人精氣。德韞所營以養親者,賢哉!(李日華《六硯齋二筆》卷二)

沈石田寫生

客携示沈石田寫生二卷,其一最妙,乃晚年率意神化之筆。所作蝦蟹魚螺與葵萱諸種,皆粗筆淡瀋,一揮而就,而生氣奕奕如覩。末又掃一驢蹄跽,皆一筆曲折,起止可數,真絶品也。翁亦自以為不可復得。題一絶云云。蓋自言其用思入微,而以神取之之妙也。(李日華《六硯齋二筆》卷三)

沈石田募鬚疏

沈石田天賦異稟,苞茹奇奧,不獨繪事超奇,書法雄麗,吟情灑

落，稱三絶而已。即游戲之文，亦擅三昧。旹見其募鬚疏一首，雖子淵僮約，魯直跛奚，亦不是過也。（李日華《六硯齋二筆》卷四）

沈石田小幀四時山水

沈石田小幀四時山水，倣北苑筆，在烏戍人家，題句亦甚豪邁。中原七子輩談詩，謂啟南本富詩才，而以題畫取辦倉猝，故遂入别調。此猶咎張旭縱酒、吳生塗鬼，致筆蹤狼藉也。可笑。（李日華《六硯齋二筆》卷四）

論畫竹詩

少師楊文貞公嘗曰："東坡竹妙而不真，息齋竹真而不妙。"蓋坡公成於兔起鶻落須臾之間，而息齋所謂節節而為之，葉葉而累之者也。專以畫為事者，乃如是爾。今人有得東坡竹，其枝葉逼真者，大率偽爾。沈石田長於山水而短於竹，嘗《自嘲》云："老夫畫竹類竹醜，小兒旁觀謂楊柳。"李西涯《題柯敬仲墨竹》云："莫將畫竹論難易，剛道繁難簡更難。君看蕭蕭只數葉，滿堂風雨不勝寒。"非得畫家三昧者，恐不能道此語。（俞弁《逸老堂詩話》卷下）

沈石田稱"浮"字

沈石田詩話載薛沂叔《咏新溪小泛》詩云："柳斷橋方出，雲深寺欲浮。"石田稱"浮"字古人不能道。余見僧泐季潭有《屋舟》詩云："四面水都繞，一身天若浮"，皆本老杜"乾坤日夜浮"之句。石田稱之過矣。（俞弁《逸老堂詩話》卷下）

沈啟南咏物詩

沈先生啟南，以詩豪名海內，而其咏物尤妙。予少嘗學詩先生，記其數聯，如《咏錢》云："有堪使鬼原非繆，無任呼兄亦不來。"《門神》云："檢爾功名惟故紙，傍誰門戶有長情？"《咏簾》云："外面令人倍惆悵，裏邊容眼自分明。"《混堂》云："未能潔己嗟先亂，亦復隨波惜衆同。"《楊花》云："借風為力終無賴，與水何緣卻托生。"先生又嘗作《落花詩》，其譬聯云："無方漂泊關遊子，如此衰殘類老夫。""送雨送春長壽寺，飛來飛去洛陽城。""美人天遠無家別，逐客春深盡族行。""懊惱夜生聽雨枕，浮沈朝入送春杯。""萬物死生寧離土，一場恩怨本同風。"皆清新雄健，不拘拘題目，而亦不離乎題目，茲其所以為妙也。（都穆《南濠詩話》）

题趙子昂畫詩

元末，吾鄉有虞堪勝伯者，善作詩。嘗題《苕溪圖》云："吳興公子玉堂仙，寫出苕溪似輞川。回首青山紅樹下，那無十畝種瓜田。"為人膾炙。近沈先生啟南題子昂畫馬一絕，寄予評之。詩云："隅目晶瑩耳竹披，江南流落乘黄姿。千金千里無人識，笑看胡兒買去騎。"先生又為予誦周方伯良右題子昂竹枝云："中原日暮龍旂遠，南國春深水殿寒。留得一枝煙雨裏，又隨人去報平安。"三詩皆主刺譏，而勝伯之詞尤微婉云。（都穆《南濠詩話》）

石田先生絕筆

王文恪公鏊自內閣歸，時石田先生病亟，遣人問之。答詩云："勇退歸來説宰公，此機超出萬人中。門前車馬多如許，那有心情問病翁。"字墨慘澹難識，遂為絕筆。後二日而卒。今集中不載。（顧元慶《夷白齋詩話》）

石田答僧索畫

越僧某索畫於石田翁，嘗寄一絕云："寄將一幅剡溪藤，江面青

山畫幾層？筆到斷崖泉落處，石邊添個看雲僧。”石田欣然，畫其詩意答之。余謂僧詩畫矣，何以圖為？（顧元慶《夷白齋詩話》）

都穆學詩於沈石田

南濠都先生穆，少嘗學詩沈石田先生之門。石田問：“近有何得意作？”南濠以《節婦詩》首聯為對。詩云：“白髮貞心在，青燈淚眼枯。”石田曰：“詩則佳矣！有一字未穩。”南濠茫然，避席請教。石田曰：“爾不讀《禮經》云：‘寡婦不夜哭。’何不以‘燈’字為‘春’字？”南濠不覺悅服。（顧元慶《夷白齋詩話》）

沈石田題畫詩

沈石田詩有絕佳者，但為畫所掩，世不稱其詩。余家有其畫二幅，上皆有題，其一七言者云云。此詩情景皆到，而律調亦清新。今之作詩者，豈容易可及。畫學黄子久，亦甚佳。今質在朱象玄處。（何良俊《四友齋叢說》卷二十六）

衡山論石田之詩

余至姑蘇，在衡山齋中坐，清談竟日，見衡山常稱我家吴先生，我家李先生，我家沈先生，蓋即匏庵、范庵、石田。其生平所師事者，此三人也。一日論及石田之詩，曰：“我家沈先生詩，但不經意間寫出，意象俱新，可謂妙絕，一經改削，便不能佳。今有刻集，往往不滿人意。”因口誦其率意者二三十首，亹亹不休。即余所見石田題畫詩甚多，皆可傳咏，與集中者如出二手，乃知衡山之論不虛也。（何良俊《四友齋叢說》卷二十六）

石田學雲林

石田學黄大癡、吳仲圭、王叔明皆逼真，往往過之。獨學雲林不甚似。余有石田畫一小卷，是學雲林者。後跋尾云：此卷倣雲林筆意為之，然雲林以簡，余以繁。夫筆簡而意盡，此其所以難到也。此卷畫法稍繁，然自是佳品，但比雲林覺太行耳。（何良俊《四友齋叢說》卷二十九）

沈石田於元人四大家得其三昧

沈石田畫法從董、巨中來，而於元人四大家之畫極意臨摹，皆得其三昧。故其匠意高遠，筆墨清潤，而於染渲之際，元氣淋漓。誠有如所謂詩中有畫、畫中有詩者。昔人謂王維之筆，天機所到，非畫工所能及。余謂石田亦然。（何良俊《四友齋叢說》卷二十九）

沈周繪事

沈周先生啟南，相城喬木，代禪吟寫。下逮僮隸，並諳文墨。先生繪事，爲當代第一，山水人物、花卉禽魚，悉入神品。其畫自唐、宋名流，及勝國諸賢，上下千載，縱横百輩，兼總條貫，莫不攬其精微。每營一障，則長林巨壑，小市寒墟，高明委曲，風趣泠然，使夫覽者若雲霧生於屋中，山川集於几上，下視衆作，真培塿耳。山輿入郭，多主慶雲庵，及北寺水閣，掩扉掃榻，揮染不倦。公卿大夫，下逮緇徒賤隸，酬給無間。一時名士，如唐寅、文璧之流，咸出龍門，往往致於風雲之表。信乎，國朝畫苑，不知誰當並驅也！（王穉登《丹青志》）

老　景

"今日殘花昨日開"云云。此姑蘇沈石田啟南之詩也。格律雖

卑弱,然摹寫衰老之景,人不能道也。(姜南《半村野人閒談》)

题沈石田临倪画

石田先生於勝國諸賢名跡,無不摹寫,亦絕相似,或出其上,獨倪迂一種澹墨,自謂難學。蓋先生老筆密思,於元鎮若淡若疏者異趣耳。獨此幀蕭散秀潤,最為逼真,亦平生得意筆也。(董其昌《畫禪室隨筆》卷二)

題沈啟南畫册

寫生與山水不能兼長,惟黄安叔能之。余所藏勘書圖學李昇,金盤鵓鴿學周昉,皆有奪藍之手。我朝則沈啟南一人而已。此册寫生更勝。山水間有本色,然皆真虎也。(董其昌《畫禪室隨筆》卷二)

沈 啟 南 詩

沈啟南畫入神品,而詩亦清真可咏,余嘗得其題畫數首,不必觀丹青水墨,詩亦可當生綃粉本也。"獨樹高樓日欲西"云云。"山隱幽居雲木深"云云。"愛是垂楊嫩綠齊"云云。"雨跡未乾花亂飄"云云。"住處真成與世迷"云云。"碧水丹山映杖藜"云云。"臨水人家竹樹中"云云。"水次人家似瀼西"云云。"客來客去吾何較"云云。"山雨欲來雲滿屋"云云。"山徑蕭蕭落木疎"云云。"獨坐樹根無一事"云云。右詩皆石田集所不載,皆于畫幅見之,錄之以當卧遊耳。(徐𤊹《徐氏筆精》卷四)

石 田 翁 題 畫

石田翁詩有絕佳者,有《題畫》一律云云。可謂清新俊逸。(徐樹丕《識小錄》)

李中麓賞鑒書畫

章丘李中麓太常開先，藏書畫極富。自負賞鑒，嘗作《畫品》，次第明人，以戴文進、吳偉、陶成、杜堇為第一等，倪瓚、莊麟為次等，而沈周、唐寅居四等，持論與吳人頗異。王弇州與之善，嘗言過中麓草堂，盡觀所藏畫，無一佳者。而中麓謂文進畫高過元人，不及宋人，亦未足為定論也。(王士禛《香祖筆記》卷五)

附錄四

集外詩文

和吴寛聞奕姪構二亭於東莊以爲予佚老喜而有作韻

特意作亭知好脩,石基高築樹爲疇。欲承伯氏歸休樂,未許他人造次游。細路矮橋緣麥隴,長濠新水漫蘋洲。宰公果遂南歸興,我亦浜頭艤小舟。(見錢穀《吴都文粹續集》卷十七)

登鎮洋山

水滙風衝海渺茫,新州東壓示雄强。白滔萬里登臨近,青並三山指顧長。歲久魚龍扶地軸,春深草樹發天香。邦侯卜築功成後,從此波濤不敢狂。(見錢穀《吴都文粹續集》卷二十二)

己未春與天台李秋官吾蘇楊黄門同遊竹堂過古石上人梅東房時梅爛開小宴花下賦此

竹堂梅花一千樹,香雪塞門無入處。秋官黄門兩詩客,騎馬西來為花駐。野翁攜酒亦偶同,花不留人人自住。滿身毛骨沁冰影,嚼蓝含香各搜句。吉祥牡丹清本欠,定惠海棠幽亦未。只凭坡口詫繁華,似恐同花不同趣。酒酣塗紙作横斜,筆下珠光濕春露。只愁此紙捲春去,明日重尋花滿地。(錢穀《吳都文粹續集》卷三十)

遊靈巖遇雨次日至靈巖晴

已向靈巖雨裏行,靈巖天肯放新晴。却從昨日論今日,道是無情還有情。花下得追佳酒伴,石頭多認舊題名。人生樂地休輕别,况此春明與太平。(見錢穀《吳都文粹續集》卷三十二)

和吳寬謝吳東澗惠悟道泉韻

彭亨一器置堂前,思此泠泠久缺然。借取白雲朝幞甕,載兼明月夜同船。小分東澗聊知味,大吸西江亦喻禪。紗帽籠頭烟繞鬢,煎茶有法是盧傳。(見錢穀《吳都文粹續集》卷三十三)

遊報國寺

東崑不到兩年強,六月來遊是趁忙。城裏誰家無暑地,水邊人説有僧房。入門認竹天光晚,借榻眠雲夜氣涼。造次題詩纔一過,不知三過幾時償。(見錢穀《吳都文粹續集》卷三十四)

寄宗儒

碧雲渺渺一江分,聞道滁山盡屬君。愛是醉翁亭最好,每思游燕讀遺文。(見錢穀《吳都文粹續集》卷五十二)

阻雨雙娥僧舍與宗儒夜話

十宿僧房春未晴,故人為我踏泥行。老隨年去詩成感,話引杯

長酒在情。鈴語報風聲落落，燭枝銷跋火熒熒。浮生蹤跡真鴻雪，何況于今有宦程。（見錢穀《吳都文粹續集》卷五十二）

聞宗儒除温州喜而有作

青陽布區宇，庶品樂化工。亦聞剖符竹，起子高卧中。卧者固自高，恐世卑黄龔。功名要人立，生才天自庸。會至亦何辭，達懷乘時通。雙旌及行日，奔走來野翁。（見錢穀《吳都文粹續集》卷五十二）

聞温州消息奉寄

白叟黄童擁道周，提封百里候華輈。國人皆好真難事，山水重臨是舊游。康樂篇章動高興，希文襟抱憶先憂。故園野老偏相慰，喜極深思漫倚樓。（見錢穀《吳都文粹續集》卷五十二）

題　畫

臨水人家竹樹中，只因孤嶼水船通。當門細荇牽微浪，繞屋藤花落軟風。（見《御定佩文齋咏物詩選》卷三百四十八）

題　畫

愛是垂楊嫩緑齊，放舟遲日弄春谿。滄浪自唱無人和，飛過水禽能一啼。（見《御定佩文齋咏物詩選》卷四百二十一）

題　畫

水次人家似瀼西，參差竹樹路俱迷。谿翁兀兀不出户，日午飯香雞正啼。（見《御定佩文齋咏物詩選》卷四百六十六）

寄　友

與君傾盖二毛初，別後無由數寄書。江上逢人問消息，紅粧隨馬射游魚。（見《御定佩文齋咏物詩選》卷四百六十九）

題畫六首

碧水丹山映杖藜，夕陽猶在小橋西。微吟不道驚溪鳥，飛入亂雲深處啼。其二

獨坐樹根無一事，清風滿袖作微吟。夕陽好在秋水外，日閣遠山還未沉。其五（見《御定歷代題畫詩類》卷二十五）

牡丹雉鷄

文禽被五色，故竚牡丹前。何似舜衣上，雲龍同煥然。（見《御定歷代題畫詩類》卷一百十一）

客有餉河豚者畫雙玉圖酬之

有客來從海上村，早朝新喜得河豚。齊穿青篾一雙玉，侑我田家老瓦盆。（見《御選宋金元明四朝詩・明詩》卷一百六）

溪山落木圖

溪山落木正蕭蕭，野客尋詩破寂寥。一路夕陽秋色裏，不知吟到段家橋。（見《御選宋金元明四朝詩・明詩》卷一百六）

越　水　圖

記別錢塘二十年，夕陽山色曉潮邊。隔江千里美人遠，夢落西

輿舊渡船。(見朱彝尊《明詩綜》卷三十)

五 柳 莊 圖

花開爛漫屬秋風,滿地黄金醉眼中。千古陶潛晉徵士,乾坤獨在此籬中。(見朱彝尊《明詩綜》卷三十)

桐村小隱詩和韻

不煩王録事,結屋自深村。静覺道心苦,老嫌人事繁。書魚登竹几,酒螘落匏尊。幾箇梧桐樹,秋來葉滿門。(見沈季友《檇李詩繫》卷三十九)

倪元鎮松亭山色圖

華屋不能留此圖,秀色今來照書户。夸父空將碧嶂移,羽人仍在丹邱住。非人玩物物玩人,老墨重披眼迷霧。門前桃李换春風,只有青松自遲暮。此圖寔吾蘇貴游家物,嘗目擊其人之愛護比珠玉。人往物移,今為淮陽趙文美所得。文美號賞識其致,重將逾於前而保於久也。雲林先生戲墨,在江東人家以有無為清俗。此筆先生疎秀迭常,然非丹青炫燿人,人得而好之於此,而好者非古雅士不可。先生之道殆見溢於南而流於北矣。文美持來求跋,因次先生韻為詩,庸寓夫得失之嘆云。長洲沈周。(見郁逢慶《書畫題跋記》卷一)

趙子昂畫淵明像卷

趙子昂畫淵明像卷,既書《歸去來》,餘興未盡,乃作竹石小景。淵明亦當愛此邪。

典午山河已莫支,先生歸去自嫌遲。寄奴小草連天緑,剛剩黄花一兩枝。(見郁逢慶《書畫題跋記》卷六)

富春大嶺圖

酒散燈殘夢富貴，墨痕依約寄峋嶙。山光落眼渾如霧，莫怪芙容看不真。徵明燈下強予臨大癡翁《富春大嶺圖》，老眼昏花，執筆茫然，以詩自誦，不工爾。八十翁沈周丙寅。（見郁逢慶《書畫題跋記》卷十）

有竹居小幅

小橋溪路有新泥，半日無人到水西。殘酒欲醒茶未熟，一簾春雨竹鷄啼。此余有竹居即景詩也，畫亦曩歲筆，非自不知少嫩，盖為天泉強之而留其踪，觀者無深笑焉。（見郁逢慶《書畫題跋記》卷十）

竹石古梅

老夫筆枯春不生，特寫梅花借春色。草堂一夜珠作宫，莫謂窮儒徒四壁。桃花杏花儘可看，千人萬人迷紫陌。看梅何獨兩衰翁，不作穠華在觀德。江南晴昊雪萬林，江北曾無半梢白。攜圖便可似北人，抱玉遑遑要渠識。沈周畫并題。（見郁逢慶《書畫題跋記》卷十）

自題畫册二幀

白日偏於静處長，軒窗虚净覺風涼。兩人清話當何事，水誌山經細較量。

平頭艇子鏡中過，髮脚蕭騷影細波。碧水丹丘儘堪飽，惠州強飯笑東坡。（見郁逢慶《書畫題跋記》卷十）

竹　書

少年漫見中秋月，視與常時不分别。老來珍重不易觀，要把深杯恋佳節。老人能得幾中秋，信是流光不可留。古今换人不换月，舊月新人風馬牛。後生茫茫不知此，年年見月年年喜。老夫有眼見還同，感慨滿懷聊復耳。今宵十四已爛然，七客賓争天下先。庭空衣薄怯露氣，深簷穩坐仍清圓。東風軋雲輕浪作，暮把太清渣滓卻。浮雲雖欲忌我人，酒政有律無諱賓。遞歌李白問月句，自覺白髮欺青春。青春白髮固不及，且捲酒杯連月吸。舒庵與我六十人，更問中秋賒四十。沈周。(見郁逢慶《書畫題跋記》卷十)

虞山三檜圖

昭明臺下芒鞋緊，虞仲祠前石路廻。老去登臨誇健在，舊遊山水喜重來。雨乾草愛相將發，春淺梅嫌瑟縮開。傳取梁朝檜神去，袖中疑道有風雷。虞山至道觀有所謂七星檜者，相傳為梁時物也。今僅存其三，餘則後人補植者，而三株中又有雷電風擘，尤為詭異，真奇觀也。成化甲辰人日，沈周。(見郁逢慶《書畫題跋記》卷十)

題扇

莫怪先生酷好泉，老依泉住結泉緣。書多染得泉成墨，愧我無生石作田。余初為明之畫扇，因咏墨泉而作。己巳五月廿六日，沈周。(見郁逢慶《書畫題跋記》卷十)

牧犢單條

緑陰深處伴牛眠，笛弄斜陽芳草間。多少利途奔走客，何如及得爾儂閒。(見郁逢慶《書畫題跋記》卷十一)

蝶戀花

誰道金強焦亦稱，兩朶芙蓉，浸在玻璃鏡。頭白老翁尋此勝，過江先盡金山興。　　隔水焦山闌小凭，寄語西風，後日來當定。

白鶴如期参我乘，一聲獨淚江聲靜。右春日登金山望焦山有作。沈周。（見郁逢慶《書畫題跋記》卷十一）

秋溪晚照圖

野樹蕭疏及暮秋，西風色作故颼颼。林坰一段清閒地，不見倪迂空白頭。（見郁逢慶《書畫題跋記》卷十一）

河豚大幅

有客來從海上村，早朝新喜得河豚。齊穿青篾一雙玉，侑我田家老瓦盆。仲基正月下浣自海上來，經寒家，出豚魚二尾。雖城中巨家貴游，尚未食新，盖重仲基情之舊物之早。以余旦暮人，且不能多次食也，詩畫其答之。沈周。（見郁逢慶《書畫題跋記》卷十一）

石田花卉册

老我招邀即墨侯，生生都是手中求。無人領取東風意，白髮先生笑下樓。

老矣東風白髮翁，怕拈粉白與胭紅。洛陽三月春消息，在我濃煙淡墨中。牡丹

三千年後實成時，瑪瑙高懸碧玉枝。王母素無容物量，却疑方朔是偷兒。桃子

誰鑄黄金三百丸，彈胎微濕露溥溥。從今抵鵲何消玉，更有錫漿沁齒寒。枇把

張騫帶得西來種，中秘千珍及萬珍。一箇臭囊藏不盡，又從身外覆精神。石榴

江上秋風花及時，抱霜浥露見新枝。東家桃李無言語，却悔先榮不逮遲。芙蓉

秋滿籬根始見花，却從冷淡遇繁華。西風門徑寒香在，除却陶家到我家。菊花

犀甲凌寒碧葉重，玉杯擎處露華濃。何當借壽長生酒，只恐茶仙未肯容。山茶

秋棚昨夜黑風呼，鬼淚潑潑泣不枯。明日擔夫曉街上，一筐新味賣明珠。葡萄

弘治戊午秋日，長洲沈周。（見郁逢慶《書畫題跋記》卷十二）

贈盧宗尹畫

今晨感我生，襁褓追衰老。歲月倏來往，七十何草草。譬初同此日，天下生不少。如論七十年，汗漫并莫考。善惡與昏智，貴賤及壽夭。各各不可齊，得活便是好。但耻老醜人，多為後生藐。我女自愛我，勸我飯加飽。舊友自愛我，把酒頌且禱。我生已萬幸，際兹世有道。拙廢固無用，農圃亦可保。杯酌雖寡嗜，些少慰懷抱。偃息間行遊，隨意弄花鳥。樂哉天地間，偷生亦為巧。宗尹盧君知余生辰，攜酒見祝，酒後漫書以識親知。一日良晤，復為圖系書之，以答宗尹。宗尹且入豎垣，相見不易，以此作念云。弘治戊午前十一月二十一日，沈周。（見郁逢慶《書畫題跋記》卷十二）

雨泛小景

江上浮雲撥不開，故人今雨却重來。人生離合未容易，起摘松花浸酒杯。弘治己未四月八日，惟寅扶憊顧我林屋，余亦病起，各不能事酒，惟淺酌沾唇而已。然談謔之樂，不減劇飲時也。時有雨，作雨泛小景識別云。沈周。（見郁逢慶《書畫題跋記》卷十二）

米敷文瀟湘長卷

小米《瀟湘圖卷》，再題自珍，僕從稍知時慕，為杭之張氏所蓄，

高價而錮吝,人罕獲見。後遊杭兩度,仲孚亦辱往來。但啟齒借閲,便唯唯而終弗果。今七十五年矣! 意餘生與此圖斷為欠緣,亦嘆仲孚忍為拂人意事。玆廷貴忽爾送至,猶景星鳳凰,為之薰沐者再,得一快睹。忽然三湘九疑,瀰漫尺楮,如朱夫子之題象内見畫,錢子言畫表求象,斯圖之妙,盡括於二作矣。又有王常宗先生,一一論疏諸名勝出處之迹無餘辭,誠為翰墨之寶。設使著色袖卷楚山清曉冷金蜀牋等筆尚在,恐亦無此爛漫之題。信乎仲孚之知重,亦可謂之不俗矣。後學沈周。(見郁逢慶《書畫題跋記續》卷二)

米敷文大姚村圖石田模本

小米大姚村圖,澄心堂紙也。詩逸,書畫遒潤,得乃父風。不易得之物,為吾蘇沈汝融氏之世藏。成化末,王瘝刮貨江東,此卷屬其鷹攫。汝融惄惄若廢飲食者,以余嘗觀,求追寫其所記憶,久亦付之茫然矣。近過徐甥,出元暉大行書三詩,即其副本耳。遂臨一過,復漫補此圖,始塞其意。且謂曰:物之聚散自有數,正不使人容心其間。譬之此卷在王雲浦所,兩失兩得,而轉至子家。子家方一失,安知其他日不復得乎? 余請拙惡以死馬首媒之。弘治壬子九日,長洲沈周跋。(見郁逢慶《書畫題跋記續》卷四)

趙集賢林山小隱圖

蘇子愛奇石,雪浪號齋居。米氏寶晉墨,摽榜亦復如。瞻此小隱圖,按境揭林盧。於焉寓祖述,雅致私契余。因名實豈戾,匪云賦子虛。溪山在屋上,流水走階渠。衆鳥鳴樹巔,亦可觀跳魚。耕釣托遠心,城市即村墟。知子日無事,垂簾惟讀書。(見郁逢慶《書畫題跋記續》卷五)

黄山谷草書釋典法語

山谷真跡流世者,余及見凡三種,在李氏、王氏、華氏,皆大草,筆勢牽連不絶,人謂皆紹聖以後之筆。盖公嘗因錢穆父謂未見自序帖,心有所未平。紹聖二年謫黔,獲見之,遂深契藏真之法,而自入神矣。此元祐九年四月戊申書者,當是穆父初言時也。山谷人品高詣,集諸家之成,若虞道園、宋潛溪,謂其造鍾王及張長史之域,而未及藏真者,亦見諸先輩不徒言也。道園跋漫言此卷,未指其所書何段文字;潛溪雖云楞嚴經,而子仁辨之,謂乃清公頌。據山谷與叔震手劄云:寄送清公頌,頗見志願,不忘般若中也。以頗見二字,似美叔震之意,疑乎清公頌叔震所作者。後云手抄去觀音贊論,所抄當出其手書,尚未知果否?宗道好古之士,宜更覈之可矣。後學長洲沈周。(見郁逢慶《書畫題跋記續》卷六)

黄太史草書李太白憶舊遊寄譙郡元參軍

山谷書法,晚年大得藏真三昧。此筆力恍惚,出神入鬼,謂之草聖宜焉。嘗記元祐中子瞻蘇公、穆父錢公,同觀公揮翰作草於寶梵僧舍。子瞻賞嘆再四,穆父從旁曰:君見自序真跡,當更有得。公一時心有所未平。紹聖中謫黔,始見石揚休自序帖,縱觀不已,頓覺超異,乃服穆父之言也。觀此信,是紹聖後所書者,幾與藏真合作。但篇後有闕文,當時藏真自叙有二本,一為石揚休所蓄是矣,一蓄蘇舜欽所。蘇本前亦有所遺,後世以為惋惜。今此卷之不全,殆天亦欲冥契之也!尚古宜寶藏之。正德改元清明日,長洲沈周跋。(見郁逢慶《書畫題跋記續》卷六)

花　草　册

芳姿着酒殢枝頭,行客村前醉不休。斜出短墻春正暖,不施朱

粉自風流。梅花

雪魄冰花涼氣清,曲闌深處艷精神。一鈎新月風牽影,暗送嬌香入畫庭。薝蔔

誰道紅葩夏日芳,獨留黄種吐秋光。五尺竹闌關不住,還將一半露宮粧。秋葵

老葉禁寒壯歲華,猩紅點點雪中葩。願希葵藿傾忠膽,豈是争妍富貴家。山茶

翠條多力引風長,點破銀花玉雪香。韻友似知人意好,隔闌輕觧白霓裳。玉蘭

荆棘叢中鬬冶容,冷風浥露淡交濃。更誇獨得春香首,都讓纖纖紫艷紅。薔薇

高攀才子沾衣緑,争插佳人壓鬓黄。誰向蟾宫分得種,年來人月滿庭芳。槿花

亭前緑密玉成叢,鳳宿枝頭烟雨空。簫管一聲人未寢,滿林明月浸清風。叢竹

老松屈曲舞蒼虬,萬壑泠泠泉自流。堪羡主人多逸趣,逍遥物外幾春秋?咏松

萬里隨陽出塞長,空江菰米綻秋香。蘆花月白啼更罷,啄盡寒汀一夜霜。蘆雁(見郁逢慶《書畫題跋記續》卷十一)

淺色山水

避俗耽幽僻,逃名學古狂。深松無六月,江閣有餘涼。策杖詩將就,看山意自長。何須尋絶島,此地即仙鄉。

東風一夕至,吹散麥秋寒。花落春愁盡,鶯啼午夢殘。碧桐山舘静,白葛道衣寬。飯後吹新汲,雲鐺試月團。

焚香浄掃地,隱几細開編。取足一生内,泛觀千古前。風疏黄

葉徑，露發夕陽天。物理終消歇，幽居覺自妍。

埜外看山色，因尋靜者居。短垣花塞路，曲沼鷺窺魚。入坐無塵跡，堆床有道書。自忘軒冕累，端為世情疏。

沈周製。（見郁逢慶《書畫題跋記續》卷十一）

淺色山水

行盡崎嶇路萬盤，滿山空翠濕衣寒。松風澗水天然調，抱得琴來不用弹。

竹樹人家在崦西，山廻水抱路常迷。溪亭兀坐還開卷，時有書聲雜鳥啼。

秋葉墮紅風策策，野色過橋秋正分。獨自吟行知者少，惟應流水與流雲。

江上雪晴驢背寒，江山刺眼玉巑岏。歸來不減灞橋路，滿意新詩壓凍鞍。弘治戊午菊月望沈周寫。（見郁逢慶《書畫題跋記續》卷十一）

臨王叔明阜齋圖

此圖彷彿竹裏舘，茅茨翛然傍川水。倚牀張册白日長，復有孤桐置髤几。（見郁逢慶《書畫題跋記續》卷十一）

臨雲林小幅

倪迂妙處不可學，古木幽篁滿意清。我在後塵聊點筆，水痕何澁墨何生。（見郁逢慶《書畫題跋記續》卷十一）

沈啟南行草二詩

賣詩買畫出春城，着破青衫白髮生。四海固無知我者，空教啼殺樹頭鶯。

吴淞江上老迂疏，自笑年來活計無。只有硯田耕未了，雲山還向筆端鋤。

秋日同友人步虎丘，倦坐可中亭上，值談空上人持筆索書，漫録舊作二首。長洲沈周。（見郁逢慶《書畫題跋記續》卷十一）

層巒圖

吴仲圭得巨然筆意墨法，又能軼出其畦逕，爛熳慘澹，當時可謂自能名家者。蓋心得之妙，非易可學。余雖愛而恨不能追其萬一，間為此幅，生澁自不足觀，猶邯鄲人學步而併失其故矣。沈周。（見郁逢慶《書畫題跋記續》卷十一）

雲山小幅

看雲疑是青山動，誰道雲忙山自閒。我看雲山亦忘我，閒來洗硯寫雲山。（見郁逢慶《書畫題跋記續》卷十一）

唐伯虎雪景單條

千山一白照人頭，折竹琳琅路轉幽。落日西風苦行旅，誰家呼酒倚紅樓。（見郁逢慶《書畫題跋記續》卷十二）

題放舟圖

緑樹如絲霧，青山生白雲。自天為此景，平與畫家分。

扁舟不可泊，任隨流水流。東西與南北，人物兩悠悠。

釣竿七尺玉，夕陽千叠山。山容恰好晚，正及鳥飛還。

埜樹脱紅葉，廻塘交碧流。無人伴歸路，獨自放扁舟。（見郁逢慶《書畫題跋記續》卷十二）

雪 景

參得黄梅嶺上禪,魔空虎穴是諸天。贈君一片江南雪,洗盡炎荒障海烟。正德丁卯,八十一翁沈周。(見郁逢慶《書畫題跋記續》卷十二)

王右丞江干雪意題咏

城中十日暑如炙,頭目眩花塵土塞。僧樓今日見此卷,雪意茫茫寒欲逼。古枏修柳枝孃矯,下有幽篁厠叢碧。隔溪膠艇不受呼,平地貫渚無人迹。西風飜雅忽零亂,遠雁迷雲猶嚦嚦。筆疎墨淡精神在,收閲千年若完璧。宛然一段小江南,三遠備全能事畢。維名依稀半未漶,老眼再摩初認得。所存亦是天假借,名手當時重唐室。吴中人家寶古跡,貴宋及元高爾直。若教見此風斯下,倒橐定應無悋嗇。錦標内帑固自有,人閒閒出鳳五色。老余尺素見雪渡,草樹淩競人蹋蹐。僅有方尺不盡意,何如此圖長數尺。太丘子孫具法眼,金璧收藏加襲百。我將拙語敢印正,聊寫心知并目識。

王右丞之筆神妙之致悠遠之代見亦罕矣,余于沙溪陳氏獲觀雪渡圖盈尺而已,今又于以巖所閲此脩卷,深幸老年擊此于目,敬題之。弘治壬戌之中秋日,後學長洲沈周。(見張丑《清河書畫舫》卷三下)

林和靖手柬

我愛翁書得瘦硬,雲腴濯盡西湖渌。西臺少肉是真評,數行清瑩含冰玉。宛然風節溢其間,此字此翁俱絶俗。開緘見字即見翁,五百年來如轉燭。可憐人物兩相求,落我掌中珠有足。水邊孤墳我曾拜,土冷烟荒骨難肉。當時州吏歲勞問,於今祀典誰登録。翁固不能知我悲,聊對湖山歌楚曲。我歌湖山亦不知,惟有春鳩叫深竹。歸來把酒弔雙緘,猶勝無錢對黄菊。沈周用坡翁韻。(見張丑《清河書畫舫》卷六下)

宋董北苑袁安卧雪圖

董源卧雪圖，高古愜萬目。海岳控長源，縱觀留尺牘。名譽盛流傳，奔騰珠有足。傾囊購墨皇，光怪燭茅屋。後學沈周啟南。《清河書畫舫》注：真跡神品上上。（見張丑《清河書畫舫》卷六下）

劉西臺臨梅道人夏雲欲雨圖

完庵再世梅花庵，官廉特于山水貪。記搨此圖梅妙品，奉常寶蓄金惟南。假歸洞庭小石室，終日默對心如憨。心開手應遂捉筆，水墨用事空青藍。天光慘澹雲鬱勃，山影明滅雨意含。重巒沓巘擁濕潤，遠岫細瑣多杉枏。飛淙迸壑勢莫拘，梁圯跨怒森猶監。人家雜住映深塢，林蹊互接迷陰嵐。梅庵如在當嘆息，逼人咄咄夫何慚。有如明月映秋水，水月渾合光相涵。此圖傳世人共保，未特珍重宜子男。我因題句感夙昔，物是人非懷莫堪。右原本為夏雲欲雨圖，實出梅花道人之筆，夙蓄夏太常所。劉完庵僉憲假臨幾月始就緒。當時示予，為之嘆賞奪真。僉憲公亦自珍愛。僉憲既觀化，其孫傳知先生所惜，益加敬焉。因索予疏其所自云。弘治乙丑三月修禊日，沈周題。（見張丑《清河書畫舫》卷十二上）

仙山樓閣圖

山水之作，本畫而有之，其來尚矣。山水無有定形，隨筆之及而已耳，然亦在人運致也。余作畫特游戲此卷，留心二年始就緒，觀者自能知其工拙。沈周。

《清河書畫舫》注：仙山樓閣圖，天繪樓，吳奕篆。（見張丑《清河書畫舫》卷十二上）

春草堂圖

西郭亂雲千萬山，雙親好住此山顏。有身獨館庭闈外，方寸不迷天地間。春草喚愁人有感，夕陽刺眼烏知還。老夫珍重今題讚，

更喜高篇與孝闕。(見張丑《清河書畫舫》卷十二上)

南湖草堂圖并題卷

楊湖不在北,楊湖今在南。開門見湖光,一鏡空碧涵。日午照黃襖,月過陪清酣。魚鳥相友于,物物無不堪。匪特主人愛,客到意亦貪。何當夾水誌,相與一縱談。(見張丑《清河書畫舫》卷十二上)

李伯時老子出關圖

右《老子出關圖》一卷,傅色運筆,人物高古,豈舜舉輩能畫,且不能摹擬矣! 直見令尹致問聃翁,俯答之意,宛然數千載于目前,神品也。余特定為李龍眠所作無疑。後學沈周跋。(見張丑《真跡日錄》卷三)

題　畫

華麓山前有此家,芙蓉空翠濕窗紗。更教秋樹雜春樹,還愛朝霞及晚霞。不假丹青真是畫,尚容杯酒惜餘花。書樓我記在木末,壁上小詩留墨鴉。(見張丑《真跡日錄》卷三)

題　畫

海上聞多警,騎驢難獨行。不知高枕者,曾有夢相驚。久欲一過沙溪,樂親戚之情話,近聞盜作,聊此問訊。沈周題寄允孚賢弟,辛丑。(見張丑《真跡日錄》卷三)

題　畫

夕陰散平野,微風泛高柯。停舟古岸側,漱盥臨清波。嗒然弄筆餘,所得良已多。舟泊城陰為紹宗圖而詩之。癸巳五月既望,沈周。(見張丑

《真跡日録》卷四)

題　畫

白日林堂雜樹陰,青苔縈轉路深深。屐聲鳴谷人來處,不會新茶定會琴。(見張丑《真跡日録》卷五)

石田戲柬

承惠琵琶,開奩視之,聽之無聲,食之有味,不知古來司馬淚于潯陽,明妃怨于塞上,皆為一啖之需耳。今後覓之,當于楊柳晚風、梧桐秋雨之際也。因書帖銀鹿有誤字,即筆嘲句四言奉覽,勿罪勿罪。

枇杷不是這琵琶,只為當年識字差。若是琵琶能結果,滿城簫管盡開花。

通家友弟沈周頓首。謝良材契愛足下。(見張丑《真跡日録》卷五)

題　畫

心遠物皆靜,何須擇地居。賃畦還種藥,過市每巾車。委巷藤梢亂,幽窗竹色虛。五禽多却老,雙鬢未應疎。叔善先生久索予拙惡,兹慢作此并詩歸之。甲申夏孟沈周。(見張丑《真跡日録》卷五)

王叔明書溪南醉歸詩

此元人王蒙所書溪南醉歸詩,而吾里李氏所藏也。蒙字叔明,自號黄鶴山人,為趙文敏公外孫。玄度實則張氏,為宜興人。兄弟並尚文雅,一時士大夫多與之交,故蒙書此遺之。蒙以畫名,今讀其詩,甚流麗,而其書頗亦似舅,可藏而玩也。吳寬題曰:人嘗見黄鶴山人畫,皆稱再世王維。山人之學書,間見此紙,尤為悚人,當不

在趙魏公下。魏公信居不有之譽，而山人亦盡曷有之美矣。後學沈周跋。（見汪珂玉《珊瑚網》卷十）

諸名賢垂虹別意詩并叙

垂虹不是灞陵橋，送客能來路亦遥。西望太湖山閣日，東連滄海地通潮。酒波汩汩翻荷葉，別思忙忙在柳條。更欲傳杯遲判袂，月明倚柱喚吹簫。（見汪珂玉《珊瑚網》卷十四）

謝祝希哲詩卷

疏林葉盡秋日晴，與子把手林中行。蕭條此地不足枉，賁我一來林壑榮。君今文名將盖代，踪跡所至人争迎。青袍獵獵風滿袖，知者重者無公卿。老夫朽憊人所棄，子謂差長加其情。臨分日落渺野水，扁舟南騖迷孤城。弘治甲寅十月二十四日，希哲冒寒過訪，申謝此卷，不足罄懷。沈周。（見汪珂玉《珊瑚網》卷十四）

尋　樂　行

春暖秋涼山邊水，隈訪黄菊尋白梅。秋月自與我慮净，春雲自與我懷開。晝遊之地吾蓬萊，夕息之處吾夜臺。以殤視我吾老大，以彭視我吾嬰孩。信壽夭吾何以外，請享此見在，不樂胡為哉。（見汪珂玉《珊瑚網》卷十四）

沈啟南詩牋墨跡

九十春將半，陰陰何日收。花含無蝶戀，苔濕礙人游。樹陰呼朋鵲，簷多逐婦鳩。催詩應是酒，何必與添愁。（見汪珂玉《珊瑚網》卷十四）

書七言律諸作

今日都非昨日時，紅消緑長不容私。初驚雨過佳人夢，漫送春歸老子詩。繞樹空憐雙蛺蝶，戲波忙殺小魚兒。明年更有尋芳酒，何用臨川費所思。

春風不到小樓前，花事闌珊又一年。處處插秧梅子雨，家家繅繭竹枝烟。荷知有暑先擎盖，柳為無寒已脱綿。莫道山家無意味，鳥聲啼破落花天。

城郭重來秋半過，世情看熟歲應磨。後生氣大輕人易，老者心寬奈事多。空自感懷成永嘆，不如對酒付高歌。韓休共是雙顛客，松竹相依奈晚何。

風波境界立身難，處世規模要放寬。萬事盡從忙裏錯，此心須向静中安。路途平處經行穩，人有常情耐久看。直道世間無悔吝，纔生枝葉便多端。

渺渺扁舟入浦雲，琳宫一到愜前聞。春泥夾道縈人跡，野水交陂亂鴨羣。洞裏朝元郭道士，城中行樂鮑參軍。相尋兩度俱相失，石上留題漫有文。

上人何事作生涯，半是仙家半出家。丹竈火紅煨白术，戒壇烟黑煑硃砂。杏林春透菩提樹，橘井泉涵優鉢花。賣藥歸來無個事，月明窗下誦蓮華。右贈醫僧。

高隱白雲深復深，階除晴晝亦生陰。山藏暝色迷歸鶴，窗捲朝嵐恐潤琴。忽爾去留那有迹，飄然舒卷絶無心。道人只自聞怡悦，俗客要來難便尋。右贈顔魯南隱君之作，詩成三年，未嘗寄，適魯南持紙來索畫卷。因系此篇。沈周。

“爛漫初看蜀錦堆”云云。辛丑牡丹爛開，余與允輝同賞，有此詩。壬寅開，余不及往。喜允輝亦凭闌，因書前作以寄孤興。沈周。按：此詩見存於《石田先生詩鈔》卷六，題作《賞牡丹席上作折枝》，詩句略有異同。

衆客巡籬待菊開，吾家阿弟足清醅。莫嫌蓝小劚先賞，若使花殘悔後來。宿雨尚摇枝上葉，新香初入掌中杯。頭巾墮地秋襟濕，不怕傍人笑醉回。乙卯十月四日，賞翼南莊上半開菊，因有是咏，古梅莊座為録一過。沈周。（見汪珂玉《珊瑚網》卷十四）

雜題絶句墨跡

湖北歸來日落，扁舟滿載西風。目送一行白鷺，秋懷欲與天空。

衣冠瀟洒本吾儒，也學玄真作釣徒。風月一竿休占盡，客星昨夜照東吴。

不將緑醑醉春寒，但把黄庭讀夜闌。三月溪亭新漲滿，廬山瀑布捲簾看。

百尺飛泉木數章，茆椒回互茯苓香。白頭漁父抛魚舫，結得盧鴻一草堂。

溪流泯泯帶斜汀，樹色沉沉緑未明。大似城南春雨歇，碧山浮動晚烟生。

山路迢迢過翠微，楓林斜日映人衣。筇枝兀兀藤花去，不得詩成且不歸。

樹裏幽亭久不來，舊時行徑有蒼苔。溪風四面涼如水，袖得葩經手漫開。

艾葉葵榴亂插瓶，虚堂風約虎符靈。樽前蒲玉須教醉，溷俗由來忌獨醒。

溪頭待渡心不忙，日落高人猶偃仰。歸來只恐到家遲，隔岸行人豈吾黨。

鳩一聲兮鵲一聲，鳩能唤雨鵲呼晴。老天亦是無張主，半日陰來半日晴。

春日春山春水流，春田春地放春牛。春花開在春園裏，春鳥飛來春樹頭。

如來如來太乙裁,掛鉢披裟海上來。不為一身南北走,願超千衆上蓮臺。

出入行藏要三思,世情更變斗星移。常將有日思無日,莫待無時思有時。

富友高親莫去攀,他來問我奉承還。錢財入手非容易,用去方知來處難。

自家只道是童兒,誰信光陰驀地移。算來三萬六千日,總成四十九年非。

分中自有魚羹飯,意外休編虎口鬚。莫怪老夫為妄語,一生夢寐慣江湖。此首題寄儀姪。

楊柳青青江水平,聞郎江上唱歌聲。東邊日出西邊雨,道是無情却有情。

風前一曲動離愁,那個行人不舉頭。手把花枝半遮面,不令人見轉風流。

毛簇黄茸嫩似鋪,頸長高閣玉胡盧。老夫此筆非無意,留與賢郎學弄雛。甲午春三月望為冷庵憲副作。沈周。

饑時思飯倦思眠,只在茅簷日晷邊。此是老夫真法計,十年修得在家禪。

《珊瑚網》注:此石田先生詩也,予愛其真率,書之。許光祚靈長。(見汪珂玉《珊瑚網》卷十四)

沈石田詞跡

殘葉林梢風瑟瑟,秋波照眼通天碧。南北東西聊泛宅。人不識,江湖自有江湖客。　　臭臭釣竿三百尺,金龜未換鱸魚白。船本窄,一般自有容身策。右調漁家傲。(見汪珂玉《珊瑚網》卷十四)

李伯時臨劉商觀奕圖

詩品中唐識令名,又逢圖刻愛精成。柯嫌歲月還能爛,碁怪神仙亦有争。山色照人殘墨在,松陰彌石亂雲生。紙膚細細窮毫末,一試晴窗老眼明。(見汪珂玉《珊瑚網》卷二十六)

吳仲圭草亭詩意

依村構草亭,端方意匠宏。林深禽鳥樂,塵遠竹松清。泉石俱延賞,琴書悦性情。何當謝凡近,任適慰平生。至正七年丁亥冬十月為元澤戲作草亭詩意梅沙彌書:我友梅花翁,巨老傳心印。修此水墨緣,種種得蒼潤。樹石墮筆峰,造化不能吝。而今橡林下,我願執掃汛。後學沈周。(見汪珂玉《珊瑚網》卷三十三)

梅老秋江獨釣圖

楓葉蘆花送晚晴,三江秋氣逼青冥。相看自信鱸魚美,不為羊裘是客星。(見汪珂玉《珊瑚網》卷三十三)

黄鶴山樵太白圖

榾榾追三月,極儗加精緻。便欲無此卷,後輩豈可易。右題王叔明太白圖。沈周。(見汪珂玉《珊瑚網》卷三十五)

姚少師竹卷

壽椿堂上玉帶翁,忽思故園寫秋風。枝枝葉葉妙筆法,湖州老將無能同。故園平安有誰報,風吹不到長安道。何如手把珊瑚枝,歸去江南弄釣絲。(見汪珂玉《珊瑚網》卷三十六)

王孟端竹卷

故園歸計似團沙，萬事荒荒付一嗟。蟻國不須論幻夢，燕巢今已過隣家。贈人墨老流離竹，借榻詩存感慨茶。百歲此圖三展轉，後來得失尚無涯。洪武庚辰，王舍人孟端與孟敷陳先生，同涉難北歸，間寫此竹及詩，以寄中間曠懷，歸況藹然可見，遂和其韻以識感慨。弘治甲子距庚辰得一百八年冬至日。後學沈周題。時年七十有八。（見汪珂玉《珊瑚網》卷三十六）

乾坤四大景

我所憶兮匡廬泉，飛空直下香罏巔。銀河為源彭蠡委，萬古騰沸東南天。左溁右射五老却，蹇裳濡足愁攀緣。崖傾石走霹靂鬬，枯藤怪樹虬龍懸。丹青洗出屏風叠，跳珠濺玉聲鏘然。誰能置我巖石間，仰面落雪水底眠。酒酣戲作五里霧，山精嘯雨空中旋。嗚呼我歌兮歌始放，九江茫茫日在望。倣趙松雪筆

我所憶兮泰山松，秦皇避雨駐六龍。根如鐵石皮青銅，千秋萬歲枝蒙茸。曈曈掛日扶桑小，隱隱參天翠黛濃。鸞雛鳳鷇不知數，和鳴上下如笙鏞。潮聲真與東海應，絶頂正見蓬萊峰。金膏玉液散入地，茯苓芝草生隆冬。采而食之可不死，雲車何日來相從。嗚呼我歌兮歌正長，黄河日暮流商商。倣李晞古筆

我所憶兮黄鶴樓，瀟湘洞庭生素秋。登高抉眥極萬里，烈風震蕩無時休。九疑連緜似屏嶂，白日黯慘蒼雲愁。東攀枯木枝巃嵸，西望雪嶺寒颼颼。珠簾繡柱九天上，倒影却射滄江流。仙人坐弄紫玉笛，往往飛花鸚鵡洲。青蓮居士莫搥碎，便須縱飲成糟丘。嗚呼我歌兮歌愈急，鴻鵠冥冥楚天碧。倣黄鶴山樵筆

我所憶兮峨嵋雪，六月陰崖凍欲裂。仙人赤脚翠巖行，鶴氅飄飄玉光潔。迴飈吹散五谿雲，落絮飛花滿城闕。滴博蓬婆西海頭，陰風慘澹旌竿折。萬里雲凝雲不流，層冰皓皓冬夏結。我思仗劍

游其巔，石棧天梯殊斗絶。六龍迴日不敢過，寒光凛冽千丈鐵。嗚呼我歌兮歌益豪，太白不動金天高。倣吳仲圭筆

弘治戊午仲春，閒居精舍，漫摹古人筆意，長洲沈周。（見汪珂玉《珊瑚網》卷三十七）

谿巒秋色圖

每憶西禪地，城中人不知。香爐供課佛，茗碗博題詩。嗜淡黄金遠，心閒白髮遲。勞生堪自薄，令我羡吾師。予雖江鄉人，歲入郭無虚月，然未嘗一假居廛市，假必明公所。往來逾三十年，明公無煩于予，予亦無所憚也。今年夏五月一别，迨十月下浣始相見，出紙索畫與題，以志契濶，因寫谿巒秋色應之。寫畢，瀹籬豆茶為供，時夜已過半矣。庚寅沈周。（見汪珂玉《珊瑚網》卷三十七）

自題天池亭月圖

天池有此亭，萬古有此月。一月照天池，萬物輝光發。不特為亭來，月亦無所私。緣有佳主人，人月兩相宜。還如庾公樓，其興亦不淺。把酒醉月華，夜夜作沉湎。我是好詩人，咏月三百首。此亭不厭我，將詩侑君酒。（見汪珂玉《珊瑚網》卷三十七）

石湖書院老樹圖

范公亭東有古樹，有身莫可限尺度。只憑長六不長長，邊老婪酣遺醜肚。一幹朽盡皮肉空，一幹輪囷葉籠蔽。盤根到處走虬蛇，風雨不驚知得地。坐根納蔭且移時，静玩氣機成感寓。人生安得如此頑，不死不用常在世。（見汪珂玉《珊瑚網》卷三十七）

秋　山　圖

秋至無所適，牛峯期峻攀。攜手相魚貫，極力凌孱顔。東來望城郭，北指鬱江關。涼風振木末，葉飄巾履間。俯見行旅人，役役

往復還。如我二三子,逍遙意自閒。其中有達德,高誼雲薄天。投簪在急流,此道今則慳。成化丙申歲八月望,奉陪味芝先生游西山牛頭峰,謬以詩畫記其清賞。沈周。(見汪珂玉《珊瑚網》卷三十七)

鶴聽琴圖

余見王叔明畫鶴聽琴圖,喜其命意高古,嘗臨摹三四幀,殊自會心。昨于友人處見梁楷亦有鶴聽琴圖,雪中洞壑,意趣超曠。始知古人一樹一石必有所本,固非流俗率意妄誕而無忌憚也。歸卧北窗下,懷思無已,乃想像援筆,觀者幸勿誚其效矉焉,時天順癸酉七月念日也。沈周。(見汪珂玉《珊瑚網》卷三十七)

又倣梅沙彌山水

秋風吹大澤,落𣟗亦蕭蕭。塊坐默無語,衷抱還寥寥。仰面睇高天,冥鴻不堪招。(見汪珂玉《珊瑚網》卷三十七)

水墨梅王理之補勾勒竹

崑山士人多畫梅與?王理之論其用墨太重,殊失清雅,足有累于梅矣。因短縑在幀,史德徵從容謂曰:清雅果何似?丈人當示一梢與?梅出氣何如?遂安弄此筆。理之亦作錯刀數葉間,于疎處仍題之,以贈德徵。弘治甲寅歲端午日。沈周。(見汪珂玉《珊瑚網》卷三十七)

沈石田雪館情話

成化己巳十一月二十有一日,適周生辰,宿田兄攜殺尊過厚遠來展祝。翌旦雪作,連有八日之留,遂寫《雪館情話圖》,系之詩贈座客。洎諸子弟輩,因倡而和,得若干章為一卷。若夫蔡州道清虛堂之雪，蘇長公每與子由同處，況皆有詩傳世，為不磨之稱，是知名勝之士，然後可以致此耳。今雖人品之殊，而事緣之偶，亦有雪可賞，兄弟可樂，推而論之，未必長公不同此心也。但蔡州有語，下馬作雪詩，滿地鞭箠痕。清虛堂云，出門自笑無所詣，呼酒持勸惟君家。一在途旅，一在王定國所，似自家情話之真，今周之樂，疑有倍于長公者。其果有倍乎？果無倍乎？彼此一寫也，彼此一樂也，未始有過不及也。迨其稱與傳者，則不無彼此之間矣。《易》曰：君子以同而異。此之謂歟？詩復借蔡州韻以表仰止，非敢强其同云。

仲冬廿一日，陽已吁枯根。我生屆其辰，梳髮臨朝暾。伯氏來展祝，留我西小軒。暫為忘歸草，復為忘憂萱。燕次雪作涷，日夕呼酒温。開窗看玉樹，剪刻千花痕。澄懷挹清冽，亦可助丹元。坐鄙附熱徒，何地容趨奔。逍遙有書卷，僵手尚可掀。願保歲寒節，終老同丘園。長洲沈周。（見汪珂玉《珊瑚網》卷三十七）

話別期菊圖

葵南親家遠顧荒落，傾倒連日，臨別甚覺不忍，為圖與詩少志眷眷，且期看菊一致報謁，未知葵南能醉我否？弘治庚申九月後一日，姻生沈周。

一見話契濶，心親迹似疎。江湖木蘭棹，燈火白茆廬。夜郭溪先淨，秋林露氣虚。名園菊花繞，逕造問何如？（見汪珂玉《珊瑚網》卷三十七）

匡山新霽圖

水墨固戲事，山川偶流形。輟筆信人捲，妍醜吾未明。摹擬亦云贅，所得在性情。今在百尺樓，彌筆雲烟生。把酒重相對，短鬢

秋風生。弘治己丑孟冬八日，沈周重題。（汪珂玉《珊瑚網》卷三十七）

天台石梁圖

靈源東接雁池遙，裂石崩崖下九霄。雲斷青天倚長劍，月明泉室掛生綃。江聲雨勢三秋急，雲片冰花五月饒。休勒移文北山去，他年來赴石梁招。（見汪珂玉《珊瑚網》卷三十八）

虎丘圖

雙屐飛來入畫圖，梵王宮殿白雲扶。簾櫳日暖開滄海，鐘鼓風清落木湖。雁塔毫光紅舍利，山塋靈氣玉於菟。闔閭寶劍知何處，留得空池卷轆轤。（見汪珂玉《珊瑚網》卷三十八）

芝田圖卷

董家報德人栽杏，天報君家芝滿田。借氣生成本無種，散人服食便長年。新松拔地朝擎雨，高蓋敷春暖護烟。十畝霞腴不征税，但聞寄藉與神仙。（見汪珂玉《珊瑚網》卷三十八）

除夜聚飲圖

夜半鐘聲送酒杯，五人坐暖覺春回。一年好景今宵盡，八載思親入夢來。爆竹已曾時序發，燈花還傍喜筵開。弟兄棄酒莫成寐，明日新正歲又催。（見汪珂玉《珊瑚網》卷三十八）

幽棲圖

小亭臨水稱幽棲，蓼渚莎坪咫尺迷。山雨乍來茆溜細，溪雲欲墮竹梢低。簷頭故壘雌雄燕，籬脚秋蟲子母鷄。此段風光小韋杜，

可能無我一青藜。(見汪珂玉《珊瑚網》卷三十八)

柳陰睡燕圖

補巢銜罷落花泥,困倚東風倦翼低。金屋晝閒隨蝶化,雕梁春靜怕鶯啼。魂飛漢殿人應老,夢入烏衣路欲迷。却怪捲簾人喚醒,小橋深巷夕陽西。癸亥春日見柳陰睡燕,賦此系圖,寄奉肎庵先生一笑。沈周。(見汪珂玉《珊瑚網》卷三十八)

蕉石錦雞圖

物我神交即是盟,白頭自嘆益庚庚。繪成翠扇風難展,寫出花冠曙不鳴。代帋緘書懷素仰,作人窗語宋宗驚。贈君莫道無他意,用世功多未可輕。沈周。又《畫鷄》云酉年酉月酉日酉時製,非偶然也。(見汪珂玉《珊瑚網》卷三十八)

自題四景山水

碧嶂遙隱現,白雲自吞吐。空山不逢人,心靜自太古。

避俗耽幽僻,逃名學古狂。深松無六月,江閣有餘涼。

扁舟浸寒玉,人影落清波。高情誰得似,詩興料應多。

清流自繞崖,疎樹不遮山。寂寂秋光靜,蕭蕭落照間。(見汪珂玉《珊瑚網》卷三十八)

春樹晏息圖 《珊瑚網》注:以下俱石田自題。

樹根容我坐,八座未云安。芒屨春泥濕,荷泥曉露乾。

清溪亭子圖

亭子清溪上,疎林落照中。懷人隔秋水,無復覓幽蹤。

秋林待渡圖

捧劍何方去，秋江待渡來。長年亦英士，雙眼識奇才。

桐陰晏息圖

高梧立雙玉，綠蔭如秋水。下有兀坐翁，妙在澄懷裏。

尋詩圖

一步一步閒，隨雲并逐月。消飯更尋詩，不管屐齒折。

雪隱

大雪壓茆屋，縣官誰得知。殷勲付杯酒，貧自有便宜。

雪旅

吟肩聳雙玉，何獨灞橋宜。天地不擇雪，誰無驢背時。

倣雲林筆

山奇水亦僻，到此是閒人。一个瓦亭子，秋風空世塵。

芙蓉

晚波映人面，斜陽返孤嶼。浩歌風吹衣，芙蓉隨流水。

菊

老我愛種菊，自然宜野心。秋風吹破屋，貧亦有黃金。

竹

石上有芳姿,此君無俗氣。其中佳趣多,容我自來去。

蕉　石

記得西園裏,題名在綠蕉。十年風雨橫,舊墨可曾消。

慈　烏

風勁月滿地,林虚葉亦枯。君家有孝義,樹樹著慈烏。

水　邊　鵝

曲項長鳴處,青莎映掌紅。銀塘縱微步,不屬右軍籠。(見汪砢玉《珊瑚網》卷三十八)

白石山水

江上偏舟斜日,亭邊淺水微波,自把南華高讀,人人錯認漁歌。(見汪砢玉《珊瑚網》卷三十八)

為楊學士摹吳仲圭竹巖新霽圖并題

醉墨淋漓興未闌,滿堂烟靄坐來寒。道人不託梅花勝,仙骨全偷董巨丹。成化辛丑春日為楊學士摹吳仲圭竹巖新霽圖并題。沈周。(見汪砢玉《珊瑚網》卷三十八)

枯木新鵝

茸茸酒色正黄時,記得揮毫廿載期。幼稚何堪竟雋永,白頭今

日欲哇之。此圖余舊作,題之殊覺自醜云。沈周。(見汪珂玉《珊瑚網》卷三十八)

石田自題諸畫《珊瑚網》注:俱七言絶。

口口稱揚皆有應,家家供養普為緣。千江有水千江月,萬里無雲萬里天。大士像

倪迂標致令人想,步託邯鄲轉繆途。筆踪要是存蒼潤,墨法還須入有無。倣雲林筆

秋霜未老溪頭樹,野水縈迴浦外山。不是吟行小迂步,如何消得老夫閒。臨黄鶴山樵畫

微茫烟浪接臨臯,幾度斜陽送短橈。月小山高如此夜,更無人聽客吹簫。赤壁

酒香觸路酒旗青,去馬來車到此亭。信是利糟名粕釀,行人醉殺未曾醒。酒旗村

䨴突溪山䨴突雲,乾坤雙眼坐難分。近來世界渾如此,莫把聰明持贈君。又雲山

野服翩翩紫色裁,臨風觸鼻磵花開。浮雲不礙青山路,一杖行吟任去來。青緑山水

半夜吹燈寫亂山,墨痕燈影有無間。亂山依舊秋江上,聊借芙蓉送客還。水墨山

溪亭不到已春深,漸覺飛花换緑陰。猶有啼鶯相慰藉,聲聲催賦惜春吟。春景

空堂灌木參天長,野水溪橋一徑開。獨把釣竿箕踞坐,白雲飛去又飛來。弘治甲寅夏

長夏山林清暑池,高樓直要兩翁偕。緑陰滿地泉聲裏,醒酒題詩有好懷。夏景

短棹輕舟載夕陽,獨尋新句下横塘。白鷗疑是催詩使,飛掠蘋

洲醉墨香。横塘詩思

晴光射散雨冥冥，露出芙蓉四面屏。流水小橋人不見，晚風吹斷蟄龍腥。秋溪疊嶂

淨憐秋水明人目，亂壓垂楊雜鬢絲。一个石臺斜日裏，消閒時閲大宗師。秋景

亭上不來凡十日，個中自有十分秋。高人胷次清如水，不著人間半點愁。又秋景

秋風掃地葉俱無，一个藤枝借步趨。滿眼吟情吟不盡，夕陽歸去滿平湖。又秋景

水迴山絶小亭開，旋把青錢買竹栽。喜得碧梧清蔭在，共看月色上階來。秋亭話月

平生結好惟鷗鳥，彼此能閒兩不猜。信我忘機來復下，扁舟載酒夕陽開。白鷗圖

海榴自是神仙物，種托君家有異根。不獨長生堪服食，又期多子應兒孫。海榴喜雀

地氣厚培千歲物，雨痕深溜十圍身。夜來忽被月移去，紙上小中認不真。寫松

王維雪裏曾看爾，亦自幽姿有歲寒。我有新詩還可託，墨痕留葉未全乾。墨蕉

綠綠紅紅勝曉霞，牡丹顔色不如他。空教蝴蝶飛千遍，此種原來不是花。秋紅（見汪珂玉《珊瑚網》卷三十八）

石田自畫題詞

林影下，夕陽邊，淨苔雙踞膝，秋水一長編。能消世慮江山外，還度年華鬚鬢前。自題山水

十丈梧槎，長身兀兀，一半欹斜。水洗孤根，風摇瘦影，月掛殘

椏。　　烟江渡口渠家，宿幾度斜陽暮鴉。無意青黄，無心雨露，大老何耶？右寄《柳梢青》，圖而賦之，將以自況云。（見汪珂玉《珊瑚網》卷三十八）

自題畫卷

山水之勝得之目、寓諸心，而形於筆墨之間者，無非興而已矣。是卷於燈窗下為之，蓋亦乘興也，故不暇求其精焉。觀者可見老生情事如此。沈周。（見汪珂玉《珊瑚網》卷三十八）

題劉完庵畫

溪山錯認瀼東西，茆屋人家竹樹齊。不獨米翁能拜石，我於遺墨便頭低。此幅劉完庵先生得意筆，以恥齊之賞識，故有是贈。沈周借觀於軒中，僭題帋空，完庵可作，亦當鑒予心伏也。（見汪珂玉《珊瑚網》卷三十八）

劉廷美山水

一泓清水識天池，路入千巖勢更危。頭白老僧初出定，不知何事亦求詩。

山頭雲起濕如滋，冒雨來遊事亦奇。石壁巉然畫中見，癡翁能事復何為？

雨裏遊驂固好奇，而今我及雨晴時。可傷白石疑無鼓，不見青蓮喜有池。未許淋漓遊客酒，可能裝表貴人詩。老僧頭髮霜垂領，亦效逢迎似不宜。沈周題。（見汪珂玉《珊瑚網》卷三十八）

伯虎江深草閣圖

唐子弄造化，發語鬼欲泣。遊戲山水圖，草樹元氣濕。多能我亦忌，造物還復惜。願子斂光怪，以俟歲月積。（見汪珂玉《珊瑚網》卷四十）

文外翰寫松壑虎嘯

吳之西山舊無虎，戊戌之春，忽橫行林間。因尋先人葬地，與宿田兄同經其間。且怖且行，道逢山農，多能形容其威猛。作《山有虎》二章系於圖後，歸之宿田云。（見汪珂玉《珊瑚網》卷四十二）

吳仲圭山水

梅花庵主是吾師，水墨微蹤一一奇。此紙拾他餘馥去，淡烟疎樹晚離離。（見汪珂玉《珊瑚網》卷四十三）

自題畫菜册

東園昨夜雨，肥勝大官羊。黨氏銷金帳，不知滋味長。（見汪珂玉《珊瑚網》卷四十五）

自題畫册

余早以繪事為戲，中以為累。今年六十，眼花手顫，把筆不能久運。運久苦思生，至疏花散木，剩水殘山，東塗西抹，自亦不覺其勞矣。此册於西山展墓回途中拂拭，且寫且行，風淡波平，蕩舟如坐屋底，抵家喜遂成，因題其後。成化丁未春三月長洲沈周為世光賢侄贈并題。（見汪珂玉《珊瑚網》卷四十五）

自題寫生册

老梅誰寫小江南，太極心含個個香。淡月半籠清絶處，恍疑仙子謫塵凡。梅花

仕女鉛華面，仙人粹白裘。玉樓相見處，月色向人流。白毬

丹桂迎風蓓蕾開，摘來斜插竟相偎。清香不與羣芳並，仙種原

從月裏來。桂花

芳入平蕪小院幽，緑波紅雨半溪頭。無情瓦雀喧春色，不解飛花點點愁。野花麻雀

正喜羣芳壓樹稠，忽驚紅紫一時休。老來詩筆如神助，春去花枝似鬼偷。千尺游絲縈暮景，一樽芳酒浣離憂。杜鵑聲裏東風惡，滿地楊花點點愁。題花鳥(見汪砢玉《珊瑚網》卷四十五)

倣董北苑山水濶幅題句

滿城風雨重陽句，今日端陽雨滿家。把酒且因時節醉，湖田無稗亂鳴蛙。

湖田無稗亂鳴蛙，未見吾生底是涯。白首把書聊訓子，生涯如此悔農家。端午日雨作，蓋承前月積陰，湖田浩然一浸，强與承恩張先生小酌破時，而農計縈懷，殊無樂地，酒半，乃形詩二絶，觀此可知老況。(見李日華《六硯齋筆記》卷一)

題　　畫

歲歲年年喜見參，新泥重把舊巢添。五陵世異誰華屋，百姓家貧我草簷。　　飛對對，語喃喃，杏花捎落午風恬。東家阿媛心撩亂，一月紅樓不捲簾。(見李日華《六硯齋筆記》卷二)

題趙善長墨竹

青鸞有尾不可割，飛過猶餘五尺强。借得庭前夜來月，倒描一影在東墻。(見李日華《六硯齋筆記》卷二)

大石狀題語

《大石圖》一紙，不能盡意，因綴拙詩，亦聯句之糟粕耳。尚冀垂教焉，友生周。(見李日華《六硯齋筆記》卷四)

漁莊村店圖題語

弘治庚戌秋八月，偶遊石湖，道經村居野店，遂作此圖，并系以詩。沈周。（見李日華《六硯齋二筆》卷一）

桃花書屋圖題語

此《桃花書屋圖》，圖在繼南亡前兩年作。嗚呼，亡後今又三易寒暑矣！今始補題，不勝感愴。乙未九日，沈周。（見李日華《六硯齋二筆》卷一）

題安老亭圖

老人欲得安老具，草堂之資空復空。賣書無處可暎雪，持疏覓錢如捕風。預先種竹須十個，及早誅茅當一弓。他時會遇王録事，大庇風雨何愁翁。（見李日華《六硯齋二筆》卷一）

倣雲林小筆贈吴瑞卿題語

吴瑞卿能畫，尚求小筆，又愛余唐律言。余畫似倪迂，詩似陸放翁，蓋愛而忘其拙淺矣。併識其言云。沈周。（見李日華《六硯齋二筆》卷二）

題　畫

我於蠢動兼生植，弄筆偏能竊化機。明日小窗孤坐處，春風滿面此心微。（見李日華《六硯齋二筆》卷三）

題　畫

紅滿枝頭緑滿湖，水邊人影夕陽孤。春波消雪三千頃，賒與溪翁作酒壺。

雪壓高居玉樹中，曉來寒栗不禁風。村沽急辦雙罌碧，卯飲聊充兩頰紅。

長竿不屬忙人弄，要自閒人管領之。釣月哦風一般趣，黃塵没馬是何時。

湖上新晴宿雨收，平頭舫子貼天遊。瘿樽容得三千斛，大醉去題黃鶴樓。（見李日華《六硯齋二筆》卷四）

和吴匏庵喜雨噫字韻詩卷

旱連八月衆口噫，一雨快心如脱債。大傾墻壁洞四隣，昔不相通今失界。庭除浩渺開陂塘，稚子狂嘻老人戒。北方地亢見不常，比似江南何足恠。虚簷雜樹互淋浪，萬脚𣴑𣴑拂雲絓。玉延亭主坐怳然，兩耳不勝喧衆湃。新篇志喜發所感，草木欣欣亦相解。楊君尋聲譜琴操，座上一彈人各快。即書此稿答高絃，匝匝長牋蟆體隘。辭方歐老不多讓，字與坡翁無少殺。持歸詫我索和章，把筆茫茫思先憊。（見李日華《六硯齋三筆》卷四）

巒容川色圖題語

國初金華宋學士，每見巒容川色，謂是上古精華，不忍舍去，其好古之心為何如哉？予居荒僻，無可目擊其勝，但以毫楮私想像之，搰搰塗抹，又不能探繪事之旨，惟徒勞於心爾。然繪事必以山水為難，南唐時稱董北苑獨能之，誠士夫家之最。後嗣其法者，惟僧巨然一人而已。迨元氏，則有吳仲圭之筆，非直軼其代之人，而追巨然幾及之。是三人，若論其布意立趣，高閒清曠之妙，不能無少優劣焉。以巨然之於北苑，仲圭之於巨然，可第而見矣。近求北苑、巨然真跡，世遠兵餘，已不可得。如仲圭者，亦漸淪散，間覩一二，未嘗不感士夫之脈，僅若一線屬旒也，亦未嘗不嘆其繼之難於今日也。此幅予從劉完庵所臨，中間妄有損益處，終自生澁，於其所好，弗以為煩。譬之盲者，不擿埴無以得途也。他日挾之以遊金華，見學士之所不舍者，然後更加潤色之，未知果能否耶？成化十年二月念四日，石田生沈周題。（見高士奇《江村消夏錄》卷一）

釣月亭圖卷

水心亭上咏滄浪，閒拂珊瑚夜氣涼。碧落欲將吾手摸，青天堪倚釣竿長。要知水月原同相，亦把人魚付兩忘。曲曲闌干獨凴處，鬢絲零落怯秋光。（見高士奇《江村消夏錄》卷二）

清修圖

君子偏驕食肉侯，清羸只欲事清修。也須待拄紫玉杖，如不能勝青鳳裘。到處問醫非俗病，從前刻苦是詩愁。枵然一箇琅玕腹，那着渭川千頃秋。長洲沈周畫并題。（見高士奇《江村消夏錄》卷三）

倣大癡道人靈隱山圖卷

湖上風光説靈隱，風光獨在冷泉間。酒隨遊客無虚日，雲伴詩僧住好山。松閣夜談燈火寂，竹牀春卧鳥聲閒。佛前不作逃禪計，丘壑宜人久未還。劉公僉憲、史君明古，偕余及繼南弟，為湖山之游。至飛來峰，不忍去者累日。夜宿詳上人所，索紙墨圖此以為兹山寫真，因系以詩云。成化辛卯春仲望日，長洲沈周。（見高士奇《江村消夏錄》卷三）

題畫

獨樹高樓日欲西，竹梢晴霧四簷低。流雲過去青山在，恰好捲簾幽鳥啼。

山隱幽居雲木深，鳥啼花落晝沉沉。行人杖履多迷路，不是書聲無處尋。

雨跡未乾花亂飄，一溪新水欲平橋。有人問我門前路，不覺斜陽在樹腰。

住處真成與世迷，一重雲水一重溪。會琴會茗還容客，接木通橋野水西。

客來客去吾何較，山靜山深事亦無。一卷黄庭看未了，紫藤花落鳥相呼。

山雨欲來雲滿屋，溪風未起水生波。石苔坐久人垂釣，猶有微陽掛女蘿。

右詩皆《石田集》所不載，皆于畫幅見之，錄之以當卧遊耳。（見徐𤊹《徐氏筆精》卷四）

江南春詞 明嘉靖刻本

燕口香泥迸幺筍，東風力汰倡條靜。烘窗曉日開眼光，湘皮披奩尋紙影。落花沉沉碧泉冷，餘香猶在胭脂井。樓頭少婦泣羅巾，浪子馬蹄飛軟塵。

春來遲，春去急，柳棉欲吹愁雨濕。黄鸝留春春不及，王孫千里為誰碧。故苑長洲改新邑，阿嬙一傾國何立。茫茫往跡流蓬萍，翔烏走兔空營營。後學沈周奉同

青筐攔街賤櫻筍，城外冶遊城裡靜。暖風夾路吹酒香，白日連歌踏花影。醉歸掉臂紫袷冷，喝采攤錢喧市井。家人苦費泣沾巾，拔賣寶釵吹暗塵。

日遲遲，風急急，點水蜻蜓尾沾濕。江南畫船畫不及，吴江篋樓紗幕碧。泛侈浮華連下邑，金鼓過村人起立。明朝棄置賤于萍，漂隨他姓忘經營。

蒲茸破碧尖如筍，妥煙楊柳金塘靜。水邊樓上多麗人，半揭朱

簾露花影。禁煙閣雨東風冷,喚玉澆萱汲銀井。不知飛鳥銜紅巾,嘆惜殘香棲路塵。

車輪輕,馬蹄急,排日游衫酒痕濕。百五青春畏將及,牡丹又倚欄干碧。賣花新聲滿城邑,貫錢小女迎門立。翠鈿點額小于萍,巧倩過人心自營。

脱巢乳燕拳高筍,小隊尋芳破春靜。墻東笑語不見人,花枝自顫秋千影。飛籌促觥玉兕冷,肴飣簇奩琢井井。歸程趁馬拾醉巾,洗面明朝紅滿塵。

雨亦急,晴亦急,駃襪癡鞋爭踏濕。恐差春光悔莫及,滿眼新沾潑春碧。便須謀宰烏城邑,玉山既醉不成立。咄嗟還欲喚蛮萍,簌簌鸞刀嫌慢營。

國用愛雲林二詞之妙,強余嘗一和。茲于酒深中從臾繼之。被酒之亂,不覺又及三和。明日再咏倪篇,不勝自愧。始信雖多何為也。沈周

魏 園 雅 集 圖

擾擾城中地,何妨自結廬。安居三世遠,開圃百弓餘。僧授煎茶法,兒鈔種樹書。尋幽知小出,過市即巾車。(遼寧省博物館藏)

雨中坐西山奉寄楊儀部

看雨青山中,晴日未可及。巒華與嶺秀,濯濯翠流汁。水墨間罨畫,屏風四圍立。褋花逗餘紅,雅興與松共。低雲滿窗戶,似愛幽者入。我初作靜觀,併喜得靜習。紛紛冶遊子,此景不足給。有時在此境,佳句待人拾。詩腸倘乾燥,亦許借潤浥。持之報楊子,正可事屐笠。(故宫博物院藏)

桂 花 書 屋 圖

稅地幽然構小堂,不栽春卉種秋芳。玉闌潤帶燕山雨,翠箔平

分月殿涼。塵遠六街身世别，風清一枕夢魂香。傳家猶有吳剛斧，肯許旁人手浪揚。(故宫博物院藏)

盆 菊 圖

盆菊幾時開，須憑造化催。調元人在座，對景酒盈盃。滲水勞童灌，含英遣客猜。西風肅霜信，先覺有香來。(遼寧省博物館藏)

聽 泉 圖

山水自天趣，謬筆何刻畫。臨圖衹自愧，漏百那得一。春雨沐野草，處處作叢碧。物情與人意，聊假此時跡。(故宫博物院藏)

策杖行吟圖

林壑超世俗，靜疑日月遲。疏木無餘葉，洄湍清且漪。山圯振短策，行慣不知疲。欲覓同心友，道遠見無時。(上海博物館藏)

青山紅樹圖

千樹秋風萬葉飛，林蹊苔徑步斜暉。屐聲歷落咏歌去，猶有餘紅點着衣。(天津市藝術博物館藏)

祝 壽 圖

八帙身加健，三春月倍明。母儀兼婦道，清世樂長生。績橘黄金顆，蟠桃赤玉英。採花浸壽酒，催進紫鸞笙。(天津市藝術博物館藏)

灞橋風雪圖

灞上馱歸驢背虚，橋邊拾得醉時詩。銷金帳裏膏粱客，此味從

來不得知。(天津市藝術博物館藏)

山谷雲吞圖

山被雲吞卻,芙蓉只半青。無人過橋去,流水倩誰聽?(南京博物館藏)

牡丹圖

我昨南游花半蕊,春淺風寒微露腮。歸來重看已如許,寶盤紅玉生樓臺。花能待我渾未落,我欲賞花花滿開。夕陽在樹容稍斂,更愛動縆風微來。燒燈照影對把酒,露香脈脈浮深杯。(故宮博物院藏)

山水圖

雨後振孤策,迢遙追往踪。仰題在危壁,想唾落飛淙。山鳥伴後人,當杯啼高松。獨酌不成醉,於邑煩吾悰。(台北故宮博物院藏)

芝蘭玉樹圖

玉蘭挺芳枝,幽蘭出深谷。生長雖不同,氣味各芬馥。(台北故宮博物院藏)

仿黄公望富春山居圖

大癡翁此段山水殆天造地設,平生不克多作。作輟凡三年始成。筆跡墨華,當與巨然亂真。其自識亦甚惜。此卷嘗為余所藏,因請題于人,遂為其子乾沒。其子後不能有,出以售人。余貧,又不能為直以復之,徒系於思耳。即其思之不忘,乨以意貌之,物遠

失真，臨紙惘然。（故宮博物院藏）

畫 雞 圖

昨夜客窗下，三聲曉夢驚。不眠思早起，布被竟霜清。（台北故宮博物院藏）

春雲疊嶂圖

春山消閑幛子成，看君堂上白雲生。有人若問誰持贈，萬疊千重是我情。（故宮博物院藏）

參天特秀圖

我聞東海毉巫閭，山中有樹青瑤株。參天直上有奇氣，文章滿身雲霧俱。無雙自以國士許，况是昔時稱大夫。人間草木各適用，大材必待明堂須。嗚呼，大材必待明堂用，不與榆枘論區區。（台北故宮博物院藏）

西山秋色圖

尺楮伊誰塗水墨？滿堂更起江山色。不假丹青意自足，塵煤暗淡前朝跡。

撑空卓立高遠處，欲騎黄鶴尋仙去。看山要識山形似，或如遊龍或虎踞。

籬落見煙村，參差認江樹。谿橋平帶縈回路，紫騮詩人自成趣，恨不追隨躡芒履。

水邊茅屋重復重，近可狎飛鷗，遠可招冥鴻。嗚呼！長安道上赫赤日裏走，何不來此摇羽扇、眠清風。嗟我胡為乎塵中，何時歸去洗塵容。西山之陽豈無三間袁安卧雪屋，千尺李白巢雲松，嗟我

胡為乎塵中。(吉林省博物館藏)

秋林讀書圖

山廻煙雲重,門開草木深。讀書不出戶,誰識道人心?(台北故宮博物院藏)

虎丘戀別圖

虎丘戀別酒淹明,迒日當陽是要津。官柳吐青知去馬,野棠含笑忍廻輪。

山家拭目迎新客,澗府開門得異人。謁罷神仙回首處,白雲堆裏醉陽春。(無錫市博物館藏)

谿山高逸圖

翠栝丹楓,村居溪彴,映帶左右。山水佳麗,人物幽邃,若桃源然,觀之便有移家之想。披此卷,恍此身遨遊於其間,亦人間一樂事也。此余老年作圖以自娱。余觀子厚柳先生愚溪之文,可見矣。文與畫無二致。觀者毋直以畫視之。(廣東省博物館藏)

花果圖

老子心無事,隨芳學化工。滿園紅與白,多在墨痕中。(上海博物館藏)

紅杏圖

布甥簡靜好學,為完庵先生曾孫。人以科甲期之,壬戌科果登第。嘗有桂枝賀其秋圍,茲復寫杏一木以寄,俾知完庵遺澤所致也。

與爾近居親亦近，今年喜爾掇科名。杏花舊是完庵種，又見春風屬後人。（故宮博物院藏）

雙烏在樹圖

陸郎無母不懷橘，見畫慈烏雙淚滴。棗林夜寒霜色白，有烏哺母方垂翼。鳴聲啞啞故巢側，孝子在下烏在樹，觸目觸心當不得。何須古木世動人，陸郎為烏悲所親。（台北故宮博物院藏）

山 水 圖

疏木逼雨跡，秋風生嫩涼。襟抱自清適，身與心相忘。（中國國家博物館藏）

秋 泛 圖

秋水浮空天影長，歸來江上自鳴榔。白鷗飛過攙紅葉，不覺微風抖薦涼。（瀋陽故宮博物院藏）

梧桐泉石圖

嶧山移此青桐樹，厚土栽培歲多□。樹大種人猶未老，更看杖上宿鸞凰。（瀋陽故宮博物院藏）

蘭 石 圖

惟蘭斯馨，伊人斯取。襲德襲芳，人物胥與。再玩再把，既悅且喜。陶菊周蓮，其情一軌。（瀋陽故宮博物院藏）

雨中山圖

秋來好在溪樓上,肇墨勞勞意自閑。老眼看書全似霧,模糊只寫雨中山。(上海市文物商店藏)

耕讀圖

兩角黄牛一卷書,樹根開讀晚耕餘。憑君莫話功名事,手掩殘篇賦子虚。(上海博物館藏)

兩江名勝圖

范公存廟貌,山氣亦增高。後樂先憂事,拜公天下豪。

群姦害忠義,三字是非間。生氣南枝樹,孤墳萬古山。

湖闊渺初程,春波拍晚城。珠光送明月,特地照前程。

聞説揚州好,風光記昔年。瓊花已天上,買鶴解腰纏。

清諷臨泉窟,跳珠應梵聲。須臾還鏡淨,鬚髩映人清。

昆阜產靈玉,玲瓏雲朵奇。雲根從笑拔,山鬼不能知。

長虹引南北,横截太湖流。步月金鰲背,嘯歌天地秋。

千古棲神地,三峰相弟兄。斗壇秋設醮,風送步虚聲。

江淮總形勝,曉步聚沙洲。拄柁開揚子,風帆拂素秋。

淮水通南北,揚帆初過江。故人將别酒,沙上玉罌雙。(上海博物館藏)

雪樹雙鴉圖

君家好喬木,其上巢三烏。一烏銜雲去,兩烏亦不孤。出處各自保,友愛長于于。(上海博物館藏)

折桂圖

江東八月有秋風，舉子攀花望月中。此是詞林舊根抵，一枝新發狀元紅。（上海博物館藏）

秋江垂釣圖

釣竿青竹長，江淺幽思深。莫話朝與市，不能諧素心。（上海博物館藏）

壑舟圖咏

山合水乃匯，雲木交繁陰。愛處自得地，齊居樂幽深。雅構僅嘆舟，非寓藏壑心。豈為力者負，安棲人莫尋。白日自弦誦，窗戶觸鳴禽。斯時良有會，上若堯舜臨。（上海博物館藏）

夜雨宿止圖

郭外青山過雨時，落花飛絮燕差池。一春詩意誰收得，艇子浜頭恐泉宜。（美國綠韻軒藏）

承天寺夜遊詩圖

今夕承天寺，依依燈燭光。話驚風雨到，情覺弟兄長。氣暖冬猶電，年衰鬢及霜。仍愁此杯後，萍梗又茫茫。（美國綠韻軒藏）

夜遊波靜圖

夜遊同白日，波靜似平田。撥槳水開路，洗杯動江天。謀求尋樂土，談笑有吾般。明月代秉燭，老懷追少年。（上海博物館藏）

倚仗尋幽圖

溪亭不到春將半，樹已飛花漫綠蔭。怪得泉聲禽語好，藤條著手費幽尋。（上海博物館藏）

為匏庵作山水圖

白髮蕭蕭風滿船，空江落日水連天。碧雲千里人如玉，只咏金焦兩和篇。（上海博物館藏）

松芝藥草圖

貇貇寸筵至千尋，種植應知歲月深。十里西湖明月夜，亂浮蜂影在遙岑。（蘇州博物館藏）

行書五律詩

疏木林居靜，野人心跡閑。流雲過屋上，落葉在書間。掃地迎佳客，推門看好山。時時問城市，柱杖待樵還。（蘇州博物館藏）

為祝淇作山水圖

九十封君天下稀，耳聰目瞭步如飛。間生邦國人稱瑞，高隱山林與世違。燈火狀元開壽域，梅花初月照重闈。青雲令子榮歸早，甘旨登堂玉鱠肥。（浙江省博物館藏）

桐陰樂志圖

釣竿不是功名具，入手都將萬事輕。若使手閑心不及，五湖風月負虛名。（安徽省博物館藏）

椿萱圖

靈椿壽及八千歲，萱草同生壽亦同。白髮高堂進春酒，鳳皇飛下采雲中。(安徽省博物館藏)

萱石靈芝圖

北堂萱草能宜母，更是能宜無少郎。待到誥命渾未見，白頭還映此花黄。(湖北省博物館藏)

青山暮雲圖

秋堂傳到殷勤語，珍重江湖念達人。嘆寫溪山寄君去，愁心千疊與誰論。(廣東省博物館藏)

湖山佳勝圖

余老眼視不能了，每戲筆，須短卷。功易為而心不煩也。往往逐漸點染，遂至成卷，此其一也。或云，既老而何搰于此？然古人有云，苦詩樂畫，蓋有亦自得處，故不覺勞矣。(廣州市美術館藏)

復崦清溪圖

復崦清溪落葉重，地隙猶有客相逢。因君借問城中事，果有寒山半夜鐘。(廣州市美術館藏)

雲山圖

獨坐獨吟誰得知，綠蔭如幄晝遲遲。道人兀在碧溪石，心自閑隨造物嬉。(廣州市美術館藏)

山　水　圖

天寒遠道及西風，林木蕭蕭葉欲空。孤鞚行來不得去，玉關還在萬山東。（廣東省博物館藏）

百合花圖

百合初開日，黄梅雨正時。乍看珠箱外，疑似捧珠卮。（廣州市美術館藏）

蒼崖高話圖

長松落落不知暑，高坐兩翁無若情。琴罷清談猶豐餉，不妨新月印溪明。（台北故宫博物院藏）

扁舟思詩圖

秋水碧於玉，遠山翠欲浮。高人離城郭，詩思落扁舟。（台北故宫博物院藏）

芝　鶴　圖

已知仁術壽生涯，醫國高垣概太霞。小徑人間一千歲，青精為飯酒松花。（台北故宫博物院藏）

花下睡鵝圖

磊落東陽筆下姿，風流崔白未成詩。鵝群本是王家帖，傳過羲之又獻之。（台北故宫博物院藏）

古　松　圖

堂下有松樹，參雲數百年。種松人未老，長作地行仙。（台北故宮博物院藏）

鳩聲喚雨圖

空聞百鳥群，啁啾度寒暑。何似枝頭鳩，聲聲能喚雨。（台北故宮博物院藏）

雞　　圖

煌冠高幘不須裁，心身潔白花中來，平生不解多言謹，一叫千門萬戶開。（台北故宮博物院藏）

滮　索　圖

滮滮索索，還用草縛。不敢橫行，沙水夜落。（台北故宮博物院藏）

墨　菊　圖

寫得東籬秋一枝，寒香晚色淡如無。贈君當要領賞此，歸去對之開酒壺。（台北故宮博物院藏）

蔬　菜　圖

南園昨夜雨，肥勝大官羊。黨氏銷金帳，何曾得一嘗。（台北故宮博物院藏）

秋塘野鶩圖

甫里先生愛，吾今亦愛之。傳神聊一過，如在碧闌時。（台北故宮

博物院藏)

枯木鴝鵒圖

寒臯獨立處,細雨濕玄冠。故故作人語,難同凡鳥看。(揚州博物館藏)

林亭山色圖

我有魚波葦,乘風問此亭。隔江山最好,影入枕前屏。(台北故宫博物院藏)

溪橋訪友圖

白下長洲不相及,詩篇種種動潛夫。署街臺笠他年約,借看高軒卧雪圖。(台北故宫博物院藏)

金粟晚香圖

一樹黄金粟,秋風吹晚香。姮娥親折得,贈與少年郎。(台北故宫博物院藏)

蜀葵圖

五月庭前挺此枝,有陽心事有誰知?南風昨夜軟吹破,朵朵鮮霞始出奇。(吉林省博物館藏)

菊花文禽圖

文禽稱五色,故佇菊花前。何似舜衣上,雲龍同映然。(日本大阪市立美術館藏)

蕉石圖

緑暗山窗片雨餘，芳心逐一向人舒。老夫病齒楮頤坐，錯認尋時葉上書。(台北故宫博物院藏)

抱琴圖

川色巒光照客顔，柳風不動鬌絲閑。抱琴未必成三弄，趣在高山流水間。(台北故宫博物院藏)

山水圖

塵慮了不及，書聲散曉煙。鬌絲長百尺，時颺煮茶前。(台北故宫博物院藏)

報德英華圖

山漫衍衍太縈回，風物似與人追陪。峰來勢或被樹隔，嶺峻直欲教雲埋。

人家間住自村落，老屋差差間茆縛。雅見疏梅闖戶中，亦有幽篁聳墻角。

買書且教子孫讀，種麻種桑生意足。與世迂疏心有閑，信我耕漁意還樸。

君不見紆朱曳紫自有人，直是雲泥不可親。又不見雕墻峻宇自有地，我欲比之冰炭異。山邊水涘吾有天，吾樂吾分吾安然。沈周畫并題。(廣州市美術館藏)

白頭長春圖

堂前種此靈椿樹，滿地碧雲宜白頭。壽到八千還健在，人間又

見一莊周。(台北故宫博物院藏)

枇　杷　圖

有果產西蜀,作花凌早寒。樹繁碧玉葉,柯疊黄金丸。(台北故宫博物院藏)

江村漁樂圖

沙水縈縈浪拍堤,蘆花楓葉路都迷。賣魚打破曉風意,曬網繫船西日低。箬草雨衣眠醉叟,竹杖江調和炊妻。此樂人間漁家得,我因租傭悔把犁。(美國弗利爾美術館藏)

山　水　圖

白雲如帶束山腰,石磴飛空細路遙。獨倚杖藜舒眺望,欲因鳴澗答吹簫。(美國納爾遜·艾京斯美術館藏)

題　畫

罨畫溪山合有詩,笻次亭子更相宜。林泉個個求鐘鼎,如此風光看屬誰?

山閣坐談無俗事,清風滿面作微吟。按:《御定歷代題畫詩類》卷二十五《題畫六首》之第五首作:"獨坐樹根無一事,清風滿袖作微吟。"夕陽好在秋水外,日閣遠山還未沉。

窣窣獨行斜日時,老夫自有滿腔詩。青山十里映白髮,九陌紅塵人不知。

不見倪迂二百年,風流文雅至今傳。偶然把筆山窗下,古樹蒼煙在眼前。

塵世茫茫少閑地,卻將亭子水心安。風來月到無人管,唯有閑人得倚欄。

人家依樹綠陰陰，雞犬聲遙住處深。客去客來消日永，茶煙不斷日沉沉。

流泉曲曲又縈縈，坐對移時思更清。只許洗心并洗耳，不從塵世著冠纓。

愛是風光溪上亭，終朝健步百迴登。旁人盡笑能癡得，山不憎時水也憎。

右石田先生小筆山水并詩共十六幅，蓋其中年所作也。合備諸體，殊為可愛。舊同吳氏《東莊圖册》藏余家，最為先待詔所珍惜。《東莊册》攜往湖州失之，每真惋悵。幸此卷猶存，時一展對，可以少釋鄙抱耳。萬曆丙子五月二日偶觀於耆英堂，因書。茂苑文嘉。

卧　游

苦憶雲林子，風流不可追。時時一把筆，草樹各天涯。

老眼于今已斂華，風流全與少年差。看書一向模糊去，豈有心情及杏花。

秋色蘊仙骨，淡姿風露中。衣裳不勝薄，倚向石闌東。

秋已及一月，殘聲繞細枝。因聲追爾質，鄭重未忘詩。

春草平坡雨跡深，徐行斜日入桃林。童兒放手無拘束，調牧於今已得心。

花盡春歸厭日遲，玉葩撩興有新梔。淡香流韻與風宜，簾觸處，人在酒醒時。　生怕隔牆知，白頭癡老子。折斜枝，還愁零落不堪持。招魂去，一闋小山詞。右詞寄小玉山

淡墨疎煙處，微蹤仿佛誰。梅花庵裡客，端的認吾師。

芙蓉清骨出仙胎，赭玉玲瓏軋露開。天亦要妝秋富貴，錦江翻作楚江來。

彈質圓充飣，蜜津涼沁唇。黃金作眼食，天亦壽吳人。

高木西風落葉時，一襟蕭爽坐遲遲。閑披秋水未終卷，心與天游誰得知？

石榴誰擘破，群琲露人看。不是無藏韞，平生想怕瞞。

茸茸毛色半含黃，何獨啾啾去母傍。白日千年萬年事，待渠催曉日應長。

滿地綸竿處處緣，百人同葉不同船。江風江水無憑準，相并相開總偶然。按：此詩見存於《石田稿黃淮本》卷一。

南畦多雨露，綠甲已抽新。切玉爛蒸去，自然便老人。

江山作話柄，相對坐清秋。如此澄懷地，西湖憶舊游。

雲來山失色，雲去山依然。野老忘得喪，悠悠柱杖前。

宋少文四壁揭山水圖，自謂卧游其間。此册方可尺許，可以仰面匡床，一手執之，一手徐徐翻閲，殊得少文之趣。倦則掩之，不亦便乎？於揭亦為勞矣。真愚聞其言大發笑。沈周跋。

扇　　面

燁燁神芝，鈐岡之厓。九英挺秀，五色紛披。兆啟厥祥，傑閣宏基。宸翰輝赫，日麗星儀。表以延恩，汪濊無涯。奕葉朱房，靈光永綏。

樹樾不著暑，釣竿何繫名。嚴光亦多事，一出使人評。

湖上清灣是子家，綠楊岸下水蒓花。吉年載酒曾相覓，一路尋得覽物華。

庭前秋葵一枝，倚欄獨立，檀心自舒，猶佳人含思清愁，大有可憐之態。第恐一朝萎露，因寄之丹青以永觀。

滌滌秋風清，湛湛秋露泫。許有向陽心，秋雲任舒卷。

蕉下不生暑，坐生千古心。抱琴未須鼓，天地自知音。

水心有亭子，波光清瑩人。紅塵不到此，亦自不生塵。（以上美國波士頓美術館藏）

扇　面

杜甫騎驢三十年,詩窮只剩兩寒肩。歸來摸索奚囊裏,添得秋風破屋篇。(雲南省博物館藏)

附錄五

沈周詩文著作年表

明宣宗宣德二年丁未(1427)　一歲

十一月二十一日,沈周生于蘇州相城。

宣德八年癸丑(1433)　七歲

從陳寬學。

明英宗正統四年己未(1439)　十三歲

父以糧租事為知縣所窘迫,上書為父辯白。

正統六年辛酉(1441)　十五歲

代父聽宣南京,以百韻詩上戶部主事崔恭。恭得詩驚異,疑非沈周自作。面試《鳳凰台歌》,援筆立就,詞采爛發。恭乃大加激賞。

正統七年壬戌(1442)　十六歲

伯父沈貞教其繪畫。

正統九年甲子(1444)　十八歲

妻陳慧莊來歸。

正統十二年丁卯(1447)　二十一歲

聞杭州劉英(邦彥)詩名,有詩寄之,訂神交。

正統十四年己巳(1449)　二十三歲

秋,聞土木之變,賦《己巳秋興》。

明代宗景泰四年癸酉(1453)　二十七歲

與表兄金懷用、金以寶兄弟互相唱和。

作《挽草窗劉先生》,悼祖、父輩之友劉溥。

景泰五年甲戌(1454)　二十八歲

蘇州知府汪滸欲舉沈周應賢良。筮《易》得遯卦之九五"嘉遯貞吉",卒辭不應。

明英宗天順元年丁丑(1457)　三十一歲

作《送徐武功南遷》,送徐有貞被放金齒。

作《贈夏太常仲昭》,贈夏昶致仕。

天順二年戊寅(1458)　三十二歲

作《劉秋官廷美奔母喪回》,迎劉珏丁憂回相城。

天順四年庚辰(1460)　三十四歲

作《送邵明府》,送邵昕服闋過蘇州。

作《送陳啟東司訓濟陽》,送陳震赴濟陽任縣學司訓。

天順五年辛巳(1461)　三十五歲

初春,作《喜徐武功伯召歸》,喜徐有貞從金齒召歸。

春,作《分題送劉憲副欽謨提學河南》,送劉昌赴河南任按察司副使。

秋,作《息役即興》,喜得釋徭役。

天順八年甲申(1464)　三十八歲

作《忌日哭祖》,悼念祖父。

明憲宗成化元年乙酉(1465)　三十九歲

作《洪水中得陳允德史明古書問有作》、《決堤行》等詩,記述蘇州洪水災況。

成化三年丁亥(1467)　四十一歲

作《廬山高圖》巨幅并《廬山高》七古長詩,為陳寬師祝壽。

成化四年戊子(1468)　四十二歲

作《書扇三絕壽繼南》,賀弟沈召生辰。

成化六年庚寅(1470)　四十四歲

作《送陳啟東諭學寧德》,送陳震任寧德教諭。

秋,出遊嘉興等地,均有詩記之。

成化七年辛卯(1471)　四十五歲

游杭州,有詩記之。

修葺"有竹居",作《葺竹居》,以隱居自得。

作《天全徐先生夜過》,與徐有貞唱和。

成化八年壬辰(1472)　四十六歲

作《哭劉完庵》,悼劉玨病故。

作《喜吳元博及第》,賀吳寬會元、狀元之喜。

成化十年甲午(1474)　四十八歲

作《送余明府貢之應召入朝》,送長洲知縣余金應召進京。

作《祝大參七十》,賀祝顥生辰。

作《送謝朝用尹安仁》,送謝縉任安仁知縣。

作《七月望奉老母泛舟玩月》,記奉母泛舟玩月事。

成化十一年乙未(1475)　四十九歲

作《分得義莊送李中舍貞伯還朝》,送李應楨赴京。

作《虎來》,因蘇州訛言有虎。

作《得俞景明訃》,悼好友逝世。

成化十二年丙申(1476)　五十歲

元旦作《丙申歲旦》,述元日感懷:"富貴非吾夢,人生各有時。"

作《馬秋官抑之養病還吳》,因聞馬愈自南京返蘇養病。

十一月廿一日,作《蘇武慢》二闋,自述五十初度。

成化十三年丁酉(1477)　五十一歲

端午作《端午漫書》,述己身衰憊,家境困難。

除夕作《除夕歌示子侄》,勉勵子侄讀書、早立。

成化十四年戊戌(1478)　五十二歲

作《傷阿同》,悼小僮因痘早逝。

成化十五年己亥(1479)　五十三歲

仲春,與吳寬等游虎丘,有詩畫記之。

作《得孫報宿田》,述得孫之喜。

作《哭許貞》,述遽失良婿之痛。

成化十六年庚子(1480)　五十四歲

春游無錫,有詩記之。

憲宗下詔徵聘,未應。

成化十七年辛丑(1481)　五十五歲

畫名大盛。以“天地落吾手”自得。

作《初度二首》,述安心隱居、讀書向道之旨。

成化十八年庚寅(1482)　五十六歲

作《哭陳育庵》,悼陳蒙卒。

成化二十一年乙巳(1485)　五十九歲

作《送王抑夫作縣陳留并柬許倅施煥伯》,送表弟王銳赴陳留知縣任。

成化二十二年丙午(1486)　六十歲

妻陳慧莊歿,哀痛無比。作《悼內》詩。

作《三友會年序》,因沈周、王汝和、都瑢是年同登六秩。

成化二十三年丁未(1487)　六十一歲

作《六十一自壽》,以保持晚節自勵。

作《病中挽周桐村》,悼周鼎逝世。

明孝宗弘治元年戊申(1488)　六十二歲

游陽山,作《大石狀》。

作《送程宮諭》,送程敏政致仕,“人從今日去,雨是幾時停”之句海內傳誦。

弘治二年己酉(1489)　六十三歲

作《盒子會辭》。

作《壽表兄金懷用七十》賀壽。

作《哭表兄金懷用四首》悼逝。

弘治三年庚戌(1490)　六十四歲

作《拂水崖》,記虞山游。

弘治四年辛亥(1491)　六十五歲

作《送吳惟謙守敘州》,送吳愈升任敘州知府。

弘治五年壬子(1492)　六十六歲

七月十六日,夜半而寤,作《夜坐記》并圖。

作《十八鄰》,述鄉民受水災之苦。

弘治六年癸丑(1493)　六十七歲

作《聞三原王公致政》,因王恕致仕。

十一月廿一日,作《生辰》,嘆青春不還,七十已近。

弘治七年甲寅(1494)　六十八歲

作《送歸燕詞》并圖,贊守義重情。

弘治八年乙卯(1495)　六十九歲

與文林唱和,多今昔之慨。

作《九日值雨無菊》,因重陽有雨無菊。

弘治九年丙辰(1496)　七十歲

作《妙智庵牡丹》,記賞花事。

作《登小雅堂苦史明古》,悼史鑑病故。

作《憫日》,嘆來日無多。

弘治十年丁巳(1497)　七十一歲

作《哭劉邦彥》,悼劉英逝世。

除夕作《丁巳除夜》。

弘治十一年戊午(1498)　七十二歲

作《送錢士弘會試》,送錢仁夫明春赴京會試。

弘治十二年己未(1499)　七十三歲

與吳綸同遊張公洞,有圖、詩記此行。

作《哭文温州宗儒》,悼文林逝于温州任上。

作《挽程宫詹》,悼程敏政。

弘治十三年庚申(1500)　七十四歲

吳寬應沈周之子雲鴻之請,為《石田稿》作序。

弘治十四年辛酉(1501)　七十五歲

作《送王理之赴孔林書新廟碑》,送王綸應召赴書新廟碑。

弘治十六年癸亥(1503)　七十七歲

嘉定縣學生黄淮承彭禮之命,刻《石田稿》三卷成。

弘治十七年甲子(1504)　七十八歲

作《落花詩》十首示文徵明。

十月,華珵刻《石田詩選》十卷,張鈇跋。

明武宗正德元年丙寅(1506)　八十歲

賦詩贈史忠,與訂昆弟之交。

手訂《石田稿》付梓,吳寬序,李東陽跋。

母張素婉逝世,年九十九。作《哭母》。

正德二年丁卯(1507)　八十一歲

作《挽蔣御史子修》,哭蔣欽因彈劾劉瑾,被杖身亡。

除夕,作《石田送歲歌》。

正德四年己巳(1509)　八十三歲

游宜興善權洞,有詩記之。

八月二日,卒于正寢。

正德七年壬申(1512)

十二月二十一日葬于相城西牒字圩之原。

責任編輯：李保民
封面設計：何　暘
技術編輯：王建中

上架建議：古典文學
ISBN 978-7-5325-6860-4
9 787532 568604 >
定價：118.00元
易文網：www.ewen.cc